翻书忆往正思君

一个出版人和一个文化时代

李昕 著

上海三联书店

图书在版编目（CIP）数据

翻书忆往正思君：一个出版人和一个文化时代 / 李昕著. -- 上海：上海三联书店，2024. -- ISBN 978-7-5426-8562-9

I. I251

中国国家版本馆 CIP 数据核字第 20240CZ311 号

翻书忆往正思君：一个出版人和一个文化时代
FANSHUYIWANGZHENGSIJUN: YIGECHUBANRENHEYIGEWENHUASHIDAI

著　　者　李　昕
总 策 划　苏　元
策划编辑　王小柠
责任编辑　杜　鹃
装帧设计　周伟伟

出版发行　上海三联书店
　　　　　（200041）中国上海市静安区威海路 755 号 30 楼
邮　　箱　sdxsanlian@sina.com
联系电话　编辑部：021-22895517
　　　　　发行部：021-22895559
印　　刷　河北鹏润印刷有限公司

版　　次　2024 年 10 月第 1 版
印　　次　2024 年 10 月第 1 次印刷
开　　本　710mm×1000mm　1/16
字　　数　321 千字
印　　张　26.75
书　　号　ISBN 978-7-5426-8562-9/I・1889
定　　价　79.80 元

敬启读者，如发现本书有印装质量问题，请与青豆书坊（北京）文化发展有限公司调换，电话：010-84675367

序言 书界无人不识君

阎纲

天降大任于斯人焉,人不堪其苦,昕不改其乐,贤哉,昕也。

李昕是书人,40 年的出版专家,书界无人不识君。

李昕做书,编书,评书,才思敏捷,是全能选手,本书 25 万字收入近 30 篇写人物的作品,以散文式的评论贯通整个新时期出版史,津津有味的故事让人欲罢不能。

寄身人民文学出版社、香港三联、北京三联和商务印书馆,享受所提供的平台,然而,仍在"历史的夹缝"里做书。

李昕的散文集《翻书忆往正思君》出版,炉火纯青。

天赋 + 阅历 + 刻苦,再加上宽松的社会条件,能够造就作家。

李昕父亲李相崇,掌握多种外语,曾经根据俄、德、英、法原文校订国内出版的马克思、恩格斯、列宁著作的若干中译本,主编《新英语教程》等高校教材。李昕家学渊源,清华大学是他的摇篮,他成名,却是以自己的生命挑战生存的环境。

李昕倾其一生称颂恩格斯所盛赞的(启蒙运动时期)"血写的人",

周有光，韦君宜，曾彦修，屠岸，沈昌文，吴敬琏……

先说吴敬琏三次修改书名的事。

吴敬琏被誉为"中国经济学界的良心"，李昕三次约请他出书，有时他太忙，编辑们便请知名媒体人马国川采用对话的形式协助他做。

每一本书吴敬琏都曾让李昕起书名，而他修改书名，仅几字之易神情毕见。共三部。

第一部书，李昕说就叫《中国经济改革二十讲》吧，吴先生改为《重启改革议程》，理由是："中国正站在新的历史十字路口上，为了避免社会危机的发生，必须当机立断，痛下决心，重启改革议程，真实地而非口头上推进市场化、法制化的改革，建立包容性的经济体制和政治体制，实现从威权发展模式到民主法治模式的转型。在我们看来，这是中国唯一可能的出路。"出版后，迅速成为理论界热议的话题，非常畅销。

第二部书，李昕说，书名就用《面向大转型时代》，因为这本书和《重启改革议程》的思路相一致，反映的是对于新一轮改革的现实思考，"让历史照亮未来的道路"，"建设一个富裕、民主、文明、和谐的现代化中国。"

吴先生回电话，说这个题目很好，但是要改两个字，把"面向"改为"直面"。

"直面"和"面向"的意思差不多，但是"直面"强调主动参与，是真诚，是勇气，是道义精神和社会责任感。

第三部书出版的起因是《直面大转型时代》出版了，又是一本畅销书，李昕建议吴敬琏把演讲稿和论文编在一起，再出版一本书，就叫《改革新征程》。吴先生以为书名不理想，让李昕帮他再想想。他给吴先生写信说："书名建议用《改革行思录》。'行思'出自古语'大道行思，取则行远'。意为改革正道直行，善于思考便可达远景目标。另可考虑叫作《改革新思维》，意谓今之改革，要打破原有的思维定式，在旧有的理论基础上创新。"

吴先生没有选择《改革新思维》，大概是因为他谦虚低调，不愿以"新思维"标榜自己。但以为"行思录"这几个字很好，打电话问李昕，是不是在前面再加上"大道"两字，叫作《改革大道行思录》？李昕拍手叫绝！"大道"二字既形象准确，又一语双关，凸显吴先生在为改革开放辩护时理直气壮的姿态。

《改革大道行思录》甫一出版，立即受到读者和媒体关注。《新京报》和腾讯将它同时评为2017年度"十大好书"和"华文好书"。

颁奖那天，吴先生以《改革路上的"学"与"思"》为题，只讲了几分钟。他说，我们的改革需要实践（行），也需要理论研究（思），是行、思、学三者的统一。今天我们处在新时代，新时代要发展，就要靠改革，而改革要靠我们大家坚持不懈的"行""思""学"。拼尽全力促进改革的深入，这样我们的改革才可以"过三峡"。

再说傅高义和他的《邓小平时代》。

三联书店为了争得翻译和出版傅高义（美国哈佛学者，费正清的接班人）传记体著作《邓小平时代》（英文名直译为《邓小平和中国的转型》）一书，李昕不辞辛劳，奔走呼号，倾全身之力促其必成。

他准备了上、中、下三套备案，非常具体。对于特殊环境下如何巧妙地出版特殊内容的图书提供了宝贵的经验。

在与作者洽谈之前,他和编辑们已经发现书中一些需要和作者商榷的内容:一是资料来源不被认可,书中很多材料引自港台出版物,这些出版物中有些材料真伪莫辨;二是有些论述把党内高层的思想矛盾解释成个人权力斗争,带有主观臆测成分;三是书中涉及一些既无法核实又不便于披露的高层内幕;四是有些话题目前为了国内政治稳定以不触及为宜。

这是一项大工程,李昕运筹帷幄,在脚手架上挥汗如雨。

他告诉作者,可以预见这本书出版前肯定需要删减内容,其原则有:

一、能不动就不动;

二、改动不伤害原意,以删为主不修改内容;

三、尽量以改动个别字词解决问题,避免大段删动;

四、编辑处理此类问题前应征求作者同意;

五、宁可壮士断臂,不必削足适履。

傅先生一直耐心地倾听,脸上不时现出会心的微笑,忽然从椅子上站起来说:"现在我宣布我的决定,这本书交给三联书店出版!"

《邓小平时代》出版后,迅速占据了销售排行榜前列的位置。

百折不挠的毅力,灵敏灵活的策略,聪颖过人的智慧,造就了一位"出版专家"。

最后,特别值得提出的是他出版了颂扬曾彦修"自问平生未整人"的《平生六记》。李昕写道:

> 曾彦修先生说:"在我一生经过的一些大事中,我的原则是:一切

按具体情况处理。明知其错的我绝不干。为此要付出多大代价，我无条件地承担就是。世界上很多事情，常常会有例外的，唯独有一件事情，我以为绝不能有例外，那就是：良心。"

《平生六记》在生活书店出版，李昕特地采用小精装，以示隆重。周有光、沈昌文、张思之、吴道弘等知名学者闻知此事，一同向读者联名推荐，社会反响强烈。

《平生六记》以"六记"概括一生，以平凡小事反映大时代和大历史，以细微感受透视特定环境下的人性和人情。

有权力时"不整人"，自己挨整时不害人。他在"运动"中写过不少交代材料，说："那上面没有伤及别人的一个字。我可以一百次骂我自己是乌龟王八蛋，但我决不会哪怕说一次别人是小狗、小猫。这条界线，我一生从未越过。"

所有这些，都表明曾彦修先生不愧是一位令人尊敬的人道主义者，具有高尚的心灵和强大的人格力量，并且善良正直，充满爱心，在畸形的政治环境中挺直腰杆，宁折不弯，不唯上，不唯权，只唯实，以自己的绵薄之力，努力维护心目中的公平和公正。他称自己是鲁迅的终生信徒，的确，拿他自报"右派"这件事来说，足以证明了他就是鲁迅所说的那种"拼命硬干"和"舍身求法"的人，是"中国的脊梁"！

曾彦修先生回顾一生，认为"平生未整人"不仅令自己心安，同时也使自己获益良多，像那手捧"'诚实之花'的佛家弟子"，将得到历史和社会所给予的最高奖赏和评价。

我越读越激动,越琢磨越有感触:李昕如此推崇曾彦修,这不正好说明他自己也在追求这样的人生境界吗?

　　李昕,书人,散文家,娓娓动听的评论家,先驱者的马前卒!

2023 年 11 月 1 日于家乡礼泉

目录

序言　书界无人不识君 / 阎纲　　　　　　　　　　1

第一辑

三访周有光老人　　　　　　　　　　　　　003
钱锺书、钱学森两先生与我的书缘　　　　　013
从杨振宁的几幅照片谈起　　　　　　　　　023
翁帆笔下的杨振宁先生　　　　　　　　　　044
从吴敬琏三次改书名说起　　　　　　　　　056
傅高义和他的《邓小平时代》　　　　　　　065
韩启德先生与他的《医学的温度》　　　　　090
田家青：玩家与写作　　　　　　　　　　　098

第二辑

我对杨绛先生的三次道歉　　　　　　　　　　　109
历尽沧桑人未老——我眼中的马识途先生　　　　121
王鼎钧与我的文字缘　　　　　　　　　　　　　142
为了对得起曾经的苦难——从邵燕祥致杜高的信谈起　170
王蒙先生与我二三事　　　　　　　　　　　　　179
关愚谦的最后时刻　　　　　　　　　　　　　　184
永远的编辑和作者——刘再复先生和我　　　　　196

第三辑

本色韦君宜	209
曾彦修：自问平生未整人	227
君子屠岸	237
遥望南天悼蓝公	260
书界奇人刘振强	268
倔强而沉静的书生——出版家陈早春侧影	295
永远的微笑——记忆中的杨德炎先生	315
二十年来常思君——追忆"文学圣徒"高贤均	332

第四辑

梁启超与协和医院的"百年公案"	347
王世襄《明式家具珍赏》的版权公案	363
沈昌文和他的《也无风雨也无晴》	379
告诉你一个真实的李敖——我怎样写《李敖登陆记》	394

后记 413

第一辑

三访周有光老人

周有光先生是三联书店的老作者。北京和香港两家三联书店都出版过他的多种著作。我本人和老先生曾在很多会议和各种活动中见过面，也曾有过电话联系，甚至说起来还算是有一点渊源：20世纪80年代我在人民文学出版社工作时，曾有一段时间，我的办公室和他的家在相邻的两座楼，窗户正好面对面。但是我以前从没有到他家里拜访，第一次造访，已经是老人家106岁以后的事。

那是2012年1月21日。当时三联书店的编辑室主任郑勇约我一起看望周有光先生。

早知道周老博学，从经济学家到语言学家，满腹经纶，被他的连襟沈从文先生戏称为"周百科"。也知道他越老越清醒，越老思维越敏捷，大彻大悟，智慧堪比神仙。但若不是亲历亲见，终究不过是坊间传闻。

老人的家极其简朴，一间小小的书房，四周都是书架。靠窗摆一

周有光先生讲述亲历往事。

张小书桌,对面是两个单人沙发,中间隔着一张小茶几。老人让我们坐在沙发上,他自己坐在书桌后面对着我们。我想起老人曾在回忆文章中写过,他夫人张允和先生健在时,他们每天就是坐在这对沙发上饮茶饮咖啡,几十年如一日,"举杯齐眉,相敬如宾"。现在夫人离去了,家里的陈设一切未变。

老人家满面红光,精神矍铄。和我们谈天,随兴所至,海阔天空地聊。我发现他除了听力差一些以外,思维反应之敏锐,简直和中青年学者无异,真令人称奇。将近两小时,老人滔滔不绝,主要是讲过去的往事。因为我们来自三联,话题自然是从三联讲起。他讲解放前自己与周恩来的接触,与黄炎培、邹韬奋的关系,交往可谓密切,他说邹韬奋和王志莘(王志莘解放前做过黄炎培开办的新华银行的负责人,解放后任公私合营银行的总经理)都做过黄炎培的秘书,而他做过王志莘的秘书,等等。我知道黄炎培先生是当年邹韬奋创办《生活周刊》的资助人,这样说来,我忽然发现,原来周老也该算是一位三联的老前辈呢。他也谈到自己的身世,颇多感慨,特别是庆幸自己1955年转行搞语言文字,而能在1957年时躲过一劫。因为如果继续做经济学家,他可不敢保证"反右"时不说错话。聊了一会儿,我想起应该请他在三联八十年店庆时写几句话,寄语三联。老人听了,连连点头说好。我小心翼翼地问,"什么时间写?"没想到他说,"现在就可以写呀。"令我喜出望外。

我去拜访前,因担心周老听力不好,预先准备了一张卡片,上面写着两句春节问候语。此时这卡片在他手里。老人不假思索,拿起红色圆珠笔,在卡片上写下"历久弥新"四个字,说,"你们想想看,这是不是三联？"细想一下，这四个字真是颇具深意，既是对过往的评价，又是对未来的期许和要求。我和郑勇当时为之一惊，暗暗佩服老人的神思敏捷。后来，在三联八十年店庆前夕，我们专门派人去请老人题词，他题写的也正是这四个字。

老人百岁高龄仍然爱读书，而且对国际形势特别关心，我提到金雁刚出版的《从东欧到新欧洲》和曾彦修自印本《天堂往事略》，他竟然说都已读过了。我们聊天谈到美国可能要和伊朗开战。让人惊异的是，他转过身拿出一本《炎黄春秋》2011年第10期，给我们介绍他新近写的一篇文章，题目是《走进全球化》。他说："全球化时代，很多问题弄不懂了。我耳聋眼花，了解的信息更少。但是现在可以上网，国外也有一些朋友给我寄材料，我还能知道一些东西。比如北约打利比亚，我搞不懂，他们哪来的权力？我上网一查，原来联合国2005

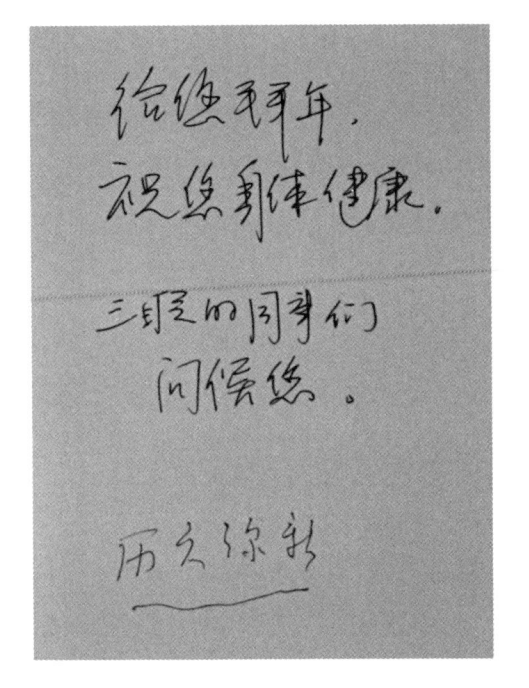

周老为三联题写"历久弥新"四字。

年有一个决议,内容是讲在国际规则中人权高于主权。如果一国的独裁者屠杀自己的国民,别国有权以武力介入干涉。"他这样一说,我和郑勇顿感震惊。原来在国际协议里面,人权保护是一种共识。我们天天讲不干涉别国内政,这当然是一般准则,但是并不一定适用于所有的国际关系和某些特殊国际问题。这样的事情,竟是百岁老人首先知晓,真让我们这些后生晚辈汗颜。

老人一打开话匣子,故事就很多。他讲到宣统皇帝溥仪的两个小笑话:

一是困难时期,凭粮票吃饭,粮票不够用,大家吃不饱。当时政府对全国政协委员和政协工作人员还是照顾的,在政协食堂吃饭不收粮票。所以有人建议他和夫人到政协食堂蹭饭,把粮票省给家人和保姆。他们去了一次,坐在食堂里,发现邻桌坐着的竟然是溥仪夫妇。原来皇帝也缺粮票!

另一个故事说"文革"时红卫兵抄溥仪的家,溥仪开了门,迎面挡住来人,问:"你们找谁?"红卫兵说:"找宣统皇帝。"溥仪说:"宣统皇帝早死了。"其中有一个红卫兵认识他,说:"胡说,你就是宣统皇帝。"溥仪答道:"我叫溥仪,我的生命是毛主席给的。"红卫兵顿时愣了,硬是没敢进门。我们听得哈哈大笑。

告辞时,我对周老说:"您这些故事都应该写出来,留给我们这些晚辈,这是一笔财富。"周老说:"我现在写文章很慢,很吃力。"我说:"没关系,您讲故事就行了,我们找人给您整理。"周老愉快地答应了。于是,我们约请了青年作家张建安为周老整理口述,一年以后,周老的《百岁忆往》在三联书店出版。

第二次拜访时隔一年，是2013年2月7日。那一天是三联编辑罗少强陪我前往，周老的公子周晓平在座。还是那书房，那书桌，那小沙发，我们对面而坐。周老还是一样地满面红光，精神矍铄，思维清晰，谈笑风生。

话题还是从三联谈起。老人说，三联从来都是与众不同的出版社，对促进文化进步贡献很大。三联是邹韬奋创办的，他说自己和邹韬奋很熟，也算是同学呢。在上海圣约翰大学，韬奋比他高一年级，但是读书期间同学常常聚会，也常在一起办沙龙，周末还一起跳舞。老人说，那时就看出邹韬奋是个与众不同的人物，有主见、有思想。韬奋家境贫寒，他上学的费用曾得到过周老的夫人张允和家人的资助。后来，韬奋去开办生活书店，很长时间里他和韬奋一直有联系。这是他和三联早期的缘分。

此时，美国学者傅高义的《邓小平时代》刚刚在三联书店出版，我们带去一本送给周老。周老当着我们的面，一边翻看书中的照片，一边说："邓小平很了不起！"他解释说，1989年以后海外对邓小平的评价变了。但他认为，邓小平在改变中国方面的贡献是巨大的。他说，在他的心目中，近代以来中国的三个最重要的伟人是康有为、孙中山、邓小平。老人抚摸着《邓小平时代》，说会好好地读这本书。这时周晓平插话说，他读书很快，这样的书，读完也就需要一两天。我心想，这可是六七十万字的大书呢。

老人又谈了《炎黄春秋》的一些情况，他是编委，很关注这个杂志。他说今年第2期里有几篇文章很重要。讲到有一篇文章谈朝鲜志愿军战俘遭遇，涉及一些统计数字，比如战俘只有少数人回国，多数人去了台湾地区的情况；又谈到另外一篇文章涉及我党延安时期的一些隐秘内情。他说这些情况过去他都不知道，人老了，也要学习，补充新的知识。他爱看这些讲真相的文章。我问他，《炎黄春秋》的编委会他还去参加吗。他说前两年是参加的，但是耳朵不好，大家发言他听不清楚，去了也只是和李锐等老人聊几句天，在会上起不了什么作用，后来就不去了。我问他，近来可有什么新作？老人顺手从文件夹里拿出一篇短文给我看。这篇文章题为《圣人出，清河黄》，只有三四百字，主题是人类与自然环境的关系。他说，"圣人出，黄河清"，这是一句古语，其实是反话。事实是，"圣人出，清河黄"，从"尧舜禹汤文武"这些圣人开始，他们一出世，就领导群氓开辟山林，刀耕火种，经过几千年，森林变良田，而清河也变成了黄河。黄河原本是清河嘛。老人还讲起"大跃进"大炼钢铁时代，他乘夜车从北京去上海，看到铁路两边火光冲天，千里通明。当时烧掉树木炼钢，引起了后来的滥砍盗伐，以致黄河和长江两岸的森林都被砍伐殆尽，黄河更黄，而长江也黄河化了。"我们今天要吸取教训呀。"老人十分感慨。

我不禁想起不久前去看望杨绛老先生，问到有什么新作时，老人也拿出一篇仅三百字的短文给我，那文章题为《俭为共德》，文中有云："近偶阅清王应奎撰《柳南随笔·续笔》，有《俭为共德》一文。有感于当世奢侈成风，昔日'老生常谈'今则为新鲜论调矣。故不惜蒙不通世故之讥，摘录《俭为共德》之说，以飨世之有同感者。"这篇短文后来发表在《文汇报》上，适逢当年的两会，一时成为两会代表热议的话题。后来中央出台了有关廉政的"八项规定"，不知是否与杨绛先生此文有关。我想,这两位饱经沧桑的百岁老人,他们仍然关注着我们的时代和现实生活,把自己深邃的感悟和超卓的智慧贡献给社会,这是多么令人钦敬啊。

我拿着短文,对周老说:"这篇文章我要收藏,请您签个字吧。"老人提笔在那张稿纸上工工整整地写下了自己的名字。我说,这些文章都该发表,老人说会的。他说近来写了不少这样的短文,都是以几百字澄清一个概念。我说那我又要约稿啦,请他把此类文章编起来出版,老人很高兴地同意了。

第三次拜访周老,就是最近的事。起因是清史专家阎崇年先生给我打电话,说想去看看周老,问我能不能安排。我想,周老是1906年1月13日出生,明年1月13日,是他的109岁生日,根据老人做九不做十的惯例,该在1月初去给他老人家祝贺110大寿。于是我对阎先生说,过了新年安排吧。可是让罗少强和周晓平先生联系时,对方说周老现在身体很好,愿意会见客人,你们要来就快来,免得忽然患了感冒之类,就拜访不成了。于是把时间定在12月15日。阎先生说,要买一套《周有光文集》呀,去了好请老先生签名。我问三联韬

作者与周有光先生在一起。

奋书店经理，暂时没有货，于是只能临时选择了几本周老著作的单行本拿在手里，并且挑选了三联近期出版的马识途兄弟的《百岁拾忆》和《百岁追忆》，以及吴学昭写的《吴宓与陈寅恪》，带给老先生看，我知道，他爱看这一类书。

两点半准时到达周府，周晓平先生开门迎接。他也是80岁的老人了。见到我们每人手里都拿了几本书，就连忙告知，老人最近手有些抖，不便签字，很抱歉。我说，我们可不是为签字而来的，过去老人家都给我们签过很多次了，今天就是要看看老神仙，既要祝福老人健康长寿，同时也沾一点仙气。

坐定后，看到老人面色红润，神清气爽，我们都很高兴。阎崇年先生过去与老人也多有交往，老人一见他，就说："你是电视明星，我常常看你的节目。"我对老人说，我们是提前给他祝贺110大寿来了。老人笑笑说，还没到，还没到，声音依然洪亮。我问，这次的大生日准备怎样过呀？周晓平说，北京和广州两地都定于1月10日举行纪念座谈会，这样的活动从106岁的时候就开始搞，已经连续搞了几年了。虽然过去老人有个三不主义，"不做寿，不写自传，不立遗嘱"，但是现在这几条都守不住了，别人的盛情不好拒绝呀。

周老耳朵不好，戴着助听器，听大家说话仍然有些吃力。好在我讲一口字正腔圆的普通话，他基本都能听清。我把马识途、马士弘兄弟的两本百岁回忆录拿给老人家，告诉他：这是一对国共兄弟，抗战期间曾经共赴国难，后来，国民党时期，国民党哥哥掩护被追捕的共产党弟弟；解放后，共产党弟弟接济挨整的国民党哥哥，两本书可以对比着阅读，非常有趣。老人说，马识途他认识，曾经到他家里来过，这两本书他会仔细看。但周晓平说，老人现在看书比较费力，不像以前那么快了。但他还是很关心世界大事、国家大事，对于俄罗斯的石油问题、卢布贬值问题、乌克兰局势问题，都很关注，喜欢看电视节目中的英语国际新闻，因为英语台的字幕比较多，老人通过字幕容易理解内容，看过就会发表评论，诸如美国经济好了，俄罗斯经济不好，会影响到哪些国家，对于中国来说，会出现哪些新问题，等等。我问周晓平，上次我来拜访时，老人写了一篇《圣人出，清河黄》，当时他说还会陆陆续续写一些，我曾表示愿意把这些文章编成集子，不知后来是否又写了新作？周晓平说，因为身体原因，后来写得很少了。最近只写了两篇文字，一是为杜导正九十大寿，写了一篇贺词，内容是拿杜导正的名字做文章，说你现在编辑《炎黄春秋》，就是要"导正"，引导读者走正路，不要走老路，也不要走邪路。结果，没过多久，党中央也有这个说法，同样的话让周老提前说了。说到这里，老人会心一笑。接着周晓平解释说，当然，各人对"正路"，可能有不同的理解，但总的来说，都是为了让我们的国家变得更好。又说起另外一篇文章，是周老回忆起解放初期的一段往事。那是说他奉命到中国人民银行华东区行监督销毁国民党时期的钞票。销毁的除了旧钞票以外，还有银行的一大堆藏书，周老顺手拿起一本线装书，发现竟然是宋代版本。他很想把书保留收藏起来，但是碍于自己监察员的身份，他不好意思从销毁物品中挑拣文物，只好眼睁睁地看着那珍贵的宋版书被扔进火炉。这件事过了60多年，老人家今天想起，仍感遗憾，以至于要写文章记录下来。

坐了将近一个小时，我们怕老人太累，起身告辞。曾彦修先生的秘书小马开车将我们送回。今天是他专程接送我们。曾老和周老是至交，所以小马一听说我们要来看望周老，就自告奋勇要陪同。我想起曾老不久前在三联生活书店出版的《平生六记》，说真话，讲自己在历次思想运动中的真实经历，好评如潮，众人称道。这本书，周老为曾老题写了四个大字，"良知未泯"，印在书的扉页上。其实这四个字，既是对曾老的褒扬，又是周老的夫子自道。我又想起刚刚在周老家里，看到人民日报出版社新近出版的《对话周有光》一书，腰封上印着刘再复先生的一句话："周老最让我惊奇的不是他的高龄，而是他在一百岁之后却拥有两样最难得的生命奇景：一是质朴的内心；二是清醒的头脑。"这话说得真好。我随即发了一条微信，在"朋友圈"刊出周老当日的照片，然后注明："这是一位特别令人尊敬和钦佩的老人，他以百年的阅历，洞见历史，思考人生，给人智慧和力量。"一时点赞无数。

2014 年 12 月 17 日初稿
2014 年 12 月 19 日改定
原载香港《橙新闻》和《澎湃新闻》

钱锺书、钱学森两先生与我的书缘

我羡慕江苏文艺出版社的编辑家张昌华,他写了《我为他们照过相》,讲述自己探访上百位文化名人,为他们留下珍贵影像的故事。我也羡慕记者出身的作家李辉,他写了《和老人聊天》,记录自己从青年时代结识的诸多前辈学者与他的交往。我写不出这样的文字,因为我手头没有足够的资料。其实细细想来,从1982年到1996年,我在人民文学出版社(简称人文社)工作14年,接触的老一代作家学者也为数不少,从丁玲、艾青、胡风、唐弢开始,总有几十人,但是我竟然找不出一张自己与他们的合影。那时与名家见面,是根本意识不到需要拍照留念的。而八九十年代,我也还没有开始写日记,甚至名家学者给我的信件,我都没有特意收藏,有些也丢失了。想想觉得自己真不能算是有心人。但想开了也觉得没有什么,也就是到晚年以后,少一点怀旧的材料而已。

不过,有两位令我极为尊崇的老先生,我与他们的书缘颇深,但我却未能前往拜见,面聆教诲,这是使我深感遗憾的事。这两位先生,就是钱锺书和钱学森。

我是在大学时代知道钱锺书先生的。我的毕业论文指导教师、武汉大学中文系罗立乾先生对钱锺书佩服得五体投地,在古代文论课堂上就大讲钱锺书先生的学问天下无敌,说他博闻强记,"《十三经》连注释都能背",令我印象极深。后来中华书局出版《管锥编》四卷本,我毫不犹豫就买下一套，那大概是我大学四年中购买的最为厚重的学术著作。虽然以当时的学力根本不能通读，只是选读了一些篇章，读得似懂非懂，但内心很满足，感觉是念到了真经。后来到人文社当编辑，工作中发现夏志清和杨义的两种《中国现代小说史》都高度评价小说《围城》，于是又找来读，立时被作品中鲜活的人物性格吸引，读得入迷，对作者的才华、睿智和幽默的文笔惊叹不已。

说起来，我对钱锺书的崇拜，也部分地源于家父。家父长期在清华大学外文系任教，新中国成立初期，曾与钱锺书、杨绛夫妇同事。钱、杨都教英文，家父主教俄文，有时也教英文。家父多次对我谈到他对钱锺书的钦佩，说他自己的英文水平约略相当于英国本地大学毕业生的水平，但是钱锺书可以胜过清华聘请的英籍、美籍教授。于是我有了一个印象：以学贯中西而论，钱锺书堪称中国现代史上第一人。家父和钱锺书的关系似乎也不错。那时的人仰慕苏俄，有一次课堂上学生希望钱锺书开讲俄罗斯文学，钱说自己研究不多，推荐家父去讲。家父对此还很有几分荣幸之感。

不过，1952年高校院系调整，钱、杨二人离开清华大学，家父和他们没有再见过面。而我，虽然在人文社当编辑，但钱锺书的《围城》《宋诗选注》的编辑都另有其人，自然也无缘接近钱、杨二老。然而，偏巧在1993年，出现了一场和《围城》相关的法律纠纷，钱锺书委托人文社处理此案，而人文社陈早春社长又要求我代表出版社将此纠纷诉诸法庭，于是我也算是受命于钱先生打了一场官司。

事情起因是四川文艺出版社以所谓"汇校"的名义，原样复制了人文社1980年出版的《围城》，侵犯了钱锺书的著作权和人文社的专有出版权。打官司打得旷日持久，在此不必详谈，这里只说钱先生曾经为表达自己的意见，两次写信给我和出版社领导以及我们委托的律师陆志敏。今天我实在不记得自己给钱先生回过信。那时的我，是不大懂礼数的。为了听取意见和获得授权，社里当然会安排专人去府上拜访钱先生，我记得律师陆志敏和总编室的有关人员都去了，而那天我忙于其他安排，竟然也没去。整个官司进行过程中，我们和钱先生的沟通主要通过钱瑗。钱瑗也很忙，几次到社里与我们会面，乘公交车来往风尘仆仆。我记得她说过自己腰疼，和我们谈话时喜欢站着，用手抵住后腰。但那时她自己也并不知道，这可能就是骨髓癌早期的症状。

偏巧钱瑗也与我有缘。她是北师大外语系教授，与家父都在北京市大学外语教学研究会任职，彼此熟识。特别是钱瑗升职教授，家父还是专家评审组的负责人之一。所以钱瑗见到我就特别亲切，正事谈完，还会和我闲聊一些她儿时在清华园里的经历。告诉我，她家和我家曾同住清华北院。她不仅从小认识我大姐，而且认识我母亲。她夸我母亲长得漂亮，喜欢穿什么款式的旗袍，喜欢和哪位教授夫人一起遛弯儿，还说她10来岁时，总爱跑到清华音乐室去玩，在墙外攀上大窗台听合唱队在屋里唱歌，有时会看到我母亲在弹钢琴。这些对我都是"史前史"，听来非常有趣。初次见面，钱瑗回家把在人文社和我相遇的情况对父母一说，她父母也非常高兴，觉得把官司委托给我，是缘分。其实在这时，我是完全可以名正言顺地请她带我去见钱、杨二老的。但是我愚钝，竟然没有这样想过。

钱先生的《围城》官司在上海市中级人民法院开庭，因为涉及的侵权问题颇为复杂，法院征询了诸多知识产权专家意见，拖了三年多才宣判。结果是我们打赢了，而且是完胜，我们代表钱锺书先生讨回了公道。随即我也在1996年底被借调到香港三联书店工作。

本来我以为没有机会再为钱先生做事，没想到刚到香港，我就接手编辑出版一套钱锺书主编、朱维铮执行主编的《中国近代学术名著丛书》。这套书在学术上分量很重，原计划出版50种，后因各种客观原因，只出版了10种，但光是这10种已经足够让学术界刮目相看了，因为人们知道钱先生的原则从来是不当官，不挂虚名，不当各种顾问和编委，而这是钱先生一生中同意列名主编的唯一一套丛书。整套书是香港三联和北京三联联合制作的，编辑和排版工作都在香港完成，由我主持其事。此时钱先生还健在，但是我仍然没有意识到自己在回北京出差或休假时，应该借这个机会去向他老人家登门请教。

然后我在香港又出版了杨绛先生的散文集《从丙午到"流亡"》。这时是1999年，从此我和杨绛先生有了直接的联系。2005年我回到北京三联书店任职以后，更是经常会到府上看望杨先生，渐渐与杨先生熟悉起来，为她老人家出版了一系列作品。2007年，北京三联重新出版经过修订的《钱锺书集》（第二版），我也是参与谋划的，此书在

人民文学出版社
出版的《围城》

南京举行新书发布会，我还特地飞到南京去致辞。这算是我与钱先生后续的书缘。但遗憾的是，此时钱锺书先生已经去世多年，连钱瑗也不在了，痛哉！钱先生和我最终缘悭一面，惜哉！

我与钱学森先生的缘分也在于编书。

1994年，我担任责任编辑，在人文社出版了钱学森的《科学的艺术与艺术的科学》一书。编这本书，对我既有偶然性，也有必然性。说偶然，是因为本书的编者，钱学森的堂妹钱学敏刚刚收到一封信，这是钱学森写给包括她在内的一个七人小集体，以"亲密无间""坦率陈言"的态度"探讨学问"，提出了"科学的艺术"与"艺术的科学"这样两个命题，于是使她产生灵感，要为钱先生编这本书。说是必然，是因为我早在80年代，就已经密切关注了钱学森在人文社会科学方面诸多引领学术思考的论文，早有为他编书的念头，只是还没有找到机会向他约稿。

钱学敏的到来令我感到惊喜。她是中国人民大学哲学系的教授，对钱学森的学术思想非常熟悉。她把那封关于科学与艺术的亲笔信给我看，我了解到钱先生的本意是这样：

近日我深感我国文艺人和文艺理论工作者对高新技术不了解之病。我经常收到的有关文艺、文化的刊物有《中流》《文艺研究》和《文艺理论与批评》，而其中除美学理论外都是：一、骂资产阶级自由化分子；二、发牢骚；三、论中国古代的文艺辉煌。但就是缺少对新文艺形式的探讨，研究科学技术发展所能提供的新的文艺手段。

他认为这样不行，今天的理论界应该研究如何用高新技术为社会主义文艺服务，如何使科学与艺术相结合从而繁荣文艺创作和理论，希望大家研究。

我看信后觉得，钱先生提出的问题具有现实针对性。他批评的几个刊物，思想偏于保守，因而在客观上不利于"对新文艺形式的探讨"。钱先生在此时提出将科学与艺术相结合的观点，无疑可以活跃学术空气，拓展艺术思维空间，推进理论研究。

钱学敏带来了她编好的论文集目录和样稿，我浏览了一遍，当即决定出版这本书。但是我发现，钱学敏的编选比较拘谨，她只选择钱先生讨论科学与艺术两者关系的文章，以及他从科学角度谈文艺学和美学的论文，把选文范围牢牢扣住"科学"和"艺术"这两个主题，但是钱先生另有一些极富理论开创性的论文并没有收进来。

文化界的老一代读者或许了解，钱学森堪称80年代中国思想界的领军人物之一。他1981年在《自然杂志》上发表的《系统科学、思维科学与人体科学》，以及后续的一系列论文，是国内最早出现的新学科理论。后来作为时髦的理论被人们热衷探讨的系统论、控制论、信息论，即大家耳熟能详的所谓"三论"，早在这些文章里面都有雏形。钱先生的论述，以开放的观念、宏观的视野、前沿的科学知识、创新性的思维方式，给人们带来了耳目一新的思想理论，引起学术界广泛瞩目乃至轰动。我记得那时尝试新学科研究的学者，没有不谈钱学森的。

我问钱学敏，为什么没有收录有关思维科学的文章？她说她是为了突出专题性，担心文章驳杂而主题不集中。我说，以系统科学和思维科学研究艺术，不也正是科学与艺术相结合的一个方面吗？这对于钱先生谈论的艺术的科学相当重要，甚至是其指导性理论。她想想，觉得有道理，于是同意将钱先生的《系统科学、思维科学与人体科学》《关于思维科学》《开展思维科学研究》这三篇最有代表性的思维科学论文收入。事后，她曾专门来信感谢我，说她和钱先生讨论过了，认为我的建议在很大程度上提高了这本理论集的学术含量，使一本原来略显单薄的书厚重起来。

编辑中，我和钱先生没有直接联系，我对于出版的一切建议，都通过钱学敏转达。我的意见和建议，不过都是从出版角度所做的一些编选方面的考虑，钱先生从善如流，我们合作非常愉快。不过他也很认真，会亲自为书稿最后把关。例如，作为设计的一部分，封面上要署上英文书名，该如何翻译？我原来以为简单，无非用 *The art of science and the science of art*，但是钱先生说，艺术特指优美的艺术，应该用 *The fine art* 来表示。最后书名译成 *The fine art with science and the science of fine art*，是他亲自改定的。

接下来的事情很顺利。社里非常重视这本书，我们做了精装本，请设计师柳成荫做了一个大气典雅的装帧，只用了三四个月就出书了。钱先生看到样书，非常满意。

一两个星期后，我收到一本钱先生寄来的样书，内封上写着：

李昕同志：我感谢您为此书付出的辛勤劳动！

钱学森　1994.12.9

为了宣传和推广，我写了一篇书评，发表在《科技日报》上。想必钱先生也看到了。所以没过多久，我又收到一本钱先生寄来的样书，内封上写着：

李昕同志：感谢您的书评。

钱学森 1995.1.5

由此我了解到钱先生的细心、周到以及他平易近人的性格。可是我仍然没有想起，应该请钱学敏引荐我去拜访一次钱先生，与他拍一张合影留念。

于今想来，那时的我可能有几分木讷吧。

出书以后，我忙于编务，与钱学森、钱学敏都没有继续联系，一晃过去十几年。

2009年10月31日是一个周六，那天上午，我在家里上网浏览，无意中看到一则新闻：

中国科学巨星钱学森在北京逝世，享年98岁。钱学森是中国航天科技事业的先驱和杰出代表，被誉为"中国航天之父"和"火箭之王"。

震惊之余，我立刻给钱学敏打电话。她在电话里证实了这个不幸的消息。我表达了沉痛的悼念，请她向钱夫人蒋英转达。随后我又立即想到，我是否可以到钱先生府上吊唁？她说可以，钱先生家里已经设立灵堂。我向她询问了钱宅的地址。

钱学森先生是我深为爱戴的科学家,也是我作者中最值得尊敬的人。我觉得,尽管我从没有去府上拜访过他,但在这个时候,我必须去一趟,到灵堂为他送行。

于是我驾车前往。进航天大院宿舍大门没有遇到盘查,门房的人只问我去哪里,我说钱宅,他挥挥手就让我进去了。

在钱先生居住的那栋红砖楼附近,我停下车,徒步走过去。

那天,天色很暗,头上阴云密布。论时令,还没有入冬,但是很奇怪,天上竟然飘起了雪花,且寒风凛凛。我想,莫非是天地同悲?远远地,我看到楼房边人群黑压压一片。大约有两三百人密集地聚在楼房一侧,而身着黑色和蓝色两种不同制服的警察站成两排,将人群阻挡住,以便在楼前留出一块较大的空场。不时,可以看到有小轿车开到楼前空场上,有领导干部模样的人下车进入楼内。还见到几个身穿军装戴大盖帽的人物,一溜小跑鱼贯而入。

人群中不时有人提问,"我们要进灵堂悼念,何时放我们进去?"但没有人回答。

我在人群中站立了一会儿,只见雪越下越大,有些人身上已经白

钱学森先生赠我的两本
《科学的艺术与艺术的科学》

了。我也感到有些寒冷。

我觉得这样等下去不是办法。于是独自走上前去,叫住一个穿黑衣的警察。他看起来像是当官的。我掏出一张名片递给他,请他把这张名片交给钱夫人蒋英女士。

那警察进屋去了。过了几分钟,他回到我面前,说:"你可以进去。"

我正准备脱离人群,就听到人群开始骚动,警察们马上手拉手维持秩序,只放行我一人。

钱宅在那座三层小楼的一层。家门开着,我径直走进去,正对着的就是灵堂,我往侧面一看,在另一个房间里,蒋英和几个面色凝重的人正坐在一圈沙发上谈话。我觉得不便打扰,就走向灵堂。灵堂正中悬挂着钱先生的照片,周围摆放了不少花圈和花篮,还播放了哀乐。但没有一个人在屋子里。我独自上前,默默地对着钱先生遗像站立了一会,缅怀他老人家的丰功伟绩,然后深深地鞠了三个躬。

从钱宅出来,聚集的人群见到我,立刻将我团团围住。一些好奇的人想打听里面的情况,但是我还没来得及回应,就有三五只长枪短炮的照相机镜头对准了我。他们是新闻记者,有内地的也有香港的。以一家香港报纸为主,向我提问。主要问题是我和钱先生的渊源,以及我对钱先生的评价。我首先简单讲了我给钱先生编辑《科学的艺术与艺术的科学》的经历,然后告诉他们,钱先生不仅仅是一位伟大的科学家,也是一位令人尊敬的人文学者,一位跨领域的文理兼通的大师。他的博学和深刻,都是一般人难以想象的。他对于思维科学和系统科学的倡导和建设,对于科学与艺术相结合理念的提出,都是革命性的创新思想,在这个意义上,说他同时也是一位思想家,并不过分。

我的这些看法,被一些媒体采用了。但遗憾的是,这些话,我没有机会说给钱先生本人听。

从杨振宁的几幅照片谈起

2018年,我在商务印书馆参与了杨振宁和翁帆的新书《晨曦集》的编辑工作。这本书不仅收录了杨先生近年的若干新作,也收录了亲人、同事、朋友、媒体人和学生回忆和介绍杨先生的文章,展示了一代科学巨擘的治学心迹与家国情怀,是一本反映杨先生近期思想的重要著作。

书稿编定、即将排版的时候,杨先生托人给我送来一只U盘。打开一看,里面都是杨先生准备用作插图的照片,总共30多幅。

照片都很珍贵,看得出,杨先生选择这些照片,重在反映几十年来他与中国的联系。虽然,他为每一幅照片加上了几句说明文字,但是我想,普通读者大概很难从这些简短的说明里了解图片背后的故事吧。

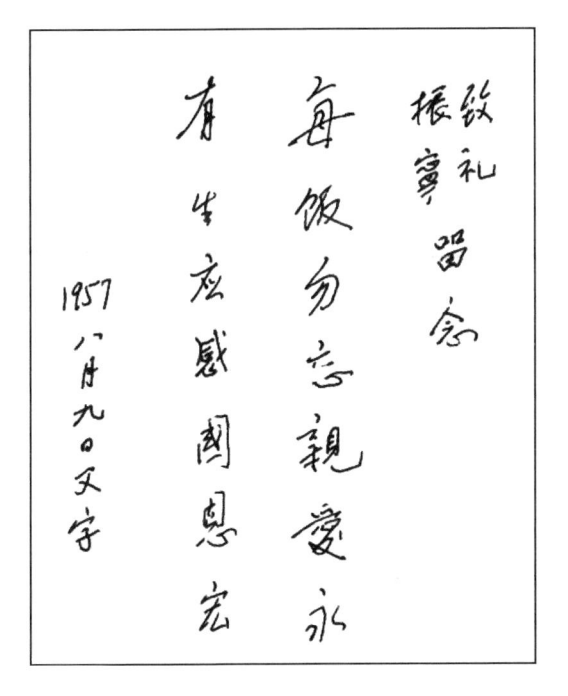

杨武之留给杨振宁、杜致礼的话

一

我印象很深的首先是这幅照片,它是杨振宁先生的父亲杨武之留给儿子儿媳的两句话,时间是 1957 年 8 月 9 日,地点在瑞士日内瓦。

故事要从杨振宁和李政道的合作研究说起。1956 年,杨李二人有关"宇称不守恒"的论文发表后,在国际物理学界引起轰动,1957 年 2 月,中国科学家吴有训、周培源、钱三强致电向他们表示祝贺,国内报刊对此进行了报道。杨武之先生看到以后,非常振奋,他提笔写信给周恩来总理,说这个杨振宁是我的儿子,他今年夏天要到瑞士工作几个月,请求周总理批准自己到日内瓦和儿子团聚。

当时,因为中美没有外交关系,双方人员无法往来,他们父子已经多年未见了。杨武之先生对周总理表示,见面以后,他想向儿子介绍新中国,并劝儿子回国效力。

周总理接信,立即派人到上海看望杨武之先生并协助他办理了出国手续。

于是,当年 6 月,这一对久别的父子在日内瓦相会。对于两个人来说,这是难忘的几个星期。父亲谨记他对周总理的承诺,极其兴奋地向儿子谈论新中国的各种新气象、新事物、新成就,甚至特地带着儿子去日内瓦中国领事馆观看新中国电影的纪录片。

杨振宁承认,父亲是他一生中对他影响最大的人。这不仅因为父亲是杰出的数学家,带领他走上了科学道路,还因为父亲的人格特别是家国情怀给他打下了深刻的烙印。

杨振宁曾说,他和父亲两人都喜欢的一首歌是这样唱的:"中国男儿,中国男儿,要将只手撑天空……古今多少奇丈夫……至今热血犹殷红"。

爱国,可谓父子同心。但是关于杨振宁是否归国,父子俩看法并不一致。杨振宁知道,新中国肯定需他这样的高级人才,但他正值事业上的黄金时期,依赖美国的科研条件,他肯定还可以取得更多的成就。此时若是回国,许多研究项目只能终止。

两人说到最后,父亲也觉得,此事不可勉强。

于是父亲在离开日内瓦之前,给儿子儿媳留下"每饭勿忘亲爱永,有生应感国恩宏"这两句话。

父亲这里讲"有生",意思是可以从长计议,提醒儿子,报国不分早晚。

从此以后,他们曾多次讨论这个问题。

60年代,杨振宁几次和父母一家到日内瓦和香港团聚。1971年和1972年,他又两次回到上海探望病重的父亲。每次见面,他们的话题很多,但总是少不了"归国"二字。父亲总会语重心长地对他说,"血汗应该洒在国土上"。

杨振宁总结父亲对他的教诲,就是让他"把目光放远,看清历

1984年夏摄于美国布鲁克海文国家实验室。

这是杨振宁母亲于88岁高龄一生唯一一次的美国游。杨振宁特别陪她到此窗外照了此相片。窗内的办公室是他分别于1954年和1956年写一生最重要的两篇论文的地方。

史演变的潮流",让他认清新中国建立"这个伟大事实对于世界的影响"。

所有这些,杨振宁都深刻领会了。然而,1964 年,他却作出了一个令父亲难以理解的决定:加入美国籍。

作出这个决定,杨振宁也经历了心灵的痛苦折磨。为了他的科学事业,他需要在美国享受到公民基本的平等待遇,尽管他已经取得了极高的科学成就,他仍然觉得自己有时会受到某种歧视。他曾在一次演讲中谈到:在美国历史上,"除了印第安人以外,没有别的少数民族曾受到中国人所遭遇到的无理性的迫害"。他也指出,现在"歧视虽然不似早年那样猖獗,但时至今日仍然存在"。

那是 60 年代,是黑人领袖马丁·路德·金因为"我有一个梦想"而被暗杀的年代。杨振宁的选择无可厚非。

但是,这样做毕竟是令自己的父亲失望了。杨振宁后来说:"我知道,直到临终前,对于我的放弃故国,他在心底里的一角始终没有宽恕过我。"

背负这样的歉疚,杨振宁几十年来内心的纠结可想而知。

但有一点非常明白,他留在美国,绝不是为了贪恋美国的物质享受。

有一件事可以作为例证。就在杨振宁加入美国国籍的 1964 年,他与父亲一家又在香港团聚了。那时中国第一颗原子弹刚刚爆炸,美国政府担心杨振宁回中国,遂指使其香港领事馆几次三番打电话给他,说可以帮助他的父母及家人移民美国。但杨振宁几乎不假思索地答复:"他们要回上海。"

他之所以如此明确地表态有两个原因。一是他知道父亲杨武之虽然早在1928年就取得美国芝加哥大学数学博士学位，去美国生活对他全无障碍，但是由于当时中美处于敌对关系，父亲绝对不会选择美国；二是他本人虽然入了美国籍，但这并不意味着永久定居，他仍然在做着有朝一日报效祖国的准备。

后来很多人分析，杨振宁1957年没有选择回国是明智之举。因为六七十年代，中国不仅科技落后，而且政治运动干扰频繁，客观条件的确难以开展尖端科学研究。虽然1957年杨振宁已经因"宇称不守恒"理论的研究得到诺贝尔物理学奖，他最重要的学术成果"规范场"理论，代表性论文也早已经发表，他差不多算是"功成名就"了，但有人统计，杨振宁作为20世纪世界上最伟大的物理学家之一，他的学术研究分别在统计力学、凝聚态物理学、粒子物理学和场论四个领域，达到所谓"诺奖级"水平的论文可能有13篇之多，而其中至少有10篇写于1957年之后，论文中有对"宇称不守恒"理论和"规范场"理论的进一步阐发，也包括阐释著名的杨－巴斯特方程的文章，这是可以和"宇称不守恒""规范场"并称为"杨氏三大理论贡献"的成果。试想如果他不能继续这些研究，这对于20世纪科学发展将是多么重大的损失！

没有回国不等于不能为国效力。自70年代以来，杨振宁先生先是致力于"建造中国和美国友谊的桥梁"，继而协助和支持中国发展科技和教育、培养人才，一直到晚年索性叶落归根，定居北京，在清华大学创办高等研究院。这一切都是履行父亲的遗愿，做"中国男儿"，将血汗"洒在国土上"。

不过，每当想起父亲，国籍问题仍然是他的一个心结。

终于，2015年4月1日，他重新选择，放弃美国国籍，加入中国国籍。理由很简单，他说："我的身体里仍然循环着我父亲的血液，是中华文化的血液。"

我想，他是以此来告慰父亲的在天之灵，让老人家可以兑现58年前对于周恩来总理所作的承诺。

二

另一幅照片，拍摄的是杨振宁70年代所工作的纽约州立大学石溪分校的中文校刊《石溪通讯》，介绍杨振宁轰动美国华人学界的一篇演讲。

这次演讲，源自杨振宁回国探亲的"破冰之旅"。由于五六十年代中美关系长期冻结，民间无法往来，杨振宁多年来只能在日内瓦、香港与父母及家人团聚，"文革"期间还被迫中断。到了1971年，父亲

《石溪通讯》刊登杨振宁轰动美国华人学界的演讲全文。

病重在上海住院，他要看望父亲只能回国了。恰巧这时他在报纸上看到美国国务院宣布解除对中美民间往来封锁的消息，便当机立断踏上归程。

说是"破冰之旅"，因为他是新中国成立后第一个访华的美国科学家。当时，虽说美国宣布"解冻"，但是像杨振宁这样世界顶级的物理学家，身份如此敏感，能否成行，尚有疑问。其实是大家都在观望，仍担心有未知风险。何况，中美无外交关系，谁也拿不到签证，"解冻"只是一个姿态。但杨振宁通过与中方沟通，硬是绕道法国，在中国驻巴黎使馆办理了入境许可。这一切都是需要一些胆识和魄力的。

他后来回忆，当他乘坐的飞机经云南入境中国领空时，他意识到自己回到了阔别26年的祖国，顿时激动得热泪盈眶。

这一次，他在中国逗留四周，上海和北京各两周。除了探望父母，他参观了北大、清华和复旦三所大学，中国科学院的三个研究所，回到了自己中学时期的母校和幼年在合肥的旧居，还去了大寨。他在国内受到了隆重的接待，周恩来总理接见了他，与他长谈将近5个小时。

亲眼目睹了新中国的新气象，杨振宁的心情异常兴奋。他下榻的北京饭店，房间墙壁上悬挂着毛泽东主席的两句诗："为有牺牲多壮

1971年，杨振宁第一次见到周恩来总理。

志，敢教日月换新天"，这使他感慨万千。的确，在离别26年之后，他确实看到中国天翻地覆的巨变。

于是回美国后，他到多所大学演讲，谈"我对中华人民共和国的印象"，演讲的题目，就是这两句诗。他的演讲，没有什么说教，不谈空洞的理论，只是生动具体地介绍他在中国所亲眼看到的一切。从学校里的学生怎样"开门办学"，医院里大夫和护士怎样采用针刺麻醉动手术，到工厂的工人在食堂吃什么，大寨农民住房是什么样的，一直到上海的妇女有多大比例穿裙子，其中又有多大比例是花裙子，等等，他几乎是带着一种新闻记者的眼光，在做实地报道。在他看来，这一切都反映着新中国的可喜变化，值得他大力赞美，广为宣传。演讲中，他并没有讳言"文革"给中国造成的混乱，教育和科研出现的停滞等等，看得出他力求以一种客观的态度来评价新中国。但是，毕竟处在那个时代，他也不可能超越时代的局限，所以他在演讲中涉及对"文革"的认识，在今天看来有些是不正确和不准确的。他自己后来也表示，当时没有能够了解"文革"的一些真相。不过，谁都不能否认，这个演讲当年在美国华人中起到的作用，确是极为积极和正面的。

我早知有这篇演讲，却一直没有读到。去年，杨振宁先生将它找出来电邮给我。我读后以为它的历史价值颇高，于是转给《中华读书报》。该报的编辑曾打算在该报全文发表，但最终因为篇幅太长而作罢。后来此文在一个名叫"哲学园"的微信公众号刊出。我注意到文末读者的留言，除了对杨先生的爱国之心表示敬意，还评价这篇演讲有助于读者了解70年代真实的中国。

重要的是，这篇演讲在美国华人中引起的震动，超过一般人的想象。由此，新中国受到更多关注，成为令海外游子神往的地方。支持新中国，热爱新中国，一时间在美国华人特别是留学生中形成风气。要知道，在中美没有外交关系的情况下，在美国读书的中国留学生基本上都来自台湾和香港地区。但是他们的政治态度，多数也转而倾向中国大陆。当时正值美国华人学界"保钓"运动风起云涌之时，杨振宁的这篇演讲给了"保钓"运动参与者极大的鼓舞，他们将杨振宁视为自己的精神领袖。据我了解，这些港台家庭背景的"左派"学人在当年形成的理念，给他们的一生留下了深深的烙印。在这批人中，有些人后来在美国或香港当了大学教授甚至大学校长，有的人成了企业家或者作家，无论做什么，都始终秉持当年的亲中爱国立场不变。此外还有一点相同，就是他们和我聊天谈及当年往事，都不约而同地谈到杨振宁先生的演讲给予他们的影响。

全美华人协会在《纽约时报》上刊登整版广告，要求美国政府放弃孤立中国的政策，尽快同中国建交。

鉴于杨振宁在旅美华人中的地位和声望，1977年全美华人协会成立时，他被推举为会长，历史学家何炳棣是副会长。这个协会的任务，就是团结全美华人，致力于发展中美关系，向美国政府施加压力，力争早日实现中美建交。于是，我们在《晨曦集》中又看到这样一幅照片：

这是以杨振宁为首的全美华人协会1977年2月27日在《纽约时报》上刊登的整版广告，以"亡羊补牢，犹未为晚"为醒目标题，要求美国政府放弃孤立中国的政策，尽快同中国建交。我们知道，约两年以后，1979年1月1日，美国政府顺应历史潮流，同中国正式建立外交关系。此时，人们不应忘记杨振宁和全美华人协会在其中所做的努力。

杨振宁一心向往新中国，自然也有人不高兴。他1957年获得诺贝尔奖以后，一直到1971年，受美国当局的限制，他无法回到中国大陆，但若要去台湾，道路却是畅通的。台湾方面自然希望利用他的影响做文章，故而多次邀请他，但每次都被他拒绝。因为他父亲曾经告诫他，即使一时不能回大陆，也绝对不可去台湾。于是他明白，大陆和台湾，对于他是一种政治选择。台湾方面看清了他的政治倾向以后，恼羞成怒，发表文章攻击他，竟然称他为"杨匪"。同时还有1979年3月苏联的报刊，将杨振宁说成是中国在美国的"第五纵队"。读过海明威剧本《第五纵队》的人应该知道，这意思是说杨振宁在美国给中共当"卧底"。当时正值中苏关系交恶，苏联人如此说，也证实了杨振宁在中美关系中特殊重要的作用。

还是周培源教授概括得好，他说："杨振宁是美籍华裔科学家访问中国的第一人，也是架设起中美之间科学家友谊和交流桥梁的第一人。光是这方面的贡献，杨振宁的成就就是无人能及的。"

这就是说，杨振宁在科学家之外，还是一位卓越的社会活动家，至少在70年代是这样。

三

《晨曦集》开印之前，杨先生忽然发来电邮，要增补一张照片。

这是一张多人合影，记载的是2017年9月14日杨振宁和翁帆参观上海应用物理研究所的自由电子激光设备（FEL）。图片说明写道："FEL是20世纪末新发明的设备，杨振宁多年来多次建议中国建造FEL，争抢世界第一。他的建议现在终于实现了，他十分高兴。"

自由电子激光是近几十年发展起来的国际高科技领域的尖端技术，被科学家们誉为科技界的"新金矿"，是新世纪带有战略性的研究课题。为了让中国科技赶超世界领先水平，杨振宁从1997年5月开始，不断向有关部门和领导呼吁中国尽快进入这方面的研究。据说光是写

杨振宁和翁帆参观上海应用物理研究所的自由电子激光设备。

信，就写过8次，可见他心情之急切。

这件事让我想起杨振宁在中国高科技发展方面的重要作用。几十年来，杨振宁身体力行帮助中国培养尖端科技人才，从设立中美教育交流委员会（CEEC），选拔百多名高端学者到美国深造，到亲自为中山大学、南开大学、清华大学建立研究院所，为此甚至自己在海外到处"化缘"，以筹集资金启动相关项目。在这些方面他付出的心血颇多。

然而我更赞赏的是他对中国科技发展提供的建议。他总有一种与众不同的眼光和境界。可以说，从1972年向周恩来总理提出中国应该重视大学里的基础理论教学和研究开始，此后近半个世纪，杨振宁与中国领导人和科学家会面，每每都会为中国科技出谋划策。其中最令人难忘的，是他与诸多科学家关于大型加速器的争论。

1972年7月，杨振宁在北京参加了一个"高能物理发展与展望"的座谈会，会上就中国是否需要上马大型高能加速器的问题展开讨论。多数中国科学家是主张立刻上马的，因为大家看到中国科技落后于国际先进水平，急切地希望在高能物理领域迎头赶上。当时，杨振宁知道，除了这些科学家以外，已有中央领导表态支持加速器上马。但是他分析当时中国的现状，刚刚经历了6年"文革"，教育基础薄弱，人才培养停滞，物质匮乏，资金不足，所以他明确表态，"这件事过些年讨论也不迟"。在会上，这个意见语惊四座。接下来的情况，如果不说杨振宁是舌战群儒，至少也可以说是力排众议。他强调："中国应当对于人类有较大的贡献，但我不觉得应当是在高能加速器方面。"

在他看来，大加速器对于中国，不是能不能做，而是值不值得做，和在今天条件下该不该做的问题。同样是花两个亿人民币，用于大型高能加速器，或者用于制作计算机，用于生物化学研究，哪个更有益？这是真正的问题所在。

在这里，杨振宁说真话，敢直言，其实是设身处地为中国着想。他是在帮助中国算一笔账，就像居家过日子，怎样才能少花钱多办事。然而他后来却遭受了不少误解，有些人竟然以狭隘的心理揣测，说杨振宁是担心中国发展了高能物理而超越了他的水平，所以不让中国搞加速器；还有人听说李政道表态支持发展高能加速器，就说杨振宁是因为和李政道不和，所以"逢李必反"。总之污水泼来，杨振宁何其冤枉！

但是不管有多少人说了多少难听话，杨振宁坚持自己的观点，他不会见风使舵，更不会迎奉他人。此后40多年中，每当有人谈起中国要投巨资搞大加速器，他都不支持。

2016年，物理学界又展开了一场讨论：中国是不是需要建造超大对撞机？

2005年，吉姆·赛蒙斯（Jim Simons）夫妇捐赠给清华大学高研院的住宅楼落成。前左一是时任清华大学校长的顾秉林，右一是物理学家聂华桐。这座建筑，是杨振宁为清华争取到的海外资助。

大家知道，所谓超大对撞机是在大型高能加速器基础上发展出来的一种装置，作用也是用来发现新的粒子。所以，今天讨论建造超大对撞机，和过去讨论建造大型加速器是一回事，只是与过去相比，今天的设备更加先进，需要花更多的钱。

为此，杨振宁又发表了一篇引人注目的文章，题目是《中国今天不宜建造超大对撞机》。他的理由几乎和当年相同：缺乏性价比。

他说，从美国人的经验来看，这个投资是"进无底洞"；从中国国情来看，中国仍然是发展中国家，投资200亿美元建超大对撞机首先对解决燃眉之急不利，其次会挤占其他学科的科研经费。而这项投资对于人类生活的实在好处，一时还看不到，"短、中期内不会有，30年、50年不会有"。

所以他建议还是做"不那么费钱"而又迫切需要的项目，也就是说，要追求投资的效率。

他又一次直言"放炮"了，还是像40多年前一样口无禁忌，说了真话。他并不介意仍然有人以狭隘之心曲解他的意思，也不怕被人再次泼污水。

他早已把个人得失置之度外。

倒是数学家丘成桐的几句话对我有一个重要提醒。他说自己不理解杨振宁为什么会反对建造超大对撞机，因为对撞机所进行的"这些实验背后的基础理论都用到杨先生的学说。每一次突破后，我们对杨先生的学问更加佩服"。

我想，这正巧说明了杨振宁先生提出的意见完完全全是出于公心。他竟然会反对一个可以不断证明自己正确而伟大的项目上马，难道别人还有理由去怀疑他的动机吗?

令人欣慰的是,在这次交锋中,观战的读者比过去理智和成熟。杨振宁从中国的国家利益着眼提供的意见,得到了广泛的理解和支持。

对杨振宁这篇文章,我注意到网上有一个民意测验性质的投票,问题是:你支持还是反对杨振宁先生的看法?

总共有61645人参与,其中44406人支持杨振宁,占总数的72.03%,反对他的只有7900人,占总数的12.81%,其余的人说不清自己的态度。

这个数字让我感叹,读者的眼睛毕竟是雪亮的,公道自在人心。

其实话说回来,在加速器和对撞机的问题上,杨振宁所体现的只是一个科学家一贯的务实精神和效率意识。

他绝非临时起兴,而是在每一件事上都如此。

比如,他在清华建立高等研究院,就有意识不往大里发展,而是注重追求质量,培养杰出人才。过去一段时间,他们集中在凝聚态物理人才方面下了功夫。杨振宁曾经很欣慰地对记者说,在美国这个领域的20个顶尖青年科学家中,有一半都是清华出去的。现在这批人在美国深造后,正在陆续归来。他认为这就是有效率地培养人才的方法。

再比如他带博士生,也是试图帮助学生寻找"投资效率"较高的领域。他发现高能物理因为曾经是热门,吸引了大批高级人才,导致这一学科人才拥挤。而该学科出成果严重依赖实验结果,由于实验数据的缺乏,必然是"僧多粥少",故而研究工作的效率肯定较低。于是杨振宁便劝告他的几个天分极高的学生放弃高能物理,建议余理华进入"自由电子激光",建议赵午转入"加速器物理",建议张首晟选择"凝聚态物理"。后来,这三位学生都在各自的领域里顺利得到相应的发展机会,成为世界知名的科学家。

由此我们看到,这种务实观念和效率意识,或许就是杨振宁之所以取得超越常人的人生成就的内在依据。

四

《晨曦集》里收入的这张照片,2005年2月摄于广州。

照片上,杨振宁和翁帆身穿黑白条纹情侣装在路边长椅上促膝而坐,娓娓而谈,两人神态亲昵,充满温情。大家知道,他们是2004年底在广东登记结婚的,这张照片,可以算是新婚照之一。

还记得吗?当初他们结婚的消息传出,两人是经历了一场舆论考验的。由于年龄差距大,网上议论纷纷,一时成为热议话题。大多数人不理解两人的爱情,很多人不看好这场婚姻。但他们以平和的心态,从容面对舆论压力,走自己的路,全然不在意别人怎么说。只是台湾女作家平路在《亚洲周刊》上发表《浪漫不浪漫?》一文,论定杨翁

杨振宁和翁帆

之恋有一种"解决不了的孤独",他们才公开做了回应,说:我们相处的真相,是"没有孤独,只有快乐","我们两人都认为,我们的婚姻是天作之合"。

紧接着,他们接受了一次记者采访。翁帆对记者说,"振宁说过,三四十年后,大家会觉得是一个非常好的罗曼史,我也这样觉得。我这样想没有什么特别理由,只因为我们生活得很好。"

的确,婚姻是否美满,只在于两人自己的感觉,别人是无从判断的。那些凭借自己想当然的理解对杨翁之恋说三道四的人,实在无聊而可笑。

我相信,杨翁二人所说都是他们的真实感受。因为翁帆纯真,而杨振宁从来就是一个实话实说的人。他曾讲过自己基本的为人处世原则,就是"做一个简单的人,不复杂,没有很多心思"。心里怎么想。嘴上就怎么说。以我观察,他的确是从不讲漂亮话的。

我看过杨翁二人接受电视主持人杨澜采访的视频。那天杨澜问了杨振宁一个很尖锐的问题:如果没有遇到翁帆,你是否仍然会再婚?

此时我想,既然杨振宁已经宣称,他和翁帆是"天作之合",那他顺理成章应该说,她是我的唯一,如果没有她,我不会再婚。这样一说,自然可以凸显两人爱情的坚贞不渝。

但杨振宁没有这样回答,他诚实地说:"我这个人不能忍受孤独。如果没有翁帆,我可能也会再婚。"但他接下来话锋一转,说遇到翁帆是自己的幸运,翁帆是最好的,是"上帝送给我的礼物"。

如此回答自然是不够"漂亮",但杨振宁的真诚反而赢得了人们更多的信任。

真诚，我以为是杨振宁和翁帆爱情的基础。他们彼此真诚相待，已经一起走过了15个年头。记者的摄像机一直追随着他们，我们看到的是他们始终恩恩爱爱，相敬如宾，无论在哪里，两人永远出双入对，相随相伴，而且永远"十指相扣"。试想，15年的时间还算短吗？难道时间还不能说明问题吗？看过玛丽莲·梦露电影《七年之痒》的人应该知道，婚姻7年就是一个考验期，而杨翁之恋，已然跨越了两个7年！

这15年，杨振宁和翁帆在一起，自己也感觉年轻了很多。他的身体在翁帆的照料下，也一直非常健康。现在96岁，除了增加了一支拐杖，看不出他有什么变化。其实那拐杖并非必要，他借助拐杖是为了走路可以更快。

杨振宁和他的朋友们都非常感谢翁帆对他的陪伴。去年5月，在《晨曦集》的新书发布会上，中国科学院院士、南开大学教授葛墨林发言，特别指出杨振宁今天以如此高龄仍然可以活跃在学术舞台上，翁帆功不可没。的确，衣食起居，翁帆对杨振宁的照顾无微不至，人们简直不能想象，没有翁帆的杨振宁会如何。

不过我想说明，翁帆对杨振宁的陪伴，并不意味着她是在牺牲自己成全他人，她和杨振宁是互相成就的。翁帆也有自己的事业，近年来一直在攻读清华大学建筑史专业的博士学位，常常踏着梁思成和林徽因的足迹到各地去考察文物古迹，也需要经常写作专业论文。她和杨振宁有共同的爱好，闲时一起读书、唱歌、看电影，一起旅游，但忙的时候，也是各忙各的。他们住在杨振宁筹资为清华高研院盖的专家公寓楼里，白天上班时间，一人在楼上，一人在楼下，互不干扰。如果有事要通知对方，甚至还通过电话和电邮。他们彼此尊重，这是他们长期保持和谐的基础。

那么,两人是否也有过意见分歧呢?肯定也是有的。比如,杨振宁不大相信中药里的"补品",但是翁帆要煲广东风味的汤,肯定要放入一些"药材",杨振宁通常一边喝汤,一边说"不信",但也必须接受翁帆的好意。

我亲历的一个故事更能说明问题。

《晨曦集》的扉页后面,需要插入杨振宁一张近照,我向翁帆索取,她选择了这样一张发给我:

于是我们拿它做好设计,送请杨振宁先生过目。

杨先生给我回信问,这张照片是哪里来的,是哪一年照的?

我说是翁帆选好的,摄于2005年。

杨先生说,"我不同意用这张13年前的照片,它显得我太年轻了。我要再照一张换上来。"

于是他和翁帆商量,写了一封英文信,里面有这样的句子:

I HATE pretension.

同时给我写信说:"我恨不真,95岁的人不该装年轻。"

显然,他认为这关系到做人是否诚实,是一个原则问题。

但是这时正是三九天,北京最冷的时候,最低气温零下17度。

我猜想,翁帆是不会让杨先生冒着感冒生病的风险去照相的。

果然，后来翁帆对我说，她说服了杨先生，还是用这张照片，但是要在照片下面加上说明：摄于2005年。

这样两人就达成了一致，他们都坚持了自己的主张。

由此，我相信，他们俩平时的相处，一定有很多非常有趣的细节。

有些生活细节，从杨先生为翁帆制作的一段"小电影"中，可以逼真地呈现出来。

去年秋天，杨先生在电邮里问我，"你看过'小电影'《帆帆陪着我走过》吗？"我说，"没有，很想看。"于是两天后我收到杨先生的快递邮件，拆封后看到一个铝制的小盒子，盒子里面有一只U盘。盒子外面印着"杨翁制片厂精制"几个字，"杨翁"当是双关语，我见此会心一笑，觉得杨先生真是童心未泯。

我播放影片，发现这个"小电影"不长，一共十几分钟。内容是杨先生和翁帆15年来生活片段的录像剪辑，杨先生在片段之间加入字幕，写下自己的一些感受。录像画面则记录了十几年中两人一起到过的许多地方，有北京清华大学、香港中文大学、美国普林斯顿大学、纽约州立大学石溪分校等，从情景中可以看到他们是多么深挚地彼此

2018年5月，杨振宁和翁帆在《晨曦集》新书发布会上。

关爱，多么愉悦地享受着相互陪伴的人生：两人手拉手唱歌，互相问答对话，满满地都是真情流露，留下的都是难忘的记忆。其中有一段是 2017 年他俩到云南腾冲的"傈僳人家"做客，穿上了少数民族色彩鲜丽的服装，杨先生顶着阿哥的帽子，翁帆戴上阿妹的头饰，两人并排而坐，人们说他们好像是在按少数民族风俗重新举办一场婚礼。杨先生此时哈哈笑起来，对着镜头说："当年我们结婚时，很多人认为我们的婚姻会瓦解，现在那些人要失望了。"

他说得没错，当初说这些话的人，现在都不见了。

这部"小电影"的末尾，杨先生加入了这样的字幕：

我今年 96 岁了，十分幸运，我还能走路，有时还去办公室。我知道岁月不饶人，所以制此电影，来记录帆帆陪着我走过的晚霞灿烂的岁月。

电影戛然而止，而我内心涌起深深的感动。

我又一次想起杨先生的预言："三四十年后，大家会觉得是一个非常好的罗曼史。"我知道杨先生在科学上是预言家，他的"规范场"理论中的一些预言近年来不断得到科学实验的证实。因而我相信，关于自己的人生，他的预言也不会错。

2019 年 3 月 2 日

翁帆笔下的杨振宁先生

今年 9 月 22 日,是杨振宁先生 99 岁生日。按民间"过九不过十"的旧俗,这就是百岁寿辰。为了迎接这个日子的到来,商务印书馆特地赶制出版了《晨曦集》(增订版),作为杨先生的生日贺礼。《晨曦集》原版于 2018 年 5 月出版,此次增订,增加了 13 篇文章,10 万字左右的篇幅,照片连黑白带彩色的共增加了近 40 幅。

仍然是杨振宁、翁帆编著,但增加的文章,主要是杨振宁本人和友人回忆杨振宁的作品。在编辑过程中,我曾几次建议翁帆多写几篇,因为在我看来,她与杨先生相依相伴 17 个春秋,时时可以近距离观察杨先生,这是任何人都做不到的。我希望她能尽可能地留下珍贵的记录。但是,因为翁帆处事非常低调,她喜欢退到幕后,多年来不仅从不单独接受媒体采访,也极少写文章谈论杨先生。这一次,为了编书,她表示会写一写,但是最后仍然只提供了一篇极短的文字和一篇后记。

《晨曦集》(增订版)

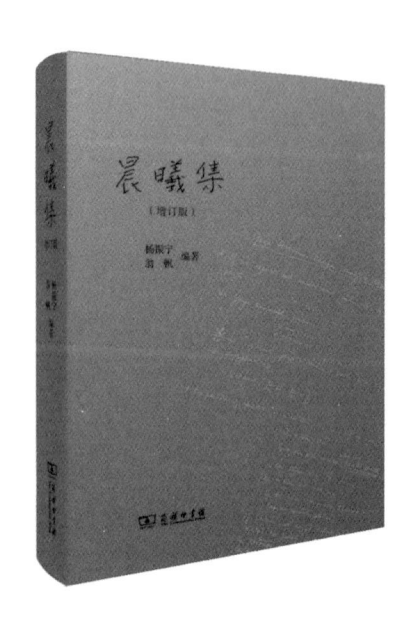

加上原版收入的一篇千字文和后记，署名翁帆的作品，在增订版中只有4篇，一共大约五千字。

但是，这五千字在我看来却很有些分量。文章虽短，却都言之有物，把她想说的话都说了，而且是抓住重点来说。由于作者惜墨如金，一般读者，也许看不出名堂，所以或许是需要做一点解读的。

一

书中收入的《杨振宁先生的"精"与"傻"》，最初刊登在2017年4月19日的《中华读书报》上。翁帆写此文，纯粹是有感而发。当时，由于杨振宁先生放弃美国国籍、重新加入中国国籍，网上有很多议论，说怪话的人不少。凤凰卫视甚至专门为此进行了三人谈，主要观点是肯定的，但其中也有一种意见，认为杨振宁很"精"，意思是他在美国可以给他好处的时候，选择美籍，而在中国可以给他好处的时候，就选择中国籍，这是一种利己主义的精明。

翁帆认为，这种认识与她所了解的杨振宁不同，于是在文章中举了四个小例子。

前两个例子，一是说杨振宁于1971年夏天到中国大陆探亲访问。回美国后在许多地方，包括多所大学和好几个中国城，做有关新中国的演讲，介绍"中国翻天覆地的变化"，引起轰动。他的举动也让美国中央情报局多次找他"谈话"，给他施压。二是说杨振宁对政治风险全不在意，此后致力于沟通中美两国关系，于70年代后期出任全美华人协会会长，向美国社会介绍新中国，强调中美建交的必要性，遭到国民党驻美国机构的辱骂。

　　这里集中展示的是杨振宁的家国情怀。熟悉情况的人都知道，杨先生虽然因为现实压力和特殊处境，不得已而加入美国籍，但是他的中国心始终未变。进一步说，我以为，这颗中国心还因他首次归国旅行而被点亮、大放光彩。《晨曦集》（增订版）披露了杨振宁 1971 年的演讲全文，标题为《为有牺牲多壮志，敢教日月换新天——杨振宁先生讲中华人民共和国之行印象》，这篇演讲，字里行间洋溢着他对新中国的深厚感情。虽然，在"文革"后期那个特殊历史条件下，杨振宁和我们当时的大多数人一样，对"左"倾思潮的认识带有一定的局限性，但是，他的确是发自内心地看好新中国，力挺新中国。可以说，这次演讲，也在某种程度上改变了杨振宁的人生。在此之前，他是一个纯粹的自然科学家；在此之后，他同时也是社会活动家。他不仅四处演讲，甚至参与领导了留美学界的"保钓"运动。他以杰出华人科学家的人格魅力和号召力，迅速成为旅美华人的领袖级人物，他的思想和言论，唤醒了整整一代旅美华人的爱国情感，改变了诸多美国人对新中国的印象。大家都知道中美两国关系的"解冻"始于"乒乓外交"，却未必了解杨振宁这篇演讲对于美国人重新认识中国的意义。我认为，如果将来有人写中美关系史，这是绝对不可忽视的史料。

　　若是以"精明"的标准要求，杨振宁这样投身爱国事业其实很"傻"，一来社会活动占用大量精力，耽误他的科学研究，二来在政治上受到美国和中国台湾地区敌对势力的仇视。以当时美国中情局对他的警告，他甚至可以感受到可能被暗杀的危险，而台湾当局对他又拉又打，给他的压力也很大。1957 年他获得诺贝尔奖之后，第二年台湾当局就授予他"中研院"院士,此后多次邀请他访问台湾,均被他拒绝。后来,他因为呼吁美国和新中国建交,竟然被台湾当局诬为"杨匪"。但杨振宁不改政治选择,他恐怕根本就没有想过,自己究竟是"精"还是"傻"。

翁帆举出的第三和第四个例子,都是在讲杨振宁在中国建造大型高能加速器上的态度。说的是他40年如一日,坚持了一个极不讨好的学术观点。

1978年中央领导向杨振宁征求关于建造高能加速器的意见。翁帆说,杨先生明知领导同志在热切地等待他表示支持,但是他认为,中国"文革"刚刚结束,百废待兴,可做的事情很多,大加速器项目不是当务之急。他表明了反对态度,不附和任何人的意见,不管对方地位多高。

2016年多名外国诺贝尔奖得主建议中国建造超大型对撞机,杨振宁于9月初在网上发表《中国今天不宜建造超大对撞机》一文,还是从成本效益的角度作出否定的选择,又引起许多同行不满。翁帆说,杨先生知道写这样的文章会得罪人,但是他必须说真话。

以我的了解,在此问题上的确有人怀疑杨振宁的动机是一种利己的考虑。例如有人说,因为他和李政道有矛盾,凡是李政道支持的他都反对。还有人说,杨振宁害怕中国出现更多的高能物理学家,科研成就超过他本人。这些,都只能说是狭隘之论。

其实这个问题,《晨曦集》(增订版)收入我的文章《从杨振宁的几幅照片谈起》已经讲清楚了。杨振宁究竟是为公还是为私,最有说服力的证据,是丘成桐的一句话。

众所周知，在近几年有关超大对撞机的争论中，丘成桐和杨振宁的观点是针锋相对的。丘热情支持建造而杨极力反对。但是丘成桐说，超大对撞机所进行的"这些实验背后的基础理论都用到杨先生的学说。每一次突破后，我们对杨先生的学问更加佩服"。

讲私心，哪个科学家不希望自己的研究成果时时被人肯定和称赞？如果杨振宁考虑的是个人利益，那么他的确不应这样"傻"，而应该毫不犹豫地支持超大对撞机项目上马。

翁帆这篇千字短文，只用4个小例子，不仅写出了杨振宁先生的家国情怀，而且写出了他的求实精神。寥寥数语，人格凸显。

二

编辑《晨曦集》（增订版）时，翁帆补入了《杨振宁的"雪泥鸿爪"》一文，此文更短，只有500多字，讲的却是一件关系到杨振宁声誉的大事。

读者应该都听说过"杨李之争"，就是杨振宁和李政道分道扬镳的故事。

杨和李，曾经有过长达16年令人羡慕的亲密合作，并一起获得1957年的"诺贝尔物理学奖"。然而，1962年，他们彻底分手了，这对他们双方都是极端痛苦的事情，杨振宁甚至说，这种痛苦远超过一次离婚。

分手的原因，是在曾经带给他们诺贝尔奖荣誉的"弱相互作用中宇称不守恒"理论发现中，究竟谁的贡献更大，两人出现分歧。

李政道曾以一个现代寓言故事比喻他们的合作:

一个阴暗有雾的日子,有两个小孩在沙滩上玩耍,其中一个说:"喂,你看到那闪烁的光了吗?"另一个回答说:"看到了,让我们走近一点看。"两个孩子十分好奇,他们肩并肩向着光跑去。有的时候一个在前面,有的时候另一个在前面。像竞赛一样,他们竭尽全力,跑得越来越快。他们的努力和速度使他们两个非常激动,忘掉了一切。第一个到达门口的孩子说:"找到了!"他把门打开。另一个冲了进去,他被里面异常的美丽弄得眼花缭乱,大声地说:"多么奇妙!多么灿烂!"结果,他们发现了黄色帝国的宝库。他们的这项功绩使他们获得了重奖,深受人们的羡慕。他们名扬四海。多少年过去,他们老了,变得爱好争吵。记忆模糊,生活单调。其中一个决定要用金子镌刻自己的墓志铭:"这里长眠着的是那个首先发现宝藏的人。"另一个随后说道:"可是,是我打开的门。"

这段故事非常形象地展现了两人从合到分的情景。他们的合作,是对一个科学假设的成功论证。论证中,两人有过多次讨论和交流,也有过长达两个星期的计算求证。整个过程,两人有着高度一致的回忆,就像上面故事里说的,他们竭尽全力地向着同一个目标奔跑。奔跑的感觉是快乐的、美好的、激动人心的。然而,当他们需要向别人介绍这项合作时,却遇到两个问题:第一,科学的假设是谁提出的?这是谁的创意?或者说,谁是寓言故事中那个发现闪烁的光点的孩子?李政道说,是他,这与杨振宁无关。第二,这篇论文的初稿是谁执笔写出来的？也就是说，谁是那个寓言故事中打开门的孩子？从逻辑上说，这个人应是论文的主要作者。李政道说，是他，写出论文后交给哥伦比亚大学物理系的秘书打印的。

然而杨振宁有着完全不同的记忆。他认为，提出"弱相互作用中宇称不守恒"的科学假设，是需要灵感的，而这种灵感的激发，依赖于一定的理论基础。所谓理论基础，指的是对称原理，杨振宁说，自从 1948 年以后，他就致力于对称原理的钻研，到 1956 年与李政道合作写"宇称不守恒"一文时，他已经是对称领域有名的专家，而李是逐渐被杨带入这个领域的。所以对于这项科学发现究竟是谁的创意，尽管两人今天谁也不能提供"铁证"，但是客观推论，我们会倾向于认为，这个创意首先来自杨振宁而不是李政道的概率更大。不过这个问题，目前无解，只能像吴大猷讲的那样，"不在世人前争，让 truth 慢慢地展现出来"。

至于论文是谁执笔写的，两人各执一说，倒是可以通过查证原稿判断。李政道说，当时杨振宁犯了腰痛病，于是他自己独立写作了论文并在自己的学校打印。但杨振宁回忆，他的确患了腰病，不过这篇文章，是他躺在床上口述，由夫人杜致礼记录成文的。写成后征求李政道意见，李做了一点小的修改退回，杨又请专业人员打字印刷。

这里要说的是，《晨曦集》（增订版）发表翁帆《杨振宁的"雪泥鸿爪"》一文的作用。文章没有一点论辩色彩，只是平静地叙述一些照片的来历。原来，文中有几张插图照片拍摄的是杨振宁现存于香港中文大学档案馆的文稿（即当时原稿的复制件），文稿内容则是他在普林斯顿时期最重要的两篇论文，一是关于"规范场"理论的，二是关于

"弱相互作用中宇称不守恒"的,也就是获得诺贝尔奖的论文。两文都是杨振宁交给布鲁克海文国家实验室的打字员打印的,上面有编号可以证明。而两文中都有几个数学公式,当时的打字机打不出来,因为那时没有电脑,打字员使用的英文打字机里没有希腊字母。于是杨振宁亲手把公式写到纸面上。为此翁帆感叹地对杨先生说:"好呀,你留下'雪泥鸿爪'了。"意思是说杨留下笔迹。这笔迹,对于"规范场"理论来说,没有什么特别的意义,但是对于"宇称不守恒理论"来说,就成了杨李之争的证据,说明原始文稿出自杨振宁而不是李政道之手。

翁帆没有多置一词,用材料说话,把一场复杂的争论画上了句号。

杨振宁留下"雪泥鸿爪"的手稿。

三

《晨曦集》(增订版)中翁帆写的另外两篇文章,就都是本书的后记了。

本书原版出版时,翁帆写了极其简短的后记,只有半页纸。其中只重点表达了一个意思,杨振宁先生是一个幸运的人。她说:

与先生在一起十几年,渐渐明白了,一个如此幸运的人,他关心的必然是超越个人的事情。同样,一个如此幸运的人,自然是率直、正直、无私的,因为他从来不需要为自己计较得失。

这是翁帆对于杨振宁"幸运"的解读。她说得非常含蓄,没有讲他究竟为什么幸运,这幸运来自哪里?以我的理解,这幸运一定与他的精神境界有关。

从理论上说,每个人的精神境界,都会受到现实环境的制约,这是因为,作为社会的人,总是要依赖社会的评价来确认自己的价值。人的内心纠结和烦恼常源于此。但是杨先生已经超越了这一切,他与普通人不同,不仅年轻时就已功成名就,而且作为当今在世的最为杰出的物理学家,他的名字被认为可以和牛顿、爱因斯坦、狄拉克等大师排在一起,他的人生和成就,在全世界范围内已经获得了历史性的高度评价。所以他不会被拖进当前现实的泥沼之中,人们那些嘈杂的议论和评价,例如在"杨李之争"中贬损他、在"杨翁之恋"中诋毁他的言论,对他来说无伤毫发,他从未受到困扰。他只需要记住一句话，历史自有公论，就足够了。这当然是幸运的。

杨振宁先生的这种精神境界，类似于佛教中圣者的"无我之境"，摒除了个人杂念，便去除了尘世间的烦恼。于是便像翁帆所说，"他本可以做一个高居于科学金字塔顶端的活神仙，可是他对国家民族的责任感，让他义无反顾地坚持做他认为重要的事情"。

以我看，事实就是如此，这是境界使然。

《晨曦集》（增订版）出版前，翁帆又写了一篇后记。她自己说："今年，杨先生99岁了，我们不能再像以前一样开车到处走。写这篇后记，既是记录新编《晨曦集》，也是记录我们一起走过的日子。"

这一次，翁帆采用散文笔法，叙述了她和杨先生相互陪伴的点点滴滴。以前，我曾经观看过他俩录制的小视频，记录他们在美国、香港旅游的情景，视频中两人互动，欢声笑语，相亲相爱，其情可感。这篇后记，翁帆仍旧选择这样的角度：和杨振宁先生一起旅游。

文章中说，有些初次见面的人问翁帆："你是不是杨先生的学生？"她回答说："不是，他没有教我物理，他教我开车。"

翁帆写道：

杨先生总是说，在香港不开车的话会错过太多的美好。的确，香港的自然环境得天独厚，就连沿途的自然风光也总是百看不厌。郊外的路径和设施通常非常便利，丝毫没有破坏大自然的美感，一切人工干预恰到好处，不多不少。一路走来，总觉得十分舒畅。那些年，我们走遍了香港的山山水水。

这篇散文便是从杨先生手把手教翁帆开车写起。其中讲到杨先生85岁以后,才把开车的任务移交给翁帆。翁帆刚刚拿到驾照,杨先生就让她直上太平山顶。那段路,陡峭而狭窄,每每到转弯处都不免令人心惊肉跳。然而当翁帆如履薄冰、手心出汗时,杨振宁却始终神情自若,给她鼓励。一次在香港的最高峰大帽山,翁帆在山顶上欲刹车时错踩油门,车子前冲,距离山崖只剩两三米,险些酿成一场灾难。从此翁帆心有余悸,不敢再上大帽山,杨先生却不当一回事,反而嘲笑翁帆"胆小如鼠"。

他们特别喜欢香港西贡的海边风景,翁帆还经常下海划橡皮艇,一直划到远方的小岛,而杨先生就坐在岸边喝茶读报。两人都感到非常惬意。然而有一次翁帆所到的小岛上没有手机信号,与杨先生断了联络,急得杨先生差点报警。

杨先生是敢冒险的,美国一些陌生的国家公园,他也要去闯一闯。他开车,让翁帆拿地图导航,两人合作完美。去太浩湖区之前已经下了一周的大雪,翁帆有些胆怯,但杨先生执意要去。天黑了,两人冒雪行车,翁帆紧握方向盘,杨先生在一旁不断提醒和指点,于是一路有惊无险。因为杨先生的好奇心,他们甚至还在半夜里开车到火山附

杨振宁与翁帆在美国
黄石国家公园(2006年)。

近,去看喷发出来的熔岩流入海中的盛景。

这篇散文写得精彩。我把它分别转给北京和香港的两家报刊,他们都一致叫好。中央电视台的《读书》栏目收到《晨曦集》(增订版)样书时,第一时间就发现了翁帆的后记生动可读,有细节,有情趣,有味道。他们当即决定要以这篇后记为主,做一期节目,说说翁帆眼中的杨振宁。

如果说,《晨曦集》原版的后记突出了杨振宁先生的品格和境界,那么这个增订版的后记,则写出了杨先生的性格。他兴趣广泛、好奇心强;他沉着冷静、定力十足;他勇于尝试,富有冒险精神,这些个性特征都跃然纸上。

由此,翁帆用她的笔,将这位鲜活、亲切、生动可感的百岁长者杨振宁先生送到了读者面前。

2021 年 9 月 7 日

从吴敬琏三次改书名说起

今年是改革开放四十年，如果有人问，四十年来，哪一位经济学家对改革实践和理论的研究贡献最大，我会毫不犹豫地说，是吴敬琏先生。

吴敬琏被誉为"中国经济学界的良心"，他始终在引领社会思想潮流，探索社会发展道路，为改革开放鼓与呼。他的一系列著作，为推进中国社会变革，发挥了极大的影响力，这是尽人皆知的。作为编辑，我们为他编书，从合作中深深感受到吴先生对于改革事业的真诚与激情，故事很多，这里只想讲讲他三次改书名的小事。

一

大约是2011年，三联书店领导班子研究图书选题时，考虑到在市场上适销的品种要优先发展，决定增加策划"二十讲系列"的图书品种。此前，三联出版过清华大学建筑系教授楼庆西的《中国古建筑二十讲》、陈志华的《外国古建筑二十讲》等，都是专家写作的文化普及读物，市场反应很好。我们希望在其他学科，也可以编辑出版同类的图书。

总经理樊希安找来熟悉经济学科的编辑贾宝兰，问她可不可以策划一本《中国经济改革二十讲》，就请吴敬琏先生来写？贾宝兰觉得，吴先生显然是最合适的人选，但是他太忙，恐怕没有时间做这件事。樊希安说："没关系，咱们可以请马国川协助他做。"

马国川是知名媒体人，《财经》杂志主笔。他有经济记者的专业素养，思想敏锐，善于对当代社会的重要话题进行揭示和阐发，曾经和许多著名学者进行过对话，并在三联出版过《我与八十年代》《风雨兼程：中国著名经济学家访谈录》等著作。请他和吴先生合作自然没有问题。

贾宝兰把这个建议传达过去，吴先生当即表示同意。我们知道，关于这个题目，吴先生其实有话要说。他不仅是亲身参与了中国经济改革全过程、从不间断地为改革献计献策的经济学家，而且也是始终对中国经济改革问题进行跟踪研究的学者，多年来撰写过大量论文，对经济改革的来龙去脉进行过清晰的梳理。现在要他写这样一本书，其实是轻车熟路。但是，作为经济学家，吴先生的特点就在于他的问题意识极强，对于当前的改革状况，他有一些不得不说的话。

这本书要对1978年以来的中国经济改革作一个总结，但是不能止于作总结，而且要提出问题，找出针对性的解决办法，从而探索今后的发展道路。内容以吴先生过去多次讲课的讲稿为基础，写法上，则采用吴先生和马国川对话的方式，将论题归纳为二十个，是为"二十讲"。从"苏联社会主义经济体制为什么需要改革"谈起，讲到"1956年中国改革问题的提出"，"文革"结束后经济体制改革的全面铺开，一直讲到现在"市场化改革尚未完成"而经济增长模式转型遇到困境、改革出现停滞的状况。第一讲开宗明义地以"中国再度面临'向何处去'的问题"为标题，而最后一讲则毫不含糊地主张要"重启改革议程"，显示出这本书不同于一般性地总结经济改革过程的著作，而有一种强烈的"问题主导"倾向。

出版之前,吴先生问我们,书名如何定?我们知道,他有个习惯,书写好后再斟酌书名。我们说,这是为三联的"二十讲"系列图书策划的选题,就叫《中国经济改革二十讲》吧。用这个题目,有利于对大众读者介绍和宣传。吴先生听了,没有表示异议。

此时正是2012年12月,当时中央刚刚召开过十八大,习近平同志当选为中共中央总书记,紧接着就在邓小平发表"南方谈话"二十周年之际,到深圳考察,向邓小平塑像献花。在深圳,习近平强调"改革不停顿,开放不止步",这明确释放了一个新的信号,就是中国不但要继续走改革开放的强国之路,而且要把改革开放推上一个新台阶。

对此吴先生非常振奋,他马上打电话来,要求我们把书名改为《重启改革议程》。他的理由在这本书的前言中其实已经说得很清楚了:鉴于前一阶段改革已经出现的停滞(和局部倒退)的状况,他得出的结论是,"中国正站在新的历史十字路口上,为了避免社会危机的发生,必须当机立断,痛下决心,重启改革议程,真实地而非口头上推进市场化、法制化的改革,建立包容性的经济体制和政治体制,实现从威权发展模式到民主法治模式的转型。在我们看来,这是中国唯一可能的出路。"

"重启改革议程"的观点可以说代表了本书的核心理念,不仅凸显了作者对改革的前瞻性思考,而且突出表达了吴先生对捍卫改革成果的危机意识和紧迫感。以此做书名,当然是开门见山,有振聋发聩之效。

正好,《中国经济改革二十讲》第一版在出书一个月后即售罄,正待重印。于是我们按照吴先生的要求,将书名改成《重启改革议程》。改名后这本书迅速成为理论界热议的话题,一时非常畅销。

二

几个月以后,三联书店向国家新闻出版总局提出恢复生活书店品牌的申请得到批准,我们需要为生活书店策划一批有影响力的图书选题,我们自然又想到了吴敬琏先生。当年7月1日,我们在人民大会堂举办生活书店恢复设立座谈会,特邀请吴敬琏先生作为嘉宾。散场时,我向吴先生约稿,希望他将近年来有关经济改革问题的研究论文编辑在一起出一本书,吴先生当场欣然同意,并同时和我约定,还请马国川帮他整理。

这本书,和《重启改革议程》的思路相一致,反映的是吴先生对于新一轮改革的现实思考。从改革的历史经验讲起,强调"让历史照亮未来的道路",集中研讨了中国经济面临的短期问题和长期问题,而重点放在呼吁重启改革和如何重启改革上面。他在前言里说:

中国现在站到了一个新的历史起点上,新一轮改革正在逐步展开。在这样的历史时刻,我们必须清醒地认识到,改革是一场除旧布新的革命,必然会遭遇来自陈旧意识形态的阻力,面对来自以权谋私者用特殊理由设置的障碍,还要解决在旧体制和粗放型经济增长模式下积累起来的种种实际困难。重重艰难险阻需要我们去克服。我衷心地希望，大家都参与到推进改革的事业中来，为推动中国现代化转型增添力量。建设一个富裕、民主、文明、和谐的现代化中国，是我们每一位公民的责任。

书编好了，又需要确定书名。吴先生打电话来问我，对于书名有什么考虑？我说自己对经济学是门外汉，恐怕提不出好的建议。但是吴先生说，他最喜欢和编辑商量文章的名称，因为编辑读过作品，了解他书稿的内容。他告诉我，从80年代他给三联的《读书》杂志写文章，发表前就和当时的主编沈昌文商量文章的篇名。这样一说，我便不好推辞了。我考虑了几日，想到中央刚刚召开过十八届三中全会，会上作出了关于《中共中央关于全面深化改革若干重大问题的决定》，提出了一个中国将要实现经济社会转型的重大课题，而吴先生的书，正是关于如何实现转型的解读。于是我请责任编辑转告吴先生，我建议，是否书名就用《面向大转型时代》？

吴先生给我回电话，说这个题目很好，但是要改两个字，把"面向"改为"直面"。我在编辑部，把吴先生改定的题目说给大家听，大家都说他改得好。

这时候我细想，觉得"直面"和"面向"两字之差，不只是措辞问题，而且显示了作者的立场和态度。"面向"和"面对"的意思差不多，仅仅表达了一种方位认识，意思是要正面迎接时代的转型，但它可以是主动的，也可以是被动的；而"直面"不同，强调的是主动和积极参与，不回避，不退缩，无私无畏，像鲁迅所说的，是"真的猛士"才可能具备的人生境界。可以说，"直面"是一种真诚，一种勇气,一种道义精神,一种社会责任感的体现。而我们在今天的历史大变革中,面对重重阻力和困难,要继续前行,的确需要具备这种"直面"的态度。出此,我能够深切感受到吴先生面对改革的一片赤诚之心。

《直面大转型时代》出版了,又是一本畅销书。为了配合这本书的宣传,吴先生到各地举办了多场讲座,每每我都陪同在侧,多次聆听吴先生对于经济改革问题的演讲,对他的理论和思考有了更多的认识。

三

不久,我从三联书店退休,同时接受商务印书馆返聘,协助该馆进行图书选题策划。商务很希望我介绍一些名家著作,于是我又想到了吴敬琏先生。我和吴先生商量,他似有难色,说近期的论文不知够不够多。我想起自己曾听过他的那些演讲,就建议他把演讲稿和论文编在一起,但他当时还在中欧商学院讲课,一时顾不上整理文稿,于

《直面大转型时代》

是我再次邀请马国川帮忙。

这本新书,和《直面大转型时代》相同,也是分作五编,开篇就讲"开启改革新征程",讨论了从改革总方案到具体执行中值得研讨的种种问题。然后,又进行了有关价格改革、金融改革、产权保护、国企改革、社会保障、制度反腐等各种项目研究,并研讨了如何控制风险、着力结构性改革、提高供给效率的问题,最后聚焦于中国的转型之路。这些文章,反映出吴先生在中共十八届三中全会之后有关经济改革问题的新思考。

书编好了,又要定书名。原先的考虑是以第一编的题目为书题,就叫《改革新征程》,但这个书名大家觉得有点像政治性的论文集,而不像讨论经济规律的学术著作。吴先生自己也以为不理想,于是他让我帮他想想。我想,这些文章,是吴先生对新一轮改革实践的思考,不妨从实践和思考这两个角度定书名,于是我给吴先生写信,内中有这样一段:

书名建议用《改革行思录》。"行思"出自古语"大道行思,取则行远"。意为改革正道直行,善于思考便可达远景目标。另可考虑叫作《改革新思维》,意谓今日之改革,要打破原有的思维定势,在旧有理论基础上创新。

吴先生没有选择《改革新思维》,大概是因为他谦虚低调,不愿作夸张之语,不想以"新思维"标榜。但是对"行思录"这几个字,他以为很好,打电话问我,是不是在前面再加上"大道"两字,叫作

《改革大道行思录》？我听了，静静一想，便拍手叫绝。

这"大道"二字，既形象准确，又一语双关。一层意思，是讲改革开放是一条康庄大道、光明大道，我们今天必须毫不犹豫、义无反顾地走下去；另一层意思，是讲书中探索的，是改革的思想理论、改革的道理，这可称之为"大道"，是一种客观规律，是社会现实的真谛，是需要我们认识和把握的大学问。书名这样一改，不仅顿时凸显了理论高度，而且显示出吴先生在为改革开放辩护时理直气壮的姿态。

《改革大道行思录》甫一出版，立即受到读者和媒体的关注。《新京报》和腾讯将它同时评为2017年度"十大好书"和"华文好书"。颁奖前，主办方希望吴先生能在颁奖典礼上作一次简短演讲。我问吴先生意向，他说现在是春节前夕，事情太多，很多单位约请他演讲，他都推辞了。所以在这里也不准备讲了。但主办方不甘心，希望我能说服吴先生。我再次和吴先生沟通，告诉他只讲5—8分钟即可。他犹豫了一下，同意了。

颁奖那天，我陪吴先生到达会场。一位典礼的主持人来问，吴先

《改革大道行思录》

生一会儿演讲的题目是什么？吴先生说，就讲几分钟，不要题目了吧？主持人说，无论如何，请给一个题目，因为台上要打字幕。我问吴先生，您主要想讲什么？他说，我想顺着这本书"行与思"的书名讲，谈一点学习的重要性。于是我马上对主办方说，你们就在字幕上打出"改革路上的学与思"作为题目，吴先生表示认可。

演讲中，吴先生谈到，我们的改革需要实践（行），也需要理论研究（思），但是如果忽视了学习，人就会变得迷茫，无所适从。这是行、思、学三者必须统一的道理。他解释说，今天我们处在新时代，这个时代的社会发展，最重要的一条就是提高发展质量，也即提高经济增长的质量——这当然要靠效率提高来推动发展、支撑增长，而效率怎么才能提高呢？说到底要靠改革，而改革要靠我们大家坚持不懈的行、思和学。这样我们的改革才可以"过三峡"。

我坐在台下想，吴先生无论讲什么、怎么讲，话题总是围绕着中国社会经济的转型和发展，他心中的目的只有一个：拼尽全力促进改革的深入。他的坦诚，他的热忱，他的执着，他的激情，他的坚定信念和理想，令我心生敬意。

2018年2月21日

傅高义和他的《邓小平时代》

一

2011年11月里的一天,三联的编辑叶彤上楼来到我办公室,一进门劈头就问:"你知道傅高义吗?"

我说:"知道呀,美国哈佛学者,费正清的接班人。"

他又说:"你知道他写了一本关于邓小平的传记吗?"

这我真不知道,孤陋寡闻了。

叶彤手里拿着一本封面印着邓小平头像的英文书,那是他从王府井外文书店买来的,书名是 Deng Xiaoping and the Transformation of China(直译为《邓小平与中国的转型》),说这书是哈佛大学出版社今年9月刚刚出版的。他已经看完了,觉得很棒,又到网上查了一下,发现这本书在美国也很受重视和好评。很多政界名人包括前总统卡特

傅高义先生

和前国家安全事务助理布热津斯基等都在推荐它。

"这书三联可不可以出版呀？"叶彤问我。我的直觉是有戏，很有戏。但是还需要论证一下。

叶彤同时还告诉我，这本书的中文繁体字版权已被香港中文大学出版社的甘琦拿走了，简体字版权也由甘琦代为联络。因为甘琦需要请专家做翻译，找三联学术分社社长舒炜帮忙，曾经把英文原稿交给舒炜看过。

后来我问过舒炜，你第一时间看到英文原稿，为什么没有提出要出版这本书？他回答说，这本书他也觉得写得不错，但是外国学者写中国领导人的传记，观察角度、使用的材料和阐发的观点，在国内都不一定能得到认可。所以他想等等，听听反应再说。现在既然在国外已有这么多好评，这么大反响，或许我们可以试试。

我对叶彤说，请他和甘琦联络一下，就说三联有这个意向。

谁知甘琦回电话说："你们早干什么了，现在才来谈意向？国内已经有将近30家出版社在竞争这本书的版权。这事我是要公事公办的。别家出版社都认认真真地写了策划书，你们要参与竞争，口头上说说不行，要动真格的，至少得报个价吧。"

我们一时有些发懵。完全没有想到形势如此严峻。我把这事拿到三联的店务会上讨论，总经理樊希安很重视，当即决定成立一个三人编辑策划项目组，由我负责，舒炜、叶彤参加，要用积极的姿态争取这本书的版权。

我们研究，觉得这毕竟是一本学术著作，虽然有畅销潜力，但是也不能太冒险，于是决定按首印30万册报价。

写策划书的任务，就落到叶彤身上。他把傅高义先生过去的著作都找来研究了一下，写了大约1万字，编辑、出版、推广、营销几个环节，都涉及了。

策划书由甘琦转给傅高义过目。那些天傅高义很忙，他在比较这30家出版社的优劣，各出版社的材料，看了一份又一份。看到三联的策划书，他只说了一句话："我没有想到三联的编辑对我了解这么多。"

甘琦把这句话转达给我们，使我们信心大增。但是没过几日，香港方面又传来消息，说香港中文大学出版社对参与竞争版权的30家内地出版社做了第一轮筛选，用内部投票的办法，选出5家出版社进入第二轮。三联入选了，但是排在第二位，因为我们报价首印30万册，是5家出版社中最低的。这又让我们压力大增。

这时我们已经抱定了志在必得的信念。但是要拿到版权，就靠拼印数吗？我们估计到已经有人报出首印50万，我们要不要报60万？如果别人也报60万甚至更多怎么办？

我们三人琢磨，还是要以策略取胜。我们分析了作者的心理，觉得他目前最焦虑的问题，不是谁的印数多谁的印数少，而是他的著作在中国大陆出版时会是什么面貌。作为一位西方独立学者，他一定非常担心他的著作在中国出版时被改动，他的意思被曲解。正巧在这时，香港方面要求我们入围第二轮的5家出版社针对书的内容，写一份编辑设想。

我们猜测，傅高义先生是想知道我们将会如何删改他的著作。

但这本书因为内容涉及党和国家领导人，根据有关规定，这是重大选题，需要送上级主管部门备案。所谓"备案"，就是要由专门的审稿部门的专家审稿。删不删，删什么，删多少不能由我们自己决定。于是，我们三人小组研究了一下，根据目前国内掌握的一般出版标准，也根据我们对这类图书的出版经验，我们作了各种揣测，区分各种可能性。

舒炜这家伙鬼精，他说，我们给他来个"上中下三策"如何？

他的意思是，这本书，删得越多，卖点越少，因而可以把删改结果和报价联系起来，如果删去很多内容，比如只取邓小平在改革开放以后到1989年以前的一段出版，那么这本书只能按30万册报价，是为下策；如果只是删去少数几章（例如关于1989年政治风波的三章），其他内容基本保留，则可以按40万册报价，是为中策；若是基本不删完整章节，只局部技术处理一些敏感问题，那么就可以按照首印50万册报价，是为上策。

我同意这个想法，又提出，这本书的情况极为特殊，为了避免出现备案后最终不能获得出版许可的情况，我们要把准备工作做足，这就要在正式备案之前，修改出一个大体能被上级主管单位聘请的专家接受的书稿。我建议，先把书稿中的一些关键内容，提前送给邓小平研究的有关专家看看。根据专家提出的意见，我们先改一遍，然后再正式备案，以便提高成功的概率。

那几天正逢2012年元旦。我利用元旦假期，为傅高义先生写出了这份《编辑设想》。在这份材料中，我直言告知傅高义先生，这本书在中国大陆出版，肯定需要经过有关专家审稿后认定，但以我们的出版经验，专家们审稿可能会提出这样几类问题：

一是资料来源不被认可，书中很多材料引自港台出版物，这些出版物中有些材料真伪莫辨；二是有些论述，把党内高层的思想矛盾解释成个人权力斗争，带有主观臆测成分；三是书中涉及一些既无法核实又不便于披露的高层内幕；四是有些话题，目前为了国内政治稳定以不触及为宜。每种情况我们都举出一些例子。

我告诉作者，可以预见这本书出版前肯定需要删减内容，我们的原则有五条：

一、能不动就不动；

二、改动不伤害原意，以删为主不修改内容；

三、尽量以改动个别字词解决问题，避免大段删动；

四、编辑处理此类问题前应征求作者同意；

五、宁可壮士断臂，不必削足适履。

关于第五条，意思是不必勉强为了保留一些章节就把一些显示作者独立学术立场的言论一律删掉，以至于造成读者和学术界对作者的误解。

据此，我谈到三联的报价按照上中下三策，同时计划送审备案分两步走。这篇文稿总共1万字，大约10页纸。据说，我们的主要竞争对手，上海的一家出版社狠下功夫，竟然写了44页纸。

但是三联的这份材料，再次得到傅高义先生和甘琦的好评。他们觉得三联把问题说透了，把解决问题的方案谈清楚了。

二

从这时开始，傅高义和甘琦的天平倒向了三联。原本他们倾向于选择上海一家出版社，因为那家出版社过去出版过《江泽民传》，有比较成熟的运作经验，而且有世纪出版集团总裁亲自出面，帮助争取版权。但是看到我们的编辑设想以后，他们把注意力扭转了过来。

这份编辑设想决定了三联进入第三轮。甘琦让我们和上海那家出版社的代表一起到香港和傅高义先生面谈。据说背后还有第三家在做准备，那就是代表社科文献出版社的民营出版人尚宏科，他在美国已经接触过傅先生，并直接做出了最高的报价。他这次不来面谈，是在等待傅先生对我们和上海的出版社都不满意时卷土重来。

去香港，三联是我和叶彤前往，上海那边总编辑没有拿到签证，只去了一位编辑室主任。

我们1月17日到香港，当晚急着约见甘琦，可她太忙，一再把时间往后推，十一点才到达，在酒店露天咖啡厅和我们小坐。我问，此番竞争三联有多少胜算？她守口如瓶，一再表示傅高义先生明天要亲自谈，嘱咐她不要讲话，她如释重负，因为不需要她参与作决定，不必得罪朋友了。她说，我们和上海两家的材料，傅先生今晚还要再看一遍，这件事太大，明天仍然不会作出决定，他要慎重考虑，在后天回美国上飞机以前，才正式宣布他的决定。

甘琦的话让我感觉不托底。我问时间怎么安排，甘琦说傅先生明天下午四至六点在中文大学讲演，六点半至八点和上海的人一起吃晚饭，边吃边谈；八点至九点半，傅先生准备和我们一起喝咖啡。我有些担心这样的安排会不会对上海方面有利？但因为"最后谈"是我老早对甘琦提的请求，她是按我的意思安排的，我也不便说什么。我问甘琦，会谈时应注意什么，她不答，只说傅高义要解决的是两个问题，一是出不出大陆版，二是由谁来出。所以别光讲三联有什么优势，更重要的是鼓励他，坚定他在大陆出版的信心。最后甘琦笑说，傅先生这次来港把见你们当作一件大事。他收到董建华请吃饭的帖子,都二话没说就回掉了,只是为了见你们!我发现甘琦真是精明,她给傅先生做代理人真是太合适了。

第二天晚上,与傅先生的谈话比我们想的轻松。这位老人和蔼慈祥,却又幽默风趣,性格非常开朗,令人感到亲切。八十岁了,精神头儿和年轻人无异,爱笑,更爱和人逗着玩。一见面,就让我们全无拘束感,坐下来就像老朋友聊天一样说话。

谈话开始时甘琦默坐一边,拿个本子做记录,像个书记员,这是他们之间昨天的约定,但傅高义不时嘻嘻哈哈地与她讲几句,她也便不能不讲话,于是便成了大家一起聊。但是一进入正题,我就立刻感觉到,我们没有以拼命抬高报价来竞争版权是对的。因为傅先生开头就说,他已经80多岁了,挣的钱已经够用了,不需要更多的钱。如果出版大陆版,他会把全部版税捐掉。然后他讲到美国学术界对他的压力,说这本书尽管他自己认为是力求客观的,但是仍然有一批右翼学者认为他讨好中国政府,所以如果这本书在中国大陆出版,被片面地删改,成为一面之词,那么他在美国肯定会受到更多攻击。所以出还是不出,他要根据删改的情况作决定。

在谈话中,我们重点阐述的是两点:一是这本书一定要出大陆版,二是大陆版一定要三联来出。

我首先强调了这本书对中国读者的特殊价值,谁知傅先生也正想说我准备说的话:关于邓小平,他的书是独一无二的。我说英国作者伊文思的书与他的书不可比,他完全赞同,并说伊文思自己也这么说。由此我发现这老人其实是很自信的。我又说我们做出版的人心目中有个理想，就是要用书参与推动历史进步，这本书符合我们的理想，何况又在邓小平南行20年及党的十八大前夕，中共理论家需要总结和进一步阐发邓小平理论之时，这本书的出版对未来中国的改革发展可能会有重要影响。傅先生听了很高兴。因此我强调，这本书不出大陆版太可惜了。我说："要让这本书参与历史，只有在中国出版，而仅仅在海外出版是做不到的。"傅表示同意，并说果真能有这样的效果，正是他所期望的。

我对他说，在中国内地由哪家出版社出版此书，也值得慎重选择。一般来说，这类书籍适合在一家具有学术文化出版传统、品牌响亮、读者口碑好的出版社出版。考虑到作者的特殊地位和内容方面需要备案的特殊情况，我们认为这本书既不适合安排在纯官方的出版社（容易被误认为是代表官方的声音），也不宜放在完全没有上层背景的出版社（容易被误认为是没有得到官方认可的出版物）。为此建议傅高义先生考虑三联书店。因为三联书店既是中央直属的国家级出版社，同时它的品牌又有一定独立性和民间色彩，被海内外读者广泛认同。同时我们认为，这本书放在三联出版，对于解决此书备案及出版后宣传推广中的一些重要问题或疑难问题，应是大有益处的。

傅先生边听边点头。其实这时他对三联已是心中有数。后来我们听说，傅先生昨天到港后，见到他的朋友、香港中文大学的教授陈方正，便问，中国内地的出版社，你看是哪一家最好？陈方正知道他是为《邓小平时代》出版做咨询，就极力向他推荐三联。现在我这样介绍三联，他大概可以认为是实事求是的。

至于我们的策略，就是"上中下"三策和送审备案分两步走，我又当面向傅先生解释了一遍。傅先生一直耐心地倾听,脸上不时现出会心的微笑。未等我说完,傅先生忽然从椅子上站起来说:"现在我宣布我的决定,这本书交给三联书店出版。"我和叶彤喜出望外,立时起身与傅先生握手庆祝。

事情一确定下来,大家的话题立刻变成商谈合作条件。甘琦摇身一变成为傅先生的经纪人。最后决定合同就按我们制定的上策和中策来签,首印或50万,或40万,下策暂不考虑,因为甘琦坚持说取下策不如不出。我们对这个结果已经非常满意,因为没有依靠额外提高报价,我们就把版权拿到了。这时甘琦问,大陆版的翻译费怎么支付?我知道香港中文大学为聘请中文翻译大约花了18万元,随口就说,三联分摊三分之一,6万元,甘琦没说什么就同意了。我计算这6万元大约占三联版码洋千分之一点几,根本无足轻重。谁知后来甘琦给叶彤来信说,当时她预期我只能支付3万元的翻译费!我无意之中送了她一个大礼,她马上拿这笔意外之财给傅先生买了很多礼物。

那一晚,是我们与傅高义先生的第一次结缘。谈话结束时,傅先生送我们到门口,握着我的手说,我很欣赏你们的"权术"。我知道,这位汉学专家,这次措辞有些不准确,他想说的是很欣赏我们的"策略"。他可能也察觉到了自己的口误,我们相视大笑起来。

三

后来记者采访我时,总有人问,当初,你们去争夺版权,为什么会下那么大的决心,志在必得?我想,他可能并不知道这本书是怎样写出来的。我就对记者说:"这本书很厚,你要慢慢看,但是如果你急于了解这本书的价值,可以先看看它的《前言》和《导言》。"

《前言》和《导言》文字不长,非常概括地记述和阐释了《邓小平时代》的写作动机、写作过程和作者对邓小平的历史定位及评价。

傅先生写这本书是下了苦功的。他2000年从哈佛大学退休后,他感到自己时间充裕起来,可以集中精力,做一点帮助外国人了解亚洲的事情。他想到了研究邓小平。他的逻辑是,"亚洲最大的问题是中国,而对中国现代历程造成最大影响的人是邓小平","深入分析邓小平的人生和事业,可以揭示近年来塑造中国社会和经济发展的基本力量"。于是,他开始着手进行准备工作,到2011年9月英文版出版时,他花费了整整11年时间。

他是犹太血统的美国人,继承了犹太民族的坚忍意志和吃苦耐劳的天性。他曾对我说,他很幸运,在"二战"前夕跟着祖父和父亲从波兰移居美国,否则他相信自己肯定没有今天。他祖父一家留在波兰的亲属都遭到纳粹迫害,他的一个姑姑在防空洞中整整躲避了6年才侥幸逃脱法西斯的魔爪。而他在美国顺利完成学业,成为著名学者,是美国学术界唯一对日本和中国都具有影响力的亚洲问题专家。

他珍惜自己的幸运,研究硕果累累。他的著作《日本第一》和《日本的中产阶级》以及《先行一步:改革中的广东》奠定了他的学术地位。《邓小平时代》更是被人称为邓小平研究的"纪念碑"式的著作。

我问他,这11年中,你每天要用多少时间研究邓小平?他说,平均不少于每天10个小时。我算了一下,大吃一惊,他竟然用了超过4万个小时!的确,在后来的接触中,我注意到他精力之旺盛与青年人一样，每天上下午加晚上，三个单位时间，都在不间断地工作，这样自然是忙得顾不了家庭。所以著作完成后，他唯一感到歉疚的是没有在退休之后拿出足够的时间陪伴他的夫人。他说，他只是每个周日陪夫人骑一次自行车锻炼身体，大约2小时，其他时间，他和夫人就各干各的。好在夫人也是学者，是一位生理学家。所以，我们才会看到，这本书的扉页上写着一行字："献给我的妻子艾秀慈"，这是他为自己热爱中国的夫人取的中文名。

作为编辑，且不说别的，光是这十年磨一剑的精神就足以令我惊叹，何况这是一位80岁的老人！在我们今天这个浮躁的学术文化圈里，快枪手何其多也。几年前，我曾经收到过一位知名畅销传记作家撰写的有关孙中山的传记。为此我查阅了作者的履历，发现他竟然在10来年中出版了20多本名人传记著作，从蒋介石、宋美龄、张学良一直到一些作家学者，他都能著书。我不相信天下有作者具备这样的实力，可以将20多位名人的经历弄清楚并写出自己的特色。于是我没有看稿，就将书稿奉还。

对于傅先生，我首先看中的是他的治学精神。为了搜集《邓小平时代》的史料，他花费的精力用得上"可歌可泣"四个字来形容。本书《前言》介绍，傅先生除了遍读中外有关中国当代史特别是有关邓小平的著作之外，还进行了大量的独家采访。从2006年到2010年，他每年都要在中国居住数周或者数月，采访三类知情人士，包括党史专家、高干子女和在邓小平手下工作过的干部。他甚至专程采访过新加坡的李光耀，日本的中曾根康弘，澳大利亚的霍克，英国的理查德·伊文思等政要，并在美国采访过前总统卡特和前国务卿基辛格以及一大批接触过邓小平的官员。他在《前言》里列出的受访者名单，总数超过 300 人！所以这本书出版后，我听到学界的反馈意见中有一条共识，就是中国的学者，从这本书中获益的应该不只是观点和方法，更重要的是严谨的治学态度。

《邓小平时代》是一本学术著作，但是它采用叙事文体，作者的观点隐藏在背后。不像我们国内许多学者那样拉开架势，用官式的八股语言来作研究。这本书读起来令人感到十分亲切。我曾多次向友人推荐这本书的《导言》。

这篇《导言》篇幅不长，总共只有一万多字，分为两个部分，"这个人"和"他的使命"。作者寥寥数笔，不仅为邓小平作了历史和时代的定位，而且画出了邓小平的立体素描。邓小平的性格、气质、胆魄，他肩负的责任和"建设一个富强中国"的使命，被清晰地勾画出来。国内那么多人写邓小平，我还从未见过这样简练、精确而又传神的文笔。以至于后来我们讨论如何确定这本书的书名时，曾经想过是不是就叫《邓小平：一个人和他的使命》，后来大家觉得还是定名《邓小平时代》，听起来更为响亮。再看全书的内容，通俗、流畅、文字朴实易

作者和傅高义先生谈《邓小平时代》推广计划。

懂（英文版更是如此），娓娓道来，像是在讲故事。如何把学术著作写成这样，我曾经好奇地问傅先生。他说，他就是要让没有多少文化的人都能读懂。

傅先生告诉我，在家乡美国俄亥俄州，他有一群"发小"朋友，那是他60多年前的同窗，从小学到高中的同学。直到今天，他这个顶级名校的名教授还经常与他们一起聚会，饮茶饮咖啡。这些"发小"，大多没读过大学，其中有的一辈子在家乡当农民。但是，他们却成了《邓小平时代》最初的读者。傅先生为了检验作品的可读性，他每写一段，就发给"发小"们看一段，听取他们的意见。"发小"们都说看懂了，好看，有意思，他心里才觉得有底。

这样治学，这样著书，写出的著作怎能不受欢迎？

四

《邓小平时代》是一本大书，首印50万册，定价88元。作为学术著作，要当作畅销书来运作，出版风险很高。所以，宣传和营销推

《邓小平时代》

广一定要跟上。

我们的运气不错。正式履行了备案程序之后，已经到了年底。要开印时我们查了日历，发现2013年1月18日，是邓小平南行21周年的日子。我们便决定，就在这一天，在北京、成都、深圳三地同时举行新书首发式。

傅高义先生表示，他愿意全力配合，做演讲、做访谈、做高端对话、答记者问都不在话下，他腾出1月中下旬和整个4月的时间，任凭我们安排。

书店订书非常踊跃，首发式举行的当天，已经订出49万8千册。第一版已经被订购一空。所以在一周之内，我们决定加印30万册，另加精装8万册。

书店有信心，不等于读者买账。我们还要针对读者做宣传。但是，在研究推广活动邀请媒体的名单时，我们发现，三联所邀请到的媒体大多是社会文化类的报刊，例如《中华读书报》《新京报》《北京青年报》等，这些媒体平时和三联联系较多，对三联的图书一般都非常重视，肯下力气报道。但是，名单上缺少主流媒体。像《人民日报》、《光明日报》、新华社、中央电视台都没有邀请到。我们都觉得这样不行，一了解才知道不是三联没有邀请，而是这些主流媒体对于这样重大题材的书，在报道方面有规定，是不能随便安排的。

樊希安总经理找了《人民日报》的编辑，对方说，涉及邓小平的书，要报道，得有中央的批准，具体来说就是要"邓办"批准。樊总问，那登广告行不行呢？对方说，广告是商业行为，可以登。于是我们就决定在1月18日首发式当天，在《人民日报》和《光明日报》

两家大报各做一个整版彩印广告。光是这两个广告花了 34 万元。这是大手笔,以前我们还从来没有见到出版社为一本书在《人民日报》做整版广告的。

当然,我们还要争取在《人民日报》上刊登新闻报道。按要求,三联写了一份关于申请宣传《邓小平时代》的报告,呈送中办,由中办转邓办,但挺长时间过去,没有回话。

樊总着急了,对我说:"你能不能帮我问一下邓榕同志(邓小平的女儿毛毛)?"我给邓榕发了短信,告诉她有这回事。她马上回信说:"父亲去世十几年,现在已经没有邓办了。这种事,你可以去找邓办的原秘书王××,就说我们同意宣传。"并且给了我王秘书的电话。

我们和王秘书联系,他说马上办。几天以后,我们收到邓办的批件。但批件上虽然有"同意宣传"的字样,可是没有公章,只签了王秘书本人的名字,还盖了一个"邓办收文"的长方形印章。我们猜想,可能是因为邓小平去世多年,邓办早已撤销,不能再盖公章了。于是我们把这个批件拿给《人民日报》的编辑看,问他们这样行不行。他们说,这不行,这不是正式批文。要我们再请示中宣部新闻局,让部里下批文。但我们知道,这时书还没有正式出版,部里的领导都没有看过书,怎么能下这样的批文?

正在为难之时,《人民日报》的编辑给我们出了一个主意,说你们去找新华社,只要新华社发了通稿,我们就可以转载。他们还介绍我们去找新华社国内部的负责人。后来樊总亲自去了新华社,国内部看到有邓办的签字,还是很重视的,他们把这件事交给一男一女两位年轻记者,那两人都只有二十多岁。我们真的没有想到,这两个年轻人热情极高，能量也极大，他们让我们安排参加一系列有关《邓小平时代》的推广活动，从 1 月 17 日开始，一个星期之内居然连续发出了十篇新闻通稿。对于一本书，这种宣传力度，在新华社历史上恐怕也是少有的。他们的通稿一发，各报纷纷转载，《人民日报》也在首发式过后转发了消息，几天后又刊发了本报记者有关傅高义的长篇专访。

中央电视台新闻中心原本和三联的合作关系就比较密切，我们出版过他们编著的几本书。这一次，几个节目组都对《邓小平时代》和傅高义先生感兴趣，但是能不能上节目，上什么样的节目，他们一时也难定，还要看看新华社。协商了多次以后，他们答复说，台里的领导在内部协调过了，只做一期《新闻 1+1》，由董倩和傅高义对话。这已经让我们很高兴了。但是《新闻 1+1》播出几天以后，因为新华社的报道力度大，这本书一下子形成了舆论热点，中央电视台临时决定又增加了一场《面对面》的节目，内容仍然是董倩和傅高义对话。这两个节目都长达半个小时，对于一本书的宣传，也可谓破格了。

新书投放市场之初，怎么吸引读者注意？三联的营销中心想出了一个奇招。就是在《邓小平时代》新书销售期，搞一场全国各大书店《邓小平时代》码垛摆放评比活动，对最有创意的书店给予奖励。这个办法，提高了书店对这本书的重视程度。后来，有 49 家书店寄来照片参加评比，我们看到，各书店的码垛摆放真是各出奇谋：有的拿书组字，组成"小平"两个字，有的摆成紫荆花，有的摆出乘风破浪的航船，甚至有的摆成邓小平故居的样子……总之新书摆放姿态各异，引人注目。这个办法使这本书一下子成为市场热点和焦点，出版后迅速占据销售排行榜前列的位置。

后来，我对傅高义先生说起这件事，他连连称赞，说还是你们三联有办法。他告诉我，他没想到这本书可以卖得这么好。因为在美国，哈佛大学出版社的英文版出版了两年，只销售了3万册。他向我要走了各地书店码垛陈列图书的所有照片，说是要给哈佛大学出版社的人看一看，让他们学习学习。

不过我知道，仅仅是这本书卖得好还不行。傅先生心里还一直有个心结：他在和基辛格较着劲呢。基辛格的《论中国》中文版比《邓小平时代》早出版4个月，也是一本学术畅销书。这两本书在美国，就是竞争对手，在某个重大学术评奖中，傅高义曾经险胜基辛格，为此基辛格曾极有风度地向傅先生致以祝贺，说："这是你该得的。"这次，他俩的战场又转移到中国，傅先生要我向他报告销售数字时，同时告诉他《论中国》的销售情况。我连续查阅了几个月的开卷统计数字，发现《邓小平时代》比《论中国》整整多销了一倍。

傅先生又一次来北京时，我把这个好消息报告给他，他舒心地笑了，笑得那么甜，像天真的孩子一样。

他没有忘记感谢三联。为了新书推广，我们先后在全国各地十几个城市为他安排了30多场演讲和对话活动。

只要是请他发表讲话，他通常开头就会说，三联做得非常好，他们尽可能地在书中保留了我的学术观点。

他说："我知道，做到这一点在当前是不容易的。"

他说："整本书中，没有一句话不是我说的。"

他还说："所有的改动，都经过了我的认可，我对他们的工作很满意。"

听了这些，我们感到欣慰。

五

2013年，《邓小平时代》是一本明星书，而傅高义先生也成了获奖大户。

在本年度举行的各种官方和民间评奖中，他总共获奖达16次，特别是深圳读书月和新浪网的年度"十大好书"，《邓小平时代》都名列第一。

举行颁奖典礼时，傅先生大多不在北京，他的奖杯奖牌常常由我代领。有人后来开玩笑说，我是"领奖领到手发软"。

奖杯太多了，有水晶的、铜质的、石膏的，还有木质的奖牌，摆开来一大片。傅先生来北京时，我带他参观自己的奖杯奖牌，他一直抿着嘴笑。我向他介绍深圳"十大好书"的奖杯，那是一个石膏3D打印作品，从底座里伸出一只酷似真人的手，手里举着一本《邓小平时代》。傅先生看了伸伸舌头，做个鬼脸，好像觉得那只手怪怪的。

这么多奖杯奖牌，包装起来可以填满一只中号旅行箱。他不可能都随身带走，只能挑一两件。他想了想，还是选择了那只3D打印作品。他说："这个奖杯里有我的书。"

其实他获得的奖杯，有一个尤其值得重视，但他并没有专门收藏。这个奖杯是来自国家新闻出版广电总局颁发的"中国文化特殊贡献奖"。

那是当年8月的事。叶彤写电邮祝贺他获得了这项大奖，请他前来领奖,他回信说,他的行程安排得很满,希望我能代替他领奖。但是很快我接到颁奖会组织者的电话,还是执意邀请傅先生亲自到场。

我只得给傅先生写信,对他说:

这次颁奖活动,组织者极为重视。原本是准备由我受您委托代您前去领奖的。但是会议的组织者今天又再次要求我与您联络,恳请您调整一下行程安排,在8月27日专程来北京领奖。因为他们已经邀请了国务院副总理刘延东亲自给您发奖,让一个中国人代您领奖,他们觉得不合适。我知道今天又提出这样的要求,会使您非常为难,但是对方的言辞恳切,使我不能不再向您请求一次。如果我的请求非常失礼,请您见谅,我也是不得已而为之。

傅先生回信很客气,表示他知道"这是一个伟大的荣誉"。

但是他说,他的行程是半年以前就确定的,实在无法更改。还说会议组织者昨天已经派摄像师到他美国的家里,录制了他的"获奖感言",专门用于颁奖典礼,他认为这已经足够了。他最后说:"我很荣幸,你愿意代表我去领奖,请代为转达我的歉意和最深切的谢意。"

我以为这样一切问题就都解决了。可是会议组织者再次建议,请傅先生考虑委托美国驻华大使馆新闻文化参赞耿欣(Lisa K.Heller)女士代表傅高义先生领奖,因为他们觉得,她是美国人,她的身份比我更适合这一安排。

无奈之下,我又和傅先生商量。这一次,他好像有些不悦了。不仅是中国人这一套"礼数"他不能理解,还因为这触碰了他的一个原则：他是一个民间学者，与政府是要划清界限的。

他回信说："我不认识 Lisa K.Heller。因为她在美国大使馆工作，我相信她是一个很好的人，但我想你会是一个更好的代表。我是一个独立学者，不是为美国政府工作，所以不该由政府方面代表我领奖。再说，你对我和我的书的了解，比她要多。我不会联系她，因为这不是我的主意。"

他仍然感到不放心。接着又给叶彤发电邮说："我希望你能向他们转达我的强烈愿望，请他们允许李昕代表我接受这个奖励。因为他为我的书在中国大陆出版所做的工作太多了。"

我没敢把傅先生的电邮都转给颁奖会的组织者过目。最终他们还是同意了让我上台。

颁奖那天，在人民大会堂，举行仪式前，刘延东副总理会见了获奖人和代领奖人。见到我代表傅高义先生领奖，刘副总理并没有感到诧异。显然，她对傅先生还特别关注，很高兴地对我说："我认识傅高义先生，我们一起谈过很多事情。他的身体好不好？请你代我问候他。"我回答说："傅高义先生知道是您即将为他颁奖，很高兴。他也

刘延东副总理为《邓小平时代》颁奖，
作者代表傅高义先生领奖。

要我问候您。"告别时,她又对我说:"请你告诉傅高义先生,我想要一本他签名的《邓小平时代》。"

我顿时感觉到,那些会议组织者的担忧,其实是多余的。

这可能,也叫作两种文化的差异吧。

六

说到知识分子的风度和性格,有些人喜欢用一个词:儒雅。

这个词用在傅先生身上,合适,但我觉得还很不够。

儒雅的人,或许还会有几分清高,几分矜持,几分自我欣赏,几分不肯随俗。但是傅先生不是这样,他有一种发自内心的诚恳,一种彻头彻尾的谦虚,一种虚怀若谷的大度。

作为80多岁的前辈学者,他没有一点架子。无论你是谁,是官员,是学者,是记者,是书店的营业员,或者是普通读者,他总是面带和善的微笑,亲切地和你交谈。对于后生晚辈,他就是一个慈祥的老爷爷。

如果你是他熟悉的三联同事,他会张开双臂给你一个拥抱,嘴里说:"太高兴了,老朋友又见面了。"

我见过的老一代学者不能算少,但像傅先生这样令人产生亲近感的,实在不多。我常想,或许他能写出《邓小平时代》这样的著作,除了依靠他深厚的学养、敏锐的见识和独有的驾驭重大题材的能力之外,也得益于他的性格。

他像多数犹太人一样,极聪明,又善于学习。从青年时代起,他先学日语，再学汉语。他大约和中国打了半个世纪的交道，直到70多岁还坚持每天学习3个小时汉语。所以他在哈佛有一个外号，叫"中国先生"。

　　他不仅从书本上学习。他愿意随时随地向一切人虚心请教，不耻下问是他的一大特点。我与他在一起时，发现他喜欢利用一切机会，和他所接触的一切人交流。别人都愿意向他提问，但他却时时关注别人的看法，非常善于倾听，也非常喜欢发问。多年接触下来，他认识很多中国学者，有些和他同辈，有些比他年轻，他问道问学，皆称之为老师。有些人与他学术见解并不相同，却也能和他成为朋友。比如李锐老人，他并不同意傅先生的很多观点，但是提起傅先生却很亲切，说自己到美国几次去过傅先生家，还在他家里住过。资中筠先生和傅先生在学术上或许有很多看法不一，但是两人同年出生，资先生大傅先生一个月，傅先生见她就叫大姐，相处也极融洽。傅先生善于从各种各样的人身上学习。通过对几百位邓小平时代重大事件亲历者的采访，通过和各种专家学者的接触，他了解到许多，也观察到许多，同时还思考了许多。这使他能够以中国人特有的思维方式观察问题，写出的著作也让中国人读起来不觉得隔膜。他无时无刻不在观察和思考

傅高义先生签售《邓小平时代》。

中国人。

有一次在飞机上,我见他拿出一本《中国震撼》来读,就说这本书写得不好,恐怕不值得看。他却说,他也知道写得不好,但是他要通过这本书,了解中国人在想什么。我忽然想起王岐山推荐托克维尔的《旧制度与大革命》,便告诉他,这是目前中国知识界讨论的热点。他马上夹杂着英语问我:"是不是叫作 The Old System and The big Revolution?我回美国马上找这本书。"

为了掌握更多材料,十几年来每年他都要来中国,采访安排得满满的。他不计较采访对象是高高在上还是礼贤下士,是诚心交往还是虚以应付,也不在乎对方的态度是否霸气外露,是否傲慢无礼。我曾亲眼看到他在采访中被人像对待小报记者一样呵斥,而他依然面带微笑,表现出绅士的涵养。他总说自己是来学习、来寻求帮助的,把自己的身段放得很低。这样他便会得到很多。

这一切都不是做给人看的,而是性格使然。

他性格中的另一大特点是友善。与人为善、诚恳待人是他一贯的行为准则。《邓小平时代》出版后,他非常希望听到各种不同的反应,希望读者讲真心话。不论你怎样评价,哪怕是否定他的作品,他也洗耳恭听你的意见,永远不失风度。当然他也有自己学术立场和观点的坚守。对他这本书,学术界的争论其实不小,在国内国外都有人批评他过分美化邓小平,对此他一笑置之。学术界有很多派别,老左派、新左派和自由派从不同角度,都会与他商榷,他一概表示欢迎,特别希望专家们指出书中的史料错误,因为观点可以是一家之言,史料却必须"持之有故"。海外有些民运人士全盘否定《邓小平时代》,写文章把他一通狠批，他照样把文章找来研究，不愠不火。如果文章提出了有学术价值的意见，他甚至会回信表达谢意。这种大度令人钦佩。

他的友善，不仅是对他所接触的人，同时也倾注在他的研究对象上。可以说，他研究中国改革年代那些重要历史人物，无论是对邓小平、陈云，还是对胡耀邦、赵紫阳、李鹏，都抱着友善的态度。有一次我陪他演讲，在读者互动环节，有读者问及他的研究方法。他回答说，他是带着"理解和同情"动笔写作的。他写哪个人，就会同情哪个人的处境，设身处地理解他，站在他的立场思考。中国改革年代的人物充满矛盾，人与人之间多有思想冲突和斗争，但是傅先生对此却能游刃有余，控驭自如，恐怕与他这种写作态度有关。有很多学者认为，《邓小平时代》描写客观，论述大体公允。我觉得，客观和公允只是一个结果，其原因在于作者友善的心态。

当然，这种友善来源于他对中国的爱。他研究中国50多年，对中国有着深厚的感情。他不像美国政界、学界某些人那样见不得中国好，而是一心希望中国强大，中美友好。对于中国现存的问题，他也焦虑、纠结，该批评的地方他也讲真话，不留情面。例如对中国社会的腐败问题、环境污染问题、可持续发展问题，他在中国演讲时都反复提及，语重心长地提出告诫。在会场上曾有读者问他，知不知道他的演讲会触及一些敏感问题。他笑答："当然知道，但我是外国人，有特权，我要利用好这个特权。"尽管如此，他对中国始终充满信心。需要他挺身而出的时候，他总是毫不犹豫地为中国辩护。北京大学国际关系学院副院长袁明对我讲过，90年代她去哈佛访学，曾经亲眼看见傅高义与反华的佩洛西（前美国众议院议长）谈中国问题，两人展开激烈的辩论；她也见到傅先生在促成江泽民主席到哈佛演讲后，遭到一群国内流亡美国的民运人士围攻。但傅先生坚持自己独立的学术立场，没有人能阻碍他的选择。

这让我想起2013年4月，北京的欧美同学会为傅先生举办的一场活动。那天的会议由杨澜主持，请经济学家张维迎、李稻葵和傅先生对话。在谈话中，张维迎建议，每一个中国人特别是中国的领导干部都应该看一看《邓小平时代》。而李稻葵的话则语惊四座。

李稻葵说，傅高义写了"邓小平时代"，而我要说一说美国汉学界的"傅高义时代"。大家一时不明就里。他接着说，20多年前，中国经历了那场风波以后，整个美国汉学界都认为中国完蛋了，只有傅高义一个人预见到，中国还会改革，还会更快地发展。因而这一时期的美国汉学界，可以说是"傅高义时代"。

他的话和袁明的话可以互相参证。

他们的话，让我对傅先生再一次肃然起敬。

2014年12月27日—30日初稿
2015年1月20日定稿
原载香港《橙新闻》

韩启德先生与他的《医学的温度》

初见韩启德先生，是在 2013 年 4 月。美国学者傅高义先生应邀到北大演讲《邓小平与中国外交》，我陪同前往。主持演讲会的是北大国际关系学院的袁明教授，她是韩启德的夫人，也是傅高义的老朋友。当晚，袁明在勺园请傅高义吃饭，韩启德也来与我们一起聊天。此时他不仅是中国科协主席，而且是全国政协副主席，俨然是大领导。但他谈起话来，语气亲切，态度随和，完全是一位谦谦学者，没有一点架子，给我留下深刻印象。所以我从一开始就没有把他当作官员，从未以"主席"之类的头衔称呼他，而一直叫他韩老师。

因为与他相识，此后我对他便多一分关注。我注意到他是一个思想开明、观念新颖的学者。作为科学界领导，他有一般学者不具备的宏观视野和全局眼光，对于科学技术特别是医学的历史和现代化进程

韩启德先生

十分熟悉，掌握诸多前沿动态；而作为学者，他又具备一种特有的平民视角和姿态，可以放低身段，自由提出个性化见解，与学术界进行平等交流和对话。我发现他经常作报告和发表演讲，但其中几乎没有官样文章。哪怕在一些场合他需要代表领导机关讲话，他也尽量不说官话、空话和套话，而大量使用自己的语言，讲出富有真情实感的话语，使文章言之有物。至于他的论文，那就更见学者本色了，不仅给人丰富的知识，而且富有闪光的思想，这种思想的启示性甚至具有振聋发聩的冲击力。他总是大胆讲真话，提出独到的学术创见，哪怕其观点不相容于学界主流，哪怕他可能招致众多权威医学专家与之商榷，他也全然不惧。例如关于高血压、高血脂要不要长期服药控制，又如癌症早发现、早诊断、早治疗是不是确有必要，他通过大量的数据分析进行了令人信服的实证研究，对于多年广泛流行的观点提出质疑和挑战，大有"虽千万人吾往矣"的气概。我觉得，他这样一种身份特殊的学者，能如此坦诚，丝毫不隐瞒自己的观点，实在是难能可贵。于是，我心里一直有一个愿望，想为他编一本书。

2018年12月，在一次学术座谈会上，我巧遇袁明。她知道我从三联书店退休后被商务印书馆返聘，问我最近编些什么书。我告诉她，我很想和韩启德先生聊聊出书的事情。

几天以后，袁明约我到北大医学部，我再次见到韩启德。见面第一件事，他说要和我互加微信。这让我颇为意外，因为在我印象中，高层领导通常不使用这种平民化的通信工具。但他说只有这样才方便联系。我以为他要谈自己出书的事，谁知他那天请我来，只是极力想要促成北大医学部和商务印书馆合作，出版一套医学史方面的丛书。

但我更关注的是他本人，得到这次机会就不能再放过了。

当天我和韩启德聊天，谈起阅读他一些文章的感想，特别提到了他那些"标新立异"的观点。例如，他认为乳头状甲状腺癌一般不需要做手术，现在罹患此病的患者，绝大多数人的甲状腺都被白白切除了，弄了一个终身服用补充甲状腺素药物的结果，不是得不偿失，而是有失无得。这个观点令很多人震惊。我说到这里，韩启德便告诉我，他有一位亲属患有甲状腺癌，早早就在协和医院确诊了。但这位亲属听从他的意见，完全不受诊断影响，一直正常工作，坚持不做切除手术，只是注意观察而已。到现在已经过了12年，其健康状况良好。于是我发现，韩启德的观点并不是纸面上的理论，而是可以在自己家人中身体力行并加以见证的思想。

那天告别以后，我便在微信里联系他，希望他提供一些近年的论文给我。他很快发来一批文章，包括谈科学技术的和谈医学的两部分。我和商务印书馆教科文编辑中心主任蔡长虹看过以后，给他提了建议，希望把话题集中在医学人义以及所有与医学相关的讨论上，编辑一本专题性的论文集。因为这样出版对于目标读者的针对性较强些，容易受到读者关注，出版社也便于宣传推广。他同意了。

韩启德再次发来的文章共有55篇。仅在医学方面，他这些年写的、讲的实在很多。尽管每篇文章各有内容，并非应景之文，但如果全部编在一起，重点便不突出，最为精彩的文章也会被淹没。征求蔡长虹的意见，她的看法也和我一致。

于是我给他写了封信，如下：

韩老师：

  匆匆浏览了大作，觉得非常棒。主要是，除了给人知识，更能给人思想和理念。在这个意义上，您是医学家，但您的思考许多是人文的，甚至是哲学的。为此，我建议编辑这本书，要突出人文性、思想性、话题性和新颖性，可以用《医学的温度》为书名，因为这个书名代表了您对医学的本质理解，也很有特点，能吸引读者。书中文章可分作两辑，一辑注重反思，收入那些有思想冲击力和颠覆性观点的论文和演讲，另一辑收入对当前医学发展进行探索的文章。如此编辑，有些序跋和讲话恐怕就不必收入了，因为收入容易干扰主题，冲淡作品思想浓度。当然序跋和讲话，也可以根据上述两辑内容的要求选收一些，有的文章标题要改一下。我初步估算，选定后总共文章20多篇，20万字以内。我以为这样编辑后较为有利于宣传推广，出版后肯定有社会反响，说不定会成为畅销书。这里我冒昧提供如上建议，目的是把大作编辑得精致和精彩些，突出亮点文章，以品质取胜。不知您以为如何？如觉得可以一试，我会代您编辑一个目录供您参考。

  谢谢您对我的信任。

  祝您和袁老师平安健康！

李昕 拜上
3月5日

  我抱着忐忑的心情等他回复，很担心他会拒绝对文章作出精选。谁知他回信，不仅表示完全同意我信中的意见，而且还嘱咐我："请您尽管大刀阔斧砍杀选择和编排，然后我再为选定的内容加题目和适当的注解。"他的谦虚、大度以及从善如流的态度，令我心生敬意。于是我和蔡长虹商量，斗胆列出了一个目录，删去 30 篇，选定 25 篇文章，分为两辑，另有两篇附录，总共 16.1 万字。

把大部分文章删掉，一般作者都会心痛。想到这一层，我特地写了一封长信去解释，讲了十几条理由，信的最后说：

我这样做，实在很冒昧，一下删去这么多篇，不知是否有些文章令您难以割爱？其实，我的目录只能给您作个参考，最后定稿还是要听您的意见。"文章千古事，得失寸心知。"您对自己的文章最了解，若有我处理不当之处，请您斧正。

但韩启德又一次让我们感到意外：他不但没有恢复我们删去的任何一篇文字，反而在此基础上又删掉了 6 篇，致使全书只剩 19 篇文章，10 来万字，已经显得略为单薄了。特别是我们原先列为代序的《医学的温度》和列为附录的《幸福就是为别人做事》两篇也都被删去了。前者他认为只是讲他自己行医的故事，专业性不强，后者他觉得

《医学的温度》，
商务印书馆 2020 年 10 月出版。

是记者访谈,都是为他说好话,不便收入书中。

从这里,我确实看到这位科学界和医界领导人的精神境界。我编书几十年,与上层学术界交往甚多,还从未见过一位学术名家为了确保书稿质量,像他这样精益求精、大刀阔斧地对自己的作品"痛下杀手",其责己之严,已是近于苛刻。

于是我在回信中对他说:

在医学专业问题上,哪些论述有价值,哪些观点更重要,您是权威专家,如何取舍文章,由您自己决定,文章中的删改,也请您直接定稿。因为我在这些方面,基本是没有发言权的。尊重专业意见,就是编辑的责任。

但是,在所谓医学人文方面,也就是在以人文精神观照医学问题时,我希望您这本著作,能够带给读者更多启发和思考。当然,现有的《医学是什么》等一些文章,非常有分量。不过,我以为《医学的温度》和《幸福就是为他人做事》这两篇,是不该删去的。因为这两篇涉及医学人文的核心理念,而且其中都有感人肺腑的事例,若是删去太可惜了(文集的"温度"也降低了,一笑)。您不必顾虑《幸福》一篇是别人给您说好话,该篇作为附录,是可为本书增色的。

韩启德回信,有些勉强地接受了这一意见,于是本书定稿。

此后,这部书稿进入出版流程。责编蔡长虹做了大量细致的编辑工作之后,《医学的温度》以精装本的面貌在商务印书馆出版了。

在我看来,这真是一本"有温度"的书。它的温度来源于作者以人为本的医学理念。

所谓以人为本,是在现代医学充分发展、技术主义主宰医疗过程和方法的背景下,对医学的本质加以反思。韩启德认为,在今天,当疾病已经不再是人们主观上的不适感受,而是仪器测量的结果;当一个人有没有病,不是他自己说了算,而是仪器说了算的时候,医生所面对的,往往就不再是经受病痛的人,而只是用各种数字指标和造影显示的病症。这种"见病不见人"的现象,使医学与病人的距离越来越远,使得医生只知道治病,不知道"治心",对患者冷漠无情,导致医患关系紧张。再加上技术化条件提高,还助长了医院对病患的过度治疗和趋利的倾向,以至于医学的根本目的——解除病痛,促使人健康生活——被淡化,医学似乎只是一门技术,而不再是人学。这便全然违背了医务工作者的使命和初心。

所以韩启德强调,医学必须从技术主义的桎梏中解放出来,向人文回归。他一再指出,医学是有温度的,应该是一种人性化的科学。他特别欣赏特鲁多医生的一句话:医生是"有时去治愈,常常去帮助,总是去安慰"。因为这句话告诉医生,要解除患者病痛,很多时候并非依靠医术,而是依靠医生提供的帮助和安慰。他曾经现身说法,谈到"以前我在基层当医生时条件很差,但效果不错,很多病人是我安慰好的"。所以他提倡"叙事医学",要求医生必须学会和患者沟通,能够和病人交心。这意味着医生首先要关心人,而不只是关心病。这个观点,既基于他对医学本质的反思,更源于他自己的经历和切身体验。

人们未必知道,曾经长期担任国家领导人的韩启德,早年也当过11年贫困山区的农村医生。1968年,他刚刚从上海第一医学院毕业便被分配到陕西临潼县的一个公社卫生院。作为医院里唯一受过大学教育的医生，他依靠几本临床医学手册，在实践中摸索，为当地老百姓医治各种疑难杂症，从死亡线上救活了许多条生命。他曾经让出自己的床铺给病人，对他们连续几天日夜观察治疗；也曾经口对口吸出患病儿童气管中的浓痰，以帮助孩子恢复呼吸；他还曾经自学中医针灸和脱臼复位方法，自学拔牙和麻醉技术，并自建手术室、主刀动手术，等等。他成了一个地地道道的内外全科医生，被认为是当地名医。他说自己"只要是有助于解除病人痛苦的事情，就竭尽全力去做"，因而受到当地老乡的爱戴和敬重。那时他早上起床，常常看到自己的窗台上放着几个馒头或几个鸡蛋，那是老乡们对他发自内心的感谢。

这种不平凡的人生经历，这种与病患者建立起的深厚感情，给韩启德带来了终身影响，成为他以人为本的医学理念的情感基础。这种情感就是一个医生对病患者的爱。所以他在谈论医学是人学时，才会说"我比较强调爱心"，把爱心作为医生救治病人的先决条件。

爱心是温暖的，因而，医学是有温度的。

写于 2020 年 10 月 25 日

作者与蔡长虹（左）一起看望韩启德先生

田家青：玩家与写作

2月初的一个晚上，田家青突然打电话给我，上来就问：

"你知道我的《清代家具》获得'中华优秀出版物奖'了吗？"

我说："知道，我看到公示了。"

他说："真奇怪，我可事前一点儿也不知道呀。既没送礼也没托人，居然也能获奖，我这回真对你们出版界肃然起敬了。"

我说："这不是很正常吗？好书众望所归，哪用得着送礼呀。"

他感叹地说："到现在，我有点相信图书评奖的公正性了。"

我知道，他对自己的著作还是蛮自信的，对于直到两年前《清代家具》才由文物出版社从香港引进内地，他也颇为不服气。这本书，连弹丸之地的香港都能卖，内地还会卖不动？竟然20年没人考虑出版，他很有几分纠结。

真是好事多磨。90年代初，田家青还是一个寂寂无名的青年学者，编著了这样一本重量级的大型图册，在中国内地出版社投稿，是没少吃瘪的。人家一看作者缺少资望，而这本书制作工艺复杂，成本太高，预测定价要几百元，谁也不敢接招。田家青无奈把手稿拿到香港。香港三联当时刚刚出版过王世襄的《明式家具珍赏》和《明式家具研究》，见到田家青的《清代家具》可以配套，又有王世襄先生的推荐，就将书稿留下，答应他同时出版中英文版。这一下可成就了田家青，使他这位比王世襄年轻近40岁的弟子，转眼就成了有关清代家具的权威专家，他的著作和王世襄的著作一起，成了中国古典家具研究的经典之作。

我认识田家青大约是在1997年，那时我在香港三联当副总编。适逢他的著作出版不久，他和夫人同来香港做相关推广活动。初次见面，他给我的印象就是两个字：内秀。说外表，他其实是有些貌不惊人，用他自己的话说，就是天生一张"民工脸"。他喜欢穿中式对襟唐装，脚蹬圆口布鞋，看上去透着一股"土"劲儿。但是你听他的谈吐，会发现他非常博学，知识面很宽，而且绝顶聪明。若是围绕着古典家具的话题，谈历史，谈艺术，谈文化时尚，谈收藏，谈制作工艺，你听他口若悬河、如数家珍地一侃，立刻感到自己简直无知透顶，怎么什么都不懂。可他不光懂得中国古典家具，对东西方的文化艺术整体上非常熟悉，而且英文也不错。他的《清代家具》要出英文版，香港三联给他请了专业翻译，但他看了译文却不满意，说早知道让他自己译就好了。大家都觉得这家伙口气是不是太大？谁知没过多久，他就在国际权威的英文杂志上发表了自己写作的专业论文，令人刮目相看。

香港三联版《清代家具》

要知道，他的英语可是自学的。

后来和他接触多了，我更惊叹他的多才多艺，简直是奇人，是鬼才。

——他从"文革"后期开始，就爱上了红木，爱得走火入魔。他边收藏边研究边动手做红木家具，弄出不小的名气来，后来还自创了"明韵"和"家青制器"的品牌。因为拜王世襄为师，他在理念上得到真传，设计和制作的家具样式自成风格，越来越受藏家追捧。一开始上嘉德拍卖会，一只圈椅仅卖2万元，可十几年后的今天，要卖170万，价格甚至超过明清制品。

——他在音乐界也是著名的玩家。开始是自己做音箱，一不留神成了音乐超级发烧友，欣赏和收藏了全世界顶级乐团的数千只音碟，先是训练出自己一副金不换的耳朵，继而也由悟性到理性，成为知名

"家青制器"的红木家具

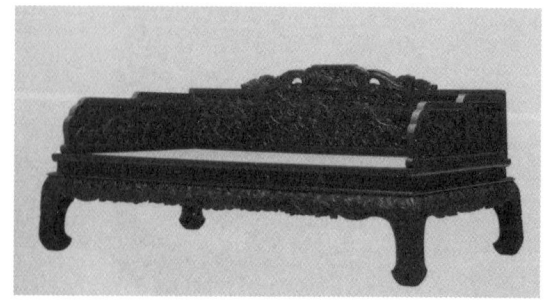

的音乐鉴赏家,时不时写些乐评文字,动辄就和音乐名家辩论。

——他给自己找乐,三十岁才开始学钢琴,一双做木工活的手,居然弹起钢琴也灵巧非凡。国际著名钢琴家、郎朗的恩师格拉夫曼到他家做客,他演奏一曲,弹得如痴如醉,格拉夫曼听了大为感动,从此和他成为好友,还主动为他写音乐的书作序。至于这位钢琴大师如何评价他的琴艺,你去读读这篇序言,肯定会吓你一跳。

这么一说,你大概能看出,田家青和王世襄是有几分相像的,他们都是可以把"玩"当作专业的人,"玩"也要出彩,"玩"也要追求极致和境界,这样玩着玩着就成了行家、专家乃至权威。难怪王世襄眼光又高又刁,没几人能入他法眼,他一辈子都不收徒,却偏偏收了田家青为入室弟子,由此可知两人是如何投缘了。

这一两年,田家青把他这种干什么痴迷什么的劲头儿,用到写作上来了。

以前他编写过几本有关家具的书,都是大型图册,现在,他要尝试写些以文字为主的作品。去年王世襄先生100周年诞辰,事前大家讨论如何纪念。田家青忽然说,我要写一本书,书名就叫《和王世襄先生在一起的日子》。当然,以他对王世襄的了解,写这种书,没人能比。毕竟,他在王世襄家"入室"长达三十多年。所以别人写王世襄,不管是怎样牛的人,都不敢说和王世襄"在一起",只有他敢说。他写的自然要与众不同,内容要全新,绝对不会"炒冷饭"。

他说:"我看过以前几本介绍王先生的传记,内容大抵是他的家族门第、生平履历、追索国宝文物的经历以及所受迫害和平生成就,等等。而这些方面,在我的这本书中将一律不再涉及。我希望这本书能让大家对王世襄先生有一个更深入、更准确的认识。如果说以往对王先生的介绍像一张素描，那么我希望我的这次摹写能像一张色彩丰富的绘画，让人们认识一个更多面、更真实的王世襄。"

他还说："原本我想将我与王先生交往的事儿'按下不表'了。但王先生过世的这几年来，我越来越感到，王先生高尚的品格和生前的很多生活方式、思维方式、为人方式、处事方式，正是我们现在这个社会所极其欠缺的，他的思想和精神对于我们这个正处于转型阶段的社会有很好的启示作用，对于克服现今的一些弊病有重要意义。或许是出于说得好听点儿的'责任感'吧，在激烈的思想斗争之后，我还是决定，把这些故事写下来，这不仅由于其中有一些东西具有史料价值，而且也是由于它能留给我一份纪念。"

说干就干，几个月后书稿完成了。田家青把自己对王世襄先生独到的观察和认识记录了下来。他写得非常活泼，文字流畅易读，京腔韵味浓郁，人物刻画鲜活，幽默的笔触中表达出深厚情意。书中记录

王世襄先生画像

了三十多年来王世襄夫妇雍容达观的处世境界,以及生活点滴中所流露的美学趣味和独特见解,都让人印象深刻,回味不已。

但田家青自己并不满意。他总觉得"味道"还不足。他是北京人,追求"京味儿"的文字风格。交稿以后,他对编辑说,你们得帮我改改。编辑问,怎么改?他说,就往王朔那种风格上靠。这可给编辑出了大难题:风格岂能修改出来?编辑沉下心改了两三遍,他看了还是不满意,于是编辑又到大学里请专家帮他润色书稿。最终还是过不了他自己这一关。他那种死较真儿、玩什么都要玩到极致的劲头又上来了。最后他把稿子拿给章诒和看。章诒和说,你让别人瞎改什么?你自己的文字就很好,这种文章看起来带劲、过瘾,就是你自己的风格了。他听了这话才罢手,把书交给北京三联和香港牛津,分头在两地出版。

这本书销得不错,还获得了几个大奖。田家青颇有几分得意,便不知不觉地上了写作瘾。他对我说,他还要写《和音乐在一起的日

香港牛津大学版
《和王世襄先生在一起的日子》

子》，以及《和贫下中农在一起的日子》，前者讲他的发烧友经历，后者讲他的知青生活。他强调都要用"在一起"作书名，成为一个系列。我想，他这么做或许有道理，因为他的"在一起"，意味着一种全情投入，是寄托了深厚感情的。

去年中秋节前，田家青几次打电话，要我帮他看看新作书稿。这便是写音乐的一本。他现在是自负却又不自信，稿子完成，到处征求意见。据说作家出版社拿到此稿拍案叫绝，如获至宝。一位名编说，从未见过这么好玩的书，准备下死力给他做成畅销书。但他仍不托底，非要我看几章，给他提供意见不可。我推辞不得，便让他发过来看。

一看便知，这是一本古典音乐顶级发烧友的自述。他发烧烧到什么程度？这下可让人开了眼界。他对音乐效果的挑剔，达到你无法想象的地步，比如音乐厅地板下的龙骨作为共鸣箱对声音的影响，以及音乐厅的窗帘对音响效果的作用等等，他都要讲究，都要说出个道道来，岂不让读者目瞪口呆！他说，自己平时不敢去观看现场演出，因为怕在音乐厅里听上一场不给力的音乐演奏，倒了胃口，回到家里，还得把原盘调出来，用家里的"国宝"级音响连续播放三遍"洗洗耳朵"，才能安心睡觉；他敢和欧洲大牌指挥家叫板，说某人对某乐曲的理解不正确，指挥的作品是垃圾！这样一个牛人，他告诉人们欣赏什么乐曲要在什么环境下，使用什么样的音响设备，同时需要注意些什么，读者怎能不听不信？他那气势先把读者震晕了。

和写王世襄先生不同，这本书他是写自己，于是写法更自由。

他说："写王世襄，人家是大学问家，我写得小心翼翼，不敢抡（抡，北京话，放开、尽兴的意思），写我自己，我可就没那么多顾忌了。"

看完田家青发来的样稿,我给他发了如下短信:

《和音乐在一起的日子》已拜读,很精彩,可期待。是一本好看、好玩、有个性、有猛料、有绝活的书,没见别人这么写过。可能是别人都不具备你这么全面的条件吧。写法和语言,这回你抡圆了,可抡得不轻,却也得体,自成一格。这么写是在气势上先声夺人呀,不服不行。呵呵,接着写吧,祝贺你即将获得的成功。中秋快乐!

过了一会儿,田家青回电话,说他听到我的评价,稍微踏实一点了。他一直不自信,是因为有人说他,"你凭什么这么牛?"

我说:"这你不必纠结。只要你牛得有根据,不离谱,就可以放心大胆,接着牛。"

他又告诉我,他的第三本书《和贫下中农在一起的日子》也启动了。"写作太辛苦了,"他叹了口气说道,"写一本书,扒一层皮呀。我这辈子,干什么都没这么累过。"

我知道,一旦他拿出"玩家精神"和写作"在一起",他一定可以成为专业"写家"。

2015 年 2 月 11 日

原载《文汇报》和香港《橙新闻》

第二辑

我对杨绛先生的三次道歉

杨绛先生在当今文坛上是备受尊敬的老作家。

我做编辑，先后在人民文学出版社、香港三联书店和北京三联书店工作。恰巧，杨绛先生正是这三家出版社的老作者。由于工作的机缘，我也便与她有了一些直接的接触。

其实我与杨先生相识较晚，那大概是 90 年代后期，我在香港工作的时候。因为她过去曾在清华大学外文系任教，与家父是同事，提到这一层，她老人家对我也便多了几分亲切。

这些年来，每逢春节或杨先生过生日，我总是要代表出版社问候老人家，有时也会登门拜访请教。见面时，谈得较多的自然还是有关出版的事，有时杨先生也会顺带谈谈她对当前社会、文化问题的看法，或回忆早年的往事。我和三联的同事都非常喜欢听她老人家聊天，感觉从中受益，长见识。然而，对我来说，在与老人家的交往中，留下印象最深的，还是我对她的三次道歉。

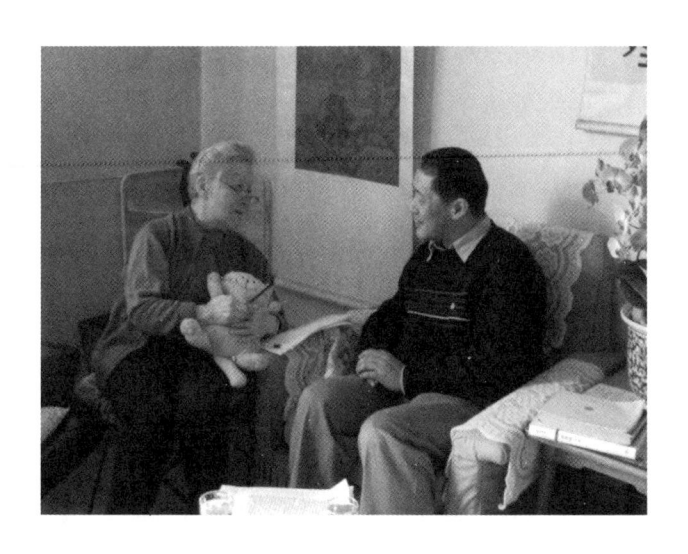

作者登门拜访杨绛先生。

一

2007年10月,三联书店出版了《钱锺书集》第二版。这是一个以2001年第一版为依据,聘请专家花费四五年时间进行全面校核,最后作出了必要修订的新版本。但是在出版时,我们斟酌再三,并没有将它称之为"修订版"。对于这样一套学术文化界高度关注的文集,以这样的方式再版,其中的理由,有必要作一些说明。为此,我们在南京举办了一次新书发布会,由我代表三联在会上面对媒体介绍新版本的情况。

那天,我首先讲到不称"修订版"的原因有两个,一是学术著作内容上的修订应由作者亲自主持,而如今本书作者已经过世,其他人无法代替作者履行这一责任;二是我们进行的所谓"修订"一般来说仅限于编辑范畴,主要包括对编排形式进行调整和对第一版中的排校错误进行订正,而不包括对内容的修订。

我介绍说,《钱锺书集》第一版面世以后,对于其中一些内容是否需要修订以及如何修订,学术界有过一些讨论。作为必要的准备工作,三联曾经委托有关专家对《谈艺录》《管锥编》的引文进行全面校核,对所有有疑问的地方做了详细记录,这些记录或可成为修订的依据和参考。但是在最后一刻,我们放弃了这种内容的修订。因为在一次集中征询相关专家学者和出版界前辈的意见时,大家达成的共识是,尊重已经故去的前辈学者的著作风格,应保留其原貌。

大家都知道钱锺书先生博闻强记,有老一辈学者说钱先生能背十三经,甚至能背十三经注释。他写《管锥编》《谈艺录》,依据的是他平时随手写下的读书笔记。而做笔记需要征引文献的时候,他常常仅凭自己的记忆,并不去核对原文。这样大量征引文献,便难免有个别地方记得不太清楚;另一方面,钱先生引用文献,有时候不是全引,而是略引,比如一首诗有四句,他引了第一句后,可能直接引第四句,中间甚至未加任何符号。这种情况究竟需不需要根据原始文献进行修改呢?

大多数学者专家不赞成修改。这是因为,一来钱著征引文献数量极大,古今中外,版本情况非常复杂,校改不慎,会弄巧反拙;二来钱先生的征引方式、著述风格,在他生活的那个时代是许多学者通行的做法,非他所独有,可以说是一个时代性的学术风气。所以,保留那样一种著述面貌,既是对作者本人的尊重、理解,也是对今天的读者、对学术史的负责。

做了这些说明以后,我谈到了钱锺书著作的版权情况。因为是面对媒体给新书做宣传,我自然不免强调三联的版本对于市场的独占性,这是如何珍稀可贵。

我说,在中国,《著作权法》实施之后,一本书通常只在一家出版社享有专有出版权,但是为了支持和保护文化建设和文化积累,出版

《钱锺书集》第二版

界有一个不成文的规定，或者说是达成了一种默契，允许作者在出版《文集》或《全集》之外，另行享有单行本的专有出版权。根据这一惯例，钱锺书著作原本是可以在三联的文集之外，由其他出版社另行出版单行本的。但是杨绛先生对待版权非常严肃和谨慎，她在三联出版了《钱锺书集》之后，便有意识地停止了钱锺书著作单行本与其他出版社的合作，结果《钱锺书集》共10种，其中有8种由三联书店独享中文版权。只有《宋诗选注》和《围城》这两部作品，在人民文学出版社的一再要求下，杨先生才同意保留该社继续出版单行本的权利。

我的这番谈话被在场的记者陈香完整记录下来，她写了一文，题为《保留钱著原貌，新版〈钱锺书集〉不"大修"刊行》，发表在《中华读书报》头版。

杨绛先生平时对文化界新闻相当留意。她看到报纸后，有话要对我说，但是她老人家听力不好，通电话有困难，于是便让帮她料理版权的友人吴学昭老师给我打电话。

吴老师是吴宓先生的女儿，也是三联的作者，与我们很熟悉，她直截了当地说："这篇采访你的文章，可惹老人家生气啦。"

我问，为什么？她说，这篇文章前面90%的内容都很好，唯独最后一段，你说"在人民文学出版社的一再要求下"，他们才继续享有《围城》和《宋诗选注》的版权，不符合事实。杨先生认为，你对人文社不公平。分明是人家早早就出版了这两本书，而你们三联才是"一再要求"出版文集呢。你说话怎能不讲先来后到？你做宣传，不能抬高自己，贬低别人。

我自知理亏，连忙请吴老师代向杨先生道歉。吴老师说，杨先生的意思是这篇文章给人文社造成了不良影响，所以你要向他们道歉。

我自然无话可说，马上打电话给当时人文社的负责人潘凯雄，说明了原委，表达了道歉之意。凯雄听了哈哈大笑，说："老人家为我们做主，你道歉我们照单全收了。"

这件事对我触动很深，我由此认识到杨先生待人处世最讲"公平"二字。

二

2009年夏天，三联要再版《陈寅恪集》，联系了江苏省新华书店总店，希望他们承担总包销。该店是三联的长期战略合作伙伴，对我们总是有求必应，大力支持，但是他们也总会根据具体情况，提出一些合作条件。这一次，他们同意包销2000套，但是要求我们制作2000张藏书票随书附赠。

藏书票怎么设计？美编考虑再三，计划采用陈寅恪先生的名句"独立之精神，自由之思想"，下面加上陈先生本人的印章。

使用印章，需要征求作者家属意见。但陈寅恪先生的三个女儿对版权都不熟悉，一时不知该如何处理。编辑便告诉她们，使用印章做藏书票，这事情不新鲜，上次《钱锺书集》第二版也是由江苏省新华书店包销，也曾用钱先生的印章做了一批藏书票。《陈寅恪集》只是循《钱锺书集》旧例而已。

由于陈家姐妹也与吴学昭熟悉，所以当编辑打电话询问印章使用之事时，她便向吴学昭请教。吴学昭把这事向杨绛先生通报。杨先生说:"藏书票,这事我怎么不知道?"

原来,2007年三联出版《钱锺书集》第二版时,无论是我还是编辑,都没有意识到需要就藏书票的事和杨先生沟通,出书以后也忘记将藏书票送给老人家过目。这可是个不小的疏忽。

杨先生生气了。她让吴学昭给三联的编辑打电话,说:"你们这样不尊重作者,我要考虑提前结束与三联的合作。"

当编辑把杨先生这番话告诉我时,我顿时蒙住,血一下就涌到脑门上。要知道,钱、杨两先生是三联是多么重要的作者呀!

事后我才弄明白,杨先生之所以把问题看得很严重,不只是三联没打招呼就加印盖有钱锺书印章的藏书票,主要是因为她了解到,有人在网上高价拍卖带有藏书票的《钱锺书集》第二版。她担心此事是三联所为。她心里想的是,这些著作的出版,版税她自己分文不取,全部捐献出去,但是出版社却用这种方法获取暴利,岂不可耻可恶?

当然她是误解了,但是我们怎样才能解释清楚呢?

我问编辑该怎么办?她说事到如今,只能由领导出面解决。无奈,

杨绛先生在看作者送去的样书。

我只好打电话求助于吴学昭老师。请她帮我安排，我要到杨先生府上去负荆请罪。吴老师说，老人家现在气头上，怎么会见你？但是她还是热心帮忙的，建议我写一封道歉信，直寄杨府。

于是我便写信说明了事情经过，信里对杨先生解释说：

2007年10月我们应江苏省新华书店总店的要求，印制了《钱锺书集》精装本3000套，全部交给该书店包销，自己只留了几十套样书。书店方面为推广促销，建议我们给每一套书夹一张藏书票。我们考虑到藏书票的制作和收集本是文化人的闲情雅趣，并无太多的商业意味，附在书上不会为书籍带来不良影响，同时考虑到《钱锺书集》第一版出版后，我们曾为配有红木架的收藏本制作过一批藏书票，现在趁第二版精装本出版时再做一次，似乎不是什么新问题，于是便同意了对方的要求。因为书店提出这一要求时间较晚，当时3000套书已发往南京，所以我们赶制的3000张藏书票是单独包装后用特快专递另寄南京的。这些藏书票夹在书里（或贴在书上）之类的事情都是书店自己完成的，以后的情况我们也没有再继续过问。所以，可以说我们到今天也没有见过夹着藏书票的《钱锺书集》第二版。正是因为如此，我们也不曾想起要给三联自己留下的几十套样书配上藏书票的事情，在给您送样书的时候，有关编辑早已把藏书票这回事忘记了。这确实是我们工作上的一个漏洞，导致的结果是三联做了一件损害您的权益的事情，而且事前没有请示，事后又没有报告，以致您在两年以后才得知这件事。作为三联图书编辑出版工作的负责人，我为此事感到非常惭愧和不安，在此恳求您的原谅。

信写好后，我找到三联出版制作部主任，问他两年前做的《钱锺书集》藏书票，他手里还有样品没有？他迟疑了一下，说，"我找找"，便拉开了办公桌的抽屉，把里面的东西一件件地往外拿。当抽屉的底部露出时，我看到几枚藏书票安静地平躺在那里。

那几枚藏书票正是用钱锺书印章制作的，编号3001—3004。我如获至宝，将它们和道歉信一起邮寄给杨先生，告诉她，这是残存的几枚。

我想，可能就是这几枚藏书票的编号说明了问题，解除了老人家对三联的误解。因为这批藏书票是专为江苏省新华书店特制的，1—3000号全部寄给他们，不在三联手里，而编号3001以后的几枚，两年来无人动用，表明在网上高价倒卖藏书票版本的人与三联无关。

我的信寄出两天之后，吴学昭老师给我来电话说，祝贺你，事情解决了。杨绛先生看了你的信，让我带给你一句话，说："李昕是我老同事的儿子，我原谅他了。欢迎他有空到家里来坐坐。"

杨先生这么容易就改变了态度，令我如释重负。于是我知道，老人家真正关注和在意的，其实不是别的，而是一个诚信问题。

三

2011年7月17日，是杨绛先生百岁诞辰。提前两三个月，我们就在编辑部里商量，应该怎样表达我们对老人家的祝福。这其实是一件颇费心思的事情。因为老人家生活简朴，清心寡欲，既不喜请客送礼，又不讲繁文缛节。钱瑗和钱先生相继走后，杨先生一个人和保姆一起生活，物质要求极低。家具不换，衣服不买，一双旧拖鞋穿了很多年。所以过生日时，我们要给她送礼，她总是说她什么都不需要。送花家里没有地方摆，送蛋糕家里没有人吃，若是送别的东西，可能是你给她送去，她当时收下，心里记得是你送的，等你下一次再去，她便说你上次送来的东西，已经在我这里放了很久，我也用不上，你还是带回去吧。

所以，在杨先生看来，如果你想给她祝寿，最好的办法，是你自己煮一碗长寿面，替她吃了，这样你的心意就到了。

老人家如此超凡脱俗，让我们除了给她送一张集体签名的生日贺卡、再送几本她喜欢看的书以外，实在想不出还可以做什么。

正在这时，中央电视台《读书》栏目主持人李潘来找我，她说要做一期给杨先生祝寿的专题节目，就在7月17日播出，希望我参与。我听了大喜，觉得这电视节目不就是最好的百岁生日贺礼吗？

因为电视栏目是《读书》，所以节目的内容需要围绕一本书。李潘说，就请嘉宾针对《我们仨》进行对话。她自己做主持人，嘉宾一共两位，我和北京师范大学教授张柠。

张柠是文化学者，擅长评论。所以李潘给我们分工，让张柠多谈些理论观点，让我多讲些故事。她会把不同的问题分头抛给我们两人。

录播的那天，李潘特意穿了一件大红色的连衣裙，看起来喜庆之极，想必是要借此向杨绛先生表达祝寿之意。张柠穿白底黑条衬衫，而我则穿了一件天蓝色的衬衫。三个人出场，服饰可谓光鲜亮丽。

李潘主持得有条不紊，张柠的口才极好，似乎不需要准备，便出口成章。我事先写好了一些卡片，但是上场后发现全用不上。摄像头一直对着你，使你根本无法低头去翻阅它们。好在我对钱锺书和杨绛先生书里书外的故事比较熟悉，便试图用一些故事细节说明某个观点或问题。

例如我谈钱、杨二老的人格，说到在"文革"时期某些知识分子趋炎附势为"四人帮"效力的时候，钱锺书先生却可以拒绝人民大会堂的国宴邀请，追求自我身心的宁静，而杨绛先生更可以用照顾生病的钱锺书先生为借口，婉拒江青邀请她同游颐和园。他们这种淡泊明志，可谓彻底。

又如我说杨绛先生在钱锺书先生眼里，是最能干的妻子。家里的一切，钱先生都要依靠杨先生打理。家里的生活用具，例如电灯、水管、家具坏了，从来都是杨先生设法修理。这样下来，以至于杨先生到了90高龄，仍然可以爬上桌子，再架上椅子，然后踩在椅子上修理日光灯管。她家屋顶的天花板有两个清晰的灰手印，就是老人家修理灯管时，用手扶着天花板时留下的。我还拍过这手印的照片呢。

最后我谈到他们的精神境界和高风亮节。我说他们夫妇三十多年不换房，不装修，不买家具，如今家里照样是水泥地面、白灰墙壁、最原始的铸铁暖气。但是他们把两人全部的版税，都捐献给了清华大

杨绛先生在简朴的家里。

学教育基金会，总数已超过1000万元。他们在那里设立了一个"好读书"奖学金。这个奖学金的宗旨是扶助贫困学生，让那些好读书且能好好读书的清寒子弟能够顺利完成学业。杨先生曾寄语受奖的学弟学妹："永记'自强不息、厚德载物'的清华校训，起于自强不息，止于厚德载物，一生努力实践之。"

因为我和清华大学几位获得这项奖学金的孩子有过接触和交流，我还谈到这些孩子在清华成立了"好读书协会"，定期举办"好读书"论坛，倡导阅读，成为表率。我也说到清华学子对钱、杨二老感情极深，1998年钱先生去世时，大学生们曾自己动手折叠了上千只千纸鹤，用细线穿在一起，挂在校园主干道的树枝间、松墙上，那场面非常感人。

我讲的这些故事，可能给不少电视观众留下了印象。事后，曾有好几个朋友和我提起这期节目。

节目播出几天以后，吴学昭老师也来了电话，那口气挺兴奋，上来就说："你们这期节目做得不错，杨先生也看了。"

我问，杨先生高兴吗？吴学昭说，用这种方式祝寿，杨先生高兴。但是，她又发现你有个地方讲错了。

我听了心里一惊，忙问，什么地方？

吴学昭说，钱、杨二老在清华大学设立的是"好读书奖学金"，但是被我说成"好读书基金会"了。她说，设立"奖学金"比较简单，但是建立基金会就不同了。那得有按国家有关规定成立的非营利性法人，须有规范的章程，有组织机构和开展活动的专职工作人员，还要申报民政部门批准，可向公众募捐。这两个概念不能混淆。所以杨先生让她告诉我,今后若是再提到此事,一定要把说法改过来,不要一错再错,造成别人以讹传讹。

我再一次请吴老师代我向杨先生道歉,这是第三次道歉了。虽然所涉及的事情不大,但是杨先生的严谨和认真,令我受教。

事后我想,杨先生的治学和为人,之所以那样令人敬仰,令人钦佩,可能就得益于她这种随时随地对于周边一切都一丝不苟的性格吧?

2015 年 6 月 25 日

原载 2015 年 7 月 17 日《文汇报》

历尽沧桑人未老
——我眼中的马识途先生

一

2014年8月4日，三联生活书店在成都购书中心举办了一场不同寻常的新书发布会。两本新书题为《百岁拾忆》和《百岁追忆》，作者分别是年届百岁的马识途先生和他103岁的哥哥马士弘老人。会场场面火爆，大厅水泄不通，许多读者自发地围观了这一盛景。两位百岁老人步履坚实，登台致辞，嗓音洪亮，铿锵有力。台下时时报以热烈掌声。

难得的是王蒙先生亲自赶来参加这场活动。事前，我试探性地邀请王蒙赴成都，并未抱什么希望，毕竟，他也已经80岁了。谁想他二话没说就答应了。我把消息告诉马识途先生，老人高兴极了，说是蓬荜生辉。但王蒙却对我说："这次是你救了我呀。我欠马老一份情。马老在北京搞书法展，我去讲了几句话，结果他给我来信感谢，还附上一幅书法作品。信里说，希望我回赠一幅书法作品。我回信写好了，但书法作品我写完一看，拿不出手，和马老作品一比，连自杀的心都有了，正不知道怎么办，你的电话就来了，我想这回给我个机会，他不会怪我了。再说，我去看看一家三个百岁老人（还有一位97岁的弟弟），那可不是随便的事，那是拜神呀。"王蒙的解释，令大家都很开心。

新书发布会上，王蒙讲话，简短而有力，他一字一顿、直截了当地说，他是来作广告的，已为这两本书编了广告词："读马氏百岁新书，获千年灵瑞之气。长寿，通达，真纯，提升。"还开玩笑地说，"这两本书读一遍，增寿十年。"王蒙的号召力和影响力自然非同一般，几句话一下把发布会气氛调动起来了。因为记者围住采访，会后两位老作者几乎无法脱身，连我都临时被两家电视台记者拦住采访了一通。

散会时，有朋友对我说，你们三联生活书店同时出版两位百岁老人回忆录，可能为世界出版史上所仅有，建议你们申请吉尼斯世界纪录。

我想，申请吉尼斯不过是个宣传促销的手段，但这两本书出版本身，的确是一件文坛盛事，更是人间佳话。

关于这两本书的来历，还得感谢樊建川兄的引荐。

中国当代著名文物收藏家樊建川是我的老友，2012年我去成都，曾约请他写一本自传。他说没有时间，我便承诺找人帮他整理。一年以后，书稿完成了。我对责任编辑罗少强说，你一定要去"建川博物馆"看一看，这样你编书才会有感觉。于是少强到了成都。参观完博物馆后，樊建川说，他的书名"大馆奴"三字要请马识途先生题写，

王蒙在新书发布会上。

因为马老的字极漂亮。于是带着少强去了马家。少强当时正在组织编辑一套百岁老人的回忆录丛书,已出版了周有光的《百岁忆往》,见到马识途后,当即便向马家两位百岁老人约稿,并决定请青年作家张建安帮助马士弘整理回忆录。马识途听说是生活书店约稿,非常兴奋,因为他和生活书店有渊源。1938 年他在武汉领导地下党工作时,生活书店的党员就归他领导。所以他觉得"这是在自己家里出书",一定要支持。但他是作家,认为作品不能由他人代笔,一定要自己写。于是他花了大半年时间,写成了这部 26 万字的《百岁拾忆》。

两位饱经沧桑的老人回顾百年人生,其间的曲折和坎坷,以及由此而来的感悟和思考,多有震撼人心之处。然而越是这样,就越使人们好奇,这两位老人是如何历经劫难却安然无恙、得享天年的?于是在新书发布会后,记者们纷纷向老人请教长寿秘诀。

马士弘在他的书里说过,他与马识途兄弟二人共同总结了"长寿三字诀":

不言老,要服老。多达观,少烦恼。勤用脑,多思考。能知足,品自高。勿孤僻,有知交。常吃素,七分饱。戒烟癖,酒饮少。多运动,散步好。知天命,乐逍遥。此可谓,寿之道。

而马识途却在现场对记者说:"很简单,十个字,吃得,睡得,走得,写得,受得。"然后解释说,最重要的是"受得"。经历了磨难的人,什么都不在乎,活得长。

当然,他只是说了半句话,剩下的半句,留给大家去想。我猜这意思是,受了磨难的人,一定要心态好,乐观处世,笑对人生,方可长寿。

读读马识途的书,你可知道这位老人是何等的意志坚强、百折不挠。作为一个受过大难,也闯过大关的人,他的通达乐观,可以说是他生命的守护神。这从他在"文革"中的特殊经历可见一斑。

"文革"开始后,马识途这个老革命被造反派批斗、游街,戴着高帽敲锣,"当众演猴戏",还被安排劳改,每天打扫厕所。但是他把那个臭气熏天、尿水横流的厕所,收拾得干干净净,然后居然贴出"厕所所长公告",像造反派一样"勒令"大家遵守公德,保持厕所卫生。这种心态,简直够得上黑色幽默。

这故事也让我想起另一位长寿老人杨绛先生。杨绛"文革"中被剃了"阴阳头"以后,也被惩罚打扫厕所。她居然可以把厕所上上下下清洗得一尘不染,把大便池的白色瓷砖盖擦拭得铮光瓦亮,然后自己便坐在那上面看书!杨先生和马老相似,他们的精神定力,绝非是常人所能达到的。

马识途以这样的心态面对"文革",尽管人身不免受屈辱,但他在精神上始终是个强者。他早早就把"文革"的一切都看穿,作打油诗说:"你说我走资,我说你走资,大家都走资,哪里有走资。"所以他

马识途老人签名赠书。

在被戴上高帽开大会批斗时，竟然可以低着头想自己的小说，想到开心处甚至笑出声来。被造反派揪斗的次数多了，他渐渐习以为常，当作家常便饭。甚至有这样的情况，一天，他正在和自己的儿子下棋，造反派来人传唤，又要挨斗，他便对儿子说，棋不要收，我去去就回。批斗会上，在一片"打倒"口号声中，马老却低头默想那盘残局，灵机一动，竟吟出打油诗一首，其中有佳句："红吃黑来黑吃红，一场混战乱纷纷。人生不过一棋局，我劝痴儿莫认真。"

境界若此，真让人感叹：好一个"受得"！

这也便是他"历尽沧桑人未老"的原因。

二

马识途兄弟的经历，颇有一些传奇色彩。

他们是一对名副其实的国共兄弟，而且兄弟俩分别在国共阵营中身居要职。其实两人几乎是同时走上救国救民道路的，但他们作了不同的选择。日本侵略中国，兄弟两人都怀抱一腔热血，要抗日杀敌。哥哥马士弘进了国民党的士官学校，然后从军。抗战时打了二十多场硬仗，特别是曾经从日本人手中救出152名中国年轻妇女，使她们和家人团聚，此事可歌可泣。他后来一直做到国民党军队的少将师长，曾拒绝和中共打内战，成都解放时率部起义，向中共投诚。弟弟马识途先是参加"一二·九"运动，继而在抗战初期加入中共，跟随地下党在白区战斗，经历可谓九死一生，到成都解放时，已做了中共川康特委副书记。意味深长的是，哥哥起义时，弟弟正是代表中共接受起义的领导人之一。从此失散多年的兄弟算是殊途同归，共同走上了建设新中国之路。

他们的经历，就像他们自己所说，"追怀往事，仰不愧于天，俯不怍于人，襟怀坦白，差足自慰"。不管是"国"是"共"，他们都是于国于民有功之臣。同时，尽管历史上国共之间长期对立，使他们处在不共戴天的两大阵营，但这并没有妨碍马氏兄弟的手足情深。

国民党统治时期，马识途这个地下党时时处在被抓捕的危险境况之中。他的一些故事，让我们想起小说《红岩》或者《潜伏》等一系列反映中共地下斗争的电视剧。而他所在的川康特委，书记便是出卖同志的"甫志高"式叛徒。作为副书记，他在重庆老街上甩脱国民党特务盯梢的故事，颇为惊心动魄。在这种背景下，国军哥哥始终未与共产党弟弟为敌。特别是1941年，国民党掀起新一轮反共高潮，弟弟所在的中共党组织被破坏，弟媳带着刚满月的女儿被捕，在万分危急的情况下，时任国军少校的哥哥，还根据父亲的旨意，暗中接应和掩护弟弟回乡。这一幕，让我们感受到亲情的力量。

斗转星移，解放以后共产党掌握政权，轮到当过国民党的哥哥日子不好过了。他的经历和背景总是被当作政治历史问题，从50年代

马识途（左）、马士弘兄弟在一起。

初期的"三反五反"开始，马士弘便一路挨整，一些蛮不讲理的人给他安上了各种各样莫须有的罪名。政治上被打翻在地不说，经济上也陷入困境。因为手头拮据，连孩子正常上学都难以为继。这时，哥哥便要仰赖担任共产党领导干部的弟弟资助。其实弟弟马识途因为家庭人口多，又有老人要赡养，经济负担也很重，但是他毅然从1956年开始，每月资助哥哥25元，以支持哥哥的孩子上学。整整8年，直到1964年哥哥经济情况好转，主动拒绝时才结束。须知在当时，这25元绝不是一个小数字，大概相当于两个人一个月的基本生活费。由此，也见证了这对兄弟的手足之情。

这样的故事，如果读者不了解历史背景，可能会觉得理所当然。但是，我们在20世纪历史上残酷惨烈的阶级斗争中，听到了太多因为政治原因兄弟相残、夫妻离异、家庭破裂的故事，那些故事告诉我们，长期的政治斗争，使得包括我们在内的国人的人性和人情曾经受到过怎样的压制和扭曲。正常与不正常已然被颠倒，人间伦理的准则已然被抛弃，以至于家人情愿为了"革命"割舍亲情，哪怕彼此反目。这曾是一个时代的特征。正是在这个意义上，马氏两兄弟互施援手的故事才特别令我们珍视，使我们震撼和感动。

当然，马氏兄弟情谊的纽带，牵在他们的父亲手里。父亲马玉芝，民国年间在四川是个响当当的人物，辛亥年跟着革命党闹过革命，后来做过家乡忠县的县议长、洪雅县和大邑县的县长，此间治匪患，禁烟土，惩恶霸，修水利，促生产，获刘湘赏识，且民望甚高。于自己的四个儿子中，父亲尤为牵挂的就是马士弘和马识途这一对国共兄弟，因为那时这兄弟俩都出生入死，时在险中。当他得知小儿子马识途被国民党追捕，便冒险将他接回家中避难。此时马识途自己的媳妇和女儿被关在监狱，却带回了另一位被捕共产党员的妻子许云母子。父亲为掩人耳目，竟慨然将许云收为义女，并将其转移到乡下掩护起来。作为一个乡绅，曾经的民国县长，如此深明大义，令人肃然起敬。

至于说到马父在大邑县县长任内惩治恶霸，所言恶霸者为谁？不用猜，自然就是世人皆知的大地主刘文彩。马士弘详细记述了1936年他父亲马玉芝在大邑上任时，那里恶霸横行、兵匪一家的情景。刘文彩和他儿子刘竹村如何打算给马玉芝下马威，而马玉芝如何处乱不惊，智勇兼备，恩威并施，灭了刘氏父子威风，大快人心，继而又彻底剿匪，赢得天下太平，所有这些，都有声有色，颇具戏剧性。

世人或谓，刘文彩的故事可信否？的确，刘文彩之所以闻名天下，和60年代"阶级教育"的宣传有关。那时有个"收租院"展览，把刘文彩作为剥削阶级的典型，讲出了他不少暴力欺压和残酷剥削农民的故事。比如说他私设公堂，在家里设置水牢，等等。

近些年来有人研究此事，认为当初的宣传未免夸张。特别是刘文彩的后人为其喊冤叫屈。我本人也去过大邑县安仁镇，听当地人讲，刘文彩的故事有些是虚构的，比如水牢，大概就查无实据。

但是要给刘文彩翻案，说他根本是个大善人，恐怕也难以成立。根据马氏兄弟的回忆，刘文彩够得上大邑的土皇帝，而他的儿子刘竹村，横行乡里，称王称霸，为非作歹，作恶多端，曾被县长马玉芝狠狠地教训。具体情节，包括刘家私设公堂都在书中有确切记载，不由人不信。

抛开这些是是非非不说，马家两代人的故事实在引人入胜。然而，马识途作为著名作家,写过《夜谭十记》等小说,讲了不少民国年间四川的奇闻逸事,真实传神地再现了当时的社会百态,但他却不曾以自己一家人的经历为原型,写一部有关20世纪中国人命运的史诗性作品,未免有些遗憾。前两年,中央电视台曾经热播一部电视剧,题为《人间正道是沧桑》,由孙红雷主演。作品便是通过一家父子兄弟姊妹对于革命道路的不同选择,将个人、家庭的命运与国家民族的命运融为一体,展现了一幅波澜壮阔的历史画卷,播出后极受好评,曾获得多个大奖。此电视剧虽然也有个别真实历史人物作为原型,但情节大体上是虚构的,属于文学传奇。可是,读过这两本回忆录之后,你会发现,马氏兄弟一家,他们在20世纪百年洪流中的亲身经历是那样曲折坎坷,那样震人心魄,那样耐人寻味,其传奇性堪比那部著名的电视剧。这真可谓不是文学,胜似文学。

三

马识途原名马千木,"一二·九"运动后加入中共,入党时自己将名字改为马识途,意谓从此找到了正确的人生道路。

这条路并非坦途。先是出生入死地斗争了十余年,才好不容易迎来了解放。按理说,天亮了,往后应该都是阳光灿烂的日子。然而,事情不像他当初想的那么简单。这匹识途之马的路,仍然走得不顺。

作为四川中共地下党的负责人,马识途解放后历任省市多个部门的党政领导干部。原本他身居高位,权力在握,只要跟着上面的政策走,不该有什么麻烦。但是基于良知的思考,却给他带来诸多困惑。

1949年后的一次次政治运动，从"三反五反""忠诚老实运动""反胡风""反右""大跃进"，一直到"文化大革命"，他想不通的事情越来越多。他觉得自己跟不上，但特定情势之下，又只能跟着走，精神上时常陷入痛苦。他对于政治运动是深恶痛绝的，但是别人搞得热火朝天，他不但无力制止，还必须参与其中。他说：

接下来的岁月里我不断地参加"运动"，也就见惯不惊了。有时是我去"运动"他人，当裁判员；有时是我犯规，却忽然被当成被"运动"的"运动员"了。我还看到有的人正"运动"别人，却忽然变成被人"运动"了。

许多人，特别是知识分子，忽然被革出人民队伍之外，忽然又准予重新回到人民队伍中来。我虽亲历，却至今不知其中奥妙。

在这种"你方唱罢我登场"的运动中，马识途免不了要说违心的话，做违心的事。特别是他在运动中当"裁判员"的时候，他的内心在挣扎，良知不断在谴责自己。

1957年"反右"，"引蛇出洞，聚而歼之"的政策他不知内情，但却是具体执行者。他鼓励本单位员工打消顾虑，大鸣大放，畅所欲言，导致不少人被错划右派。定案之后，相关材料还要由他签字，批准生效。此时他深感痛悔，却已回天无力。他和夫人议论此事，捶胸顿足地自责："我们的良心被狗吃了！"

"反右"运动中，最令他难忘的，是他也曾被上级领导逼迫充当打手。面对自己地下党时期的老战友、老部下贺惠君，他上台做了违心的批判发言。尽管对方从来没有嫉恨过他，但此后几十年，直到贺惠君去世，他一直碍于自己面子，几次欲言又止，最终没能向贺惠君道歉，这成了他永远的愧疚和终生的遗憾。

他的确参与过整人，但在更多情况下却是挨整的。他是老革命，解放时担任四川省200位中共地下党员的领导人，可以算得上是开国功臣。可是几十年中，他心里一直有个疙瘩，就是"地下党"的历史，不但没有给他们这200位"潜伏"的革命者带来什么光荣，反而为他们惹了不少麻烦。解放后，四川省委书记是来自"老解放区"的共产党领导人，曾是军队干部，人称"政委"。此人代表的"老区党"全面接管了四川的党政领导权，而"地下党"从此被边缘化。不仅如此，还由于"政委"对"地下党"的长期不信任，以马识途为首的200名四川"地下党"曾经一次次接受审查，其中许多人在历次政治运动中挨整。马识途本人，也是多次受批判，做检查，被下放，直至"文革"中被彻底打倒。他一直想不通，为何"地下党"总是受怀疑？直到晚年退休以后，他才看到一份材料，令他恍然大悟。原来，这份材料说解放初期上级有一个文件，对"地下党"干部的管理做了十六个字的

马氏兄弟的两本回忆录

批示。他明白了他领导的"地下党"为何受到那么多的不公平对待。

马识途把这"十六字方针"写在回忆录里。我们的编辑审稿时,希望核对这段史料。但马老也记不清史料出自何处。

正巧此时我去吴敬琏先生家拜访。聊天时,我提到这件事。吴先生记性好,告诉我,这个事情解放初期南京的"地下党"领导陈修良在回忆文章里提到过,还有学者据此写过相关研究文章,曾经在某一本杂志刊登。于是我立刻去查找了那本杂志,果然如此。

由此可见,马老所言属实。但杂志文章乃个人回忆,恐不能作为引用依据。所以最后,我们还是决定将这十六个字从回忆录中删去。

但这"十六字方针"引起了马老的思考。他认为这并不能简单地理解为党内的"老区党"和"地下党"这两大派别体系的矛盾,更是与当时错误的知识分子政策联系在一起的。因为"地下党"主要由知识分子构成。对善于独立思考和具有民主精神的知识分子不信任,在党内也一样。

尽管他的顶头上司"政委",是按照"十六字方针"行事的,但是马识途仍然认为,在四川当地整治"地下党",采取了一系列过"左"的手法,"政委"难辞其咎。"政委"对"地下党"偏见之深,甚至一直持续到改革开放以后,这令他愤懑不已。

他听说,文革后"政委"也曾经向他错整的一些人道歉,却一直没有向他和四川"地下党"道歉。于是他拒绝与这位老领导见面。其实,对于这位老领导,他还肩负着一个重要使命。

早在"文革"期间被关监狱时,他曾与"政委"的夫人关在一处。这位夫人在狱中曾经找到马识途,说自己从没有写过一份揭发丈夫的材料，没有做过一件对不起丈夫的事情。她希望马识途出狱后将这两句话带给"政委"，接着就含恨自杀了。马识途曾想，如果"政委"不道歉，这两句话就烂在自己肚子里。

然而后来有一年"政委"重回四川，在一个晚会上，马识途和他偶然见面。想到"政委"文革中全家挨整，不仅夫人自杀，而且一个儿子还被造反派打死，其晚境颇为凄惨，他不禁动了恻隐之心，于是上前将"政委"夫人的两句话转告，没想到"政委"竟当场泪流满面。

马识途后来说，此时他甚至产生了幸灾乐祸的念头，心想你把我们整得痛苦不堪的滋味，原来你也尝到了。但是他马上又自责，为这个念头感到愧疚。他想，毕竟，大家都是受害者。

这些恩怨故事，真令人百感交集。

四

在中共老一代革命者中，马识途是少有的才子。

他出身在书香世家，自幼喜欢舞文弄墨，吟诗作文。后来成为作家，他甚至算是科班出身，因为他曾被党组织送入西南联大中文系深造，师从闻一多等名家学习文学。然而作为职业革命家，他为民族大业奔波，是无暇进行文学创作的。虽然在联大时也曾试笔，写下不少文字，但为了地下工作隐蔽的需要，又只能忍痛将全部文稿付之一炬。等到解放后，他终于有机会拾起笔来写下第一篇文学作品时，早已过了不惑之年。及至他创作出第一部长篇小说《清江壮歌》，已到了知天命的年龄。接着就是十年"文革"，等他再次以作家的身份与读者见面时,他已经是一位花甲老人。

我不是想说他是大器晚成。而是想告诉大家,他的文学之路也并不平坦。

他的早期作品是几个短篇,如《找红军》《小交通员》《接关系》等,题材都是革命故事,在政治上很"安全"。但是他不安分,忽然又秉承老四川人幽默风趣的天性,写起了当时无人问津的讽刺小说来。虽然获得茅盾等前辈作家的好评,但在"文革"中却成了他一大反革命罪状。

那个时期他最重要的作品是长篇小说《清江壮歌》,是他根据自己的亲身经历写成的,半纪实,半虚构。

前面曾提到,马识途的结发妻子刘蕙馨和他一起投身革命,曾任中共鄂西特委妇女部长。1941年,她与时任中共鄂西特委书记何功伟一起被国民党逮捕,当时她的女儿才一个月。刘蕙馨在狱中坚贞不屈,后被国民党杀害。临刑前,在赴刑场途中,刘蕙馨巧妙地将怀抱的女儿扔在路边的草丛里。后来,女儿被好心的农民抱回家,抚养成人。直到1960年,马识途才通过多方查找,终于找到女儿的下落。

作品展现的便是这一动人的故事。一看便知,作品的主题是革命英雄主义,很符合60年代的宣传口径。但是马识途写好小说,却迟迟不敢出版,他仍然担心挨批。那时文坛正在批判《刘志丹》"利用小说反党",他把自己的作品拿给一些人征求意见,便有人建议他不要出版。等到1965年,他反复修改了作品,正准备尝试出版时,四川老作家沙汀来信说,作品在第一章里写父女失散20年后相见,两人相拥流泪,这种描写是不行的,会被批判为资产阶级人性论!于是他只得把这段描写删掉。即使如此,《清江壮歌》在"文革"中还是被定性为反党反社会主义的"大毒草"。

"文革"刚一开始,"政委"所主持的西南局就把他当作靶子,扣了一堆政治帽子,此后他坐了6年牢。他深知自己是受文学创作所累,然而他"执迷不悟",竟然在监狱中创作,写了两本书。十年之后"文革"结束,韦君宜来信,说人民文学出版社要再版《清江壮歌》,问他有什么修改,他说:"只要恢复准我流泪,一切照旧。"于是此书畅销20万册。

他真正的代表作,是后来出版的《夜谭十记》。

这本书写20世纪30年代的社会百态。以旧中国官场里的十位穷科员为主人公,通过十人轮流讲故事的叙述方式,展现旧社会官场上尔虞我诈、卖官鬻爵等丑行,故事奇异,传奇色彩鲜明,语言幽默辛辣,自成一格。作为一部风格独特的讽刺性作品,在中国当代文学史上,简直找不到可以与之比肩的同类之作,因此理应受到极大的重视。

可是不知为何,作品出版后,虽然也受欢迎,但文坛似乎并没有对它显示出足够的热情。倒是20年后,由导演姜文根据《夜谭十记》中的《盗官记》改编的电影《让子弹飞》,使这部作品的社会关注度大大提高。尽管经过电影改编以后,作品已经面目全非了。姜文自己说,他来了一次"信马由缰(姜)"的改编,意谓改编是以马识途的作品为框架,而主题、人物、故事、结构都按照姜文的思想理念来安排。这样的改法,马老不以为忤,表现了难得的豁达与大度。然而他也觉得哭笑不得。他想,自己当了一辈子作家,其作品的价值竟要依托一部电影来实现,岂不荒唐。但这不就是当前中国文坛的现实吗?

更令他感到莫名其妙的是另一本书的出版。他有一本探讨中国经济和政治体制改革问题的理论著作,是他30年前所写的《党校笔记》。出版时,编辑竟然在封面上做广告,印上了这样两行字:"电影《让子弹飞》的原作者以责任和良知记述的对国事和党史的思考,对30年后的今天仍然具有现实意义。"对此马识途报以苦笑,他想,难道自己这一辈子的成就,都注定要和一部带一点搞笑的电影绑在一起吗?

毕竟,社会对于他,还是有严肃的评价。2013年,美洲华人作家协会为褒奖他的文学贡献,给他颁授了一个"终身成就奖"。这是一个很高的荣誉,他有些诚惶诚恐,愧不敢当。领奖时致答词,他说:"我没有终身成就,只有终身遗憾。"意思是说,自己作为一个职业革命家是终身的,也是当之无愧的,但是作为一个作家,他是半路出家,误打误撞,至今没有写出可以传世的作品,够不上终身成就。他这么说显然是谦虚了。

去年我到成都,在参加马氏兄弟新书发布会时,我对马老说,暂不谈你的其他作品,只说现在出版的《百岁拾忆》,我认为就是可以传世的。因为我看来,真正说真话、写真事、抒真情的书,不仅值得当

跟着《让子弹飞》火起来的《夜谭十记》

代读者阅读，而且将会流传后代。何况，《百岁拾忆》记录了马老一生都在苦苦寻找正确人生道路的历程，也就是他本人所说"一时失途"的迷惘和困惑，"一时识途"的清醒和远见，这种探索，代表了中国现代知识分子求索真理的心路历程，具有极强的典型意义，值得当代和后代的学人研究。

五

马识途的文化修养，直追中国古代传统士人，不仅能文，而且能诗能书。

去年 5 月，他精选出自己多年创作的 148 幅书法作品，在北京中国现代文学馆举办"马识途百岁书法展"，中宣部部长刘奇葆、作家协会王蒙和铁凝都到场表示祝贺。大家看到这位百岁老人的作品神采灵动，风格俊逸，技法圆通，显示出作者深厚的功力，为之惊绝。

几天以后，我为来京的马老和老作家曾彦修安排了一次会面。他们是老朋友，见面后就手拉手说个不停。马老送上一本刚出版的《马识途百岁书法集》，曾老一面翻阅一面询问："你什么时候开始学书法？"

马老答："5 岁练隶书。"

曾老又问："你和四川省书法家协会有联系吗？"

马老说："没有。"

曾老笑说："那你是个人书法家。"

马老也笑说："可是后来他们请我做四川省书法家协会名誉主席。"

他们的对话真逗,我们听了忍俊不禁。

和大多数书法家不同,马老所书,很少古人和他人诗句,更多的是他自己所拟对联,有些来自他的诗词作品。他以此来直抒胸臆,表达思想。

马老的诗词也是一绝。一时兴起,他不假思索,便可吟诗作赋。比如那天他和曾老吃饭时,听曾老说自己刚刚被聘为《炎黄春秋》编委,他立即说要作诗,找人拿出笔纸,顺手就写下四句:

又见曾公号彦修,杂文泰斗谁能侔,少年豪气依然在,炎黄文艺说春秋。

他的书法作品中,有一些对联,令人过目不忘。

有一次和王蒙先生聊天,说起马老。他张口便背出马老的两副对联来,极其称赞。

一副是:"人无媚骨何嫌瘦,家有藏书不算穷。"王蒙说,文人风

马识途先生书法"仁者乐山"

骨,全在这里了。

另一副是:"能耐天磨真铁汉,不遭人妒是庸才。"王蒙说这对联太牛了,马老真是牛人,看了过瘾。接着他发挥说,一个人有了成就,出了名,遭人嫉妒,让人议论是正常的,不让人说坏话是做不到的。他举例说,杨绛先生不希望人家议论钱锺书,宗璞不希望人家议论冯友兰,这不可能,连毛泽东也做不到身后不遭人议论。所以要以马识途"不遭人妒是庸才"的心态面对。他笑说,"有人骂你是好事,说明你值得后人重视。"

我们谈起马老还有一副与此意思相近的对联:"未遭受人算天磨三灾五难怎能叫钢丁铁汉,惟经历山穷水尽七拐八弯才得知况味世情",都觉得只有历尽沧桑,大彻大悟之人,才能有这样的独特感受。结合马老的坎坷经历,大家都十分感叹。

我想起马老赠给我的书法作品。在他举办百岁书法展时,三联总经理樊希安和我都请他赐赠墨宝。他让女儿马万梅问我们,想写什么内容?樊希安如何回答我不知,我说希望写四个字:无欲则刚。后来马老说,因为时间紧张,不写新作了,就从展出的作品中挑选两幅已装裱带相框的送给我们,我们喜出望外。作品送来,我们一看,赠给樊希安的是:"四五个人风雨话,两三间屋古今书。"写的是文人淡泊明志,两袖清风,安于寂寞,交友读书的情景,颇有意境。樊本人是诗人,这两句应该对他心思。而赠我的一幅,马万梅告诉我,那是父亲特地为我挑选的。内容是:"何畏风波生墨海,敢驱雷霆上毫颠。"太棒了,正是我期待的,我看后心头顿时为之一振。

我查阅了一些资料,发现这副对联,出自马老诗作《书愿》,此作

品极显其性格之倔强:

> 顽石生成不补天,自甘沦落大荒间。
>
> 耻居上苑香千代,愿共山荆臭万年。
>
> 何畏风波生墨海,敢驱雷霆上毫颠。
>
> 是非不惧生前论,功罪盖棺待后贤。

其中,赠我的"何畏"一联,显然是化用了鲁迅《亥年残秋偶作》中的诗句:"曾惊秋肃临天下,敢遣春温上笔端",但却反其意而用之了。鲁迅讲的是,在秋天的一片萧杀和凄凉之下,作为诗人纵有无限春温也无法倾诉。但马老此联,却是要表达一种信念,就是不怕以文字获罪之墨海风波,而敢于以万钧笔力暴露黑暗,谴责邪恶,抒发的是一种浩然正气,可谓字字千钧,掷地有声。

我将马老馈赠的墨宝拍了一张照片,收藏在手机里。那天与王蒙

马识途先生赠给作者的对联

先生谈到马老对联时,我找出照片请他欣赏。他说这一副对联也太牛了,敢驱雷霆,这不是牛到天上了吗?然后看看我,说,"这对联给你还正合适,是鼓励你出好书呀。但我看你还不够'何畏',你还是'有畏'的,比如有的书你想出版,但是如果有人给你打招呼不让你出,你就不出了吧?"我承认他是点了我的穴,连说要以马老的对联作为警策。

我相信,结合全诗的内容来看,马老这副对联其实就是他自己的座右铭。

马老是"敢驱雷霆"的,他要秉笔直书,留下真实的历史记录和自己对时代、对社会、对人生的观察与思考。他承认过去自己说过违心的话,但现在他不说了,他要学习巴金讲真话。写作《百岁拾忆》时,他表示自己讲的可能不都是真理,但却是肺腑之言。他认为错误的真话比虚伪的假话要好。他强调,"为天下立言乃真名士,能耐大寂寞是好作家。"他深知中国社会要进步,必须汲取20世纪的若干经验和教训,因而有必要正视历史,包括历史的创伤。

于是他根据自己的亲身经历,写成了记述"文革"全过程的《沧桑十年》,力图为后人留下真实的史料;1989年的政治风波,他逐日观察,搜集资料,写下了大量的日记和笔记。

他非常勤奋,近几十年来,一直没有停笔,他在用自己的笔探索真理,希望自己真正进入"老马识途"的境界。虽然已过百岁,但他身体健朗,精神焕发,说是乘着余霞满天的光景,还要大写特写,于是又制订了5年的写作计划,这可真是要创造高龄写作的吉尼斯世界纪录了。

让我们祝愿他健康长寿,并对他的新作保持期待。

2015年6月2日—7日

王鼎钧与我的文字缘

题记:

鼎公在纽约对传记作家说:"做值得写的人,写值得做的人。"

我今天写鼎公,只因他既是"值得写的人",也是"值得做的人"。

王鼎钧先生人称"鼎公",这两个字说明了他在文坛上德高望重的地位。

有人说他是"大师",我不喜欢这个词,觉得太江湖气。但在中国现代文学史上,他的确是为数不多的文学大家之一。

我有幸,与鼎公结缘。从1989年我第一次与他联系,到现在已是30个年头。特别是最近这七八年,我们书信往还频频,谈书,谈文学,也谈人生,不可谓缘分不深。然而作为编辑,我和他只是书缘,

王鼎钧先生

或者说是文字缘,迄今为止,我们未曾谋面。

或许曾有机会。2016年秋,我跟团到美国旅游,其中有一天观光纽约。鼎公知道后,急急要我的宾馆地址,说是要来看我。可我住在纽约百里之外的新泽西,而他那时已是91岁高龄,我怎敢劳驾?他又说我到纽约曼哈顿时,可与他约定地点见面,"匆匆一握"也好。然而我在曼哈顿坐在旅游车里,下车拍照,上车赶路,竟不能安排会面之所。

缘悭一面,这真是个遗憾。

一

1989年1月,人民文学出版社尝试进行编辑部门改革,成立了综合编辑室,我被任命为主任。这个编辑室在原有的分工之外,承担了出版港台文学作品的责任。我上任后第一时间推出的是李敖《独白下的传统》《北京法源寺》和《李敖自传与回忆》等一个系列,引起较大的社会反响,但接下来出什么,我因对港台文学了解不够,颇感踌躇。由于当时两岸文化交流很少,港台作家的作品在北京很难读到,于是当年年底,我特地出差广州到中山大学和暨南大学两校的图书馆查找资料。

差不多用了半个月的时间,我每天泡在图书馆里,阅读台湾作家的新作,清一色都是繁体字原版。那时我关注的作家,有白先勇、陈若曦、陈映真、钟理和、钟肇政等,他们都是台湾一流的小说家,后来也都成了我们的作者,而在散文家里,我注意到了王鼎钧。

我首先读到的是鼎公的《人生三书》(《开放的人生》《人生试金石》《我们现代人》)和《作文两书》(《作文七巧》《作文十九问》)。老实说，面对鼎公的作品，我心里很有几分吃惊，因为以前没有见过其他作家这样写散文随笔。

拿《人生三书》来说，其实作者始终是对青年人在讲述"如何做人"的问题，但是他不谈大道理，没有说教，只是通过一个个小故事、小细节，给予读者哲理的暗示和启发。他以慧眼卓识，启迪年轻人辨黑白、鉴善恶、明是非，教会他们做人做事，因而他的书被称为"人生的孙子兵法"。

根据有关材料介绍，我了解到鼎公是70年代风靡台湾的畅销书作家，他的《人生三书》销量超过60万册，平均每40个台湾人就有一个买过他的书。所以台湾读者中甚至有这样的说法："凡有井水处，即有鼎公书。"可见他的影响力之大。

更令我惊异的是鼎公的哲言睿语。看似脱口而出，全不经意，却每每绕梁三日，引人深思。这些散文不是"心灵鸡汤"，它的作用不是"滋补"，而是解惑；但有时也十分励志，例如这样的金句：

生命像流星一样，终点并不重要，最要紧的是发光。
幸福越容易到手，嫉妒的人越多。
要想快乐，先找朋友；要想进步，先找对手。

不过，书中更多的是处世之道，例如：

人事现象往往是：一加一等于三，而三减一等于零。

多言取厌，虚言取薄，轻言取侮。

从别人的苛刻学习宽容，从别人的冷酷学习温情，从别人的懦弱学习勇敢，从别人的狡诈学习真诚。

任劳不任怨，无功；任怨不任劳，无用。

每一句，读者皆可三思，并用以自励、自勉、自警、自戒。这样的格言警句，可谓妙语连珠，在《人生三书》里俯拾即是。

至于《作文两书》，又是别开生面。它是作家现身说法教人写作。鼎公说：

我知道一般人在这方面是很吝啬的。于是我又衍生出一个想法：我一边赤脚行走，一边把什么地方有荆棘、什么地方有甘泉写下来，放在路旁让后面走过来的人拾去看看。

他听人说，文章作法不能教，写作是学不会的。但他不以为然，

《人生三书》书影（2013年三联版）

因为他自己的写作，就是慢慢学的。他把自己总结的写作技巧示人，告诉读者，学习这些你或许做不了陀思妥耶夫斯基，但你可以做王鼎钧。

我很喜欢这两套书，于是想联系出版。找到一家版权中介公司，恰巧他们那里也有鼎公的多部作品，就通过他们写传真去询问版权事宜。

出版总要做点策划。关于这两套书怎么出，我有自己的想法。

鼎公的书，都是写给青年文学爱好者的。不仅每篇文章都短小精炼，而且每一本书文字都不多。这大概是为了适应台湾读者的阅读需要吧。但是大陆和台湾的情况不同，那时是80年代末期，中国大陆图书制作工艺还比较落后。图书一律铅字排版，开本均为大32开或小32开，用纸皆为52克重。主要是因为纸太薄，书的文字如果太少，装订起来就不像一本书。鼎公这两套书恰恰如此，特别是《人生三书》，每一本只有八九万字，如果作为单行本出版，我担心会薄得连书脊都没有，显得太不庄重。

于是我给出建议，将这两套书作为两本书出版，《人生三书》三合一，《作文二书》二合一。传真发过去了，鼎公未回复，我心急再催，鼎公只说不急，要想想。我猜想可能是我的出版策划令鼎公意外，他大概不情愿接受"三合一"或"两合一"的办法。还没等我考虑好是否应该改变想法，鼎公又来一信，只一句话："弟病矣，诸事从缓。"我担心是托词，后来曾向中介公司了解，得知他果真大病一场，久未痊愈。我知鼎公一向主张"事缓则圆"，但这一"缓"时间太久，变成了中止。此后他未再来函谈论此事，而我忙着其他选题，也把这两套书的出版搁置了。

几年以后我到香港三联书店任职，在香港的书店里偶然看到几种台湾出版的鼎公作品。当时曾灵机一动，想到是否可以在香港出版《人生三书》？然而毕竟香港只有600万人口，市场太小。我出版了李敖的三四本畅销书，算是做个实验，结果销售不理想，于是发现港台两个市场根本无法分割，鼎公的书也不能另外在香港出。

我在香港工作时，和台湾书界联系很多。有一次和台湾双大出版公司的张琨璨闲聊，说起自己喜欢鼎公作品。谁知张琨璨说，他太太和鼎公的太太亲如姐妹，可以让鼎公送书给我。果然，不久以后，我收到从美国寄来的一箱书，打开一看，是鼎公的全套作品，整整18本。

后来我回到北京三联书店工作，这18本书被我带回北京。按理说，此时可以重新考虑出版事宜了。但我查阅了有关出版信息，发现时过境迁，10多年过去，鼎公最重要的作品，包括《人生三书》和《作文两书》，都被国内的出版社零零星星出版过了，尽管几乎没产生什么影响，但毕竟是有人占了先机，三联不适合再炒剩饭。

一句话，为鼎公出书，缘分还未到。

二

2012年春节前夕，三联的编辑饶淑荣来找我，说她想出版王鼎钧的书。

"鼎公？"我说，"我对他的作品很熟悉，但是我想出的已经被人出版过了呀。"

饶淑荣问我，"你知道他有《回忆录四部曲》吗？"

"有四部？"这一下把我问住了，我竟然孤陋寡闻，不知此事。我清楚记得，自己收藏的王鼎钧作品系列18本中，只有两本回忆录，讲的是他青少年时代的事情。

"现在已经出齐了四卷本，完整地叙述了他的大半生，一直写到他在台湾的经历，故事很独特，史料极丰富。历史学家高华还特地写文章推荐第四卷《文学江湖》呢。"饶淑荣告诉我。

"是吗？！"我立刻意识到，我们的机会来了。

饶淑荣建议，我们先出版《回忆录四部曲》，然后可以推出王鼎钧作品系列，把他的散文作品一网打尽。

其实，出版王鼎钧作品系列是我一直以来的想法，只是找不到一个由头，一个切入点。

于是我们一拍即合。

然而，饶淑荣告诉我，《回忆录四部曲》的版权竞争非常激烈。她已经给鼎公写过一封信，但是鼎公回复说，中华版权代理总公司联系的另外两三家出版社正在竞标，请她也向这家版权中介公司报价。她说，现在是要拍板定案的时候了，恐怕需要领导出面。

我觉得，大家都到版权中介公司去竞争，靠报价定输赢，三联显不出什么优势，但我们应该有很多理由可以说服作者。于是我决定直接给鼎公写信。

我致鼎公的第一封信，回顾了我和他此前的20年书缘，告诉他虽然阴差阳错，未能落实原先的出版策划，但是我一直对他保持关注与期待。希望他现在可以给我一个合作的机会，让我了却一大心愿。

几乎当天就收到鼎公热情洋溢的电邮。他信里说：

谢谢您长期的关注。今年是龙年，三联是作家的龙门，接到您的信，觉得是真龙入室了。

他仍然要我们联系版权中介公司，但是他说，"谁能跟三联争长争短呢？相信此事会依照您的意愿发展。"

从来信的口气，我们感觉到鼎公的合作意向呼之欲出。然而，鼎公自有他的纠结。信的末尾，他说：

不瞒您说，四部回忆录的内容或文句诸多不宜，如何删修，涉及弟之文格，弟不免有些执着，是以迟迟至今。这才是未来最大的变量。

无论如何，我会永远记得您的美意。

这意思，是要看我们如何处理他的书稿，再作决定。

但这个问题怎样回答，先要研究书稿中的问题。

于是我四处联系北京的港台文学专家，想借阅《回忆录四部曲》的第三、四部。然而无果，这两本是新书，大家都没有见到。于是我只得写信报告鼎公，请台湾尔雅出版社速速寄来样书。

读过《关山夺路》和《文学江湖》的样书，我才明白为什么多家出版社都参与竞争这套回忆录的版权：鼎公的作品太令人震撼了！

这部作品虽是个人回忆，却有着时代史诗的气象和格局。正像鼎公自己说的，"我要用这四本书显示我那一代中国人的因果纠结，生死流转"，他用一支冷静的笔，写出了一个大动荡、大分化时代的人间世相和他自己的一生沧桑。

至于鼎公说的"内容或文句诸多不宜"，我想他指的是作品反映抗战后的国共内战以及台湾"戡乱戒严"的白色恐怖，题材有些敏感，记述自然就会有所"不宜"。不过，以写法而论，正像鼎公本人说的："我的兴趣是叙述事实，由读者自己产生意见，如果读者们见仁见智，如果读者们横看成岭侧成峰，我也很高兴。"他秉持这样超脱的态度，作品的立场显然会比较客观，在党派问题上并无特别偏激的褒贬，所以，我认为对这部书稿的"不宜"作技术处理，应该不很困难。

这样的好书很难得。我联想到类似的题材、相近的写法，三联不久前出版过齐邦媛的《巨流河》，极受好评，获得了2011年新浪网评选的"十大好书"第一名。相比之下，鼎公这部作品，内涵更丰富，故事更曲折，特别是作者对社会动荡和变革中人生百态、世态炎凉的认识更富有洞见。王德威教授曾以"如此悲伤，如此愉悦，如此独特"来评价《巨流河》，我以为，套用这个句式，我们一定要说鼎公的《回忆录四部曲》是"如此冷峻，如此豁达，如此圆熟"，因而是"如此老辣"。

评估给了我们更多信心。我立即向版权中介公司报价：首印2万套。

起初，我以为这个报价不低，因为毕竟是4本书一起出，等于要印8万册。

谁想到，中介公司告诉我们，另有一家老字号的品牌出版社，和我们报价相同。

于是鼎公犹豫起来。他说他不想放弃三联，但是那一家品牌出版社也是他多年来非常欣赏的。他给我写信，建议两家联合出版。如果做不到，他就只好抽签解决了。他说纽约有一座庙，现在正好在过年期间，他可以到那里去抽签，抽签时邀请华文文坛重要人物三人到场监看签名作证，云云。

　　我有些着急，生怕这抽签已成事实，连忙写信向鼎公痛陈三联一定要出版他的作品的理由。

鼎公：

　　上周收到尔雅寄来的回忆录三、四两册。这些天大家一直在忙着传阅您的作品，讨论、研究、策划和论证出版您的系列作品事宜，因为这对三联来说也是一件大事，故费时较多，让您久等了，很抱歉。

　　记得您曾有一信建议回忆录四册由三联书店和××××联合出版。我们能体谅您的心情，但此做法不合中国内地出版惯例和管理规定，难以操作，所以只能请您在三联和××××之间做出选择。我在第一次给您写信时说，"三联愿意按照游戏规则参与竞争"，指的就是这个意思。而在我看来，即使是站在纯客观的立场上看，您的著作也显然更适合在三联出版。××××固然是很好的出版品牌，但它的优势在古籍整理和古代文化研究方面，出版现代作家的回忆录和散文随笔，从来不为它所擅长，它在这类图书出版方面并没有形成过品牌优势，但三联书店在学术出版之外，恰恰在这一类图书出版方面品牌影响力很强。另外，更重要的是，三联着眼的不是一套书，要出版的也不仅仅是回忆录，我们所考虑的是要向中国内地读者介绍一位海外华人著名作家、一位大师级的作者。所以我们做的是"王鼎钧作品系列"的策划,回忆录只是其中一部分内容。我们希望读者能够从各个角度、各个方面、各种文体全面接触您的作品,从而给您和您的作品一个应有的文坛定位——因为在我们看来,过去几十年中,至少在中国大陆,您是一位被忽视的大作家,没有得到公正的评价。我们觉得,只有这样的出版策划,才与您的地位相称,也才值得您作出选择。希望您能了解三联在选择出版作品系列方面,是非常慎重和严格的,过去在三联出版过作品系列的作者,都是大师级和一流的学者作家,其中包括钱锺书、陈寅恪、钱穆、黄仁宇、余英时、李泽厚、高阳、金庸、曹聚仁、冯友兰、徐铸成等,所出版的系列著作收录了他们最重要的著作。如果您的回忆录不在三联出版,那么三联只能出版您的散文系列,这样您在文坛的定位会有明显不同——仅仅被定义为一位散文名家,那显然是非常令人遗憾的。

附件寄上饶淑荣的策划方案和《关山夺路》一书的难点分析。策划不是饶淑荣一个人做的,她所在的三联学术出版分社社长舒炜参与了论证并提供了许多重要意见。三联书店总经理樊希安和作为总编辑的我都非常支持他们的策划。当然这些策划还是初步意向,在这里提出也是为了征求您本人的意见和建议。或许将来还需要对出版次序和选目作进一步的调整。《关山夺路》需要作一些技术处理以解决"敏感问题",想能谅解。需要说明的是,三联在这方面会充分尊重作者意见,一是只删不改,二是能小动则不大动。相信在处理这类问题方面,三联的操作经验比一般出版社丰富,承担政治风险的能力也略强,因而可将保全原书内容的尺度放得更宽些。

请鼎公酌。请鼎公下决心。

顺颂文安。

三联书店总编辑

李昕　敬上

2 月 10 日

这封信寄出两天后，鼎公回信，同意与三联合作。编辑部众人雀跃起来。有人说我这封信写得好，把它拿去给青年编辑传阅，但我心里明白，信写得好坏并不重要，归根到底鼎公看中的是三联的品牌和诚意。

真正建立合作，鼎公对三联是极为友善和谦让的。看到三联提出的包含 23 本书的《王鼎钧作品系列》出版策划，他十分体谅地回复说，把这些作品全部包下来，出版风险太高。不如首先精选 16 种，其余的将来慢慢再说。

我们当然乐于接受鼎公的建议。于是双方很快确定作品系列的书单，并签订了出版合约。

三

《回忆录四部曲》出版的难点，在第三册《关山夺路》。

这本书集中反映了鼎公在国共内战时期长途奔波的曲折和坎坷。他身为国民党军士兵，历经辽沈、平津两大战役；1949 年，他在天津被解放军俘虏，经历俘虏营训练，穿着解放军军服，徒步行走胶济铁路全线至青岛,最终从上海远走台湾……一路上,各种危机、冲突频发,各种艰难、意外互相纠缠,一个个场景震人心魄。作者将这四年的磨难完整记录并使之升华为一部超越政治、阶级、个人得失恩怨的独特回忆。他说:"国共好比两座山,我好比一条小河,关山夺路,曲曲折折走出来,这就是精彩的人生。"

尽管作者写作态度相当客观,但由于题材的原因,仍有"诸多不宜",主要集中在对内战时期的学潮、左翼文学、长春围城、山东土改等历史事件的评论方面,我们当时估计,经过小幅度的删、极其个别的改,完全可以解决问题,全书 24 万字,涉及需要斟酌处理的地方,不超过 3%。这些,我们在向鼎公详细报告时,分五种情况向他举例,包括"整段删""整句删""半句删""个别字删"和"改动个别字"等。

鼎公十分爱惜羽毛。他读到三联编辑部关于《关山夺路》的难点分析,立即回复一信,清晰表达自己对于删改问题的看法。

他首先提出:

> 以"只删不改,只减不增"八字为总纲。倘因删一字而使全句不通,则全句删,倘因删一句而使全段不明,则全段删。

《回忆录四部曲》书影(2013年三联版)

这个原则表明，他非常重视两点，一是准确表达原意，二是文字的通顺流畅，尤为担心书稿改动后篡改了原意或出现语句不通的现象。

然后，他对我们列举的五种删节情况一一回应，并且具体举例加以说明，就像中学老师在给学生讲解语法课。

接下来他给我写信，担心青年编辑不熟悉历史，嘱我一定要关照这本书的编辑修改。

我请他放心，承诺我会亲自参加修改定稿。

后来编辑工作十分顺利，责任编辑饶淑荣将需要删改的问题在书稿中一一标出，和我商量后确定如何处理，然后再用电邮征求鼎公意见。鼎公非常大气，基本上全盘接受了我们的修改建议。

需要说明，合作顺利并非由于我们的见解高明，而是因为鼎公的通达明理。过去几十年处身在国民党戒严时期的生活经验，使他有一种超凡的悟性，对自己作品有哪些"不宜"一清二楚。他在回应我们如何删节的问题时，已明确表示书中需删改的大约有"一百来处"，并自己举出大量实例。因此，我们其实是根据鼎公的意图进行的删改，怎么会不顺利？原以为需要费尽心力去说服作者，一直担心在沟通中发生问题，很有几分惴惴不安，但事实证明，这一切都是多余的。老实说，我做编辑几十年，处理过无数类似书稿，《关山夺路》的问题算是复杂的，但是处理得却相对简单，原因在于作者的不同。

《回忆录四部曲》出版后，鼎公很兴奋，他对我们的工作是满意的。曾对记者说：

我的书是用中文写的，当然要把它送到中国人最多的地方去出。

这一次三联书店出版我的文集，对我来说是一个非常大的鼓舞。我的书找到了最好的归宿。

至于《关山夺路》的删改，有记者提到，历史学家章立凡说，这本书他读过繁体字版，也读过简体字版，没有觉得有什么不同。问鼎公对简体字版所做的文字处理怎么看，鼎公这样评价三联的编辑：

删稿也是艺术，编辑台上，他不是刀斧手，是化学家，减一字，删一句，显山露水。他面对读者担当责任，也尊重作者"知的权利"，得失寸心，我深庆付托得人。

把功劳归于三联的编辑，这是鼎公的精神境界，也是他的谈话艺术。其实真正的"化学家"在幕后，是鼎公自己。

鼎公信奉基督，他的感恩之心很重。别人为他做了一点事情，他总是念念不忘，再三致谢。

回忆录简体字版出书之后，他特地给我寄来一套繁体字版，四册书每册均有题款签名，有两册题"李昕先生指正"，一册题"感谢李昕先生慧眼选珠"，《文学江湖》一册题的是"水深江湖阔，感谢李昕先生引渡"。如此赠书，令我有受宠若惊之感。

2014年感恩节，我又收到鼎公来函，专事表达感恩之意，内有这样的文字：

多年以来，弟以写作为专业，甚愿心血结晶散之于国内读众，而出版之路崎岖，幸得先生惠然垂青引入坦途。拙作深入社会，因缘连接，弟从中获得生命的意义。夕阳无限桑榆晚，既感天恩，复念人惠。

这样的信过奖过誉，让我汗颜，我立即回复说：

今接三联转来先生手札，万分欣喜，感动非常。晚辈为先生编辑大作，本是不足挂齿之小事，先生再三表达谢意，令晚辈愧不敢当。再说先生大作，万众期待，佳评如潮，晚辈有机会助其面世，既是读者之福，也是晚辈之幸，实不必言谢。

就是在这一年，我从三联退休。写信告知鼎公，同时提了一个小小的要求，请鼎公赐写墨宝，以为永久之纪念。鼎公回复：

手示敬悉，百感起伏。所嘱落墨留念事先办。鼎拜

几天后，我收到鼎公寄自美国的邮件，是一封信和两幅书法作品。信中称，应我要求落墨，是他最低限度要做到的事情，因为他要感谢我在他人生的最后阶段，帮他创造了一个奇迹。信中还谈到希望我退休后写写回忆录云云。两幅书法，一幅写的是：

云生从龙，文心来龙，叶公好龙，雕虫化龙。

这又是对我的褒奖之语，鼎公知我属龙，故以龙喻。而且，当年

鼎公的《回忆录四部曲》正待与别家出版社签约，我致信鼎公，恳切要求合作，力陈三联的出版构想与合作优势。鼎公见信立即回函，信中也有"真龙入室"的说法。这幅字，大概是承接此信中的比喻，当然是溢美之言，极表我们的所谓"雕虫化龙"之功。鼎公实在谦虚。另一幅书法，写的是《人生三书》里的一句格言：

愤怒之下无智慧，嫉妒之下无美德。

这乃是告诫之语，可悬壁以自警。鼎公的书法真令人拍案叫绝，两幅字，一行书，一楷书，均见深厚功力。

我回复说：

昨晚十点回到三联，进门即见先生大札及手书墨宝，喜出望外，不胜感激。先生褒奖，愧不敢当，只作为勉励，退休之年再鼓余勇。

鼎公赠作者墨宝之一

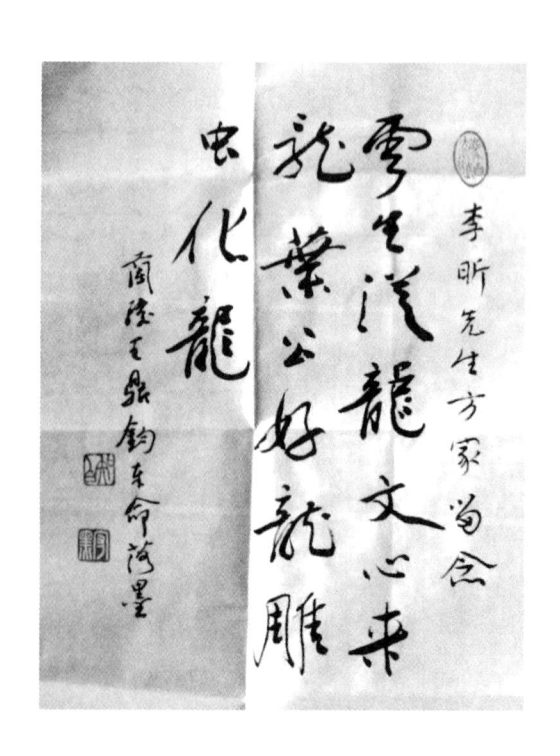

先生书法，行楷皆大家手笔，行书飞扬灵动，行云流水；楷书端庄灵秀，功力非凡。唯真龙之喻，折煞晚辈，思忖再三，只得以晚辈属龙自慰。"愤怒""嫉妒"两句格言，确是人生哲学至理，晚辈当自诫自律，终生铭记。先生嘱写回忆录，一定遵命。

后来，我真的写起回忆录来。于是我和鼎公的文字缘持续不断。

四

话说回来。

当初三联和鼎公签订协议，《回忆录四部曲》8个月内出书，首印2万套。然后陆续出版《散文四种》《人生四书》《作文四书》，共16册。

以回忆录的出版开局，市场反应如何，令人关切。谁都知道，凡系列书第一炮必须打响，否则后面就难办了。

2013年1月，在北京图书订货会上，《王鼎钧回忆录四部曲》正式亮相。三联的展厅前熙熙攘攘，人头攒动。那是因为三联的展台正中，有特别吸引眼球的大畅销书《邓小平时代》。我在展台旁，一个劲地把读者往边上引，让他们看看鼎公的书。说真的，我有些担心在这样的氛围下鼎公被忽视。

出书半个多月，首轮发货差不多结束。我急忙向发行部负责人打听，鼎公的书发得怎样？答复很令人失望，只发出6000套，占总印数的30%。

做出版的人都懂得，这个发货率太低了。一般来说，新书首轮发货要占 60% 以上，第一年发货要占 80% 以上，才能令人比较放心。

我知道，此时必须大做宣传。我想起《回忆录四部曲》出版之前，鼎公曾经两次邀请我为这套书作序，而我觉得在文学大家面前，晚辈不可造次，未敢应允，改而承诺出版后撰文推荐。现在，该兑现前言了。

当天晚上我回到家里，直抒胸臆，一挥而就，只用了两个小时，写成一篇《你一定要读王鼎均》。文中我隆重推荐《回忆录四部曲》"博大而丰富，厚重而深沉"，是"20 世纪一代中国人曲折坎坷的人生经历的缩影"。同时借用杨照、齐邦媛和高华三人的评语，表达了对此书的赞赏，告诉读者，这是一套不可多得更不可错过的好书。我还谈到：

鼎公的散文，文笔极佳。抒真情，写真意，妙语连珠，信手拈来。有诗情，有哲理，篇篇美文，章章精品。我以为，这样的散文不是刻意写出来的，而是从心底里自然而然地流出来的，来自于一种人生境界。

我评价说，鼎公的散文是台湾"崛起的山梁"：

那种圆熟、老到，那种融会贯通，那种炉火纯青的功力，不仅在台湾，而且在中国大陆的现当代文学史上，能与他相提并论的恐怕不多。

文章最后，我说：

喜欢散文的读者，若想领略举重若轻的大家气象和行云流水的大家风范，我想对他们说："你一定要读王鼎钧。"

这篇文章并未在报刊上发表，我只是把它放在自己的博客里，然后嘱咐《三联生活周刊》的官方微博转发。不出意料的是此文转载频频，点击不断，成为热帖，几天之内，竟有1000多条转发和留言。

在这之后，三联又和凤凰网读书频道联合举办了读书会，邀请中国人民大学教授张鸣、北京大学教授王奇生、历史学者章立凡和文化评论家十年砍柴座谈讨论《回忆录四部曲》。从此，媒体关于本书的报道渐渐多起来，它开始成为一个舆论焦点。

鼎公在大洋彼岸闻讯，也襄助一臂之力。为了推介新书，先后有海内外十几家媒体对他进行专访，包括影响力极大的《三联生活周刊》。鼎公年高，听力减退，不便电话答疑，便请记者写下问题，由他书面回复。后来，这些访谈文章竟然集成厚厚一册，以《东鸣西应记》为书名出版。

在这样的舆论影响下，《回忆录四部曲》的订数开始攀升。两年内销售超过5万册，此后一直常印常销。

在中国大陆，我大概是最早高调宣传鼎公的人之一。我那篇《你一定要读王鼎钧》，话说得很满。事后自己曾有过担心，怕被讥为"王婆卖瓜"。然而，其后的反馈让我十分欣慰，不仅读者并未质疑，还有很多专家与我颇有同感。

王奇生教授这样说：

回忆录多种多样，大人物的回忆录难以见小，小人物的回忆录难以见大；史学家的回忆录常常重实不重文，而文学家的回忆录又常常重文而不重实。王鼎钧先生的回忆录大体兼得其长而避其短。

台湾作家席慕蓉评论道：

无论是在文学或者历史的殿堂之上，《王鼎钧回忆录四部曲》都已是经典，已成经典。

不久后，我在一个画展上偶然遇到画家陈丹青，他对我说："王鼎钧的回忆录写得太好了，我连续读了两遍。王鼎钧有托翁的气象，这回忆录简直是私人版的《战争与和平》。"

他问我有没有鼎公的联系方式，他到美国时要到鼎公府上拜访。后来我帮助他们建立了联系，据说两人见面相谈甚欢。

我想，像陈丹青这样有影响的艺术家，竟然也如青年粉丝一般推崇鼎公，由此可见鼎公之魅力了。

更让我开心的是，文坛之外，读者有慧眼，舆论很公正。首先是《看历史》杂志举办 2013 年好书评奖，将唯一的"致敬作者"大奖授予鼎公，既而国内多家媒体纷纷将《回忆录四部曲》选入"十大好书"书单。有心人曾统计，鼎公在当年反复获奖十余次，俨然成了明星。

五

我退休后，时间有闲，写了几本书，多是回忆性的随笔。鼎公知晓后表示有兴趣看看，我便寄请指正。于是我们在文字上又常有交流。

鼎公年长我 27 岁，是实实在在的长辈，但是他待人平等，从不居高临下。他视我如文友，令我温暖，如沐春风。按理说，在他面前，我应恭执弟子晚辈之礼，但他不允许我自称"晚辈"，说这使他"触目惊心"，我便只能恭敬不如从命。

我的文章，他读得很认真，每每对我发些议论，谈些感受，常常令我受益匪浅。例如，我曾写一篇散文，谈自己多年来做编辑充当"刀斧手"，砍去了若干作品中与时代环境"不宜"的内容，甚至使作品"伤筋动骨"，惹得作者不悦，但却成全了一些书稿顺利出版。我以为这是一种以退为进，目的是使作者的思想成果得以存留，得以扩散，

鼎公赠作者墨宝之二

李昕先生方家留念
摘录随身笔记旧句
愤怒之下无智慧
嫉妒之下无美德
兰陵王鼎钧奉命落墨
甲午仲夏时年九十

得以远播。固然这注定要留下某些遗憾,但也仍然值得去做。它是历史和时代的需要,也是推进社会进步的需要。

鼎公读后,回复我说:

我想起当年华北农村春天照例缺粮,叫作"春荒",家家吃番薯度过。番薯存在地窖里,秋收后放进去,放到来年春天,难免发霉。主妇们用一种特制的小刀除去发霉的部分,小刀奇形怪状,能削、能切、能挑、能挖,把一块遍体疮疤的番薯雕刻成玲珑的太湖石。不管甚么模样,番薯仍然是番薯,仍然是含有蛋白质、脂肪、糖分、矿物质和维生素的番薯,把每一家的小孩子养得又白又胖。

遥想在那知识界的荒年,春寒料峭,您左手紧握番薯,右手以笔作刀,聚精会神,用尽一切雕刻的技巧,把不准下锅的部分减去,使那嗷嗷众口还是得到蛋白质、脂肪、糖分、矿物质和维生素,您这样的行为也是天地正气,正气中的"地维"。我认为天柱地维不能混为一谈,以宗教为例,殉教的人是天柱,宗教赖以提高,妥协者是地维,宗教赖以延长。殉教者的精神遗产,靠妥协者保存、流传、发扬,二者都是推动历史的人。

这一段话,境界开阔,寓意深刻,饱含哲理,发人深思。

两年前我寄给鼎公一本自己的随笔集,题目是《清华园里的人生咏叹调》,书中收录的大多是我的一些回忆性随笔。本以为会像我给某些作家赠书那样,他看看目录和前言,就摆在书架上了。谁知鼎公说这本书他一直放在手边,他断断续续地读,慢慢地读,有的文章还不止读了一遍，目的是想要给我写一篇评论。我的作品竟然值得他这样关注，这样用心，真让我感念老人家的深情厚谊。

我更没想到的是，一段时间之后，忽然接到鼎公自美国寄来的邮件，疑惑中拆开一看，竟是我的赠书被鼎公寄回！他将这本《清华园里的人生咏叹调》回赠给我，同时附信一封。

李昕先生您好：

弟记忆力衰退，阅读时常在书页边缘留白处写下提要，方能掌握内容大要，撰写读后感。虽有此心，奈才思枯竭，久难成篇，今天想起，这本弟做过笔记的大著，或可放在您的书架上，算是一件纪念品，博您一笑。另附"东鸣西应"繁体本一册，永志感念。

专此布陈，并颂

编安！

弟 王鼎钧 拜上
2017年12月6日

我仔细翻阅，发现这本书收录文章连同序言和后记一共13篇，每一篇空白处都有鼎公用铅笔写下的批语。我见那些批语，跳动着活跃的思想，充满睿智和洞见，对作品中人和事有解读，有感叹，有品赏，间或也有质疑，同时对我的写作手法也加以点评。

例如，我的《本色韦君宜》一文，写的是自己作为韦老太的部下对她看似矛盾的性格从不理解到充分理解的过程。鼎公读了，有十余处批语，其中有几段是这样：

我读过《思痛录》，遗憾未引起感悟。

写韦老太的个性明快犀利，有感受，无褒贬，笔墨可法。

我也一猜，韦老太有一条红线，线以下，她是开放的，线以上，她是保守的。这根线别人看模糊，她自己看很清晰。

读这篇文章，我知道对《思痛录》没读透，或者是《思痛录》自己没有写透。有此一文，韦老太千古。

从这些话，不难见出鼎公的真诚、谦逊、勤于反思和内省的品格。

再如，我在《清华园里的人生咏叹调》一文中，详述了家父作为清华大学教授曲折坎坷的一生，写他在时代浪潮裹挟下的遭遇和命运，以及内心的矛盾、无奈和遗憾。对此鼎公留下不少批语：

最难写的人物就是父亲，古往今来留下的好文章很少。

朝代更替，最难交代的背景家世写来坦坦荡荡，没有纠结，写老人家独立的人格，文字风格优雅不见溢美，说难言之隐清可见底不存芥蒂，分析复杂的世局三言两语如庖丁解牛，写父子连心处至情至文感人下泪，写大时代穿插一些小故事活泼生动。

在文章末尾，他作为总结，写下这样两句：

如闻夜半钟声传到纽约。

极无可如何之遇,缺憾还诸天地。

他如此说,对我的写作可谓热情鼓励,赞赏有加,不吝美言。过奖之词我不敢当。然而我想,这正是老人家的美德所在。德高望重的鼎公,以这种方式奖掖后进,提携晚辈,待人以诚,令我感动。

就这样,鼎公和我的文字缘一直在延伸。同时,编辑合作也在继续。

2014年我从三联书店退休以后,被商务印书馆返聘做特约出版策划人,协助商务联系作者和策划选题,我自然会想到鼎公。

见我约稿,鼎公一如既往地支持。他很快编好了一本随笔集,题目就叫《滴青蓝》,取青蓝两种墨水之意。这是他笔耕不辍以九十高龄写就的新篇。我把此书交给商务印书馆的编辑,选题顺利列入计划,编辑工作也按部就班地进行。

忽然有一天,责任编辑告诉我,说鼎公这本集子一共四组文章,其中有一组,是专门谈基督教精神和基督教文化的随笔,按照现在的出版管理有关规定,凡是涉及宗教问题的书稿,都要送有关部门审稿。

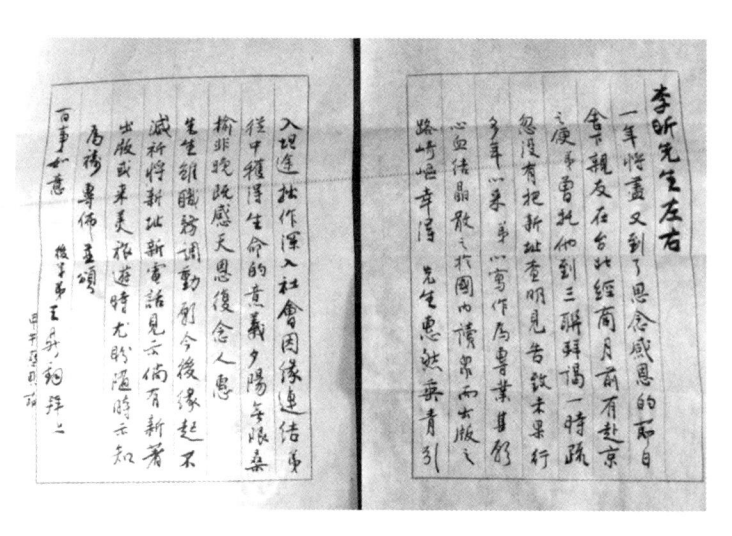

鼎公致作者的信函

这本书中谈宗教的文章虽然只是一组，也在送审之列。尽管编辑认为，这些文章应该没有政治问题，送上去审查也应能通过，但是一旦送审，就不再是我们可以控制的，什么时候批回来，甚至能不能批回来，我们都不可预测。编辑这时很为难，不知如何是好。

我说没关系，我和鼎公商量一下。于是我给鼎公写信，告诉他目前的困境，提给他两个方案，请他选择：一个方案就是按规定送审，静静等待结果，估计出书会推迟很长时间；另一个方案是换一组文章，把谈宗教的文章抽掉，另编一组新文章收入书中，这样排好版后很快可以出书。鼎公当天就给我回电邮，说是采用第二个方案：同意换文章。第二天，又发来电邮，将新编辑的一组文章发给我。同时附了一封信，告诉我他之所以同意换文章的道理。

他在信中告诉我，基督教里有两句话，是他的人生格言：改变那不能接受的，接受那不能改变的。意思是说，有些现实的结果，你明知道不能改变，就不如索性从容地接受。他同意抽换文章，就是一种尊重现实的表现。他还对我说，他认为我做了一辈子编辑，实际上也是在按照这两句话在掌握自己的原则。

后来我专门查过资料，发现这两句话是有出处的。出自20世纪美国神父尼布尔一份著名的祈祷书。它的原文第一段是这样：

上帝，请您
　赐予我平静，去接受我无法改变的；
　赐予我勇气，去改变我所能改变的；
　赐予我智慧，分辨这两者的区别。

我并不信奉基督教，但是我忽然觉得，这两句话对我简直是醍醐灌顶，给我带来了深刻的人生感悟。也可以说，鼎公的两句话，包含大智慧，对我几十年的编辑生涯作了一个总结。

我暗自想，自己从走上编辑道路那一天开始，就怀抱文化理想和社会责任感，希望通过自己编好书来促进社会改造和思想进步。这就是要"改变那不能接受的"，身体力行，帮助我们的社会不断克服弊病，使之变得越来越好。因此多年来我和我的同事们总是致力于出版一些有助于思想启蒙的书。但是，受到主观和客观条件的限制，有些目标我们无法达到，或者无法一步到位。这时，我们需要灵活处理，不能大步走时就小步走，不能快步走时就慢步走，不能直线走时就曲线走，总之还是要坚持往前走。这就是必须尊重现实，"接受那不能改变的"。

所有这些，实际是讲理想和现实的辩证关系，告诉我们，实现理想必须以现实为基础，从现实出发，必须克服不切实际的盲目性。既要怀抱理想，又要尊重现实，这两者的关系必须处理好。最重要的是，一个人在有缺陷的现实里面，不能总是安于现状，更不能陶醉和自我沉迷，他需要有改变现实的强烈意识，这种意识应该是一种理想之光，照耀着他的一生。

想到这些，我真想说一声：鼎公，受教了。

2019年2月9日

为了对得起曾经的苦难
——从邵燕祥致杜高的信谈起

邵燕祥先生去世以后,众多文化界人士撰文表达哀思。有人呼吁出版他的全集、文集,有人提议刊印他的诗词手迹。一位曾经为邵燕祥编书的朋友,有感于他的大量书信散佚于文化界友人之手,为抢救史料,遂发起征集活动,以期编辑《邵燕祥书信集》,于是包括我在内的许多邵燕祥先生的亲朋故友,都收到了征稿信。

90岁高龄的老作家杜高先生,接信后翻箱倒柜,找出一封邵燕祥的亲笔信,读之感慨万端。他将此信连同信封拍下照片,用微信发给我一阅。

这封信是1988年3月29日邵燕祥在《人民日报》上读了杜高评

邵燕祥致杜高信

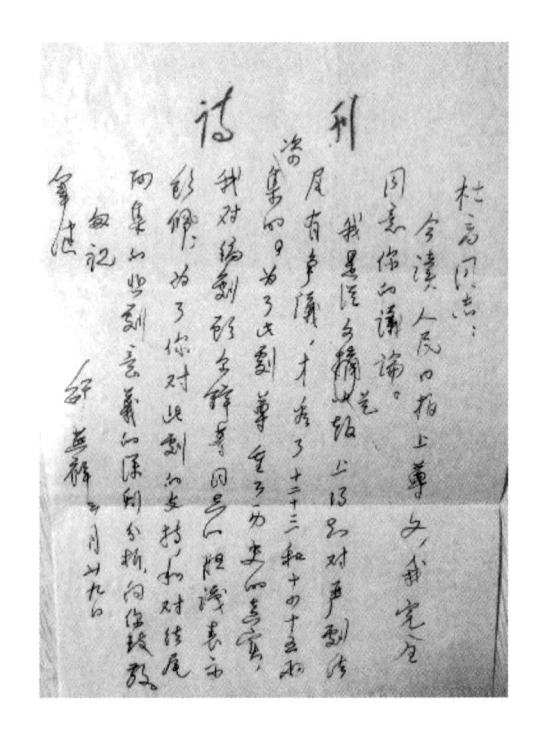

论电视剧《严凤英》的文章《美被毁灭的悲剧》以后，按捺不住心情的激动，当即提笔写给杜高的。

信的全文如下：

杜高同志：

今读《人民日报》上尊文，我完全同意你的议论。

我是从《文艺报》上得知对严剧结尾有争议，才看了十二、十三和十四、十五两次四集的。为了此剧尊重了历史的真实，我对编剧顾尔镡等同志的胆识表示敬佩；为了你对此剧的支持，和对结尾两集的悲剧意义的深刻分析，向你致敬。

匆祝

笔健

邵燕祥

三月二十九日

作为一名观众，我还记得，当年十五集电视连续剧《严凤英》在央视播出时曾在社会上引起很大轰动，强烈的艺术感染力和巨大的思想冲击力，曾使人们感动和震撼。但是，邵燕祥的信特地为了该剧结尾两集向杜高致敬，这中间有什么故事吗？

我以微信问杜高先生。他说，咱们多日不见了，现在新冠疫情过去了吗？可以聚会了吗？如果可以，我当面讲给你听吧。

于是两天以后我到杜府造访，获赠一本散文集《生命在我》，书中收录了杜高评论《严凤英》的文章。

杜高告诉我，这部电视剧播出之前，对于播不播，如何播，影视界曾有争论，主要涉及怎样才能反映历史真实。问题出在该剧第十四、十五两集里面。

我早知道，电视剧《严凤英》是根据真人真事改编的，由江苏电视台和南京电影制片厂合拍，严凤英的丈夫王冠亚与剧作家顾尔镡共同编剧，黄梅戏表演艺术家马兰主演。它的前十三集，着重表现严凤英的成长历程，写这个在旧社会苦水里浸泡的穷孩子，如何从一个饱受欺凌和屈辱的旧艺人，在新中国赢得了"换了人间"般的命运改变，而她通过不懈的艺术探索和艰苦的努力，终于使流传于民间的黄梅小调，作为地方戏剧种迎来了一个黄金时代，她本人也从一个旧戏班的小学徒成长为名满天下的黄梅戏艺术家。

但是电视剧第十四、十五两集，剧情急转直下，反映的是严凤英被极左思潮迫害致死的过程。政治运动来了，残酷的斗争使她不堪凌辱，她在无望和无助中饮恨自杀。我至今仍然记得三十多年前电视剧播出时，我们是怎样被这种打着"革命"旗号的邪恶兽行震惊得目瞪口呆。

杜高说，尽管剧中并没有直接用画面来表现这一血淋淋的场景，但毕竟它所涉及的史实残酷惨烈，仍然会使一些人不敢面对。江苏电视台意识到这一点，担心该剧不能顺利播出，为此他们事先做了准备，在将电视片送给中央电视台申请播放时，也送给中国电视艺术家协会一套录像带，征求专家意见。

果然，中央台审片后要求删除最后两集，江苏台便求助于电视艺术家协会。

当时，杜高是电视艺术家协会的负责人，他本人对于删去最后两集的意见不以为然。他认为，如果这样做，就改变了该电视剧创作的主旨，把一部悲剧改成了正剧，不仅降低了作品的精神高度和思想蕴含，而且也不能完整反映历史的真实。当然，谁也不否认前十三集所写也是一种真实，但是如果到此为止，该剧对于揭示人物命运来说，就是片面和局部的；后两集的严凤英之死，使观众通过人物命运的悲剧，"从历史反思的痛苦中，唤起对于现实和未来的热情"。这才是该剧真正的思想意义之所在。

同时，在杜高看来，这部电视剧的深刻性，并不仅仅在于揭露了极左思潮的荒谬和野蛮，而且在于它准确地反映了当时社会中普通人的心态。在严凤英遭受迫害的情况下，即使是同情她的人，也没有一个敢于说出真话，没有一个敢于为她辩护或对她施以援手。就连她的丈夫，在发现她服安眠药自尽以后，竟然也没有想到要及时抢救她的生命，而是惊恐地跑去向恶势力代表人物报告。以至于那些极左人物在她奄奄一息的时刻，还在对她进行"最后一次斗争"。善良人的怯懦

黄梅戏表演艺术家严凤英

和自保意识，最终使严凤英失去了仅存的一线活下来的希望。

杜高认为，严凤英的丈夫王冠亚作为编剧之一，勇敢地要求在剧中真实地表现自己当时的恐惧心理，他觉得自己也是有罪过的人，希求通过这部作品表达内心的忏悔，这是极为难能可贵的，由此大大提高了作品反映历史真实的深度和力度。

这种描写不禁让我想起德国思想家汉娜·阿伦特有关"平庸之恶"的著名论断。阿伦特把历史和现实中的恶分为两种，即"极端之恶"和"平庸之恶"，前者是主动的，故意为之的，而后者则通常是不自觉的，往往是在某种威慑之下，对于作恶的行为容忍、默许、盲从甚至被动地参与的行为。"平庸之恶"在无形中支持和纵容了"极端之恶"，从而将整个社会推向万劫不复的深渊。

由此可以说，电视剧《严凤英》的深刻性，很重要的一方面正在于通过对"平庸之恶"的揭示唤起全社会的反省精神和忏悔意识。这也是该剧无论如何不能缺少最后两集的道理所在。

杜高先生意识到这一点，他希望能够说服中央电视台，保留十五集电视剧全貌。他知道自己个人的意见作用有限，于是决定召开看片座谈会，请社会上一些有影响力的专家学者参加讨论。

后来，在中央戏剧学院的大会议室，杜高主持会议，戏剧影视界的专家和媒体朋友各抒己见。大家畅所欲言，有争论也有交流。尽管有人对最后两集的内容仍有顾虑，但大多数的专家都认为这两集应该播出，令人印象特别深刻的是，一些老艺术家十分激动，声情并茂地发言，要求我们的电视节目不要忘记历史，更不要腰斩历史。当天座谈会也请到了中央台审片组的人员，他们果真从善如流，尊重艺术界意见，当即表示同意保留这两集。会下，江苏电视台的一位副台长拉着杜高的手，眼眶里涌满了感激的泪水。《文艺报》对这个座谈会进行了报道，因而关心文艺动态的邵燕祥便注意到了这部电视剧。

这便是邵燕祥致信杜高的缘由。据杜高说，原先他与邵燕祥仅仅是认识，并无直接联系，彼此甚至没有相互联络的方式。但是邵燕祥在读到《人民日报》后当天就写信给杜高，并直接把信寄到没有具体地址的"本市中国电视艺术家协会"，可见他要对此事表态的心情是多么急切。

为何会如此呢？我想其实不难理解。中国作家有才华的不少，但是有才华并富有睿智的并不多，而兼有才华、睿智同时独具风骨的就更是凤毛麟角了。邵燕祥先生便属于这极少数人之一。1957年以后，一直到1979年，他在22年中经历了诸多磨难，使他自认为是"死过"了一次，从此获得大彻大悟，要洞悉社会人生，思考历史留下的经验和教训。多年以来，他正直敢言，出版了一系列回顾当代历史的书籍，包括《沉船》（1996年）、《人生败笔》（1997年）、《找灵魂》（2004年）、《一个戴灰帽子的人》（2014年），以及《我死过，我幸存，我作证》（2017年）等。写的虽然都是自己的亲身经历，但"不是辩诬，不是自恋，更不是怀旧"，当然也不是简单地控诉什么和批判什么，而是通过反思和内省，试图写出自己的心灵史和忏悔录，使之成为当代社会的思想启示录。这种力图以个人的心路历程和命运起伏真实再现大时代历史变迁并引发读者思考的做法，与电视剧《严凤英》所反映的内容以及创作思路完全一致，难怪他对这部电视剧如何结尾如此关注。

对于杜高来说，他与邵燕祥可谓心有灵犀。他们两人有相似的人生经历，都是很早就参加革命工作，解放初期已是成名作家。但是，从1955年以后，杜高接连在政治运动中遭受打击，命运坎坷，九死一生，直到1979年冤案平反，方才恢复正常生活，这与邵燕祥也大致相同。在接受改造的日子里，他认为自己除了青春年华被彻底摧毁以外，在精神上也被极度扭曲，变成了一个"不再是我"的虚假的人。他忘不了"劳动教养"时期所遭受的非人待遇，忘不了自己的人格和尊严是怎样被任意践踏和摧残。很多情景和细节，对他是刻骨铭心的。比如，仅仅因为和右派吴祖光关系密切，经常到吴家做客，他和几个年轻人就被打成吴祖光的"小家族"成员，处理竟然是被开除公职，劳动教养；又如，在劳教所，仅仅由于挨饿的时候动了多吃两个剩余窝窝头的念头，他便被迫写下密密麻麻的四页纸的检讨，直到给自己扣上"反对新社会""反对共产党"的政治大帽子才能过关；再如，仅仅因为他与劳教难友讨论小说《复活》中人物故事，使用了"狱吏"

杜高的《生命在我》

一词而被当作影射劳教所的管教人员，就被加判三年劳教……如此等等，使他痛感那个荒谬的时代必须永远结束，而为了防止它的卷土重来，我们必须牢牢记住、时时反思这段历史。

所以，当有人在北京潘家园旧货市场意外发现了杜高在1955年到1969年的政审档案时，他没有忌讳这几十万字的档案中包含大量令他难堪的自我批判和检讨文字，没有顾虑诸多朋友们互相告密、揭发、检举的材料可能会涉及某些个人隐私，也没有在意这些档案会勾起他太多不堪回首的恐怖回忆，而认为这一切都是当代历史不可多得的证词，理应立此存照。因而他以非凡的气魄，毅然支持将其原样出版，使之成为一本轰动一时的书，这就是《一纸苍凉——杜高档案原始文本》。此后，杜高还撰写了《又见昨天》和《生命在我》等作品，像邵燕祥一样，在展示真实历史的同时，思考国家民族的前途和命运，显示出正直作家的良知和社会责任感、使命感。

杜高和邵燕祥，两个命运相似的人，在对于历史的认知上的默契，

邵燕祥的《我死过，我幸存，我作证》

高度一致。存在决定意识，他们在历史劫难中的不幸经历，决定了他们的思考有一种独到的深刻。

这让我蓦然想到他们两人的一个巧合。前几年，杜高出版《生命在我》，邵燕祥出版《我死过，我幸存，我作证》，他们不约而同地把俄国作家陀思妥耶夫斯基的一句话印在书前的扉页上作为题记：

我只担心一件事，我怕我配不上自己受的苦难。

所谓"配不上"就是"对不起"，意味着白白遭受了苦难而一无所获。反过来说，要"配得上"就必须从苦难中觉醒，记住它并吸取惨痛的教训。

邵燕祥和杜高晚年所做的，都是身体力行地实践这句话。

他们都对得起国家和社会，对得起历史，也对得起自己曾经的苦难。

写于 2020 年 9 月 11 日

王蒙先生与我二三事

80年代,在人文社的作者中,给我留下深刻印象的,有几位学者型作家,例如王蒙、刘再复、高尔泰等几位。

我认识王蒙先生,得益于老领导李曙光的介绍。1984年底,我刚刚接手理论组的管理工作,李曙光找我谈话,问我有什么想法,我说自己感到理论组的书稿比较陈旧,新鲜感不足,想组织一点有新意同时有思想冲击力的选题。我谈到几位当时活跃的人物,其中就有王蒙。

王蒙是小说家,但是他勤于思考,兼有学者气象,经常发表一些理论性文章。不久前他在《读书》杂志发表了一篇题为《一个值得探讨的问题——谈我国作家的非学者化》,引起文化界轰动。文章指出,和五四时代的老一辈作家相比,我们今天的作家整个队伍非学者化,作家队伍与学者队伍日益分离,走上两股道路。但是,作家如果不提高自己的学识和文化修养,是很难写出史诗性的伟大作品的。所以他

作者与王蒙先生在合肥(2010年)。

大声疾呼要学习、学习、再学习。我从这篇文章中，意识到王蒙其实也是文学评论家，是可以出版评论集的。我的想法得到李曙光的支持，他与王蒙很熟悉，便把王蒙的联系方式告诉我。

那时王蒙还在主编《人民文学》杂志，家住在虎坊桥一带的老式居民楼里。我去向他约稿，他很高兴，叫我"小李"，给我讲他和"老李"（李曙光）的一些故事。他编书不难，因为才思敏捷，写得极快，因而手里现成的文章很多，对他来说，不是文章够不够，而是突出什么主题。考虑再三，他决定以《创作是一种燃烧》作为书名，同名的文章也是他当时影响极大的一篇创作谈。

他选出几十篇文章，其中有些是演讲稿。我做编辑发稿，重点是对演讲稿做文字润色，把口语表达中不规范的词语规范化。这样下来，有的稿子也改得很花，其实都是一些技术问题，包括"的、地、得"的正确用法。为了尊重作者，我发稿前到王蒙家给他过目。他看我改了那么多，随口说："你可别给我弄错了呀。"我很自信，说："不至于吧。"于是他坐在沙发上，一边看稿，一边和我聊天。我发现他可以一心二用，聊天不耽误看稿。聊着聊着，他突然说："你看，这个地方你改得不对，'地'应该是'的'。"我一看，果然是我改错了，弄了一个大红脸。这件小事，我之所以至今还记得，是因为我引以为戒，从那时开始，我做编辑案头工作，凡是在作者稿子上做的修改，我都要反复校核，至少三遍。

王蒙对我编辑的《创作是一种燃烧》很满意，我们一直保持联系。第二年，他担任了文化部部长，家搬到朝内小街一个四合院，离人文社大约只有300米，此后我和出版社的同事都常去看望他。去了也并不是约稿，只是聊天。他知识广博、思想敏锐、经历丰富，听他聊天是一种享受，可以极大地丰富我们的见闻。80年代末，他辞去文化部长一职，在家里赋闲。大约有两年左右，媒体上没有他的消息。有人在报刊上点名不点名地批评他过去写的一些作品和文章，甚至给他乱扣帽子，也不见他回应。文化界的朋友都不知他近况如何，以为他一定非常失落，情绪消沉。那时我和同事一起去看望他，见他依旧若无其事，谈笑风生，觉得他真是一个拿得起放得下的人。临出门前，他拿出厚厚一叠彩色照片，从中抽出几张，给我和一起去的同事每人一张。那张照片是他站在自家小院里的半身像，突出他的一张喜形于色的脸和哈哈大笑的表情。那笑真是开怀，笑容真是灿烂，令人观之忍俊不禁。照片背后有他的亲笔签名。王蒙说，"要过年了，这照片就代替我的贺年片了。"我们顿时感到他的豁达中透着一种机智。

　　王蒙是很念旧的人。最近我读到他怀念当年在新疆下放时与他一起生活的维吾尔族家庭两代人的文章，非常感动。其实，我和他认识37年，他对我也一直是有关照的。几十年来我换过几家出版社，每当

王蒙先生

需要他支持，向他约稿，基本上都没有落空过。对他这样做过上层领导的大作家来说，我自知卑微，不敢谬托知己，但他还能主动想到我。例如1996年我到香港工作以后，他常来香港，每每会通知我，我便去拜访他，一起吃一顿广式中午茶。我在香港三联书店，出版过他几本书，在北京三联和商务印书馆也是同样。诸如《老子十八讲》《与庄共舞》《王蒙演讲录》《诗酒趁年华》《王蒙幽默小品》等等，都很受读者欢迎。别的不说，他的名字就是品牌。

王蒙对我总是比较体谅的。因为他名气大，书也畅销，所以很多出版社都在版税上提高条件，以价高者得的姿态竞争他的版权。但在出版合作条件上他从不过多苛求我。因为受到我所在出版社有关规定的局限，我多次为他出书给他支付的版税，比起别人支付给他的，总要低几个百分点，但他并不介意，很有几分义气。特别是我在香港三联时期，出版了他的《红楼梦》评点三卷本。王蒙对《红楼梦》的评点，可谓哲人睿语，妙语连珠，在红学研究中自成一家，报酬上自然是应该优待的。这本书内地也有不止一个简体字版，出版社一般会按10%—12%的版税率向他支付版税。但我和他商谈时，说我们编辑部研究了，按我们的规矩，只同意给他6%。王蒙很诧异，问我为什么这么少？我说这本书主要内容还是曹雪芹的原著，您的评点只是少部分，我是按照您和曹雪芹平分报酬来计算的，香港人在计算版权方面很严格。王蒙听了，立刻表示同意，说"我不能和曹老先生争利益"，真是从善如流，非常大气。

虽然几次和我合作，王蒙在经济上都没有得到很高的回报，但是他对我一直信任和支持。我从香港返回北京，在北京三联担任副总编辑的时期，有一天中国出版集团总裁聂震宁对我说："你知道王蒙对你有多好吗？他要我把你从三联调出来，当人民文学出版社社长。"这时，我因为已经习惯了三联的出版风格，不愿再换新岗位，便婉拒了。但是内心里，我一直对王蒙先生的情谊心存感激。

关愚谦的最后时刻

去年 11 月 22 日，旅德华人学者关愚谦先生默默地走了。

老关一向身体健朗，86 岁，走起路来还像年轻人一样步履矫健。据他自己说，体检都查不出毛病。他的性格也极好，开朗、热情、乐观、豪爽，同时因为家族有长寿基因，他有充足的理由自信人生 100 年。

所以，他的离去，几乎对所有的人来说，都是个意外的消息。

凤凰卫视邱震海发文惊呼：关愚谦走了，这怎么可能？不久前还在微信朋友圈里，看到他晒出自己和夫人海珮春躺在自家的床上欣赏窗外风景的照片，那种悠闲自得的情态，怎能让人和一位即将离世的重病患者联系起来？

这照片我也看到了。而且，因为偶然听到他癌症复发的传闻，我也曾以微信问候，时间就在半个月之前。然而他以语音回复我说：

"我们现在柏林，一切都好，只是觉得有点累，需要休息。你们都好吧，咱们保持联系。"

于是我不再相信那传闻。可是谁能想到这竟是真的！

一

2016 年 8 月初，老关因为连续三天尿中带血，被夫人海珮春送进汉堡医院进行全面检查，很快被确诊为膀胱癌。医生认为需要尽快将膀胱整体切除，以防癌细胞扩散，手术时间排定在几天之后的8月8日。

　　手术前一天清晨，老关如约住进医院，中午开始做手术准备，吃下了清肠胃的泻药，只等挨那一刀。但此时他心里颇为不安，因为对于手术的过程和后果一无所知，他觉得不踏实，需要和主刀医生面谈一次。但是左等右等，主刀医生一直不露面，傍晚6点多，来了一个助理医生，向他说明手术方案。听了方案他有些吃惊。医生说，手术后，他因为失去膀胱，需要终生在体外带着一个尿袋收集尿液。体内的两肾和体外的尿袋之间，需要用一根塑胶管连接，这根塑胶管每3个月要更换一次。

　　他立刻意识到，终生带着尿袋会严重影响社交，而社交对他很重要，因为他是很有影响力的社会活动家。更重要的是，换塑胶管等于是动一次小手术，每三个月换一次，如果他再活10年，就要做40次手术？这是多么可怕！何况，如此一来，他还怎么出国，怎么旅游，怎么回中国居住？

　　他不能接受这种安排，他需要的是有质量的生活，而不是苟且。

　　他急急和珮春商量，当晚9点，两人从医院逃回家中。他们决定采用自然疗法，这方面珮春有足够的经验。珮春学过西医和中医，且有行医执照。

　　于是，老关说"我成了我老婆的临床试验品"。每日在珮春的悉心照料下，坚持食疗、体疗、心疗三法，一切皆泰然处之，内心里抱定战胜病魔的决心。

　　10月初，有朋友介绍欧洲著名的泌尿科专家、柏林夏洛特医院的米勒教授为他诊病。检查后，米勒教授认为他膀胱内的肿瘤较小，虽然仍需手术，但膀胱不必整个切除，只切 1/3 即可。这样，手术的后果就不再可怕，什么塑胶管和尿袋都不需要了。

但是，老关夫妇听说肿瘤很小，认为是自然疗法生效了。仅仅不到两个月，肿瘤缩小了一半以上，这给了他们很大鼓舞。他们想，看来这一刀是真的可以躲过了。因而他们再次拒绝了手术，仍然回家自疗。

12 月 11 日，我在北京参加一次朋友聚会，见到从德国归来的青年作曲家王珏。此时我刚刚看到老关在《欧洲时报》上发表的文章，称赞王珏作曲的一支乐曲在几天前举办的德国 G20 峰会开幕式上的演奏大获成功，被称为"天人合一"的大手笔。我忙问王珏，此行是否见过老关，他身体如何？

王珏说，老关在柏林陪了他 3 天，与他一同观看演出，一同出游，一点儿不见病态。老关自己说，他不久前患了癌症，但是目前已经痊愈。

刚刚 4 个月，竟然会有这样的奇迹？我立刻致信询问老关，这是真的吗？你是用什么方法创造奇迹的？

老关回复说，的确，他最近在医院反复检查过两次，医生还是原来的医生，仪器还是原来的仪器，但不仅再也找不到癌肿，而且连癌细胞也不见了！他信里说：

我的方法是自然疗法。三疗：一是食疗，纯吃素，连鸡蛋黄油都不碰。现在已完全恢复正常，但还是尽量吃素，红肉绝对不吃；二是心疗，一定要天天开心，不要自找气受；三是理疗。每天散步至少三刻钟以上，一定要坚持。关于食疗，网上查看，内容丰富。

两个月后,老关夫妇来北京。这次我亲眼看到老关依旧容光焕发,神采奕奕。和过去不同的是,无肉不欢的他已经完全改吃素食了。

珮春喜欢北京东安市场楼上的一间饺子店,以前我们常常在那里聚餐。这一次照旧,只不过点的饺子都是素馅的。后来他们再次来京,还特地约我们到王府井锡拉胡同一间素食馆子里会面。

他们夫妇俩的人情味很重,每次到京,总是带些"手信儿"作为礼品,早先大多是德国的巧克力之类,但自老关生病以后,"手信儿"都变成了药品、保健品,什么葡萄籽、软骨素之类都有,特别是一种超浓缩的碳酸氢钠片(小苏打片),剂量是国内常见的小苏打片的6倍。珮春说,欧洲人推崇碱性疗法,认为碱性食品可以抑制癌细胞生长。老关病后一直吃这种药,很可能他的癌细胞消失与小苏打有关。她希望我们也能用来预防癌症。

这真是有些神奇的故事。

二

生病以后,老关一直乐观自信,他甚至说自己信命,早有"半仙"的人物给他算过命,说他的阳寿超过他活了100岁的父亲。但是患病仍然给他带来了一种忧患意识和紧迫感,他开始思考一个严肃的问题:假如自己很快离开这个世界,还有哪些事情没有做完?

他这一辈子,活得够精彩了:经历过人生磨难,创造过世间传奇,有美丽、善良、贤惠且富有才华的妻子为伴,夫唱妇随成就了一番文化事业。作为教授,他培养出上千名学生,桃李满天下;作为学者、作家,他用中、德、英、意文出版了 26 本著作,其中有的著作在欧洲产生了极大的影响;作为社会活动家,他主持欧洲华人学会,广交中外文化名流,长期在香港、新加坡、马来西亚和德国的报刊开设专栏,自己也名扬天下,至少有七八个国家和地区的媒体对他做过专文介绍。

关于他自己的经历,他此时已经写过两本书。第一本题为《浪》,副题是"一个为自由而浪迹天涯者的自述",内容主要是介绍自己的前半生,特别是他在"文革"期间因为无法忍受无政府状态下群众派性斗争的打击,偷用日本友人西园寺公一的公子西园寺一晃的护照逃亡国外的故事。

这本书他也以《在同一个天空下》为书名在德国出版,长时间以来都是亚马逊书城五星级畅销书。

另一本书题为《情》,副题是"德国情话",主要讲他只身一人到达德国后在举目无亲的环境中艰难地生存下来,开始新的人生过程。他出乎意料地进入大学学习,获得博士学位和汉堡大学的教职,又遇到了美丽的德国姑娘海珮春,与她经历了浪漫曲折的爱情,最后两人因共同的志向走到了一起,成为中德文化交流的使者。书中把家国情、爱情、亲情、友情融为一体,写出了一系列感人的故事。

《浪》出版座谈会(2001 年,香港)

但是他的故事并没写完。他早就想好了要写自己的《人生三部曲》，《浪》和《情》只是之一和之二，第三部虽已着手，但尚未完稿。

他还有许多史料需要留下来，许多故事需要记下来。

例如，他和德国总理施密特成为朋友，他对施密特进行过多次专访，并收集了许多相关的资料。他曾对我说，自己完全可以写一本《施密特与中国》，但是这些他在以前的著作中都没有提及。

再如，他曾经与基辛格交谈，探讨中美关系，曾经采访过波兰总统瓦文萨、保加利亚总统热列夫等一些国家政要，虽然当时曾经写过访谈文章，但是背后的故事还不为人知。

还有，作为欧洲华人学会的发起创办人之一，他曾长期担任会长，是其中的灵魂人物。三十年来，他在霍英东基金会的支持下，在欧洲巴黎、柏林、日内瓦、维也纳、里昂、汉堡等各大城市，多次主办了中西学术文化研讨会和中国文化节等大型活动，为中欧文化交流做出过重要贡献。这些他过去也很少说起。

特别是他与海内外文化界名流的交往，那更是一段佳话。自从改革开放之初中国打开国门以后，中国的作家、艺术家到访德国，几乎没有不到老关家做客的。他的家汉堡银河街24号，被认为是中国文化中心，老关和珮春夫妇忙前跑后，各处张罗，为大家提供了许多帮助。他不仅热心服务，而且对他们进行访谈和对话。他告诉我，光是这些作家、艺术家的访谈录音带，他就保存了100多盘。可惜多年来没有时间整理，那可真是一笔财富呢。比如赵丹、艾青、刘海粟等谈论自己的艺术人生，这样的史料在今天简直不可多得。

由此，老关与许多作家、艺术家结下了深厚友谊。事实上，和他聊天时，你若提起一大群现代名家，他可能会漫不经心地告诉你，这些人都是他的老朋友。开始我曾担心他是不是夸口，但是验证一下马上知道此言非虚：当年我在三联书店出版他夫人海珮春的回忆录《德国媳妇中国家》时，想找几个名家联袂宣传，我随手打了几个电话，分别是王蒙、冯骥才、刘再复、铁凝、王安忆，他们一听关愚谦的名字，二话不说都同意在珮春书的封底上写一段推荐语。

老关也曾给我看过一本小相册，那里面清一色是画家、书法家赠给他字画的照片。从宋庆龄、郭沫若开始，到刘海粟、黄永玉、范曾、吴祖光等，名家云集，作品争奇斗艳，整整一本，令我惊叹。他说这些都是名家们主动赠送的，每一幅背后都有趣闻，他曾经想为这些字画写一本书，题目就叫《愚谦藏宝》。

所有这些，都是久积在他心中的故事，可写的太多了。但是最紧要的，还是完成《人生三部曲》。

病中的他不敢耽误，一直在紧张地写作，又用了半年时间，终于将回忆录的第三本定稿，大约 30 万字。

书名叫什么？前两本是《浪》和《情》，第三本只能是一个字。这件事让他颇费神思。他回中国时，每到一地，必向朋友征求书名。因为我是当编辑的，他总是格外重视我的想法。头一次谈及此事，我略一思索，给出的建议是一个"路"字。我说："'路'作书名可以有三个意思：一、海外生活之路，从"叛逃者"到学者作家；二、中德文化交流之路，向德国介绍中国，对中国介绍德国；三、个人心路，华发苍颜情依旧。"

老关低头略一沉吟，对我说，你再想想吧。看来是不满意。

又过了几个月，他再次来北京，和我一起吃素餐。当时稿子已经同时交给北京的东方出版社和香港三联了，但是书名还未定，他问我，书名他想就叫作《命》，如何？

他说他相信命运，他的命硬、命好。从"叛逃"出国而能被祖国重新认可和接纳，到流浪德国而能成为大学教授、学者，一直到最近的奇迹：患膀胱癌后逃离手术台，疾病却不治而愈。这不都是命吗？

我不赞成，说书名与其叫作《命》，不如叫作《缘》。"命"这个字太消极，有"宿命"的含义，好像他的一切都是等来的；而"缘"是可以积极、主动建构的关系，也是可以改造命运的关系。你这一生，不是处处主动地广结善缘吗？大的方面，你在中欧、中德文化交流上为双方结缘；小的方面，你与珮春的佳缘，你与众多朋友的良缘，不正是你精彩人生的证明吗？

我一番话，说得坐在老关旁边的关迪谦老先生连连点头。他是老关的大哥，也是老编辑，曾经担任过北京市委《前线》杂志的主编。

香港三联版《缘》封面

可是老关仍然望着我沉思不语。我想，他是想用一个字给自己的一生作总结，不能不慎重。

不过后来老关告诉我，他采纳了我的意见。书名是《缘》，他又加了一个副题——"人生就要活得精彩"。

三

在生命的最后两年，老关优先考虑的三件事是:《人生三部曲》的完成，旅游，会友。

他热爱生活，热爱大自然。世界这么大、这么美，还有许多地方没去过，他想多看看，再看看。

于是他一边进行着"三疗"，一边和珮春踏上旅途。一年中，他们去了很多国家，不仅到巴黎去看宫殿，到维也纳去听新年音乐会，而且还去了大洋彼岸的美洲，从墨西哥到古巴，再到哥伦比亚。一路上，老关以极大的兴致，沿途以微信相册作连续报道。接着他们又乘坐邮轮去北极旅行。老关在微信里一连9天发表《北极日记》。从日记中，你可以感觉到他在贪婪地欣赏、深深地依恋着这个美丽的世界，同时，你也能了解到在茫茫的苍天下，在皑皑的冰雪中，他仍然关注着社会，思考着人生诸多问题。

他明白，他这一生，活得有滋有味，活得自信满足，倚重的是海内外的朋友。在他意识到自己可能来日无多的时候，他更是迫切地希望和各地的朋友相聚。所以他的旅游，有时也是为了会友。

这两年，他几次回到中国，到过香港、上海，也来北京，每到一地都邀集大批朋友团聚。一起吃饭，聊天，每每其乐融融，大家尽兴而归。这些朋友，可谓旧雨新知济济一堂，上至耄耋老人，下至青年学子，大家都"老关""老关"地称呼他，似乎都把他当作自己的"哥们儿"。因为我本人也经常跻身其中，所以我总能直观感受到老关带给人们的快乐和亲切感。他豪爽、坦率的性格，他幽默、风趣的个性，他丰富的人生阅历，富有睿智的思想，都使他成为一个众人喜爱的老人，无论走到哪里，周围都有粉丝。

在老关的朋友中，有一个特殊的群体，就是他的老同事。老关1968年出走德国前，在一个被称为"和大"（中国人民保卫世界和平大会）的机构工作。那里的同事都是他青年时代的伙伴。80年代以后，老关获准从德国归来探亲，他又和"和大"的老同事们恢复了联系。此后再来北京，他总要请老同事吃一餐饭，叙叙旧。

但是，这批人中有一位老同事，自1968年以后半个世纪，始终未与老关见面。她就是著名学者、美国问题专家资中筠先生。

老关对资先生是格外重视的。他说，当年资先生是他们那批年轻人里最拔尖的人才。当时在"和大"，资先生为领导人做口译，而关愚谦则在办公室，为安娜·路易斯·斯特朗、西园寺公一等常驻中国的

关愚谦夫妇一同签名售书（2010年，上海）。

国际友人提供服务，他们有过大约6年的同事关系。

老关知道我和资先生熟悉，有一次曾问我，你和资先生谈起过我吗？她怎么评价我？

我回答，她说过你在"文革"初期也曾经活跃过，参加过造反；评价你只说你俄文不错，也懂英文，现在大概德文也学好了。没说过别的。

老关听了不语，从他的眼神里，我感觉他似有心事。

后来我听资先生说，就在老关最后到北京会友的时候，他把"和大"的老同事们一起请到和平饭店，吃饭、饮茶、聊天。这一次，他特意请资中筠先生参加。

席间，聊的都是当年旧事。忽然一位老"和大"问他，你"文革"时为什么会给资中筠贴大字报？

老关承认这是他头脑发热所做的荒唐事。

资先生说，她早已忘记了这件事。但这对老关，大概是如释重负了。

老关非常享受这样的朋友聚会。从2017年11月到2018年2月，他和珮春一直在中国上海、北京、香港和新加坡，不停地和朋友聚餐、聚会，开心地畅谈，爽朗地大笑。3月2日，他从香港发信给我，说3月9日到北京，一定要见面！"见面"两个字后面还打了惊叹号。

然而这一次见面，因与其他安排冲突，我竟然错过了。我万万没有想到，这一错过就是永远。

几天后老关回到汉堡体检，意外发现膀胱癌复发。医生建议，还是要动手术。5月，膀胱被部分切除，手术成功，老关恢复得也很快。但是不知为何，他体内总有感染，时时发低烧。到了9月，开始高烧不退。注射许多抗生素，效果不佳。

这一次发病，老关有不祥的预感，但他极其冷静。3月底，他曾发信给香港三联的编辑李安，说自己的时间不多了，希望《缘》能快一点出版。此外，他未对其他人谈论自己的病情。包括我的询问，他也含糊其辞地搪塞。

谁也没有想到，他的病情很快就恶化了。10月份刚刚从汉堡出院，11月份又进入柏林的医院。这次是因为走路不稳，且日益严重。检查后医生发现他的癌细胞已经扩散到整个脊椎。

此时老关肯定意识到，这是他最后的时刻了。但他已经可以从容、坦然地面对那一刻。因为《人生三部曲》已经出版，他也去了想去的地方，见了想见的朋友，心灵得到许多安慰。此刻，他反思人生，觉得自己一辈子"行善事，结善缘"，"这辈子没有白活"。他从无害人之心，没有做过亏心事，无愧于中国和德国两个国家，足以心安。

去世的前三天，儿子关新从上海飞到柏林，来送他最后一程。他获得极大满足，兴奋地与儿子热聊。两人甚至长时间讨论中美关系问题。

去世的前一天中午，他的主治医生前来看望他。问他，"你感觉还好吧？"他点点头。医生说，"咱们天堂见。"

老关明白，他需要向世界告别了。于是，他带着对天堂的憧憬，平静地睡去了。

我想，在那最后的一刻，老关对于珮春，对于他的亲人和友人，仍会有许多的不舍，但是对于自己的人生，他既没有悔恨和哀怨，也没有遗憾。

2019年2月16日

永远的编辑和作者
——刘再复先生和我

我与刘再复先生相识,大概是在 1985 年。他年长我 11 岁,是一个极为亲切友善的人,所以从一开始,我就视他为自己的兄长。我从未称呼过他"刘先生"或"刘老师",而一直没大没小地叫他"再复"。其实就知识背景而言,他是"文革"前的老大学生,而我是新时期才有机会考入大学,我们本该算是两代人。我素来敬佩他的学养和识见,从他的著作和言谈中获益甚多,因而他与我的关系,实际是在师友之间。

一

那时,我在人民文学出版社担任理论编辑,而再复刚刚担任中国

刘再复先生

社科院文学所所长。不久前,他发表了《论人物性格的二重组合原理》和《论文学的主体性》,重新思考"人与文学"的关系,从"人的解放"和"人的觉醒"的立场出发,呼唤文艺创作要重视"人在历史运动中的能动性、自主性和创造性",要求文学作品展示现实中人物性格的二重性和多重性,写出人物的"极为丰富的内在世界"和"极为复杂的心理系统"。这些论点在当时的文坛上引起强烈的轰动,今天的读者,恐怕已经很难想象。这样的文学研究论文,曾经给学术文化界带来多么猛烈的冲击,说是振聋发聩一点也不过分。须知那个时代,正是破除精神禁锢的思想启蒙运动如火如荼之时,而文学及其理论,恰恰是启蒙的急先锋。毫无疑问,再复就是这场启蒙思潮的领军人物之一。

1984年,我被指定为人文社文艺理论编辑组负责人,承担策划选题的责任。当时这家注重文化积累的出版社还在忙着整理和编辑周扬、胡风、冯雪峰、何其芳等老一代理论家的著作集,出版物的面貌显得老气横秋,显然跟不上时代的节奏。大家都感到了问题的存在。我的直接领导、出版社副总编李曙光对我说:"起用你这个年轻人管理论编辑,就是希望你关注当前的理论动态,发现一些新作者。"于是我立刻向当时活跃的一些中青年学者组稿,第一批是王蒙和刘再复等。

我已经记不清第一次和再复见面是在哪里了。总之他对人文社约稿很重视,痛快地答应编一本论文集给我,题为《文学的反思》,我自然当了这本书的责编。以后,我们渐渐熟悉起来,我成了他热情的追随者。那时,理论界和文艺界争议颇多,在思想上激进的和保守的,在学术(艺术)上前卫的和落伍的,各种观点交锋论战,令人眼花缭乱。再复在其中是坚持倡导理论创新的，鼓吹以新观念、新方法建设文艺新学科。他的文艺观念有强大的感召力和巨大的磁场，因而他俨然成了青年领袖，吸引了一大批青年学者聚拢在周围，我也自觉不自觉地成为其中一员。每有他出席的活动我必参与，每有他的新作发表我都如饥似渴地研读，他开办文学观念更新研讨班，我更是一堂课不落地听。1987年，他计划组织出版一套大型的《文艺新学科建设丛书》，需要出版界支持，我当然义不容辞，作为人文社的代表忝列编委名单。但其实我对所谓系统论、控制论和信息论以及那些正待开创的与文艺学相关的边缘学科、交叉学科所知甚少，全情投入只是源于对再复的信任。若干年后，再复自己回忆我们当初的这些交往与合作，他幽默地以堂吉诃德自况，说我是他当年"大战风车团队的兄弟"。这真是一点儿不假。

至于《文学的反思》，经过半年时间的编辑制作，在1986年11月出版。出于对再复的敬意，我特地给他做了一部分精装本。这也算是破格之举。因为人文社是个极为讲究规格的出版机构，一切都要论资排辈，老一辈作家才可享受精装的高规格，新锐学者是没有资格得到的。但我不管那么多，硬是给刘再复、王蒙等人的著作都出了精装本。再复的这本设计颇为用心，封面包封内，紫红色精装布面上只以烫金精印刘再复的手书签名，三个字金光闪闪，显得格外夺目耀眼，再复见此也非常喜欢。书前按惯例需要加一张作者照片和一幅作者手迹，我特地多加了一张刘再复和夫人陈菲亚的合影。这一做法曾引来人文社内部的议论纷纷。有的老编辑问，这个刘再复是什么人，为什么给他这么高规格，还印上夫妻合照？我也不理会，随人说去。但陈菲亚高兴至极,这大概是她第一次与再复一起现身在书中,以至于30年后她仍然记得此事,还特地告诉我,竟然有日本读者拿着这本书,请她在这张照片下签名!

二

80年代末,再复离开中国,开始了漫长的海外漂泊生活。我注意到,他的著作在内地书店和图书馆里消失了,他的名字不再被媒体提起。一个曾经叱咤风云的人物,从此脱离了人们的视野。这期间,尽管我内心一直牵挂着他,但几乎得不到一点有关他的消息。

1996年我被调往香港三联书店工作。此后在香港和澳门举办的一些活动中,我曾与他重逢。见面叙旧仍然很高兴,很亲热,但我并未提及重新出版他著作的建议。因为我知道在香港,他的文艺理论和散文作品已经统一交给天地图书出版公司了,根据出版界的游戏规则,我不该去分这杯羹,而只能乐观其成。我知道,要与他合作,除非重新策划新书。

2004年,再复被香港城市大学聘为客座教授。一天,他开设了一

《文学的反思》封面

个有关《红楼梦》的讲座，我跑去旁听。这个讲座很有新意，再复试图用一种"悟"的方式体会《红楼梦》的精神境界，他说自己既不是考据派也不是评论派，而是感悟派。讲座极受欢迎。我当时心里就想，可以建议他写一本关于如何感悟《红楼梦》的书。

后来有一次与再复闲谈，他愁眉不展地和我谈起他的著作在中国内地不能正常出版的情况。这是他的一块心病。他说自己离开祖国多年，精神上一直在守望故土。他不肯加入美国国籍，每次中国护照到期，他都会立即申请更换新护照。李泽厚也是如此。他和李泽厚同在美国科罗拉多，两人境遇相似，但是当著作不能在中国大陆出版时，两人的做法却不同。1994年，台湾三民书局老板刘振强找到他俩，愿分别以10万美金买断他和李泽厚当时已出版的全部著作的版权。李同意了，而他没有同意，原因就在于他坚持认为他的读者在中国大陆，他的书不能只给台湾人看。然而吊诡的是，李泽厚虽然把版权卖给了台湾出版商，90年代中期以后，却仍然可以在中国大陆出版作品，《美的历程》和"'中国思想史论'三书"等著作仍然是市场上的畅销书，而刘再复的书在大陆却一直不被接受出版，即使偶有出版，也会立即从书店下架。这事让他苦恼万分，百思不得其解。

我试图从出版人的角度告诉再复，对中国内地出版社而言，他的书和李泽厚的著作是有区别的。李泽厚谈美学和中国古典哲学思想，这些内容意识形态性不强，而他的当代文学理论和批评，直接涉及意识形态领域的诸多争端，显得更为敏感。所以我建议他另外开辟一块天地，搞些古典文学研究，就从《红楼梦》开始，写一些"去政治化"的著作，这或许可以成为他在内地出版著作的突破口。

起初，再复对我的建议还有些犹豫，因为他原本有自己一系列的研究计划。但是《红楼梦》研究对他确有吸引力，他这辈子最喜欢的书就是《红楼梦》。想当年他离开中国，身边携带的唯一一部书就是此书。让他以讲座为基础，写写有关《红楼梦》的随笔，可谓驾轻就熟，全不费事。这样，他便有了一本题为《红楼梦悟》的作品。

书稿交给我时，是2005年初。我即将被调回北京三联书店任职。我把此书列入出版计划，委托给其他编辑处理，自己就回京了。这是再复在香港三联出版的第一本书，他与香港三联的长期合作也由此开始。

三

2006年元月，我到香港探亲访友，住进香港城市大学教职工宿舍。甫一到达，就有人告诉我，"刘再复就住在你的楼上"。当时已是晚上九点多钟，我顾不得唐突，立即约再复下楼会面。

在教职工宿舍楼下的露天咖啡座上，我俩促膝而谈。他带来一本香港三联刚刚出版的《红楼梦悟》赠我，我正待表示祝贺，他却告诉我一个令人沮丧的消息：这本书的内地版，他和内地一家出版社签了合同，但出版前选题审批没有通过，夭折了。

再复满脸焦虑，他恐怕是意识到，如果连这本和政治不沾边的书都被封杀，那么他在中国内地将完全失去出版空间。

我说，"我回北京去试试，在三联出版。"

他迟疑地问，"你真的能出吗？"

我说，"我和上面打个招呼，在三联出估计问题不大。"

他问，"你也要和上面打招呼？"神态显得有些失望。

我知道，他可能是误解为我要送审了。但是我没有过多解释，只说请他放心。因为这里的运作，说起来太复杂。

当时，按照上级有关规定，出版刘再复这一类作者的书，如果出版社在政治上"拿不稳"，就是需要送审的。但我所说的"打招呼"，意思是预先汇报沟通，这恰恰是为了避免送审。因为大家都明白，一旦送审，书稿的命运就不再由出版社决定，"石沉大海"、有去无回的可能性很高。但是，出版社的选题，从来都需要申报，上级不可能不知，如果不事前取得认可，试图瞒天过海，那么申报时被上级机关某人发现（哪怕他只是一个科员），责问下来，再要求出版社送审，那就被动了。过去曾有一些出版社试图出版刘再复作品而不成功，可能问题就出在这里。这种意外，对我来说是不能不防的。

所以说，此事如何处理，我已有预案，信心十足，可是再复疑虑重重。

那天，我和再复在露天里谈得很晚。后来起风了，天很冷，我怕他着凉，起身告辞，相约过两天再见。

但是两天以后的一个清晨，我在城市大学校门口，看到再复和夫人陈菲亚正在等汽车。再复说，他要到弟弟家去过春节，这次不能请我吃饭了。

当时，再复穿一件风衣，戴鸭舌帽，立在寒风里，显得很憔悴。我注意到他的双眼，透出一种凄苦和无助的神情。

此后，在我能够再次为他出版作品之前，每每忆及再复，我都会定格在这个场景。心里暗想,我一定要帮他,一定。

回北京以后,我安排三联的编辑做好《红楼梦悟》的发稿准备,然后约中国出版集团的主管领导见面。我带着书稿目录,给主管领导看,告诉他,这本是谈论古典文学的书,与当代意识形态的争论无关,我已经仔细审过,肯定没有政治问题,所以我希望不要送审,由三联直接出版。

集团那位主管领导是作家出身,曾担任人民文学出版社社长。从过去的接触中,我知道他是有文化情怀的。他对刘再复比较了解,对我也非常信任。他看了目录,略微沉吟片刻,说:"刘再复谈《红楼梦》?一般来说问题不大,但要注意不要有影射。如果被人发现借古讽今就不好了,你一定要严格把关。"

我懂他的意思,他没有明说,实际就是同意我们不送审了。我顿时欣喜若狂。当然,这也是我事先预料的结果。毕竟,没有什么理由可以认为我们对一本红学论著在政治上"拿不稳"。

2006年10月,《红楼梦悟》由北京三联书店正式出版,销声匿

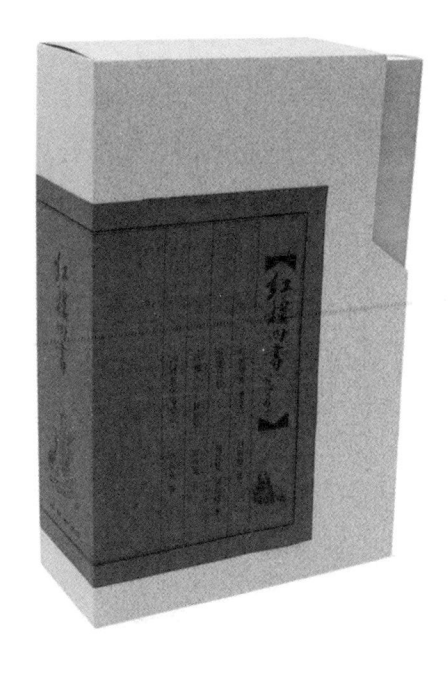

刘再复的《红楼四书》

迹17年的文学评论家刘再复重新回到公众视野。没有引起任何质疑，没有遭到任何干涉，没有招致任何批评，一切都很正常。这种正常甚至引起人们的好奇和不解：这本书为什么别家出版社不能出，而三联可以出？同样是红学研究，就在几个月前，《红楼梦学刊》因为刊发了刘再复一篇论文而被终止发行，不得不退回工厂更换文章，但三联却可以整本地出版，这是为什么？众人不知，三联是在适合的出版环境下选择了适合的品种并采用了适合的方式，才平静地出版了这本书。

"零的突破"实现以后，后面的出版就如决堤之水。刘再复毕竟是有影响力的著名学者，愿意与他合作的出版社很多，过去没有合作，只是因为不愿涉足"禁区"而已，现在发现他的著作原来并不在"禁区"里，于是开始争相与他签约。

再复本人受到《红楼梦悟》出版的鼓舞，灵感一下被激发起来，创作也便一发而不可收。他又接连写了《红楼哲学笔记》《红楼人三十种解读》，并和女儿刘剑梅合写了《共悟红楼》，由三联分别出版以后，又合在一起出版了《红楼四书》。由此，他的学术研究开始由中国现当代文学向中国古典文学延伸。他重读《三国演义》和《水浒传》，从价值论的角度对这两部文学名著加以评述，写出了《双典批判》。在我看来，这是一本不同凡响、石破天惊的著作，国人要深刻反思中国传统文化，《双典批判》不可不读。果然，这本书出版后，获得学术界的高度评价。

再复不仅是学者，也是散文作家，三联出版了他一系列理论著作之后，便考虑整合出版他的散文作品。我们聘请文学评论家白烨协助编选，编成一个系列8种，合称为《刘再复散文精编》，这些散文也甚获好评。特别值得一提的是他回忆自己与学术文化界老一辈学者交往的《师友纪事》和他的散文结集《天涯悟语》。前者他的回忆文章情深意切，留下诸多珍贵史料，其中写钱锺书、周扬、胡绳等人的文章为当代文坛堪称范本的佳构；后者曾于2001年在内地某出版社以《独语天涯》为书名出版，却被莫名其妙地禁止发行。我们读后，发现这本语录体的作品，内容涉及作者对人生、文化、社会、艺术、文学的思考，一段段感悟性文字虽是吉光片羽，却富有深邃的哲理，处处闪现思想火光。这是一本不可多得的好书，是当代文学中独特的存在，以我的阅历所及，恐怕只有马可·奥勒留的《沉思录》可与之相比。三联如果不出版这样大手笔的著作，将会被历史证明是一个错误。于是我们将它正常编入系列书。毕竟是"彼一时此一时"了，这本死书从此起死回生。

读者都知道，三联选书很严，轻易不会推出作家的作品系列。但是刘再复在三联受到特别的重视，我在北京三联工作期间，一共出版了他18本著作。2006年以后，在三联的影响下，整个中国大陆多家出版社共同出版他的作品总数达60个品种之多。可以说，时至今日，刘再复的所有著作，除了个别品种之外都有了中国大陆版。他虽然人

刘再复与作者在香港科技大学（2017年）。

在海外，但在人们心目中，他仍然是一位脚踏实地的中国学者。

于今回想，我因编书与再复结缘，这简直是一种不解之缘。我先后在人文社和港、京两地的三联书店工作，退休后又被商务印书馆返聘，每到一处，我的作者名单里都少不了"刘再复"这三个字。选题策划，我总会想到他，而他也一如既往地支持我。或许可以这样说，在我俩之间，我是他永远的编辑，他是我永远的作者。

2020 年 8 月 9 日初稿

2020 年 8 月 10 日定稿

第三辑

本色韦君宜

韦君宜是我参加工作后遇到的第一位总编辑,她是我职业生涯的引路人。她去世以后我常想,自己还能为她做一点什么?作为编辑,当然首先想到的是为她出一本书。

之所以会有这种念头,不仅是因为我格外敬重和钦佩她,更重要的原因是我内心里总有一种隐隐约约的歉疚。自己到了年届退休之时,常常反思,不免想起我在韦君宜领导下工作时,对她的很多说法、做法并不理解,曾经有很多的牢骚和抱怨。那时,我甚至对她抱有一些偏见。直到她退休多年以后,我陆续读了她的《露莎的路》《思痛录》和一系列回忆性散文,才发现我原来误解了她。

我想应该做一点补偿。于是我找到了她的女儿杨团,把自己的想法说了,杨团说:"谢谢你的一片真情。"正好,《思痛录》的版权到期,她说可以做一些增补,交给我在三联书店出版。

我高兴极了。谁知没过多久,有一天我正在公交车站等车,忽然接到杨团的电话,她开口连说抱歉,因为人民文学出版社要出版《韦君宜文集》,他们不同意三联把《思痛录》拿出来单独出版,所以她不能和我签合同了。

一个心愿落空了,我顿感失落,在寒风中伫立良久。

然而今天,我见到《韦君宜文集》皇皇五卷庄重、大方地面世了,也颇觉欣慰。毕竟,大家都想到了以同样的方式怀念她。

一

我刚进人民文学出版社时，韦君宜不过 65 岁左右，并不怎样显老，可是她有一个官称"韦老太"，有些人更是直接称她"老太太"。我也随着大家这样叫。当然，这是在背后议论她的时候，若是当面，那是不能造次的，还是得规规矩矩地称呼她"君宜同志"。

那时我对韦老太的经历不太了解，只知道她曾是富家女，早年背叛家庭参加革命，"一二·九"运动中是清华大学的活跃分子，后来入了党，到了延安。解放后，她一直是新闻界和文艺界一些单位的领导人，自己也写作，成了知名作家。我读过她的小说《洗礼》，知道她的文学造诣很高。于是我很注意观察她，也希望能够有机会和她熟悉起来，以便接受她的指导。

但是，我发现她有股子威严，令人敬畏。按理说，被人称为"老太太"的女领导，应该是和蔼、亲切、慈祥，和属下打成一片的。但韦老太不是。她似乎不大喜欢与人交流，如果不是谈工作，她从不与

五卷本《韦君宜文集》

人聊天、拉家常。她谈工作，总是直奔主题，说话很快，像打机关枪一样，干脆利落，一二三四交代清楚，说完就走，绝没有一句废话。平时上下班，她总是一个人低头走路，有时腋下还夹着一本书或者稿子，匆匆忙忙的，好像是去赶场，碰见谁都不打招呼，一副"目中无人"的样子。我作为小编辑，如果在大门口或楼道里碰到其他社领导，肯定要笑脸问候，但是若碰到韦老太，我通常是低头装没看见，与她"失之交臂"。因为我怕主动问候了，她却没有反应，会使自己狼狈不堪。

她给我留下的最初印象，是一位干练、爽快、做事雷厉风行的女强人。她永远梳着齐耳短发，戴一副白边眼镜，身穿蓝色或灰色干部制服。她从不刻意打扮自己，甚至可以说"不修边幅"。当然，如果遇到重要场合，她也会穿一身白底蓝花或者蓝底白花的旗袍，显示出知识女性特有的品位。然而关于她的着装，出版社里不断有人讲她的笑话，说她忙忙碌碌赶来上班，衣服扣子扣错了眼儿自己都不知道，等等。她后来写的回忆文章中，也谈到曾有一次会见外宾时因为着装马虎而受到妇联领导人康克清的批评。她其实是一个专注于工作的人，不拘小节。作为总编辑，她亲自联系作者组稿，亲自审稿提意见，一天到晚忙得团团转，别的事情都顾不上，所以女儿杨团说，她是工作狂。

记忆中我自己几次到韦老太屋里汇报工作，她都是边看稿子边和我们谈事情的。她手里永远有看不完的稿子，而且她居然可以一心二用。1983年底，文化部出版局组织了一次青年工作会议，要各出版社党委派人参加。人民文学出版社党委派不出人，临时把我捉去作为会议代表。我开了三天会回来，要向党委汇报。那天是韦老太主持党委会，会开到半截儿，她让秘书通知我到会议室。我做了认真的准备，讲了半个多小时，其他党委委员都在听，只有韦老太手里捧着一部长篇小说稿在一页一页地看，头也不抬一下。等我讲完了，她也差不多看完了。我以为她根本没把我的汇报当回事。然而她最后作会议总结，却也讲得头头是道，把我传达的几点上级精神都概括进去了。我又觉得这老太太真是有一点儿神奇。

但她对我来说没有亲切感。那几年我曾经为了汇报工作，两次和同事一起到过她家里。但去了也不过是谈工作。就在她家的饭桌前，大家围坐在几把木头椅子上，开一个小会，把事情一说，韦老太当场拍板定案，然后会议结束，大家起身告辞。一切都像在办公室一样。且不要说客气一下留我们吃饭，甚至，韦老太连一杯水都没有给我们倒过。她的这种"不拘礼"让我有些不适应，但是同去的编辑室负责人毛承志是她多年的老部下，也是她非常赏识的人，告诉我老太太历来如此。

她的"冷"使我无法接近她。其实，我虽然是大学毕业后被正常分配到人民文学出版社工作的，但我的家庭还算和这个出版社有一点渊源。我父亲在清华大学教外语，20世纪50年代就曾经为人民文学出版社翻译过两本俄国文艺理论作品。出版社外文部的蒋路、徐磊然、孙绳武等老编辑都知道这件事，他们对我都很亲切。而韦老太，我父亲和她还另有一层关系，他们是天津南开中学的同学。尽管韦老太低一年级，但他们在学校时就是认识的。我进了出版社后，父亲常常提起此事，想让我告诉韦老太。但是，我看到韦老太永远公事公办的样子，几次话到嘴边，也没有说出口。

二

到出版社后,我听到的第一堂编辑课是韦老太亲自讲授的。她开宗明义讲当编辑不要想当官。她说,这不是她个人的观点。当年在延安编刊物,她是小编辑,胡乔木是总编辑。胡对她说,如果你想当官,可以先当编辑部主任,然后当总编辑,这就算到头了,再想当官就不是编辑了。韦老太说,她这辈子,就是听了胡乔木这句话,今天她把这句话说给我们听。如果谁不认同这句话,现在就可以调走。她说自己如果早早选择当官,也许今天不是这个样子,官可以当得大些,但是她不后悔。她希望我们都是一些不后悔的人,把编辑当成一生的事业。

她这堂课,对我是有一些醍醐灌顶的意义的。我这几十年中有过多次重新选择人生道路的机会,但是每到关口,都想起这句话,便排除杂念,"咬定青山不放松"。这样坚持下来,也颇有收获,自觉并未虚度此生。

韦老太讲座中还有一些观点,让我有振聋发聩之感。比如她说,当编辑不能怕得罪人,不但不怕得罪小作者,而且要不怕得罪名家。

《思痛录》中收录的韦君宜照片

为了保证书稿质量，对名家也要一视同仁，该改的稿子，就得严格要求作家改。如果作家不接受意见，把稿子交给别家出版，韦老太说，这也没有什么，"不是我们的损失，而是作家自己的损失"。讲话中透出一种自信，令人叹服。我当时就觉得，当编辑当到这份儿上，真牛。

那时人民文学出版社小说组流行一句话，"好稿子是折腾出来的"。韦老太就是一位帮助作者折腾书稿的高手。她看稿极快，可以用"神速"两个字形容。我观察过她看稿的场景。那时很少有打印稿，一般小说作者都是手写，用400字一页的标准稿纸。一部小说总是厚厚的一大摞。韦老太一页一页地翻看，频率极高，大概平均每页十几秒钟，一部长篇两三个小时搞定。看完就和作者谈意见，通常会谈得非常具体，比如哪个人物的心理活动写得不充分，或者哪一段情节不符合人物性格逻辑等等，还有什么地方需要增加情景描写，什么地方缺少细节之类。因为她本人也有创作经验，能够设身处地进入作者的构思，所以她的意见，作者听了一般都会心服口服。

由于常年身体力行亲自审稿提意见，韦老太指导和扶植青年作者的故事实在太多，但她作为总编辑，最令人称赏的不在这方面，而在于她有胆识、肯担当。当然，韦老太在编辑课上并没有和我们讲这些，可能是她碍于出版社领导的身份，有些话说了会不合时宜，甚或引起误解。但是她的做法，却显示出她超乎一般人的魄力和勇气，这一条是整个文艺界都为之钦佩的。

经历过改革开放年代的人都知道，中国的思想解放运动是从文艺界开始的，小说充当了急先锋。僵化理论的突破是后来的事，起先人们是通过文学进入了对历史和时代的反思。自从刘心武的《班主任》

开创了"伤痕文学",大批文学创作冲破思想禁区,通过揭示现实的阴暗面,给社会提供了全新的认识和理念。对于这样的作品,是出还是不出?

韦老太是敢作敢为的。她拿到莫应丰的《将军吟》书稿,那还是在十一届三中全会以前。这是一部较为完整地描写军内"文革"的历史悲剧,它的思想倾向当然是彻底否定"文革"。作者在"文革"结束前隐身于湖南,"冒死"写出了这本书。在那样的时代,作品描写这样的内容,"上面"没有指示,一般人是不敢轻举妄动的。但韦老太毅然自己拍板出版。出版后大获好评是意料之中的。但是评奖时又遇到麻烦,各种观点争论不休,有些打棍子的观点足以致人死地。韦老太这时用上了她"通天"的一招。她找到胡乔木,取得了"尚方宝剑",使得评奖中的争论得以平息,作品获得第一届"茅盾文学奖"。

青年女作家竹林写了一个知青题材的长篇小说,题为《生活的路》,因为创作在中央给知青运动定调之前,而作品涉及知青生活的种种真实情况,写了几个知青在农村受到的磨难和不幸遭遇,特别是写到一个女知青被逼自杀,这种故事在"政治上"不符合当时的口径,

20 世纪 80 年代的韦君宜

几家出版社都退了稿。书稿转到人民文学出版社时,作者单位盖着公章的函件也紧跟着到达。那函件证明作者有"政治品质问题",要求出版社不要接受她的书稿。当时,在出版社内部也有激烈争论,有的编辑甚至认为,这是"一株大毒草","污蔑社会主义制度"。韦老太不这样看,她是主张写真实的。但是她也担心自己的威望不够,压不住不同意见。于是她让责任编辑写了一份故事梗概,她亲自拿去给茅盾先生看。茅公看了梗概,说了一句"希望看到作品早日问世",于是韦老太将这部作品推出,使之成为知青发自内心的"第一声呐喊"。

更有戏剧性的例子,是张洁《沉重的翅膀》的出版。这是一本反映工业领域改革中的困难和矛盾的长篇小说。作者直面现实,揭示改革以"沉重的翅膀"起飞之不易,其间自然免不了不同思想和观念的交锋。韦老太觉得这样的作品,无疑对于推动改革具有重要的意义,坚决支持出版。然而出版以后,上级主管部门发现作品中有些言辞过于激烈,甚而偏激,担心造成恶劣影响,于是通知出版社停止发行。

韦老太又一遍仔细看了书稿,她觉得事情没有那么严重。的确有些内容可以修改,但是绝不需要全部化作纸浆。她亲自写了四页纸的修改意见,供张洁参考。张洁据此修改了一稿。重印出版时,韦老太又一次"勇闯中南海",去请求胡乔木支持。获得首肯后,这本书再次出版,而且获得了第二届"茅盾文学奖"。

这些,都是关于韦老太的传奇。80年代初期,我不断听到出版社的编辑们谈论她的这些故事。我觉得她真了不起。做编辑就得这样做,才过瘾,才精彩。

三

但是，说韦老太有胆有识，只是一个方面。以我的亲身接触，我发现她也有谨小慎微的时候。每到这时，我们便对她有颇多的不满。

我当编辑以后接手的第一套书稿，是《胡风评论集》。这是胡风集团案平反之后出版社制定的重点出版计划。这套书收录了胡风在解放前出版过的九本论文集子。正文含三册，全部是旧书重印。唯一的新内容，便是胡风为评论集出版而写作的《后记》。这篇《后记》初稿大约一万多字，胡风用了几个月的时间方才写成，可以看作是他对自己投身新文化运动以来的思想历程的一个总结。

胡风本人对这篇《后记》极为重视，也下了功夫。但是交稿以后，我们发现，其中涉及的一些史料，其准确性可能有疑问。胡风在监狱被关押多年，曾经有一个时期精神失常，现在虽然看起来正常，但是他的回忆是不是百分之百可靠，连我们也没有把握。例如《后记》中他回忆30年代中期在上海，有一天地下党员王任叔（巴人）拿车子接他出去开会，他拉开车门刚上汽车，王任叔就热情地握着他的手说，"从今天起，你就是中共党员了。"这样的史料，我们第一次见到，以前只知道胡风曾参加日本共产党，却没有听说过他参加过中共，同样的话，连胡风本人过去也从未说过。而现在写出来，我们是无法核实的，因为王任叔早已不在人世。除此之外，胡风的回忆也不可避免地涉及鲁迅和他本人、冯雪峰、茅盾，以及和"四条汉子"的关系，《后记》里面披露的一些材料和细节，我们也无从查考。对此如何处理，我们只能请示。

在韦老太的主持下，社领导进行了研究。有些领导表示可以和胡风商量修改，但是韦老太的态度比较坚决，她的意思是整篇拿下，索性删除这篇《后记》。对此我和理论组的几位同事都以为不妥，因为这毕竟是胡风复出后的第一次发声，对于文坛意义重大，可以看作是在理论上给胡风恢复名誉的一项重要标志。如果没有这篇《后记》，那么《胡风评论集》就成了纯粹的旧作整理，没什么意思了。于是我们一再请求韦老太重新考虑这件事。然而韦老太以不容争辩的口气拒绝了我们的请求，使我们觉得她似乎对胡风有成见。以我们当时的推想，这并不奇怪，韦老太本来就和周扬的关系好嘛。

后来是牛汉出面解围。牛汉当时在社里主编《新文学史料》，也算领导成员之一，他曾经是胡风分子，被关过监狱，与胡风有私交。他自告奋勇表示愿意劝说胡风删改《后记》稿，韦老太听了未置可否。也亏的是牛汉，别人真的干不了这事。因为那时胡风的精神受过损伤，反应较为迟钝，听力又有障碍，我们去他家，他只是出来见见，点点头而已，一共说不了几句话。我至今记得我和美编郭振华拿着几幅设计好的封面征求他的意见，他说"都好""都好"，就不再说话了。我们又拿了一些古元的木刻作品请他选择几幅作为书中的插图，他看到其中一幅刻的是一个人站在河边高举双手，迎接远方晨曦中喷薄欲出的太阳，说了一句"太阳的不要"，意思是其他由我们定。我们和他只能作这样简单的交流，若是商量文章的修改，怕是力不从心。

牛汉很顺利地解决了问题。他说服胡风，把凡是不能证实的史料都删去了。最后这篇《后记》还剩七千多字，仍然具有重要的理论价值。牛汉把稿子拿回来交给我们，我们满心欢喜，准备发稿。可这时韦老太又一次发话，还是不能采用这篇后记。问她什么理由，她也不和你啰嗦，告诉你撤下来就是了。

这件事让我们觉得不可理解。牛汉也不甘心，他对韦老太说，《后记》究竟能不能发，你也不要做决定，咱们请示上级。结果韦老太果真去请示了中宣部。诗人贺敬之那时担任中宣部副部长，他曾经在胡风主编的《七月》上发表诗歌，广义上属于"七月诗派"，他对胡风的了解还是比较多的。贺敬之表态，《后记》可以收入《胡风评论集》，这样韦老太才不再坚持己见了。

另一件事，是关于《周扬文集》的出版。这套书是韦老太亲自登门找周扬约来的。她认为，周扬从30年代起一直担任革命文艺界的领导人，他的文字，集中反映了中国革命思想文化的发展历程。对于今人和后人，具有不可忽视的理论意义和史料价值，应该及时作个总结。这个想法是非常好的，我们都很赞成。但是，在是否收入周扬的一篇著名论文上，韦老太和我所在的出版社理论组的几位编辑发生了分歧。这篇文章就是1957年周扬代表作家协会发表的《文艺战线上的一场大辩论》。可以说，文艺界的"大鸣大放"因这篇杀气腾腾、蛮不讲理的文章而定调，它是大批作家被划为右派、受到二十多年政治迫害的理论依据。今天的一些人之所以称周扬为"文艺沙皇"，首先是基于这篇文章，它的"臭名昭著"差不多是文艺界人尽皆知的。我们当时都觉得，本着对历史负责的态度，这篇文章必须收入文集。但是韦老太说，周扬本人不同意，她需要尊重作者的意见。责任编辑毛承志和罗君策当时很激动，与韦老太发生了争执，说这篇文章也算是周扬的代表作之一，不收入，那就成了文过饰非，编出的书就不能叫

《周扬文集》。韦老太并不和我们理论，她说文章不收，那就是定案，谁争也没用。

韦老太是个急性子，她很想尽快出版这套书，三天两头来催发稿，可是"大辩论"这一篇文章不收，我们理论组几位编辑心里有抵触，对发稿也不热心，编辑工作一直在拖。韦老太最后急了，她又去找作协领导张光年寻求支持。张光年说，"大辩论"这一篇还是不收的好，因为文艺界在粉碎"四人帮"后刚刚团结起来，这篇文章旧事重提，会给人刺激，再次挑起矛盾。韦老太于是回到社里，又用张光年的意见压了我们一次。

当时在我们看来，韦老太是因为怕周扬、怕作协领导而不肯坚持原则。她也并不对我们解释什么，只是让我们照她说的去做。她的干脆利落、永不拖泥带水的性格，使我们不能更多地了解她的想法乃至她的苦衷。

除了对于这两部具体书稿的态度以外，在当时文艺界的思想斗争方面，我们也总觉得，韦老太常常是和胡乔木保持一致的。胡是她30年代以来的老领导，与她关系密切。胡乔木在改革开放之初，思想解放，对于文化界"拨乱反正"起过积极作用，但是不久之后，又开始在理论上批这批那，压制不同意见。对胡的一些说法，我们是不以为然的。但是1983年"清除精神污染"，1984年批判人道主义和异化论，出版社里组织学习文件，传达上级精神，都由韦老太主持。我清楚地记得她当年作动员讲话的时候，要求我们以胡乔木的观点统一思想。老实说，我作为一个年轻编辑，对此有些想不通。

我觉得韦老太怕犯错误情有可原，但是，她有时也太谨慎了。我们理论组编了一个刊物名为《新文学论丛》,过去曾发表过上海复旦大学学生赵祖武的文章《一个不容回避的历史事实》,将1949年前三十年和1949年后三十年的文学创作加以比较,得出一个结论,后三十年的文学成就不及前三十年高。这篇文章触动了一些人的敏感神经,挨了个别上级领导的批评。从此韦老太就对理论组的书刊盯得特别紧。有些稿件根本没什么问题,她也要调去审,也要亲自过问。她的"一二·九"老战友、50年代的老搭档黄秋耘写回忆录《风雨年华》,回忆与她共同经历的文坛往事,她也战战兢兢,压了很长时间不让出版。这些,都曾经是我们发牢骚的话题。

韦老太退休之后,她的继任者、人民文学出版社社长陈早春曾经撰文,说"韦君宜是一个谜"。他从60年代认识韦老太时就开始猜,一直到最后也没有完全猜透。当然,陈早春指的主要是韦老太的性格令人费猜疑。而我也一直在猜她。她究竟是开放还是保守,是勇敢还是怯懦,是"左派"还是"右派",是"唯上"还是"唯实"?很长时间里我一直没有弄清楚。

四

我真正了解韦老太,是在她写了长篇小说《露莎的路》之后。

那是1994年,人民文学出版社要评选长篇小说、报告文学的"人民文学"奖。我当时是社长助理兼编辑室主任,忝列评委之一。在评选之前,我注意到韦老太的新作《露莎的路》进入初选。于是急忙找来一阅。原本只想浏览一下,没想到被作品深深吸引。我发现这部不到十万字的小长篇，竟然触碰了一个从未有人涉及的题材：延安整风、审干和"抢救失足者"。作品描写的背叛家庭追求革命的女青年露莎当然是小说人物，但她身上分明有韦老太自己的影子，她的心路历程，以及作品反映延安时期的实情实景，都是异常真实的。有些情节，在党史上有依据，可考可查。

当时我还并不知道，这本书是韦老太在病中以难以想象的毅力、用颤抖的左手写出的，我只是读了作品披露的史实，特别是看到康生领导的"抢救运动"在革命队伍中到处抓"特务"，一直抓到不足十岁的小孩时，感到心灵被强烈震撼，觉得韦老太秉笔直书这段历史难能可贵，我们的时代太需要这种说真话的文学了。我佩服的不只是韦老太的勇气，更欣赏她通过对历史的反思，给我们带来思想的启示。

那次评奖，竞争蛮激烈，入选作品包括《白鹿原》《古船》《活动变人形》《南渡记》等一大批名篇佳构。而《露莎的路》初版印数很少，没有引起什么反响。如果从文学技巧的角度来看，这部作品可谓朴素至极。全书采用单线结构，全不是当下流行的时空交错、双线或

病中的韦君宜

多线并行的写法，全书也没有用上一点现代派技法，只是纯粹的写实。所以这本书当时并没有引起大家足够的重视。在头一天的评委会上，我发现没有人提到《露莎的路》，便马上向我的好友、当时的总编助理高贤均推荐这本书，让他快读。他一个晚上读完，第二天也和我一样情绪激动。后来评委会继续召开，我和高贤均力荐《露莎的路》，可惜仍然没有得到大多数评委的响应。最后这部作品落选，我觉得非常遗憾。但是我对韦老太的印象，却从此改变了。

当然，让我感受到更深层触动的，是韦老太的《思痛录》。人们说这本回忆性随笔集代表着中国知识分子的良知，我有同感。韦老太在前言里说明，自己是"一个忠诚的共产党员"，但正是因此，她才"一直在痛苦地回忆、反思、思索我们这一整代人所做的一切，所牺牲和所得所失的一切"。她说自己曾经是受害者，也是"害人者"，为此她面对良知而忏悔，笔下的故事，有些感人至深，有些则使人恍然大悟。

由于亲身经历过上面提到的几件往事，所以我特别留意她在《思痛录》里怎样写胡风、周扬和胡乔木。

她写了一篇《我曾经相信反胡风运动》，讲自己被蒙蔽的完整过程。读罢我才发现，1984年我们出版《胡风评论集》时，韦老太对胡风的态度其实也很正常。那时胡风虽然已摘掉"反革命"的帽子，但是平反却是留了"尾巴"的：他鼓吹"资产阶级文艺思想"的帽子并没有摘。我想起当时的实际情况是，文艺界很有一些人，对胡风平反并不理解。我在武汉大学读书时，有一位姓周的老师，自称是群众性批判胡风运动兴起后第一个在《人民日报》上发表大批判文章的人，他公然在课堂上讲，"中央给胡风平反，我也不给他平反！"这表明一种观念要从根本上扭转,需要一个过程,受害越深的人转弯越难。而韦老太在这篇文章中说,她是直到1989年看了有关胡风集团的一些材料,特别是看了绿原的自述,才恍然大悟,知道这是"一个子虚乌有的冤案",而在此之前,她一直蒙在鼓里。根据这一解释,我想,在当年处理《胡风评论集·后记》的做法上,我们真不能苛责老太太。

对于周扬,《思痛录》不止一篇文章涉及。谈到为什么不把"大辩论"一文收入《周扬文集》,韦老太讲出了内幕。原来周扬并不承认这篇文章是他自己的手笔,因为整篇文章是经过最高领导人修改定稿的。有些段落重写,有些段落新增,大删大改之后,文章代表的是最高领导人的意志。周扬说,"我对这篇文章负不了责任。"所以,当韦老太和他商量如何处理这篇文章时,他原先曾考虑给此文加一个长长的说明,作为文章的附记,那无非是要标出哪些观点是他自己的意思,哪些观点是最高领导人的意见。可是细想之后,他没敢这样做,因为他担心这样做或许会制造爆炸新闻,产生极其恶劣的影响。于是他只能尊重既成事实,把这篇文章整个儿背在自己身上。其实他也有一肚子委屈呢。在这样的前提下,我忽然发现,"大辩论"一文收不收入文集,两种意见各有道理。不收录固然是遗漏了重要史料,但是收录则对作者不公正。韦老太体谅的是周扬的苦衷,作为维护作者利益的出版者,她没有错。可是,如果她当初把这些实情讲给我们听,我们大概也不会错怪她呀。

关于胡乔木在人道主义和异化问题上批判周扬一事,我一直以为韦老太紧跟胡乔木,因为他们两人半个世纪以来的交情太深了。其实,即使是在出版社大会上动员我们批判"人道主义和异化论"的时候,她自己心里也是有一杆秤的。只是作为社领导,她也有一些不得已,也有一些身不由己。这一点我自己做了总编辑之后才有了深刻体会。《思痛录》里记载,周扬挨批时,韦老太前去看望,周扬问她如何看待当前自己和胡乔木在理论上的争论,韦老太以"不懂哲学"四个字搪塞。这个回答使周扬伤感,他后来对人说,韦君宜别的都好,就是"是非不分"。韦老太听到周扬这样评价她,受了刺激,她反思和忏悔当时的怯懦,讲出了自己的心里话,原来她从一开始就是支持周扬观点的!这些,如果她不写下来,我们是永远不会知道的。

至于说到她在出版上的谨慎和胆小,拿着黄秋耘的《风雨年华》掂量来掂量去,难下决心,我也从《思痛录》上找到了答案。韦老太和黄秋耘30年代在清华大学读书时一同走上革命道路,50年代又在中国作协一起创办《文艺学习》杂志,是老伙伴,志趣相投。1957年,他们共同主编的刊物在"大鸣大放"中显然是"右倾"的。刊物发表了刘宾雁、王蒙等右派分子的作品,特别是举办了《组织部新来的年轻人》大讨论,引起轩然大波,被最高领导人称为"北京发生了世界大战",后来《文艺学习》因此而被停刊。那时的韦老太和黄秋耘,"两人一起受批判,又每天相对秘密诉说无法告人的苦闷和愤懑",他们相互掩护,共度难关。两人在运动中都险些被划为右派,但也都受到党内处分,并被下放到农村。即使在这种情况下,韦老太仍然是重情义的,她没有忘记保护下属。说来也巧,就是这本《风雨年华》的责任编辑毛承志,80年代是我们编辑室的负责人,他"反右"运动时就是《文艺学习》的编辑,该刊发表刘宾雁的《本报内部消息》和王蒙的《组织部新来的年轻人》等挨批的作品,毛承志都是责编。按理说，在七个编委，三个成了右派，两个受党内处分的情况下，像毛承志这样惹下祸端的编辑，是无论如何也逃不掉的。但是根据《思痛录》的描述，韦老太把他归入了"老实人"一类，调进《人民文学》杂志了事。这事毛承志后来一直心存感激。所以我想，韦老太此时谨慎处理《风雨年华》，一定是出于保护黄秋耘的考虑，作为患难与共的朋友，在80年代初期意识形态斗争局面复杂的情况下，她怕黄秋耘再犯政治错误，所以处理得小心翼翼。这正是她的情义所在呢。

　　读了《思痛录》，我发现自己需要重新认识韦老太。我原先要猜的谜，在这里全部破解。我了解了韦老太质朴的内心，感受到她炽热的情感，更看到了她无私无畏的精神境界，以及她对于历史和现实的清醒思考。她是真正的勇士，也是真正的智者。她有一种大彻大悟。她的"思痛"和忏悔，显示出一种良知未泯的真诚。

　　我知道，这才是她的本色。

2015年1月15日—17日

原载香港《橙新闻》

曾彦修：自问平生未整人

去年年底，"深圳读书月"活动在观众的见证之下，由17位全国知名读书媒体的主编和作家、学者组成的评审团成员现场投票，选出备受读者期待的2014"年度十大好书"，同时也评选出了"年度致敬作者"。初选结束时，获得致敬大奖提名的作者有邵燕祥、沈昌文和曾彦修，三人均可谓德高望重，且在本年度中都有新作出版，而邵、沈两位的新作还进入了"十大好书"的候选之列，竞争实力更胜一筹，但是评委最终却将这项大奖颁给了95岁的老作家曾彦修先生，我以为这是独具慧眼的选择。

作为"年度致敬作者"，曾彦修先生在这一年里只出版了一本很薄很薄的小书，总共只有七八万字，这就是他的回忆录《平生六记》。但是读过的人都知道，这是一本分量很重很重的书。

要说《平生六记》，恐怕要从曾先生的另一本回忆录谈起。

曾彦修先生

大约是在 2009 年，有一天作家李晋西找我，说她想帮助曾彦修先生整理并撰写一本口述回忆录，问我三联书店是否有兴趣出版。我说那当然，我对此书非常期待。

李晋西和我有过很好的合作。几年来，她与何启治一起，整理过牛汉的《我仍在苦苦跋涉》和屠岸的《生正逢时》两本口述回忆录，在三联出版后社会反响颇佳。她希望能够沿着这个路子继续写作，而我希望能把同类的回忆录做成一套，使其产生更大影响，于是我们一拍即合。

下一本写曾彦修，当然是理想的选择。曾先生既是作家(80 年代曾以笔名"严秀"闻名)，又是出版家（50 年代和 80 年代两度担任人民出版社的掌门人），同时是延安出身的老革命，一生曲折坎坷，然而一身正气，铁骨铮铮。他的经历本身就是现代史上的重要史料，而他的人格更是在文化界备受推崇。尽管他的知名度或许不算很高，但是知其人者，莫不佩服，这一条很少有人能及。

写书的事确定以后，李晋西开始频频到曾先生家里，与他交谈，听他回忆，为他录音。用了一年左右的时间，一本大约 30 万字的曾彦修口述回忆录整理完成了。

读罢书稿，我发现这是一本讲真话的书。它以一个禅宗故事作为"代开场白"：

一位禅师为挑选自己的衣钵传人，发给众多门徒每人一包花籽，宣布谁种出的花儿最美，就传位给谁。

比花的时候到了，众人各自捧着盛开的鲜花，来见禅师。只有一位弟子捧着空花盆，神情坦然地站在一旁。最后禅师将衣钵传给了这位弟子，原因是他的花盆装满了诚实之花。原来禅师给大家的花籽全是煮过的，根本就不可能发芽。

曾先生显然是想通过这个故事告诉读者，只有诚实的人，只有能够正视自己良知的人，才能得到历史和社会的最高回报。

诚实，不仅是这本书的作者对读者的承诺，也是作者对自己一生为人的总结。

本着诚实的态度，曾先生在作品中原原本本地叙述了自己的沧桑人生。从早年为了抗日投奔延安开始，他在大约半个世纪中经历了历次政治运动和党内思想斗争，每每对"左"倾意识形态多有抵制，曾在延安整风中经历被"抢救"，1957年成为《人民日报》点名的党内头号右派分子，直到"文革"结束后官复原职，却又在"清除精神污染"运动中和中央有关领导发生激烈冲突……这中间，大约有一半时间他处在挨整的地位，另一半时间他则小心翼翼地守护着自己的良知，努力避免在各种政治运动中整人。

于是，曾老为这本回忆录取了一个书名：《微觉此生未整人》。

这个书名，我当时乍看以为有些平淡，但是后来越想越觉得它意味深长。它取自作者的《九十自励》诗句"夜半扪心曾问否，微觉此生未整人"。"微觉"两字用得极好，看起来似是不经意的感受，其实乃是对一生行为作凝重概括。"未整人"作为"此生"之自我评价，令人意外，却又在逻辑之中。如果是对于一般善良百姓，"不整人"原本天经地义，自然不需要在回顾一生时专门提起；但是这三个字对于身份特殊的曾先生，却称得上难能可贵。这是因为，曾先生不仅长期处在一个意识形态严酷斗争的环境里，而且处在斗争风口浪尖的关键岗位上，在无产阶级教育改造资产阶级知识分子的大背景下，他担任"知识分子成堆"的单位领导，而最终能够说出"未整人"三个字，何其难也。

须知，在我们曾经历过的那个"极左"时代，整人司空见惯，是家常便饭。特别是在历次政治运动中，整人就是正常的思维方式和工作方式。通过整一部分人，另一部分人才能显示和证明自己的立场正确。所以，整人在某种意义上是人们自保的手段，为了求得政治上的安全，有人主动整人，有人跟风整人，口头上都是为革命，实际上却各怀目的。相反，不整人，则通常被认为是政治觉悟不高，思想认识不清，敌我界限不明，弄不好还要承担政治风险；事情常常是这样，你不整人，人家就该整你了。

所以，不整人必须不怕挨整，这是一种境界。

香港版《微觉此生未整人》

《微觉此生未整人》作为中国当代史的珍贵记录，具有极高史料价值，在香港出版后，当地文化界有很好的反响。凡是读过的，皆曰好书。我有几位香港文化界的友人到访内地，他们向内地朋友赠书，常常会选择这一本。

但是，我很惭愧，实在对不起老人家。因为书稿是我所约，我却未能亲手将它出版，为此，我很希望能做一点补偿。

2013年6月，我们正筹备在三联旗下恢复生活书店的品牌，适逢曾先生过94岁生日，生活书店副总编罗少强约我一起去看望他。我问少强，曾先生可有新作？他告诉我，曾先生最近把《微觉此生未整人》中的一些故事片段抽出，补充材料并亲笔重写，编成了一本小书，题为《平生六记》。我顿觉大喜，以为这个办法甚好，生活书店正需要这样的回忆录，我们终于可以为老人家做一点事情了。

那一次见到曾先生，他听说我们恢复生活书店，非常兴奋。因为他自己当年就是受生活书店抗日书刊的影响，从而走上革命道路的。他伸出两个手指对我说，生活书店有两大功绩，第一，如果没有生活书店，就不会有"一二·九"运动；第二，如果没有生活书店，就不会有"三八式"干部的说法。他本人作为"三八式"干部，就是一个证明。此外，他也谈到他对三联书店的特殊感情。很多读者都了解，改革开放初期，三联仍作为人民出版社的一部分，出版了许多促进思想解放、引领时代潮流的图书，那当然首推范用先生的功劳。但在范用的背后，曾彦修先生作为人民出版社的社长，是一面坚强的后盾，包括杨绛《干校六记》这样的名著，在当时若没有曾先生的支持，是得不到出版机会的。这么说来，曾先生原本就是三联前辈，与我们是一家人。由于这些渊源，当我们建议他把《平生六记》交给三联所属的生活书店出版时，他毫不犹豫地答应了。

大约一年后，《平生六记》在生活书店出版了。我们特地采用小精装，以示隆重。周有光、沈昌文、张思之、吴道弘等知名学者闻知此事，特地向读者联名推荐。于是社会反响强烈，立刻获得《北京晨报》2014年度致敬图书和百道网年度好书奖。很多人把它和杨绛的《干校六记》相提并论，认为两本小书都是以平凡小事反映大时代和大历史，以细微感受透视特定环境下的人性和人情，可谓以小见大，见微知著。但与《干校六记》集中写一时一地不同，《平生六记》是以"六记"概括了一生。

曾先生选择的是怎样的六记呢？这就是"土改""三反""镇反""肃反""四清""反右"六场政治运动中的六个生活片段，作者记述了自己身在其中的经历和体验。六个片段，六种场景，类似于六种棋局，如有不同的应对，便有不同的结果，但这恰恰是人生选择的关口，对作者的人格形成考验。作者说：

在我一生经过的一些大事中，我的原则是：一切按具体情况处理。明知其错的我绝不干。为此要付出多大代价，我无条件地承担就是。世界上很多事情，常常会有例外的，唯独有一件事情，我以为绝不能有例外，那就是：良心。

于是，他写"土改记异"，讲的是必须实事求是地处理群众工作问题，不能混淆两类不同性质的矛盾。对于一些"怪异"的现象，例如贫农娶小老婆、养丫鬟，又如贫困山区发生群众性抢劫事件等，不能凭着政策的条条框框办事，随便整人。

写"打虎记零"，讲的是"打老虎"要重证据，他不相信"大胆怀疑"的结果，更不相信逼供信的材料，认为没有可靠证据就要"放虎归山"。

写"镇反记慎'，讲自己担任《南方日报》社长，处理一件人命关天的大事：在报纸即将公布处决140个反革命分子名单的前夕，他明确反对以"罪大恶极，民愤极大"这种笼统罪名定罪，认为这是土改时期遗留下来的简单化做法，主张在宣判前应将具体罪名落实。为此他专程向叶帅（剑英）汇报，叶帅支持了他的意见，表示要"记住中央苏区的教训"。

写"肃反记无"，讲他在人民出版社主持"肃反"工作，不但没有增加一个怀疑对象，反而撤销了所有怀疑对象。特别是对于老编辑家戴文葆，此人原本是中宣部、文化部的上级领导点名的"国民党特

《平生六记》，三联生活书店出版。

务",作者利用政治运动的机会内查外调,终于找到确凿证据,证明了戴的清白。

写"四清记实",讲的是"四清"期间他在上海一家印刷厂负责清查大约30来个工人的各种政治嫌疑。他做了大量的调查核实,亲自写出几万字材料,最后证明,这30来人被怀疑的大小政治问题,全部是子虚乌有。在他的一生中,他特别看重这一件事情,因为这是救人于难的工作,也因为他是拼着自己的性命才证明了他人的清白。

写"反右记幸",讲自己作为人民出版社负责人,在上报"右派"名单时,把自己作为第一号"右派"上报,并为此感到庆幸。因为如果他不是首先反了自己的"右",就不可避免地要反那些他一向尊重的老同事的"右"了,那样他定会良心不安。

所有六记,曾先生写的都是在"整人"运动中自己坚持"未整人",甚至是救人。这是因为他内心有一个原则:"对任何人的生命或声誉,均应该予以无比尊重,这是人和非人的界限。千万不要去做相反的事,或颂扬相反的东西。"本着这个原则,在一些时候,他只能违背领导意图,自己承担政治风险,结果是为此付出沉重代价。他在历次运动中多次挨整,在"反右"运动中成为出版界最大"右派",都与他这种固执的坚持有关。

有权力时"不整人",自己挨整时也不害人。他在"运动"中写过不少交代材料。他说:"那上面没有伤及别人的一个字。我可以一百次骂我自己是乌龟王八蛋,但我决不会说一次别人是小狗、小猫。这条界线,我一生从未越过。"

凡是经历过那个时代政治风雨的人,究竟有几人可以拍着胸脯说出这样的话？

但曾先生还认为自己做得不够，甚至还在反省。"三反""打虎"运动中，他对于被误打的"老虎"杨奇不曾落井下石，但因为顾及自身的安全，他也没有鼓起勇气对杨奇说一句安慰的话，对此他至今自责，以为"十分可耻"。他不讲自己客观上保护了杨奇，却苛责自己并作如此忏悔，显示的人生境界又有几人能及？

所有这些，都表明曾彦修先生不愧是一位令人尊敬的人道主义者，具有高尚的心灵和强大的人格力量。他善良正直，充满爱心，在畸形的政治环境中，他挺直腰杆，宁折不弯，不唯上，不唯权，只唯实，以自己的绵薄之力，努力维护着心目中的公平和公正。他称自己是鲁迅的终生信徒，的确，拿他自报"右派"这件事来说，足以证明他就是鲁迅所说的那种"拼命硬干"和"舍身求法"的人，是"中国的脊梁"！

"不整人"是基于对人的尊重，作为出版界的领导人，曾先生尊重人，又是源于他对知识的敬畏。其实他自己就是一位大知识分子，但是他对自己领导下的知识分子谦恭备至，虚心至极。他在书里说，自己一向佩服有学问的人，对于编辑家戴文葆，他是"以师事戴"的。对于范用先生，他也说过类似的话。我记得范用去世后，我们举办追思会，曾先生坐着轮椅到场，动情地发言，说自己始终是范用的学生，他做编辑一辈子，从范用身上学到的最多。对于另一位党外编辑家常君实，他更是敬重有加，竟然用了 4 年时间，为这位比他还小一岁的老部下写了一本 20 多万字的人物传记！以他的威望和身份，如此礼贤下士，待人以诚，怎不令人震撼和感动！

曾彦修先生回顾一生，认为"平生未整人"不仅令自己心安，同时也使自己获益良多，那就是他在一次次维护别人尊严的同时，也一遍遍地拯救了自己的灵魂。其实几十年来，他并没有刻意要求自己去做什么或不做什么，只是遵从自己良心的选择，诚实地面对自己，面对他人，面对他所从事的事业。这使他一辈子活得光明磊落，无愧无悔，令人钦羡！这也让我不禁想起文章开头引述的那一段禅宗故事。我觉得，曾先生本人便像那手捧"诚实之花"的佛家弟子，他将得到历史和社会所给予的最高奖赏和评价。

我想，当曾先生看到周有光老人为他题写的"良知未泯"四个大字时，一定会感到欣慰。

2015年2月20日
原载香港《橙新闻》和深圳《晶报》

周有光先生为曾彦修题词。

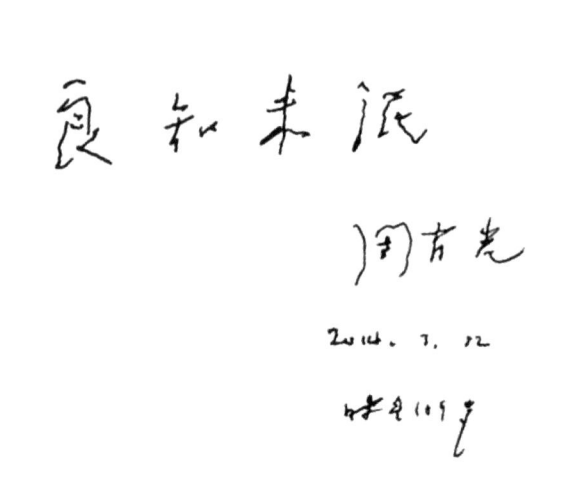

君子屠岸

一

与屠岸先生相识，因为他是我的领导。

1982年，我大学毕业被分配到人民文学出版社工作。那时他是这家出版社的常务副总编辑。一年以后，社长严文井退休，总编辑韦君宜改任社长，屠岸便接任总编辑，同时兼党委书记。社领导分工，韦君宜坚持要退居二线，由屠岸主持日常工作。所以，屠岸实际上就成了出版社的"老板"。

说他是"老板"，但他看起来一点也不像。见过他的人，都会一眼认定他是个温文尔雅的谦谦君子。人文社是高级知识分子成堆的地方，

屠岸先生

但是在众多知识分子之中,屠岸尤显风度翩翩,一向是以儒雅著称的。与人交往,他永远面带和善的微笑,目光炯炯,神情专注,时时显示出对人的关切,使人如坐春风。对我们这些刚出校门的年轻人来说,遇到这样君子式的老板,不需交往,就有几分亲近的感觉。

最初我只知道他是翻译家,而且功夫很"硬"。因为我父亲是清华大学外文系教授,对翻译界的情况很熟,他告诉我50年代他就知道屠岸,读过他翻译的《莎士比亚十四行诗》。父亲说,在英文中,莎士比亚作品较一般文学作品难译,因为它已然是古英语;而莎士比亚的十四行诗,又因为使用了古音韵和极其严格的格律,就更加难译。这是一般翻译家不敢涉足的领域。屠岸能做系统的莎诗翻译,至少说明他的英文和中文都是一流的。

对屠岸这方面的天赋和成就,出版社里也常有人夸赞。那时人文社的编辑部藏龙卧虎,名声显赫的大家学者可以数出一长串名字,真可谓谈笑有鸿儒,往来无白丁。我们初来乍到的小编,最爱听的就是老编们那些牛人牛事。

说到韦君宜,大家津津乐道的是她两次"勇闯中南海",为莫应丰的《将军吟》和张洁的《沉重的翅膀》这两部打破当时思想禁锢的长篇小说创造出版条件,最终这两部小说都获得中国当代小说的最高奖励"茅盾文学奖"。

说到聂绀弩,大家尤其爱说他的豪放不羁和特立独行。他的作品《散宜生诗》出版之前,胡乔木主动表示要为他作序,称他的诗是"作者以热血和微笑留给我们的一株奇花",而他还不太买账,好像老大不情愿的样子。

说到牛汉，大家常讲一个细节，就是1955年他被作为胡风集团骨干分子第一个被逮捕。那天他刚打完球，在单位院子里被带上警车，手表和钢笔放在办公桌上都不准取回。但牛汉拒不认罪，始终不肯在逮捕证上签字。

至于说到屠岸，大家时常提起的，是他和郭沫若叫板的事。50年代，郭沫若根据英译本翻译了波斯诗人奥马尔·哈亚姆的《鲁拜集》，在人文社出版后，屠岸发现其中有些地方有硬伤，是误译，便去信商榷。一次与郭偶然相遇，又当面质疑。最后郭迫不得已，给编辑部写信说："我承认屠岸同志的英文程度比我高……"

但后来我才知道，屠岸不仅仅是翻译家。和人文社众多老专家相比，屠岸的特点恰恰在于既博又专。他自称是一只"三脚猫"，意即能作诗，能翻译，还能写文学评论。其实他自己也忘记了，他还有第四只脚，能从事绘画创作。前几年，中国现代文学馆为六位"边写边画"的作家举办了一次"六人画展"，屠岸便是参展者之一。所以说，多才多艺才是他的真实写照。

不过对我来说，屠岸首先是编辑出版家。他和韦君宜，以及几位曾对我耳提面命的老编，对我走上编辑道路，可谓启蒙开悟之师。

那时出版社非常重视青年编辑的培养。在我入行的最初几年，韦君宜、屠岸等老编辑都曾为我们讲课，或者举办青年编辑座谈会。韦君宜讲当编辑第一不要想赚钱，第二不要想当官的话对我如醍醐灌顶，而屠岸谈到的一些理念和观点，也都令我永生不忘。

我记得，那时王蒙在《读书》上发表文章，谈当代作家的"非学者化"倾向，主张作家要读书，要治学。屠岸便对我们讲，编辑也要学者化。腹中空空的编辑是无法编好书的。他强调，编辑的作用不是把书印出来，而是要帮助作者提高图书的质量。如果编辑只做一个"二传手"，把作者的稿子直接送到排版厂，那么出版社就该关门大吉了。

  他还说，编辑既要自信，又要不自信。要自信是为了积极地和作者商榷，帮助作者改稿；不要自信是为了避免自以为是。他举的一些例子我至今记得。比如孙犁在《荷花淀》里，用"藕断丝连"一词形容抗日游击队员的妻子思念丈夫的心情，编辑擅自改成了"牵肠挂肚"。屠岸认为，尽管编辑修改的用词是准确的、妥帖的，改得很好，但是作者不接受，认为这一下扯上了"肠子肚子"，难听，还为此发了脾气。所以还是得尊重作者的意见改回来。他还说到老编辑龙世辉费了九牛二虎之力，几乎将《林海雪原》从头写过，使这部作品成为名著，但是再版时，龙根据当时读者的反映，在没征求作者意见的情况下，将少剑波和小白鸽的爱情故事删减了一些，引起作者不悦，龙世辉只得道歉。所以屠岸提醒编辑们，一定不要自作主张地擅改书稿，即使你的意见是正确的，也要先征求作者同意后再下笔。他还作出一条规定，就是编辑的修改意见要用"贴条子"的方式反馈给作者。

屠岸和作者在屠岸先生画展上（2014年春）。

他的这些观点，几十年来我一直牢牢谨记。近年来我在大学讲编辑学课程，也写编辑学著作，每每谈到编辑拿到一本书稿，一定要为它增加附加值，使它带上"我"的印记，体现"我"与众不同的创新。这种想法，就是从屠岸反对编辑做"二传手"的观点中脱胎而来的。再如，我强调编辑改稿，只解决"信"与"达"的问题，也就是准不准确和通不通顺的问题，不解决"雅"的问题，因为"雅"的标准因人而异，无法统一。这个看法，也是受了屠岸关于编辑不要过分自信的观点影响。

当然，屠岸先生对我的影响，更根本的一条，是他打开了我走上编辑之路的大门。

我到人文社工作以后，按惯例，先与同来的5个大学生一起做了将近一年的校对，这也算是接受专业培训。培训期满，社里需要为我们分配编辑部门，由于6人中只有我是党员，而出版社的人事处当时急需用人，就决定把我留下当人事政工干部。我极不情愿，但是看到人事处长紧绷的脸，不敢去求情。须知，那时人们组织观念很强，而人事部门的权力也极大，他们一旦决定的事，通常没什么可商量。你不服从，注定碰钉子不说，弄不好还要挨批。可是我的确不能接受这个现实，考虑再三，决定去找屠岸。虽然当时我和屠岸不熟，甚至不能确认他是否记得我的名字，但因为他的形象给我一种亲和力，使我有勇气去向他申诉。

一天吃午饭时，我见屠岸在大食堂里独坐一桌，就端着碗凑过去。他很客气地让我坐下，与我闲谈。我对他说，自己遇到了人生重大问题，请他帮忙。他很诧异，询问究竟，我说明了缘由。我说自己来出版社，就是为了做编辑而来，可现在一天都没有做就要改行，我不甘心。我说我知道在人文社当编辑不容易，大学毕业时，我的老师陆耀东先生听说我被分配到人文社，特地把我找去当面嘱咐，要求我一定谨慎和努力。我说请他相信，我有自知之明，如果三年之内我发现自己不能成为一个好编辑，我会主动选择去做人事政工干部。但现在的问题是，我希望他能给我一个尝试做编辑的机会，做得如何请他考验我。

屠岸放下了筷子，两眼一直盯着我，神情专注地听我讲完。最后，他伸出一个手指，说了四个字"一言为定"，顿时令我心花怒放。现在想来，就是这四个字，决定了我一生的道路。

这件事，使我感受到了屠岸的民主作风和礼贤下士的君子风度。或许是因为这次谈话也给他留下了印象，此后多年，我觉得他对我也一直比较关注，可能真是在考验我。好在我当编辑，一上手就做得认真努力，所以他对我也是鼓励为主。例如有一次，我在会议上汇报自己正在编辑一本文学史著作，为了判断书稿质量并协助作者修改，我到图书馆找来五六种其他作者的文学史著作进行对比阅读和研究。屠岸听了，立即表态说我做编辑的路子是对的。不久，社里召开青年编辑座谈会，他便点名让我在会上交流经验，这给了我很多自信。后来，我自己学着老编辑的模样，"一手编，一手写"，在社里的几个刊物上发表了一些文章，屠岸看到了，也写信或打电话鼓励我多写。再往后，我做了主管文艺理论出版的编辑室主任，屠岸便把我当作专业人士，他写了理论文章也寄来征求我的意见，还写信嘱咐我发现问题一定要"不吝指正"，替他"把好关"。其实，他本人早在50年代就已然是文艺批评家了。他的资历和水平，都是可以给我的老师当老师的！

另有件事，令我感动不已。那是1986年初，我忽然持续发烧，一个月不止。转了几家医院，最后确诊为乙型肝炎。此病在当时属疑难病症，不仅传染性强，而且难以根治。因此我只能脱离工作，回家静养，同时精神极度悲观颓唐。不几日，忽然接到一封来信，用的是人文社的信封。拆开一看，竟然是屠岸写来的。信中他鼓励我既来之则安之，嘱我安心养病，还以他年轻时患肺结核的经历现身说法，要我和疾病作斗争。信写得很长，感情充沛，语气诚恳，完全不像是上级对下级、长辈对晚辈在讲话，倒像是老朋友在和你谈心。要知道，在当时，我仅仅是一个刚刚在编辑部工作三年的青年编辑，而屠岸却是日理万机的出版社主要领导人，而且差不多比我年长30岁！更加让我惭愧的是，我在患病前已经得知，屠岸多年前已治愈的焦虑症最近复发了，严重影响了他的睡眠和休息，但他还在坚持工作，有时带着一脸疲态，拖着摇摇晃晃的脚步来上班，其情状使同事们感到忧虑。对于这样一位令我敬重的老领导，我并没有说一句话或写几个字去慰问他，却先接到了他寄来的慰问信。

捧着屠岸的信，我泪流满面。

二

有人评价屠岸先生这一生，是"被自己的美德耽误了"。

我觉得，此说法颇有道理。屠岸的美德就在于，他并非那种所谓的正人君子，但他既是正人，又是君子。如果他不是一向正直敢言说真话,他便不会在历次政治运动中受牵连,从而"进步"可能快些;如果他不是习惯于低调做人,不是永远在人前谦虚和礼让,换句话说,如果他不是那么君子气十足,以他的才能和水平,他或许可以担任更高的职务,享有更高的名望。

他生于1923年,1946年加入中共地下党,也算是老革命了。作为诗人,他13岁即开始写作,早早就发表作品,40年代已小有名气;作为翻译家,他17岁开始译英文诗,1950年已经在国内出版了莎士比亚十四行诗的第一个中文全译本;作为文学评论家,50年代他担任《戏剧报》编委兼编辑部主任,撰写过不少理论文章,有时还要为报纸写社评。按理说,他政治上可靠,业务上过硬,有这样好的条件,应该是前程似锦,一切都顺风顺水。

然而他的路并不平坦。1955年,他因受胡风集团案牵连受审查,被撤销党内职务,经多次检查勉强过关;1957年,他在"大鸣大放"中直言批评一些党员干部不懂文艺,作风粗暴,主张领导干部要由民选产生,再报上级党委批准,这种言论在当时实属"极右",他遭到猛烈批判后,才在田汉等人的保护下侥幸过关;1966年"文革"来了,

"文革"期间,屠岸与家人合影。

244

他因为在1957年发表过"大量的、系统的"反动言论，被认为是"浸透了资产阶级灵魂的知识分子"和"政治上反动"的"漏网右派"，于是又被批被斗。这一路，近20年时间，可以说是磕磕绊绊，跌跌撞撞。

更加令他不堪忍受的其实还不是自己挨整。他是一个崇尚本真、单纯善良的文人，但政治运动来了，有时真话不能说，却不得不说些违心的话；他是一个被自己的儿女戏称为"东郭先生"、内心柔软到走路都怕踩死蚂蚁的人，但在政治运动中有时也难免会伤害到他人。他发现，这种运动就是一架绞肉机，自己在其中向左向右都难以招架，因为在挨整的同时，也要揭发批判别人，这是运动的游戏规则。屠岸实在无法适应这种生存环境，不堪忍受精神折磨，于是从1955年起便患上了焦虑症。

"文革"中被抄家和批斗以后，在焦虑状态下，他想过自杀。对现实的绝望，使他认为死亡是美好、亲切和甜蜜的。他设计了跳楼、投河等几种方案，经过比较后，他决定上吊。绳子挂起来，脖子已经进了绳套，危急时刻，是小女儿惊异的眼神阻止了他的最后一蹬。

"文革"过去了，屠岸已是身心备受摧残。他以善意的包容之心，原谅了那些在历次运动中整过他的人，却不能原谅自己说过的一些错话。比如他也曾在会上发言，批判过几位同事和领导。他抱着忏悔的心情，真诚地给那些人道歉，这原本并非必需，因为他所做的在当时每个人都做过，实属常态。所以，有时他去给人家道歉，人家会莫名其妙，不记得发生过什么。但他总是痛切地自责，特别是对于曾经有恩于他的田汉先生，在"文革"期间含冤而逝，使他没有机会当面道歉,令他遗憾终生。其实,在大家都信口开河胡乱上纲地批判田汉的时候,他认真研究了田汉的思想,准备了批判发言,还曾经得到田汉的表扬,说是"孺子可教"呢。

他就是这样一个诚恳的人,从良知出发,律己极严。这也便注定了他淡泊名利的人生态度。在个人利益方面,他的谦让故事,一直被我们这些人文社的老同事传为佳话。甚至,我们都有些为他抱屈呢。大家都了解,他"文革"后期调入人民文学出版社,当了多年的编辑室主任,他的副手、编辑室副主任反倒先被提拔为副总编,而他坦然接受,全不在意;后来,领导选择他做总编辑时,他又百般推辞,一再说自己难以胜任;评职称时,几位副总编都在第一时间评上编审,可作为总编辑的他却放弃参评,还说这样便于对那些牢骚满腹的群众做思想工作。他的住房,至今仍是50年前他在《戏剧报》工作时单位分配的破旧楼房,按国家规定的干部待遇标准,面积也远未达标。后来的人文社领导无一例外都比他住得大、住得好,但是他从来也没有到出版社争过房子。他曾仿刘禹锡风格,为自己的家戏作一篇《斗室铭》:

屠岸与诗人曾卓(左)和绿原(右)

室不在大，有书则香。人不在名，唯德可仰。斯是斗室，唯吾独享。隶篆依次立，水墨笼三墙。谈笑有知己，往来无大亨（读沪音hang）。可以阅莎士，听萧邦。无声色犬马之累，无追名逐利之忙。京都老虎尾，海上缘缘堂。竖子曰：彼此彼此。

诗中以鲁迅北京故居中加盖的"老虎尾"和丰子恺早期在上海的简易宿舍"缘缘堂"自况，极言斗室书香自得其乐之情，这境界和心态，令人景仰。

尽管屠岸凡事谦让，颇有与世无争的姿态，但领导还是赏识他的才干，将他推上了人文社总编辑的岗位。那几年，我们看到他整天忙上忙下，应付头绪纷繁的事务，却也颇为尽职尽责。他的一身君子气，使他不仅善于团结同事，而且善于识人用人，发挥编辑们的创造力。要知道，此时期正逢改革开放兴起，思想解放运动蓬勃开展，而文学，恰是这场思想解放运动的急先锋。在屠岸主政之下，人文社出版了大量有影响力的文学作品，关注现实，启迪人生，引领社会潮流，从而促进了社会变革。

但是繁难的事务也让他焦头烂额。他觉得这个"官"不好当。选题要创新，业务要开展，出版社既要管理又要经营，责任重大。此外，更为棘手的问题在两个方面：一是必须时时小心谨慎，防止政治上"触雷"；二是需要应对改革时代不断生发的各种新的人际矛盾。

有件小事很能说明当时的境况和屠岸的性格。

我记得，人文社第一次以"奖勤罚懒"的名义发奖金是在1984年底。社里年度人均奖金的标准是73元，要求各部门拉开档次发放，不准吃"大锅饭"。当时我刚任理论编辑组负责人，给组里的6名同事分奖金，设了3个档次，为78元、73元、68元。一位老同事因为患病，一年中病假占去了几个月，我据此给他低档奖金68元。因为那时大家对这种不平均的分配还不能适应，所以此事让我费尽了口舌去解释，也仍然难免误会。由此我便深知，涉及同事个人切身利益的事情，难办。

此时屠岸主持出版社工作，这个看起来微不足道的改革举动，也给他惹了不小的麻烦。由于打破了那么一点点的平均主义，把奖金拉开了5元钱的档次，便有少拿了奖金的同事到屠岸那里去论理，占用他不少精力和时间。屠岸是彬彬君子，或者说是一介书生，平常最怕被这种说不清道理的事情纠缠，可到了这时，化解矛盾成了他的责任，便使他狼狈之极。我曾听说，为了这5元钱，有一位中年女同事对他说了又说，磨了又磨，直说到他眼皮打架，疲惫不堪，身体几乎要倒在座椅里。最后，屠岸伸手从自己衣袋里摸出5元钱，说："这是我的奖金，你拿去吧。"那女同事才不好意思地悻悻而去。

这一时期，除了一大堆杂事、琐事搞得他心力交瘁以外，"防止政治上'触雷'"的责任也让他不堪重负。先是清除精神污染，再是批人道主义和"异化论"，每每出版界都首当其冲。屠岸作为人文社掌门人，不免要在会上说些照本宣科的话，内心却充满困惑和不解。最终，精神压力使他有些撑不住了。我记得1985年，有一次在出版社的楼道里，我看到他脸色蜡黄，便询问何故。他说是因为失眠，告诉我近来夜夜难眠，常常睁眼到天明；即使成眠，也是接连噩梦，梦境通常是复现"文革"场景，醒来大汗淋漓。这时我意识到，他的焦虑症又复发了。

1986年6月，屠岸身在病中，请求离职，并获得批准。

对此，他强调自己早就说过，"在舞台上跳舞时，灯光照着我，我可以跳单人舞，但是如果满台都是灯光，我就晕了。"意思是说，自己不适合做总编辑，不能担太大的责任。不过我觉得，屠岸旧疾复发，主要不是因为"满台灯光"的照耀，而是再一次进入了"因政治而惊心，因政治而违心"的环境之故。

三

我的书柜里，并排摆放着多种屠岸先生赠我的诗集，有著作，也有译作。

我知道，如果在编辑家、出版家、文学评论家、翻译家、诗人等众多选项中，让屠岸选择一个他本人最为看重的称谓，那一定是"诗人"。但是他却不给自己挂上诗人的头衔，退休后，他重新印制了名片，只写自己是诗爱者、诗作者、诗译者。他认为"诗人"的称号是神圣的，是至高无上的，自己还不够。

然而，在我看来，他是天生的诗人，或者说，他简直是为诗而生的人。

从儿时跟着母亲用常州读音"像唱山歌一样"诵读《唐诗三百首》开始，一直到进入耄耋之年，他依然保有丰沛的诗情，创作力分毫不减而佳作频出，他这辈子可谓与诗歌结下不解之缘。他自称"平生不识烟茶酒，只有诗魔伴我眠"，那种专注，那种虔诚，那种痴迷，在当今文坛恐怕无出其右。

他13岁开始写诗,上高中时迷上了英文诗,便把功课放在一边,沉浸于创作半通不通的英文诗。为此弄得昏天黑地,如痴如醉,竟然边走路边作诗,因为冥思苦想合乎格律的英文单词,曾两次撞到路边的树干上。

他也曾在半夜里充满激情地高声朗诵自己的诗作,读到"天地坛起火了"一句,不仅惊醒了隔壁邻人,还引起了一场虚惊,邻人自此将他称为"诗呆子"。

他还有个外号叫"尤里卡"。这三个字来源是阿基米德在浴缸里发现了物体的体积和重量的关系后狂呼的一句话(意即"我知道了")。那次是屠岸到理发店理发,心中默念济慈的诗歌,忽然头脑中灵光一闪,他有所顿悟,弄清了百思不得其解的一句诗句的真谛,兴奋中猛地从座椅上站起来,大呼"好诗!"这一举动把理发师傅惊得目瞪口呆。此事传开去,他便成了"尤里卡"。

他与诗有缘,与他有缘的人也便爱诗。他的终身伴侣章妙英曾写过这样的诗作:"早岁识君诗,清新如其人。嫁人还嫁诗?白首犹未明。"

于是屠岸带着老伴皓首穷诗。不仅如此,他们全家三代十几口人,在他影响下也都是爱诗人。我想,如果中国举行"文学之家"的评选活动,那么屠岸的家庭注定会榜上有名。他以外孙"晨笛"的名字命名了一个"晨笛家庭诗会",从2003年起每逢周末或节假日举行活动,连续坚持数年。这种形式的家庭聚会,至少对我,是闻所未闻的。我曾询问参加过这个家庭诗会的朋友,他们告诉我,千万不要望文生义,以为这种聚会只是诗歌朗诵而已,他们的活动专业水准蛮高。尽管开始创办时，他们只是随性而至，朗读、分析和评点中国古典诗歌，但后来兼及中外诗歌名作，探讨问题的领域便拓宽了许多，再往后诗会干脆进入了学术研讨层面，要求每一场都有重点、有专题，有人专门做主讲。从鲁迅、徐志摩、郁达夫、戴望舒，到艾青、田间、臧克家、鲁黎，一直到莎士比亚和济慈，都曾是专题的内容，全家人轮流上阵，俨然个个是专家，人人有心得。当然，屠岸在其中的贡献尤大，作用突出，特别是他以"常州吟诵"的方式朗读中国古典诗词，更是诗会中必不可少的保留节目。须知，"常州吟诵"今天已被列入国家级非物质文化遗产，而屠岸和赵元任、周有光一起，被作为这项遗产的三位"代表性传人"呢。

如果要客观地评价屠岸的诗歌成就，那么有人说他是中国新诗史上连绵不绝的高峰中的一座，绝非溢美之词。我相信，取得这样的成就，得益于他的左右开弓，连创作带翻译，使两者齐头并进又互补互利。在这方面，他有点像冯至和穆旦。翻译为他的诗歌创作带来了丰富的精神养料和风格上的深刻影响，而创作又为他的诗歌翻译训练和积累了艺术表达技巧。两者相得益彰如此，堪令一般诗人羡慕。

他欣赏英国诗人的作品，经他翻译的《莎士比亚十四行诗》和《济慈诗选》已经成为行内称道的名著名译，后者曾获得鲁迅文学翻译奖，而他编选和翻译的《英国历代诗歌选》上下册，则是研习英国文学的必备之书，他也因此被称为英诗翻译的集大成者。

创作上他也收获颇丰，出版个人诗集多种，如《萱荫阁诗抄》《哑歌人的自白》《爱诗者的自白》《屠岸短诗选》《深秋有如初春》《幻想交响曲》《晚歌如水》等。这些创作贯穿他的一生，体现着他对真的探索，对善的渴望和对美的执着而不懈的追求，因此他被称为诗坛一株当之无愧的"世纪之树"。作为学者化的诗人和中西合璧的诗风倡导者，他对中国诗坛产生了重要影响，做出了独特贡献。特别是他创作的《屠岸十四行诗》，备受当代诗坛推崇，老诗人牛汉就曾对我谈起屠岸在这种文体上的创造值得重视。因为他的尝试不仅在国内具有开拓性，而且对于中国新诗与西方艺术形式的融合，对于促进中西诗歌艺术的对话和交流，都做出了极为宝贵的努力。

如果要问屠岸，作为爱诗人，他在古今中外灿若群星的诗人中对谁情有独钟？他一定会说，是英国浪漫派诗人济慈。这中间的原因，除了诗人精神气质、思想情怀和艺术风格的吸引以外，还有一点人们意想不到，那是一个不幸的巧合。屠岸曾经在一封信中与我谈心，告诉我，他和济慈都在22岁时染上了难以治愈的肺结核，济慈死于25岁，他也曾认为自己活不到26岁。因此他对济慈抱有一种特殊而奇异的感情，把济慈当成自己异国异代的冥中知己。他时时感觉自己与济慈心灵相通，济慈的诗他百读不厌，可以一直读到热泪盈眶、声音哽咽。对济慈的崇拜和神往，曾经是他的精神支柱。在"文革"中劳改住牛棚的日子，在精神备受摧残的时刻，在生活几乎失去信心的当口，他茫然无所依靠，然而他心中有济慈，就有了温暖。苦闷中，他一遍一遍默默背诵济慈的名诗《夜莺颂》《希腊古瓮颂》《秋颂》，这让他昏暗的内心照进了一缕阳光，重新获得了生活的勇气。所以说，济慈的诗，曾拯救他走出深渊。

同样，诗歌也帮助他从身心疾患中获得解脱。焦虑症使他长期失眠，他为此看遍了中医和西医，都得不到有效医治。不堪忍受之际，无奈无助之时,他尝试睡前背诗,以此缓解情绪的紧张,安神助眠。每晚躺在床上,他都在心中默念杜甫的《北征》《秋兴八首》,白居易的《琵琶行》《长恨歌》,或者莎士比亚、济慈的英文诗,此法颇为灵验,使他渐渐能进入梦乡。于是,这个习惯他保持了几十年,故而才有"诗魔伴我眠"之说。

如此说来,屠岸可谓一生受益于诗歌。所以到了晚年,他对自己作总结说:"我没有加入任何宗教,但诗歌是我的宗教。"他又说,"我不能放下手中的笔,我仍在路上。"而且,时至今日,"还有一点疯,那就是,继续向前,一头撞去!绝不回头,绝不气馁!"

我以为,能够以如此决绝的态度献身诗歌的人,注定是对生活至诚至爱的人,因而他的人生,也注定是充满诗意的人生。

四

我对屠岸先生的了解,是在离开人文社以后才进一步加深的。

1996年底,我到香港三联书店任职。1999年夏天,屠岸率领"中国作家协会诗人访问团"赴台访问。行前,他给我打了电话,说访问团途经香港,希望在此逗留三天,问我能否接待。

我为他们安排了住处和在港的日程。我知道屠岸年轻时曾到访香港,对当年一些景况留下过深刻印象,如今怀旧情结很重,便问他是否愿意多走走,多看看。他那时76岁,焦虑症已痊愈,他说自己因为曾被切除一叶肺,故走路不能太快,但体力尚好,去哪里都没问题。于是我用了两三天时间,陪同他旧地重游,到了太平山、尖沙咀、黄大仙、浅水湾等景点。

我们边游边谈,从早到晚,海阔天空,无话不说。这是我第一次与他长时间面对面地敞开心扉交流思想,于是他给我的印象,便不再是原先那样观念保守、言辞拘谨的出版社领导,而是思想活跃敏锐、善于独立思考的文人学者。我们谈到了几十年来思想界的各种争论,当代文学史上的各种是非,也谈到了当前出版界遇到的各种问题。当然更多的,还是讨论人文社应该如何出好书。屠岸虽然离休多年,但是对于这家出版社,他一往情深。

在谈话中,屠岸的思想观念既开放又不失原则性,令我信服。例如我说到,前几年,人文社有编辑提出策划,要出版张爱玲的小说《倾城之恋》,社里便有一种反对意见,说这是"汉奸文学",不能出。屠岸说,这就过分了,胡兰成是汉奸,不等于张爱玲也是。但是张爱玲能爱上汉奸,说明她缺少民族意识和爱国情操,对这个人的品格是可以质疑的,不过不能把她的作品当作汉奸文学否定掉。他同时还提到周作人,认为周的书也是应该出版的,不过不宜捧得太高,因为此人不但是日本侵略者的顺民和奴才,而且还是帮凶,对中华民族是有罪的,现在有些人把他捧得和鲁迅一样高大,是不分是非。对此我也有同感。但我告诉他,人文社也有一些相反的极端例子,比如当年未经与林语堂家人联系,就安排出版了林的小说《红牡丹》,后来林的女儿从美国归来,闻知此事,向人文社索要稿费,社里竟然有一种观点表示:"不给她!资产阶级反动文人,要什么稿费?"屠岸听了哈哈大笑,说看来做出版要掌握政策,左了右了都会闹笑话。

讲到80年代的一些文坛旧事,我印象很深的是他提到当时意识形态领域的一位领导人。他认为此人作为党内权威理论家，一直是很有水平的。改革开放之初，此人也呼唤思想解放，对促进学术发展和文艺繁荣起了重要作用。但是后来，从清除精神污染和批人道主义、异化问题开始，此人又压制不同意见，批这批那，惟我独左，这便遭人反感。所以屠岸很敬佩老友牛汉，在一次获奖后，颁奖仪式安排这位理论家为牛汉颁奖，但牛扭过脸去，拒绝和此人握手。

屠岸顺带还讲到70年代中期的一个小故事。那时人文社地位很高，中南海里面举办文艺问题报告会，屠岸作为出版社编辑室主任，也被通知去听会。会上，江青、张春桥、姚文元等都坐在主席台上，上面提到的这位权威理论家也在前排听众席就座，从这位置判断，想来是已被"解放"，但还没有官复原职。报告中间休息十几分钟，大家都走出会场，只有少数人留在屋内。这时，屠岸看到这位理论家走到主席台前，迎着即将出门的江青，与之攀谈。谈了一会儿，只见理论家与江青握手微笑，然后退出屋外。屠岸注意到，理论家不是转身向外走，而是一脸陪笑，一步一步倒退着走到屋外的。于是便想，以这位理论家的革命资历和理论水平，他根本不必对江青如此谦卑呀。

屠岸告诉我，从这一个细节，他了解了这位权威理论家的性格。

他还谈了很多，关于他自己、关于他的家庭、关于诗等等，很多故事，很多观点，对于我都非常亲切和新鲜，有时我会听得入迷。这时我发现，他是一个特别容易亲近的人，全无领导和前辈的架子，而且很善于和年轻人交朋友。他所率领的诗人代表团，除了他本人以外，十几个人都是30岁左右的年轻人。但屠岸完全和他们融成一片，一路欢歌笑语，开心至极。

这次香港之行,也给屠岸留下了美好的回忆。此后,他常常与我通信,每每忆及香港三日的点点滴滴。每到春节,他都会寄来精美的贺卡,内中总是夹着他充满深情厚谊的信件。也许是因为香港之行也让他对我增加了了解,他的来信常会问及我何时调回北京工作,表示人文社需要我这样在香港的市场经济环境中锻炼过的编辑人才。我回信曾表示,会尽早考虑回京。

后来人文社社长聂震宁告诉我,屠岸曾经到新闻出版总署,向总署领导推荐我,希望我能回京参加人文社领导班子的工作。我听了,心里涌起一片感动。

因为香港方面也表示挽留,我回京的事情拖了几年。

2001年春节过后,我收到屠岸的一封信,信封鼓鼓的。我拆开,发现里面除了屠岸写满三页纸的信件以外,还有一份复印件,细看才知道,这竟然是1986年3月我患肝炎时写给屠岸先生的复信。前面

屠岸寄回的信件复印件中的一页

256

说过，他当时给我的慰问信令我泪流满面。接信后我立即复函一封，与他交流我病中的感想。没想到我这个青年编辑的信竟然被他收藏了15年，而且在今天复印寄回给我！

我注意到，这封信上有三处屠岸的笔迹：一是我原信写道，我需要结识更多作家，"结识"错写成了"接识"，被他按照编辑习惯顺手改出；二是我在信末特地注明，我的肝病可能没有脱离传染期，所以这封信请他看过速速销毁，而屠岸在旁边加了一句批语："已在阳光下暴晒三小时，不毁了！"第三处笔迹更令我汗颜，那是屠岸在我的一段话下面，用粗壮的红铅笔画了杠杠。我那段话，是在当时患病不能工作的状态下说的：

我越来越感到，我离不开文学出版社，离不开那份我曾经常常抱怨的工作，离不开那一大堆退不了也发不成、给我们找了无数麻烦的书稿。我真希望早点上班去呀！

我知道，他想用这段话提醒我，要兑现前言呀。我顿时感到羞愧难当。

根据组织上的安排，2005年初我回到北京，在生活·读书·新知三联书店任职。我仍然常与屠岸先生联系，有时也会专程去看望他。作为编辑，我很想为他做一点什么，但是三联很少出版文学类图书，诗歌更是基本不出，故与他合作的机会较少。2008年，作家李晋西和何启治在整理出版了牛汉的口述回忆录《我仍在苦苦跋涉》以后，提出要为屠岸也编撰一本，与我商量，我们一拍即合。

屠岸一生的经历实在太丰富了。李、何二人到他家里为他做口述录音，每天7个小时，大约录了11天，故事仍未讲完。然后，他们又阅读了屠岸上百万字的日记。在此基础上编撰的回忆录书稿，往桌上一摆，厚厚一大摞，将近40万字。李晋西问我有何意见。我表示，这本回忆录属于一套丛书，丛书的体例要求字数控制在30万左右为宜。

于是屠岸便亲自做删改。一方面核查史料，纠正讹误，一方面压缩内容，删减篇幅，将书稿删去5万多字。再交稿时我们一看，他略去的大多是对自己个人经历的记述，而将那些回忆友人和文坛历史的文字尽量保留。结果一本个人回忆录，写别人的文字差不多占了三分之一到一半。他强调，这本书是要留给历史的，对于历史，书中涉及的那些文坛和学界名家，比他自己更重要。他那谦虚的态度，克己的性格，使他固执地坚持己见，一定要按照这样的修改定稿。见到他如此处理文字，我感到颇有些后悔。

《生正逢时：屠岸自述》封面

出版前，他把书名定为《生正逢时》，这显然是受了吴祖光的影响。吴祖光一生经历坎坷，历受磨难，到了晚年，有人说他"生不逢时"，他却一定要说自己是"生正逢时"，每每给人题字，必写这四个字，故而很多人包括我的家里，都有幸收藏了他这四字墨宝。屠岸觉得，这四个字也道出了他的心声，由于经历了这样历史变迁的时代，度过了这样沧桑的人生，对一个人来说，也的确是积累了与众不同的阅历，可以说是一笔财富。我想起90年代我在人文社做编辑，曾出版过命运多舛的老画家彦涵的传记，传主执意要将书名定为《感谢苦难》，其中的含义，大概与屠岸采用"生正逢时"为书名之意相类似。我以为，无论是吴祖光、彦涵还是屠岸，他们能以如此达观的态度看待自己辛酸与甘甜参半的人生，本身就表明他们是真正意义上的生活强者。

《生正逢时》出版之后，中国作家协会举办了一个作品研讨会，许多文艺界领导和前辈作家到会向屠岸表示祝贺。大家交口称赞屠岸的道德文章，尤其推崇他的为人和品格，景仰他的君子风范。我代表三联书店发言，在高度评价这本书所独具的价值之后，谈到了自己的一个遗憾，就是此书出版前被删掉了5万多字，其中有很多难得的珍贵史料。我为此郑重地向屠岸先生道歉，说了声"对不起"。我讲完后，当场有人发言，批评我们以字数要求删去书稿内容是"削足适履"。我自知理亏，也不再解释和辩驳。但屠岸却微笑对我表示，此事他能够理解，并不介意，显示出他一如既往的雍容大度。

我心里想，屠岸，真君子也！

2016年2月16日—20日

遥望南天悼蓝公

11月27日清晨,寒风中接到香港三联李安的电话。哭泣的声音告诉我一个噩耗,蓝真先生刚刚走了。我顿觉天地失色,泪水夺眶而出。实在没有想到,这么快。

刚刚给他庆祝过90大寿,两个月前刚到香港去看望过他。他身体一向健朗,89岁时还可以每天游泳1000米。这一次,他因肺炎进了重症监护室,大家以为他能挺过来,谁知竟应了古话"老健,不可恃",而留给我们永久的遗憾和怀念。

我与蓝公有一份特殊的感情。这是因为蓝公于我,堪比恩师。这样说,并非我自命私淑弟子,即使在人前,蓝公也是愿意承认我这个徒弟的。

其实,我与蓝公相识较晚,1996年我到香港工作时,蓝公已经退

蓝真先生

休多年，但他知我到来，定要请我吃饭。我当时不明就里，以为只是一般的应酬，其实，这大概就是蓝公对我的一次面试。吃饭时，他简单地问我编过什么书，认识什么人，然后告诉我，在香港做出版要尽快熟悉香港，进入角色。老人和蔼，慈祥，没有一点官气和架子，但是直觉让你感到，此公并非凡人。于是我回到三联连忙"补课"，了解蓝公的人生故事，方才知道他早年参加广东韩江纵队抗战打游击，继而转入生活书店，亲历1948年三联在香港合并盛会，25岁后主持香港三联书店，长期为香港中资出版界主要领导人。现在他虽然退休，却仍然是香港三联的精神导师，其地位和范用先生在北京三联相似。

后来，刘再复先生不止一次地对我说，他太喜欢蓝真先生了，因为蓝真先生像极了范用。我想，大概是因为这两位老人，一南一北，都代表了三联人的品格和风骨，都同样富有激情与信仰，也都同样以毕生的精力和情感呵护着三联。范用直到去世前两年，还每个月都到三联来坐坐，和老三联同事们聚聚会；蓝公退休27年，他的心一天也没有离开，喜三联所喜，忧三联所忧。有人调侃说，蓝公最喜欢到三联开会，讲话。理解他的人都知道，三联是他的亲儿子，虽已成年，焉能不加管教？

我在香港工作8年，给我教诲最多的就是蓝公。其实那时我并不懂事，很少主动向他请示汇报什么，但是他却对三联，对我所做的事情，一举一动都了如指掌。三联出了一本好书，他会奔走相告，向老友推荐，广为宣传；也会给编辑诸多鼓励，帮助总结经验，以便再接再厉。有些书他认为价值不高，也会委婉地给我一些暗示，让我有所警惕。蓝公对于做出版要出好书的意识很强，而好书的标准，就是邹韬奋先生拟定的三联宗旨："暗示人生修养，唤起服务精神，力谋社会改造。"虽然我过去在北京已经做了十几年出版工作，自认为是个训练有素的编辑，也懂得要出好书，要出精品，但是真正树立出版理念，还是在认识蓝公以后。从蓝公身上，我更多地懂得了一个出版人要以图书参与现实。

其实蓝公的出版理念，除了来自韬奋先生以外，主要是来自廖公（承志）。1979年，廖公主管港台事务，请蓝公到家里做客。对于如何在香港开展中资出版，廖公讲了四句话：立足香港，依靠大陆，面向世界，沟通台湾。这四句话可谓振聋发聩，对三联等中资出版机构给予了准确定位。特别是"立足香港"四个字，令人茅塞顿开。香港三联书店就是从这时开始，改变以往以经营内地版图书为主的方针，加速发展原创出版物，特别是致力于本地化出版，逐渐变身为富有香港"本土"特色的出版机构。我加盟香港三联时，这方面已有显著成绩，但是蓝公依然提醒我，一定不要轻视香港题材，越是本地的，越是有特色的，越有价值。蓝公对三联这方面的选题极其关注，我作为总编辑都不清楚的事情，有时他会打电话告诉我。比如有一次他说："我刚刚做过统计，香港三联出版的香港本地题材的图书，已经达到450种了，大概在整个香港出版界可以排在第一位。"还有一次在聊天时，他对我说："所谓本地化，就是要表现出你们这家出版社对本地的重要性。现在香港三联出版本地题材的图书，覆盖了人文社科所有领域，有这么多品种，而且都是高质量的学术性和知识性读物。任何人要研究香港，都不能离开你们这些书，这样你们的重要性就显示出来了。"

蓝公对于廖公极其敬仰和推崇，他不止一次地谈起廖公对于"三中商"（三联、中华、商务）这三家老字号的定位，说他本人多年来一直在实践廖公的话，要我一定记牢。廖公说三联要"旗帜鲜明"，中华要"文史传家"，商务要"正襟危坐"。我听了有如醍醐灌顶，觉得廖公真是慧眼澄明，一语中的。我甚至认为，这三句话不仅是说给香港的"三中商"听的，对北京的"三中商"同样适用。拿三联来说，所谓"旗帜鲜明"不正是韬奋先生"力谋社会改造"的同义语吗？三联的传统，就是要关注社会现实，力倡思想启蒙，弘扬人文精神，传播思想智慧，这一切，都应当旗帜鲜明地反映在我们的出版物中。因此，我在香港工作期间，经常会有意识地组织一些针对或反映香港社会现实问题的出版物，比如2004年，为了释疑港人对《基本法》和中央政策的一些误解，我特地组织编辑了《邓小平论香港问题》在香港三联出版；我回北京工作后，发现有一段时间北京三联的选题中风花雪月的题材较多，钻学术象牙之塔的也不少，关注现实的著作比例偏低，便在编辑中呼吁三联一定要食人间烟火。此后我亲自参与或主持策划了傅高义的《邓小平时代》、于幼军的《求索民主政治》、吴敬琏的《直面大转型时代》等具有强烈现实关怀和人文关怀的图书，产生了很大的社会反响。这些，如果说取得了一定成绩，其实都来源于蓝公给予我的出版理念。

　　2004年底，我被上级机关调回内地。蓝公知我要走，很是不舍，他找到上级机关交涉，认为像我这样已经熟悉香港同时富有出版工作经验的人应该长期留下。无奈轮换制度不可改，我年限已到，必须离港。蓝公对我说，你若回京，别的单位不要去，就去北京三联。当时北京三联刚刚发生了一场人事地震，上任不久的总经理遭到中层干部联名反对，最终被免职。出版社今后的走向引起蓝公忧虑，他非常期望我能前去，助一臂之力。他打电话给范用先生，介绍我是他带出来的，可靠；又打电话给三联老同志联谊会会长曹健飞先生，告诉他，三联老同志的事情以后可以找我帮忙。我离开香港前夕，香港三联为欢送我举行了一个冷餐会，蓝公和萧滋先生（香港三联前任总经理）都赶来参加，热情洋溢的讲话之后，两位八十岁的老人要与我合影，一定要让我站在中间。我说："这样哪行？会折我的寿的。"但两位老人坚持说他们是来"站台"的，要"力挺"我，这次一定要例外。当时感动得我热泪盈眶。

我回北京时，原本有几个单位可以选择，有的职务高些，有的报酬多些，有的关系熟些。但是我听从蓝公的意愿，义无反顾地选择了北京三联，一直工作到退休。在这期间，蓝公几乎每年都要到北京来看望三联的老朋友，我总是随侍左右。我发现他对三联和三联人的感情，就是韬奋先生当年讲的那种"同志爱"，是无时无刻不表现出来的。前几年，他在我身边特意留下几千元钱，就是准备随时捐给有需要的三联人的。后来他听说我们要在韬奋先生家乡捐建图书馆，便让

香港三联欢送会上，前任总经理
萧滋先生（左）、蓝真先生（右）与作者合影。

我把这笔钱捐了出去。他心里一直关心三联人的团结,看到北京、上海、香港三联分作三处,彼此独立,鲜有往来,就建议我们把三家三联的力量凝聚起来,打造"大三联"。2010年,我们按照蓝公的意愿组织了京、沪、港三家三联的高峰会议,发表了关于维护三联品牌的"共同宣言",蓝公很开心,特地赶来参加会议,并发表了题为《团结就是力量》的讲话。他在讲话中告诉我们,1948年10月26日,生活、读书、新知三家书店在香港合并时,他作为见证人之一,曾经亲手为庆祝大会制作了一幅横幅,横幅上书写的正是"团结就是力量"几个大字。三联的事业兴旺发达,靠的就是团结。他的讲话充满激情,令在座的我们深为感慨。此后,蓝公又告诫我们,三家的合作不能停留在口头上,要有实体。于是我们商议由三家三联共同投资,成立了三联(国际)文化传播有限公司,我也勉为其难地兼任了公司的总经理。2013年,国家新闻出版广电总局批准恢复生活书店出版有限公司,由三联书店自行投资、自行管理。蓝公作为生活书店老前辈,兴奋异常,接连几次电话叮嘱我,"生活书店你要亲自管理,一定要开好头。"于是我在临近退休时又兼任生活书店总编辑,确定了这个"老传统,新机构"的编辑思路和出版定位,并尝试主持策划了该出版社的第一批选题,在一年里搞出了六七十种图书,有些书还反响不俗。看到我做这些事,别人都认为我是一个特别有激情的人,其实平心而论,我的激情,我的三联情,很大一部分来自蓝公。

在老三联的同龄人中,蓝公自称小弟弟,他是亲历1948年三联大合并的40多人中的最后一位见证人。他总是认为自己年轻、身体好,需要多关心老同事,所以总是不远千里,来京会友。2012年三联

80年店庆，我们请蓝公来参加人民大会堂的庆祝活动，蓝公表示同时希望见见老朋友。于是我们在一家酒店特地安排了一次老三联聚会，共11位老人参加，仲秋原、王仿子、曹健飞、李志国等都到场了。年龄最长者96岁，是一位并不出名的老太太，却曾经与邹韬奋对面桌办公。蓝公那天高兴坏了，乐得像个孩子，他拍拍这个老人肩膀，拉拉那个老人手臂，与他们讲述共同经历的故事。看到他们这样的亲密接触，我才深切感觉到老一辈三联人的感情，是由热血和汗水凝成的。

为了这片感情，蓝公把老三联前辈一个个送走了。2010年他来北京，我陪他去看望范用先生。那时范公已病重，不思茶饭，整日卧床，也不与人说话。蓝公去了，范公仍然不似以往健谈，只是用一只手握住蓝公的手，久久不肯松开。出门上了汽车，蓝公良久无语。过一会儿，蓝公递给我一张纸条，上面写了两句诗："暮年相见非易事，当作生死离别看。"这几乎是一语成谶，范公几个月后即离开了我们。从这以后，蓝公每次来京都做好思想准备，相见可能就是诀别。去年他来京时，前几年聚会时见到的许觉民、李志国、倪子明和范用，都已相继作古。他到府上看望年长他5岁的曹健飞，两人谈天气氛热烈，话多得说不完，可是出门后他对我说，可能这也是最后一次了。果然，曹老早他一个月仙逝。那一次探访，他也没有忘记去看望年已94岁的王仿子，两个老人告别时，紧紧拥抱，谁也没有说话，但意思都在这拥抱中了。今天，时隔一年，仿子先生依然健在，但蓝公不会再来了。

这一次，蓝公自己走上了西行之路，去和他的三联老友相聚了。悲痛感伤之余，我遥望南天，深鞠三躬，献上两副挽联，祝老人家一路走好。

痛悼恩师蓝真先生

其一：

做出版暗示人生修养，懂书识人，胸中满韬略，永远坚守文化理想堪为师表；

居乱世力谋社会改造，善思明智，心里有杆秤，毕生追求公平正义信是人杰。

其二：

独立香江，艰难创业，魂里梦里常忆往，此生结定好书缘；

共经风雨，守望相助，念兹在兹总关情，来世仍为三联人。

2014 年 11 月 30 日

原载香港《橙新闻》和《新闻出版报》

书界奇人刘振强

如果有人问我,在当今活跃于两岸三地的中国出版家中,你最钦佩的是哪一位?我会不假思索地说出一个名字:刘振强。

刘振强先生,现年85岁,是台湾三民书局的董事长,一位从事出版业62年的老出版家。他的名字,似乎并不响亮,不仅在大陆,即使是在台湾,普通百姓恐怕也不曾听说。这是因为他内敛、低调,极少抛头露面,从不参与公众活动,更不在媒体曝光。但是,了解他的人,包括两岸学术文化界众多德高望重的学者,对他一致推崇,翘大拇指,交口称赞,以为他是20世纪中国出版史上的奇人,他的胆识、气魄和业绩,他所构筑的出版理想王国,是业内人士津津乐道的话题。

他身居台湾,出版社名为"三民书局",这一点极易引起误会,连官方人士也难幸免。2013年7月10日,三民书局举办成立60年庆典活动,"副总统"吴敦义应邀出席并致辞,称"三民书局把三民主义的精神用出版的形式落实"。此语一出,紧接着就被另一位上台致辞的

刘振强先生(2013年)

嘉宾抢白一通，说吴敦义望文生义，根本没搞清楚状况，三民书局的"三民"是"三个小民"合办书店之意，与国民党的"三民主义"无关。弄得吴敦义下不来台，狼狈不堪，他的"副总统办公室"事后不得不发文解释澄清。

由此说来，关于刘振强的故事，真要从"三个小民"创业说起。

一

刘振强先生是江浙人士。祖父曾入京为官，因性格耿直，看不惯官场的龌龊，便挂冠而去，且嘱后人勿入仕途。于是其父终生在家乡当教师，长期担任一所中学的校长。刘先生的青少年时代，战乱频仍，生活动荡。国共内战时期，父亲为使儿子躲避战火，买了一张船票，送刘先生远赴台湾，那时他还不满20岁。

临行前，父亲告诉他，自己在台湾的朋友和学生虽然很多，但"你一个也不许找"，凡事要靠自己。于是，他开始了独立奋斗的人生。

刘先生和那个时代的许多有志青年一样，早早就抱定了教育救国的理想。但他同时认识到，要昌明教育，必须有良好的出版事业作为后盾。所以，做了几年学徒后，当他开始考虑自己创业时，首先想到了要开书店。

当时有两个伙伴与他志同道合。1953年7月，"三个小人物"每人出资五千元，开始经营图书零售。他们与卖文具、卖邮票的其他商家一起，共同租下了台北衡阳路上一间仅60平米的店面。他们的书架只占一面墙，而且在店铺最里面的角落。由于资金捉襟见肘，进货很少，常常是卖了一本书才有钱再进一本书。幸好遇到了一些愿意将作品寄卖的作者，使他们的资金得以流转。这样，他们的货架充实起来，生意渐渐红火。

刘先生归根到底是要做出版。从哪里起步，这让他颇费心思。他独具慧眼地注意到，台湾经过日本人50年的统治，实行的政经制度，颁布的法令章程，和国民党政府的一套大有不同。1949年国民党政府迁台以后，需要对典章制度做些改革，乃至重起炉灶。新制度下，需要大批与之适应的行政人员，也需要大批专业人员如会计师、律师等。当时的大学一时不可能提供如此大量的人才，解决的途径必然是在社会上选拔。要选拔，只能通过各种专业考试，包括职场考试和高考。于是，刘先生开始根据现实需要，组织出版了一批考试参考书。

当时，台北重庆南路和衡阳路已经有不少间书店和出版机构。然而，只有三民书局一家成批推出考试用书。正可谓春江水暖鸭先知，三民得了风气之先，盈利自然可观。

共同创业的"三个小民"，中为刘振强。

继而刘先生又观察到，市场上不少出版社都在争抢出版中小学教材，因为这是一块肥肉，而大学教材却无人问津，一般人会认为，这个市场太小。他考察了台湾的大学，发现理工科和外文图书都自国外进口，价格高昂，而文科学生基本没有教材，绝大多数学生只能在课堂上听讲，记录笔记权当文本。刘先生凭借他特殊的敏感判断，这个小众的市场其实天地很宽。他毅然决定，陆续刊行大学用书。于是他遍访知名大学教授，邀约社会科学与人文科学教材书稿。此举在20世纪五六十年代的台湾，极富远见卓识，不仅实践了"传播学术思想，延续文化发展"的理念，而且为三民书局赚到了第一桶金。后来的60年中，无论大学用书，还是考试参考书出版，始终是三民书局的重要产品线。

接下来，三民书局走了由专到博的路。在此期间，刘先生的大手笔连连不断。60年代起借鉴日本《岩波文库》的经验，以《三民文库》的形式出版文史哲和艺术方面的普及读物；同时为"保留传统经典，更为让现代学子了解古籍内容"，又组织名家学者编著《古籍今注新译丛书》。1975年，刘先生在三民旗下增设东大图书公司，用以强化学术出版。他在两个出版品牌下组织了《中国古典名著丛书》《世界哲学家丛书》《音乐丛书》《沧海丛刊》等丛书以及各种大型的汉语词典、英汉词典、英语词典。其中几套丛书长期经营，都坚持了50年之久，分别出版200—300种，阵容庞大不说，难得的是本本精品，品质一流，堪可夸耀。到如今，60年过去，三个小民中另外两人均已离去，而刘先生一直在勉力坚持。他所创办的三民书局，已成为海内外瞩目的出版重镇，总共出书1万多种，包括几十种大型丛书和若干大型出版项目。

我问过三民书局的朋友，这些丛书和大型项目的出版，刘先生都要过问吗？他们告诉我，那当然！刘先生可谓第一策划人，每套书无一例外地从规划、选题、组织论证，到编校、印制、推广的全过程，都融入了他本人的心血和辛劳。刘先生曾说，这些都是他"十月怀胎"的孩子，寄托着他的殷殷期盼。他期盼这些图书可以影响社会，改变现实，进而达成学术传承、文化嬗递的责任。令他欣慰的是，这些目的都达到了。

作为旁观者，人们不能不钦佩的是，刘先生执着地承担的这些大型丛书和出版项目本身都是重量级工程，其中相当一部分，费时费力却回报无多，而所耗之巨资，累计为天文数字。但刘先生为了出好书，为了文化建设，投资时从未有过一秒钟的犹豫，哪怕是让他血本无归的生意，只要他认为有益，表示支持都不会眨一下眼睛。他是那种认准了一件事就拼命硬干的人。他的胸怀和气魄，常常让人想起历史上商务印书馆的老板王云五。

二

刘振强先生是从开办书店起步的，如此必会追求出版和书店两翼齐飞。

他的书店开始是租铺面，稍有经济实力以后，他决定买楼开店。他是那种看好了店面就不惜重金的人。1967年，他在重庆南路发现一间200平米左右的底层商铺，位置很好，立即拍板，以高于市价

30%—40%的价格将其买下。几年后，在此基础上翻盖大楼，1975年落成，此后又两次扩大翻建，使之成为重庆南路上雄踞一方的三民书局大厦。

70年代末期，时任台北市长的李登辉承诺要致力于市政改造。政府贴出告示，要一些地处市郊的破旧民房的业主在一定期限内自建新楼，逾期未建者，政府将会对其民房作统一收购，然后拆建。刘先生看中了今天复兴北路一带地块的发展前景。他知道有些民房的业主缺少资金无力盖楼，又不甘心房产被政府低价收购，正处在纠结之中，便去和这些业主商量，按照高于政府收购价格的标准，将这些民房的产权购置到他的名下。但是当时，他也没有足够的资金起高楼。作为缓兵之计，他在这里首先盖起了过渡性的两层简易楼，这便躲过了政策规定的统一拆建。据说李登辉闻知此事，气急败坏，大骂刘先生是"刁民"，扬言要强制征收刘先生此地的房产。刘先生不慌不忙，他研究过法律，知道自己并不理亏。他找到台湾"立法院"一位元老级的人物和李登辉打招呼，警告说，"台湾是讲法制的地方，刘振强没有犯法，你不能胡来。"李登辉方才作罢。

就是在这里，若干年后的1993年，刘先生盖起了两座商业大厦。一座用于出租，另一座就是复兴北路的三民书局总部，十几层楼面，宽敞明亮。上面是编辑部，下面四层是书店。这样，三民同时拥有两家可以容纳20万个以上品种图书的书店。这在台北的出版商中，已是无人能及。

大陆的读书人，大多都听说过台湾的诚品书店。很多人去台北旅游，都把诚品当作一个旅游景点，在他们心目中，似乎诚品代表了台湾的书业。其实了解情况的学者和文化人都知道，诚品自然是观光的去处，但是它经营的主要是热门书和时尚书，书种缺东少西是一望而知的。要买书，特别是买专业书，必须去三民书局。三民经营的图书品种之全，在台湾首屈一指。1998年我第一次到台湾，进入三民书局门市店，看到它的书架对于人文图书的分类，竟然是按照"经、史、子、集"四部来划分的，顿时目瞪口呆。我以为这种分类方法，表明它的店主是把书店当作图书馆来经营的，仅此一举，就令人肃然起敬。而在查找图书时，我发现无论多么冷僻的图书，只要有研究者需要，书店就有备货。所以，当有人告诉我说，"如果一本书在三民书局找不到，那么在台湾就别想买到了"，我相信。

这样开书店，代表着刘先生的一个理想。他的与众不同，在于强调书店不一定要赚钱。他说赚钱的书要卖，不赚钱的书也要经营，因为这是文化的事业，不能单纯以钱来量度。他年轻的时候家贫，买不起书，就常常站在书店里读书。现在他自己开了书店，也要尽可能给读者提供阅读空间。所以他强调，除了"绝不取不义之财，不经营与书本不相干的业务，不出版贩卖对身心有害之黄、黑及偏激政论性的图书杂志"以外，其他图书品种多多益善。历史学家许倬云说，对于很多没有条件上学的人和一些穷学生来说，逛三民书局就类似于进图书馆。他们在书架前一待一整天，只看不买，三民的员工绝对不会给他们脸色看。许倬云年轻时的一些同学，后来都读了硕士博士，做了执业律师和会计师，那些人多年后与他见面，还念念不忘当年三民书局提供给他们多少知识。

人们或许会问，刘先生何来这么大的气魄，为实现文化理想而不计代价？这里的秘密就在于他的以"副"养书。前面提到刘先生在复兴北路盖了两座大楼，有一座是出租给银行等商业机构的，这算是三民书局的"副业"。刘先生多年来一直采取对学术出版乃至书店经营加以补贴的办法。他不指望政府拨款，更不依赖其他企业的资助，而自行在公司内部以丰补歉。这种做法，给了三民书局沉稳的底气和游刃有余的从容，使它能对社会文化积累和发展承担更多的责任。

三

我与刘振强先生的交往，源于三联书店和三民书局两家的合作。

大约是 1988 年，刘先生为了扩大三民图书的香港市场，专程赴港寻求合作。

那时的香港三联，不仅做出版业务，同时也是图书发行代理商。刘先生亲自前来考察，他推开香港三联一间零售店的大门，见沿墙的书架上摆放着许多马列主义著作，心头一惊。由于在台湾长期接受国民党政治宣传的缘故，他很担心三联是不是和共产党有什么联系。那时他对共产党是很有些戒备的。但是见到时任香港三联书店总经理董秀玉，只经过简短的谈话，他就相信三联是一家可以信赖的机构，于是便将三民图书在香港的总发行权交给三联书店。

1996 年以后，我到香港三联工作。为了打开三联图书的台湾市场，我也曾委托三民书局作为香港三联图书在台湾的总代理。

于是我们两家成了联系密切的商业伙伴。

刘先生身处商海，却是一个极重感情之人。他对合作伙伴，包括作者，首先是真情实意地交朋友，其次才是业务上的合作。

我多次到台北，每次都受到刘先生的盛情款待。他以诚待人，以情相交，令我如沐春风。他是谦谦君子，也是忠厚长者，每每与我促膝长谈，既谈业务，也拉家常，待我亲如家人。所以在我心中，他始终是一位令人尊敬的长辈。然而他永远是礼贤下士的，总是礼貌周到，对朋友嘘寒问暖，关爱备至。近二十年来，每年春节之前，我都会早早就收到他寄自台北的贺卡，而且落款一律是"刘振强鞠躬"。

2004年底，我接到调令，将要从香港回北京工作。临行前，忽然接到一个电话，是刘先生打来的。他来了香港，约我到尖沙咀一间酒店会面。我很奇怪，一向深居简出、极少离开台北的刘先生怎么会突然而至？见面时看到他手里提了两大盒台湾特产凤梨酥，才知道他是专程从台北飞到香港来为我送行的。一位70多岁的老人，对我这样一个后生晚辈的离别竟然如此隆重其事，立时感动得我热泪盈眶。但后来我听说，这事对他并不是头一次。当年董秀玉离开香港三联回北京时，他也是坐飞机前来香港道别的。

至于善待作者的故事，对刘先生来说可就太多了。

大家都知道，出好书是刘先生的终生理想，也是他所追求的核心价值。为了出好书，他求贤若渴。在台湾，他只要得知哪里有学术专精的作者，往往会亲自登门造访，请求赐稿；而在大陆，他专门委派两位版权经理，每年春季和秋季两次天南地北地寻访名家，上门约稿。久而久之，精诚所至，两岸的学术耆宿、文化大家，多对三民鼎力支持。在台湾和海外，钱穆、吴经熊、陈立夫、萨孟武、周世辅、谢冰莹、余英时、许倬云等名流都是三民的作者；在大陆，周祖谟、任继愈、汤一介、裘锡圭、程千帆、周勋初、卞孝萱、姜亮夫、萧萐父、章培恒、陆谷孙等专家也都为三民编书写书。刘先生对作者，无论长幼，无论尊卑，都恭敬有礼，百般谦让。他是真把作者当作衣食父母的。

台湾老作家彭歌，对刘先生的"一诺千金"印象深刻。他说：

有人说笑话，"刘先生和人一见如故，十分钟就讲定一部书稿的合约。当场签赠支票，有的书三五年未必交得了卷。可是你看他那份豪气，好像中央银行就装在他口袋里。"

其实在彭歌看来，这"豪气"只是胆识和勇气的表现。因为那张支票，很可能就是刘先生当时的全部财产。不过是为了文化理想，他肯于孤注一掷。

这是赌博吗？公平地说，在五六十年前，一个二十几岁初出茅庐无恒产无名望的年轻人向名家约稿，如果不是这样"豪气"地办事，人家怎么会相信你的诚意？

我们看到的事实是，这"豪气"帮助刘先生赢得了市场，更赢得了作者，因为它同时意味着出版社对作者的信任、尊重和期待。

凭着这"豪气"，有多少作者对三民心存敬意、心怀感激？我们在《三民书局60年》一书上百位作者的文章中可以找到答案。

著名古文字学家裘锡圭撰文，题为《一个违约作者感受的宽容和礼遇》，讲的是1996年他接受了三民的约稿和定金，至今（2013年）已17年仍未交稿，自觉惭愧不已，而刘先生不追不逼，对他一如既往，待之以礼。台湾历史学家邢义田讲述的故事更有些离奇：他1981年春答应为三民写一本《秦汉史》，接受10万元台币的定金早已花销一空，但此书稿历经30多年仍未完成。而刘先生每逢春节前后，仍要亲自带着礼物登门看望。作者惭愧之余，提出拿自己的另一部著作顶替，出版后稿费分文不取。然而出乎作者意料的是，刘先生当即表示，这本新著三民另行出版，稿费照付，仍然期待尚未完成的《秦汉史》，这使作者感激莫名。

至于更多的作者，忆及与三民的合作，常谈到他们的著作出版后，收到的稿费超出预期。一位作者预估稿费 20 万—30 万，竟然收到 130 万元的支票，当即决定买一辆沃尔沃轿车奖励自己；一位作者说，收到支票一看钱款是个整数，就知道刘先生又给自己的稿费加了花红；有人谈到自己的某著作明明早就向三民卖断了版权，但刘先生去拜年，还是要送上三万、五万的红包作为版税的补偿。大家都说，刘先生总怕作者吃亏，总是主动向作者让利。

如此"豪气"地善待作者，自然使刘先生和作者的交情非同一般。

余英时先生曾说过，他与三民的合作，"其中一个重要原因便是我对于振强兄的欣赏。我可以十分肯定地说，我和三民的关系从最早开始，便超越了著作人和出版家之间的契约关系。后来我的多种专书和文集在三民（东大）印行，至少就我这一方面考虑，也是私交重于契约。"

所以，余英时甚至可以将著作交给刘先生先行出版，暂不签约。"因为振强兄和我个人之间因私交而发展出来的互信"，可以使人完全放心。

刘先生与作者的互信，使三民受益，并不仅仅在稿源方面。众多作者和刘先生成了交谊深厚的朋友，他们支持三民的事业，也常常会给刘先生各种帮助。三民做了几十种丛书和大型出版项目，出版后有些符合刘先生的预期，而有些未如理想，刘先生需要总结和调整，这时朋友的意见就非常重要。他经常会和作者朋友、也和自己的下属讨论选题,广为吸纳有益的建议。在这方面,他虽是老板,却也从善如流。例如有人指出三民某一本书涉及的某些知识不正确,哪怕这本书是畅销书,哪怕它的续集都已经在制作之中,哪怕合同早已签订,定金早已预付,刘先生还是会毫不犹豫地决定立即停印,因为质量第一,这对他是永恒不变的原则。当然,这也和他从小养成的性格有关。他与我聊天,曾回顾年幼时母亲对他的教育。母亲问他,"人有三种,你知道吗?"他回答:"只有两种,男人和女人。"母亲说:"不对,三种人是上等人、中等人、下等人。上等人有错,别人说一遍就行了;中等人需要时时提醒;而下等人屡教不改,不可救药。"所以他从小立志,要做"上等人"。

刘先生告诉我,几十年来,他牢记这句话,他今天的成功,与此有关。

四

说刘振强先生是书界奇人,不能不提及他所做的两件大事。这两件事,用"惊世骇俗"来形容,并不过分。

刘先生做出版十几年后,意识到三民书局需要有一件"镇店之宝"。他想,这应该是一部实用工具书。因为市面上销售的《辞海》是中华书局几十年前出版的,许多新词没有收入,已然不能满足今天读者的需求。市场缺少一部超越《辞海》而能容纳当代词语的新辞典。

他那时不知编辞典有多难。这一次,他没有听从台湾大学教授萨孟武的劝告。萨孟武对他说："千万不要编字典，不然，你会跳海的。"他不信邪。当然，他起初也没打算在一本辞典中陷得太深。

开始，他设想中的辞书只是一本既内容精准又合乎时代需要的中型工具书。但是征求了各方专家意见以后，许多新的建议被吸纳进来，为免遗珠之憾，词条一再扩充，而刘先生"务求周到、完美"的性格又促使他一再调整全书的结构体例，竟使这部辞书由中型而大型，由大型而超大型，最后变为厚厚三大册的皇皇巨著，计收单字15106字，词条127430条，内容涵盖古今中外，收集包括人文科学、社会科学、自然科学各领域的词汇条目，总字数超过1600万字，名之为《大辞典》，是当时两岸三地最为翔实完备的华文辞典。

这样一套百科全书型的大辞典，自1971年开始编纂，至1985年出版，历时14年，总投资达1亿6千万元。参与人数之众，难以尽数，仅为之撰稿的大学教授就多达100多人。为查证参校词条，编辑部特地购置了上万种参考书，其中包括《百部丛书集成》《四库全书》《四部备要》等大型古籍。即使如此，仍不能满足编纂的实际需求，又专门派出20多人到各大图书馆查找珍罕资料。专家学者们对每一个词条都字斟句酌，反复推敲，因为刘先生强调，这是传承文化的大事，务必精益求精。

精益求精不仅体现在编纂上。刘先生的惊人之举还在后面。他在印制《大辞典》前，发现当时台湾印刷厂排铅字板使用的汉字铜模都来自日本，不仅收字不全，不够用，而且许多字型不规范。例如"德"字，右下部的"心"上面就缺少一"横"。刘先生觉得，用这样的汉字是误人子弟，于是决定找人重新刻制整套的铸字铜模。这一下可给自己惹来了大麻烦。要知道,这种另起炉灶的工程,原本是不该由出版家承担的。然而刘先生说干就干。他先是到处求人去写字,分宋体、楷体、黑体写出标准汉字,然后把写好的字交到"华文铜模厂"去雕刻铜模,最后让印刷厂依照铜模铸成铅字。全部完工时,所有新铸的铅字排在一起,竟然排出了6200页的版面!因为铸造铅字太多,印刷厂自备的铅材根本不够用,刘先生说没关系,包在他身上,于是自购70吨铅材交给印刷厂。排版时,印刷厂又说,这部书规模太大,排出的活版太多,工厂放置活版的空间不够用,于是刘先生又帮助工厂在后院增盖厂房,才算把事情搞定。

总算要开印了。刘先生发现,当时台北的平版印刷技术还不够纯熟,无法将油墨浓淡控制到完全一致的水平。于是他到东京寻求合作,找到"大日本印刷厂"。开始时,对方营业主管傲慢自大,面谈时甚至把脚跷到咖啡桌上,提出苛刻的合作条件,对刘先生百般刁难。然而交付《大辞典》样稿以后,印刷厂聘请的一位汉学家看到此书内容,大为惊叹,极口称赞,于是对方的态度陡变。刘先生再次造访时,那业务主管不仅派了多名员工在门口迎接,而且在请他去享用高级料理之时,提出一个要求,希望将版权页上的印刷厂署名改为汉字印刷的"大日本印刷厂",为此,他们甚至愿意优惠10%的费用。刘先生看到这些日本人前倨后恭的丑态,认为自己该为中国人争一口气,便一口回绝了他们的要求。

《大辞典》出版了,叫好之声不绝于耳,但这并不等于能赚钱。毕竟书的成本和定价都太高,而市场有限。三民书局会计吴云卿最清楚这本账,她说这套书根本就是赔本生意,几乎耗去了公司多年积累的所有资金。原来，刘先生是以不惜倾家荡产的气魄，在勉力支撑着。众人都觉得他的执着近乎迂腐，但刘先生不在意，他觉得自己做成了一件别人没有做过的大事，这令他满足。

当然他也有些遗憾，甚至为这套书还承担了另一种风险。

有一次和我谈天，他说起当年有关这套书的吊诡往事，说得很平淡，就像是讲笑话，但我听了，却心情沉重，一时无语。

他说，《大辞典》出版后，不久就被大陆一家出版社拿去翻印了。"我没有赚到钱，但他们可能赚了不少钱吧。"因为当时中国还没有加入世界版权公约，所以翻印还算不上盗版，但是书中涉及对一些中国现代历史和人物的解释，被大陆出版社当作"敏感词条"，"开了天窗"。"这样就把我好好一套精品书给毁了"，他报以苦笑。

说罢，他又告诉我，"这套书在台湾，也让我受到警察局的传讯，险些吃上官司。"我忙问原因。他说就因为在书中，他坚持不将中共称为"共匪"。那时还在"戒严"时期，"为匪张目"是大罪。但警察盘问他，他的回答倒也干脆，说从未见过坚持几十年和官府作对最后掌握政权的"匪"。那警察听了很愤怒，以为他胆大包天，当然最终也没有把他怎么样。

他说，由此看来，他做这件事，可真是两边不讨好呢。

五

作为出版家，刘振强先生除了拼尽全力编辑《大辞典》之外，另一件令人匪夷所思的举动，是他实施了 20 年的"造字工程"。

90年代中期，台湾出版业进入电脑时代。当时流行的电脑排版系统，使用的汉字字库，与过去铅版时代的汉字铜模一样，多为日本人开发，不仅缺字少字，字型不规范，讹误颇多，而且字型不美观，刘先生极不喜欢。过去编纂《大辞典》时，他自刻铜模，铸造了一套铅字，曾解决了三民图书排版之需，然而现在排版技术更新，原已制成的数万铜模毫无用武之地，三民需要的是另外一套电脑排版字库。

此时，刘先生再次横下一条心。他要制作一套真正由中国人一笔一划写出的包含各种字体的电脑字库。不仅汉字要齐全，要规范，而且要美观，看上去好看舒服，具有中国书法的美感。他觉得，以我们泱泱大国，五千年文化传承，怎么能没有一个让我们自己喜欢，感到满意的汉字系统？如果书中印出的汉字都没有美感，我们又如何能够夸耀自己灿烂的民族文化？

于是他招聘美工，成立造字部门，从授课培训开始，请专家指导

三民字库自创六种汉字字体的字型

美工写字。先把字的框架写在网格纸上，然后用毛笔描黑，再扫描输入电脑，最后在电脑上修改。需要写出的汉字字体包括宋体、楷体、黑体、小篆等六种，每种包含6万到9万个汉字不等，这样大的字库，将目前在各种珍稀版本图书中能够搜罗到的汉字都包罗进去，使之再无缺字可言。如此造字，工作量大到不可想象，因为按照书法的要求写字，每位美工一天只能写几页纸，每页纸上只有9个字。所以三民不得不大量招人，写字的美工最多时曾经达到80多人。

然而最难的不在于字多，而在于字型要美。刘先生对美感要求极为严格，总是对写好的字反复审核，与美工再三讨论。譬如，一个"好"字，"女"字旁和右边的"子"字位置应该如何摆放，这两者的间架和比例，可以有不同分配方案；而"女"字上面的那一撇，也可以有不同的撇法。所以刘先生就会要求美工写出不同的款式，以供选择。对于已经完成的字稿，刘先生会逐一审核，将需要修改的字一一标出，退给美工重写。有时退回的，不是几个字，而是一大批。一个美工大半年干的活儿，一夜之间被刘先生否定，这在美工们看来，是稀松平常的事，大家都已习惯了。黑体字组的美工清晰地记得，有一次刘先生发现他们写的笔形太过花哨轻佻，与黑体字稳重厚实的特点不符，于是紧急开会讨论。结果是刘先生在会上决定，将已经完成的四万二千多个黑体字全部淘汰，请美工们从头再来。看到自己多年的心血顿时化为乌有，美工们心痛至极，很想不通。但刘先生说："要做就一定要做到最好，否则就不要做。"他强调，这是一项造福子孙后代的大工程，他说："海会枯，石会烂，但是我们创造的美观大方的中国汉字，是可以永远流传的，所以一定要有使命感。"为此，他要求美工们不仅要"动脑写字","用心看字",而且要用自己的心灵去和汉字对话,说这样才能创造出有灵魂的字体字型。

在实施造字工程的同时,刘先生又发现,现有的电脑排版软件,对于驾驭他所开发的超大型字库来说,效能不足。于是他另行组织团队,重新开发三民自己的自动化排版系统,使字库与排版系统相匹配。这样,造字和软件开发两个团队在三民内部开始了马拉松式的协同运作,累计长达 20 年之久。之所以需要这么长时间,大抵是因为刘先生追求完美的缘故。一次次重写,一遍遍修改,使字库工程一再延期。已经有很多年,刘先生在公司年终聚会上,表达自己对来年的最大心愿时,都是讲要"完成造字工程"。但因为他要交出的必须是一个无可挑剔、完美无瑕的大型字库,他总是过不了自己这一关。

为此,20 年来,刘先生所耗资财、人力大到难以计数。光是两个团队成员的工资开销,就是一笔大账。有人估计他花了十几亿台币。2013 年我到台北,和刘先生聊起这件事,他说账不好算,至少投在这里的钱,用来买几栋三民书局的大楼是够用的。

我对他说,这种事情,按理说不该是民营机构所为。开发汉字字库,功在民族,利在国家,应是政府行为。你这是以一己之力,在承当一项政府工程呀。但刘先生说,钱总是要花的,花在有用的地方,我愿意。

至于刘先生所创造的汉字字型到底如何,是否真有美感?读者可以看看三民书局出版的图书。因为字库是可以边开发边使用的,三民的图书中早已用上他们自己独有的字型。刘先生给我讲过一个小故事,也颇能说明问题。

他告诉我，近年来两岸交流多起来，三民书局常有大陆访问团前来参观。有一天，刘先生接待了一个大陆中学教师的代表团。为了互动发言方便，他给每位教师打印了一张桌牌，放在他们面前。会上，他介绍了三民书局发展的情况，许多教师向他提问，他一一作答。会议结束前，一位满头白发的老教师站起来发言，说："我有一个小小的请求，希望和你要一样纪念品。"他正诧异之间，那老教师拿起面前的桌牌说，他要把这东西带回去做个纪念，接着又说："我是中学语文教师，教了一辈子汉字，也写了一辈子汉字，还从来没有人把我的名字写得这样好看，所以我想收藏它。"

刘先生对我说，他听了这话，很有几分满足，也颇觉欣慰，几乎流出了眼泪。他觉得自己在造字工程中多年所付出的辛劳，真的没有白费。

六

前面说到刘振强先生购买版权有股"一诺千金"的豪气，恐怕需要作一点解释。我以为，这与他的版权观念有关。在他的心目中，中文图书只有一个版权，是不能分割成繁体字版和简体字版、港台版和大陆版的。所以他与作者签订的版权合同，都会以明显较高的报酬，取得作者全部中文版权的授权，有时甚至采取的是"买断"的形式。

所谓"买断"，是国际通行的一种版权交易方式，意味着双方把版权理解为一种物权，也就是财产权，可以由拥有者无期限、永久性地转让给他人，就像买卖房子一样。大陆的著作权法不支持这种做法，但是港台的著作权法都支持。很多作者或许是因为不了解此中区别，在将版权卖断给台湾三民书局以后，又另行在大陆授权出书，于是和三民引起版权纠纷。

在法律上，这些重复授权的作者，自然是对三民构成了侵权。这个原则，刘先生定然要讲，所以近些年来，三民书局多次向一些侵权作者讨要说法。但因为刘先生宅心仁厚，善待作者，所以即使遇到侵权，他一般也只是要求作者表示歉意，知过就改，而不会深究其法律责任。

但是也有例外，例如哲学家李泽厚先生，便吃了三民书局的官司。

刘先生和李泽厚，是通过余英时认识的。90年代初期，李泽厚赴美国定居，因为缺少经济来源，生活有一定困难。这时余英时打电话给刘先生，问他能不能帮一帮李泽厚。刘先生仗义，慨然允诺，决定出版李泽厚著作集，以稿费相支持。为此他做了市场调查，发现李泽厚几部著作的单行本在台湾原本已有别人出版。为了清理版权，他一家家协商，将别人印制的李泽厚作品（累计上万本书）全部买下来统统销毁，为此先已投入了上百万台币。

1994年8月20日，双方签订协议，李泽厚将自己早期作品10种著作的全部财产权一次性转让给台湾三民书局董事长刘振强，获得10万美金。

10万美金，在今天看来或许不算什么，但是在当时，相对于其他著作版权的价格，是一个相当惊人的数字。

同一天双方签署了3份合约，合约规定财产权转让后，李泽厚在任何地方都无权用中文繁体或简体字自行出版或授权他人出版上述著作的"全部"或"一部"。也就是说，李泽厚把他早期10种作品版权"卖断"了。

可是此后，李泽厚没有遵守合约规定，从 90 年代中后期起，便委托一位代理人多次授权安徽文艺出版社和天津社会科学院出版社在中国大陆出版上述著作中的若干品种。

刘先生很快闻知此事，但考虑到自己与李泽厚的情谊，他多年一直默默隐忍。只是在朋友之间，他才会说些抱怨李泽厚的话。刘再复与他相熟，有一次到台北，被刘先生拉着去台湾大学的操场。他们看到那里正在摆摊销售中国大陆出版的简体字版图书，李泽厚的《美的历程》《中国古代思想史论》等赫然在目，刘先生憋得满脸通红，连说："你看看，你看看，他们是这样欺负人的！"

1998 年以后，我也曾多次在台北与刘先生会面，每次谈论的话题，总是少不了李泽厚。这情景令我联想起祥林嫂讲阿毛的故事。

如此的忍耐一直到 2009 年夏天，李泽厚的侵权还在继续。刘先生忍无可忍，开始和李泽厚交涉。中间人是他的三个朋友，余英时、刘再复和我。他提的要求其实也简单，就是一句话，立即停止侵权。只要李停下来，道个歉，一切都可以既往不咎。

为此，余英时多次给李泽厚打电话，刘再复在美国与李整日长谈，我则到李北京的家里专门商讨此事。大家都想和解，谁都不希望这两位令文化界敬重的老人最终对簿公堂。我登门的时候，李泽厚先生也很客气，一再表示自己一直非常感激刘振强在他经济困难的时候给予他的支持，他说当时有了这 10 万美金，他在美国的生活就踏实了，尽管这 10 万美金到今天他连一分钱也没有动过。他的解决方案是，退回这 10 万美金，买回他的全部版权或在中国大陆出版简体字版图书的权利。

我将李泽厚的意见转告，刘先生很不以为然，他说："李泽厚太小看我了吧。这10万美金钱算什么？我会为钱打官司吗？我只是要讲一个道理，想弄清楚一个女儿可不可以同时嫁给两个男人？"他还是强调，不必谈钱。李泽厚如果能停下来，过去那些不愉快不必再提，但若不停止侵权，恐怕要打官司。

李泽厚闻知刘先生的态度，曾对我说，"停下来也可以，让出版社以后不再印就是了。"但我告诉他，刘先生希望他写书面承诺，他不肯。我想从中和稀泥，对他说，你和刘先生是老朋友，你给他打个电话，口头上表达歉意，然后叙叙旧，不就"相逢一笑泯恩仇"了吗？李泽厚犹豫了一下，最终还是摇了摇头。

刘先生静候李泽厚的答复，从夏天等到当年年底。一天，他打电话对我说，现在李泽厚必须表一个态，停止侵权，是YES还是NO。我知道这是最后通牒了。刘先生说，如果答案是NO，他会立即起诉。但这句话怎样告诉李泽厚？他考虑再三，觉得余英时、刘再复因为和李泽厚同是学界中人，恐怕不方便开这个口，所以还是请我把这句话

三联书店出版由三民书局授权的李泽厚著作《美的历程》。

转达给李。

我随即与李泽厚先生通了电话，劝他慎重考虑此事。他情绪有些激动，表示自己不怕打官司。我感到他似有难言之隐，但他没有讲，我也无法说服他。

于是，一切都无可挽回了。

2010年，三民书局在中国大陆委托律师，分别在上海和北京两地起诉天津社会科学院出版社和安徽文艺出版社侵权出版李泽厚一系列作品。后来，由于三民和李泽厚出版合约条款的解释权在台北地方法院，三民还在台北将李泽厚告上法庭。

2013年年底，我到台北参加书展，顺便拜访刘先生。见面后我问及此事，刘先生告诉我，这个官司已经在台北和北京两地经过二审判决，三民都胜诉了。李泽厚必须停止侵权，而且要做出经济赔偿。说到这里，刘先生长舒一口气，但是脸上仍然没有笑容。

他不无遗憾地说，原本，是不必弄到这个地步的。

七

刘振强先生年轻时只身闯荡台湾，打拼几十年，他事业成功以后，最想报答的，自然是他的父母。

但是，自从在上海黄浦江码头与父母挥手作别，他便与父母永远隔离在海峡两岸。

起初，他与父母通信，未久，母亲信中说，以后别再来信了，免得给家人惹麻烦。他知道这是由于两岸的政治对立造成的。

他深爱自己的父母。虽然不通音信,但心底的思念与日俱增。他始终有一个期待,一个热切的盼望,想有一天能与父母团聚,尽一个孝子的赡养之责。

80年代后期,台湾"解严",两岸恢复交流。此时他已是台湾著名的出版家。他购置了一套宽敞的新居,装修布置停当,准备将父母从大陆接来养老。

然而几经打探,得到的消息令他痛心疾首:他的父母均已在"文革"中离世。父亲是中学校长,"文革"中不免遭受运动冲击,父母在那种环境中心情压抑,不思茶饭,郁郁成疾。身与心的双重病痛终将二老击垮。

刘先生闻讯大悲数日,不能自已。从此,家乡成了他的伤心之地。原本,两岸开通,他很想回家乡看看;汪道涵先生担任海协会会长期间,也曾专门托人邀请他回大陆观光。但是想起父母,他不敢回,也不忍回,正所谓近乡情怯。

儿子刘仲杰了解父亲的内心。他告诉我,自己曾回过父亲的老家,其实就是想代父亲回去看看。他照了不少相,洗好照片交给父亲。夜深人静时,他曾见到父亲独自一人对着照片落泪。

无论怎样,他还是爱着家乡,他的心始终是中国心,这从他给孙子取名"一中"就可以看得出来。

父母走了,刘先生自幼成长的家庭没有了,但是三民书局已然是他的大家庭。他把自己的心思、自己的爱,都献给了这里。

近几年,刘先生虽已80多岁高龄,但他仍是企业第一线的管理者。他早已习惯,每天要在公司大楼里转转,看看那些追随他多年的老员工，了解一下公司业务上的新情况，及时处理遇到的各种大大小小的问题。作为老板，他其实更像一个通常的职业经理人，一天到晚繁忙、紧张，小事要过问，大事要拍板。不过，他和通常的职业经理人又有不同，表现在三点上：

第一是他不拿高薪，60年来只是象征性地拿三民的工资，至今的工资标准才是每月三万五千元台币，比他家的保姆挣得还少。

第二是他不享受职业经理人的待遇，自己连专车也不配置，出门就坐出租车。我记得他曾多次和我一起乘出租车外出。大约是80年代，公司买来第一辆有空调的小轿车，他把车子拨给业务经理使用，说是人家比他更需要。

第三是他完全没有架子，和员工融为一体，打成一片。过去多年，他一直是和公司员工在食堂里凑桌吃饭的。他喜欢边吃边和员工聊天，像长辈，如父兄，和他们说说笑笑很是随便。

说到公司的食堂，那是在刘先生力主下开办的。他怕员工在外打游击吃饭会染病，便决定为员工提供日常用餐。不仅有午餐，每日早中晚三餐，也全部免费。三民的员工若是单身，那是根本不需要自己开伙的。他要求厨师采购时务必购买符合卫生标准的食物，不必贪便

作者在按照"经、史、子、集"四部分类的三民书局书架前。

宜。每到台风、地震等灾害过后，菜肉涨价，他会给食堂增拨钱款。他知道有些员工晚上要开夜车加班，便在公司大楼里为他们准备了留宿的床位，但是他说，"不能让他们加完班饿着肚子睡觉"，于是让食堂加开夜宵，所以三餐时常变为四餐。关于员工的生活和健康，他总是想得很细，令员工感到温暖。

员工们的需要和困难也时时在他心上。有些编辑要出国深造，他会主动资助路费学费；有的员工要置业买房，他或赠一笔钱款，或无息借款，以表达自己的支持；有几位贡献特殊的老职工的住房，干脆就是他给买下的；有的员工家庭经济拮据，受工薪制度限制，他不能随意给人家涨工资，但是他会不时送上红包表示心意；有的员工生病住院动手术，他也帮忙支付大笔的医药费。公司招聘新员工，他会对他们讲，"我对你们有约法三章：第一不能赌博，第二不要说谎，第三不可贪污。你们遵守这三条，经济上有困难，可以找我。"于是员工们都谨慎廉洁，克己奉公。

在这方面，以我的亲身接触，便有直观认识。那两位每年两次来大陆约稿的版权经理，在北京时常与我会面，他们代表刘先生千里迢迢来看我，每每与我和三联同事相谈甚欢，却每每婉拒我的宴请，十几年竟然从没有吃过我一顿饭。后来我得知，他们这是遵守三民的纪律。我还听说三民有一条制度，员工在外跑业务，收到的礼品回去后一律要上交公司行政部，作为公司年终晚会抽奖的奖品。所以我也知趣，未敢向他们赠送什么。

当然员工也是各种各样，未必都能将心比心，以心换心。有的员工拿了刘先生的补贴出国留学，学成回国另谋高就，不再回三民了。

这时身边的朋友便会为刘先生忿忿不平,说:"这钱还不如打水漂呢。"刘先生却说:"我不要求人不负我,只要求我不负人。"

他善待一切员工,把他们当作自己的家人。只要进了三民门,做了三民人,就享受三民的福利。1998年我第一次参观三民书局总部大楼,刘先生陪着我十几层楼面逐一看过,我注意到,楼上楼下几百名员工,使用的桌椅完全相同。特别是座椅,那是一种电脑桌前的办公椅,造型独特,靠背显示出贴身的人体曲线,吸引了我的注意。刘先生告诉我,这是他特地从日本定制的符合人体工程学原理的座椅,坐在上面,腰背不易疲劳,可以减少罹患脊椎和腰部疾病的风险。他补充说:"这椅子很贵呢,要1万元台币(大约2000元人民币)一把。"我听了着实吓了一跳,觉得刘先生的大手笔真是无处不在。

90年代中期,国家新闻出版署的一位领导访问三民书局,在和刘先生交谈后,了解了三民的业绩和管理模式,发了一句感慨。他对刘先生说:"我们在中国大陆搞了这么多年的社会主义,结果今天我发现,你在自己的公司里搞的社会主义,比我们还要领先一步呢。"

刘先生告诉我这句话时,脸上带着和善的笑容。我知道,在他看来,重要的不是追求什么主义,而是做什么人。他一辈子,看重的其实只是四个字:"有为"和"善良",这是他的立身之本。

我觉得,或许可以这样解释:善良是有为的前提。古人有云,为善必昌。如今,刘振强的全部成功,不正是在印证这个道理吗?

2015年12月29日—2016年1月2日

原载《长江文艺》2016年第11期

倔强而沉静的书生
—— 出版家陈早春侧影

大年初一上午，手机电话铃响了，屏幕上显示来电人是陈早春。我不禁一惊：陈早春先生已经去世3年了呀。我慌忙接起电话，原来是他的夫人孙佩华，说是给我拜年。真是不好意思，她年长我十五六岁，本该是我给她拜年的。

孙佩华在电话里与我长谈，说了很多当年我们在人民文学出版社的往事。她说，那时陈早春作为社长，最欣赏的年轻人有两位，我是其中之一，另一位是张福海（现任广东省委常委、宣传部部长）。可惜两人都调走了。她甚至说，陈社长去世以前，不顾患有严重的哮喘，仍要伏案写作一篇文章，谈一谈他当年是如何支持我们年轻人出版一些好书的。我听了非常感动。

古话说，君子之交淡如水，秀才人情纸半张。细细想来，陈社长于我有恩有德，是绝不可以"淡如水"形容的；而我对他的"半张纸"人情，却一直没有兑现。这让我惶愧之极。

陈早春先生

一

1982年,我大学毕业被分配到人文社工作,陈早春是我在这里认识的第一人。

那时他不到50岁,身材高挑,面孔清瘦,戴一副近视眼镜,看起来斯文和善,是典型的书生模样。

我其实早闻其名,因为他与我是武大校友,在校读书时就听到系里的老师不断提起他,把他当作武大优秀毕业生的样板。毕业前夕,中文系陆耀东先生特地把我叫到家里,递给我一封亲笔信,要我到社里交给陈早春,请他对我多加关照。

因为有这一层关系,陈早春从一开始就对我格外关心。那时他是出版社现代文学编辑室副主任,在编辑鲁迅、郭沫若、茅盾、巴金等人的著作,很想把我留在身边,做一个小小的帮手。

第一次与他长谈,他问我准备去哪个编辑室。我说我希望搞中国当代文学,一手编书,一手研究。他便直言不讳地告诉我,当代文学是很难做起学问的,因为当代文学作品没有经过历史检验,很多作品不过是过眼烟云,你研究这些东西,将来你的研究成果会和这些作品一起被历史埋没,是留不下来的。他建议我从现代文学入手,建立自己的学术基础,将来若要拓展,向上可以触及古典文学领域,向下仍然可以延伸到当代文学,这样就会显得游刃有余。

今天回想,他说得极有道理。现今文坛上的多位著名学者,如陈平原、刘再复、杨义等,都是从现代文学研究起家而最终融合古今,打穿不同时代的文学界限。但我当时痴迷于当代文学理论,告诉他我不是想去编小说和诗歌,而是想去理论组当编辑。他想想说,那也好,在理论组也是可以做一点学问的。

从那时我就认识到,陈早春是一位学者型的编辑,他把做学问看得很重。

不久以后,我便听到同事关于他做学问的议论。有人说他有硬功夫,也有人说他倔强。有两件事曾经在社里流传。

其一是在参加《鲁迅全集》的定稿时,他凭着自己对多方史料的搜集,言之凿凿地考证出20世纪30年代化名"杜荃"攻击鲁迅先生是"资本主义以前的一个封建余孽"的人是郭沫若,解密了一件半个世纪以来的历史疑案,引起学界轰动。对这件事,长期被视为"新文化运动旗手"的郭沫若本人是不承认的,冯乃超曾经当面询问他是否用过"杜荃"这个笔名,他以"记不清了"加以搪塞。而陈早春要将这一考证写到《鲁迅全集》注释中,其难度之大可想而知,因为郭沫若的形象需要维护。初稿送上去,这一条注释被定稿组删去,第二稿他仍然这样写,又被划掉。于是陈早春犯了倔劲儿,非要把这个疑案坐实不可。第三稿、第四稿此条都被删去以后,他决定向党中央上书。他写了一篇4000字的报告送上去,经胡乔木同志亲自批示,同意将这条注释加在《鲁迅全集》第4卷中。郭沫若即杜荃,遂成历史定论。此后,人文社编辑《郭沫若全集》,也名正言顺地将杜荃的两篇文章收入。

其二是他写鲁迅研究论文的故事。1981年,中央决定在北京召开纪念鲁迅诞辰一百周年学术讨论会。当时北京有三个鲁迅研究重镇,陈早春所在的人文社鲁迅著作编辑室是其中之一,但是因为没有提交会议论文,竟然未被分配到与会名额,对此大家愤愤不平,于是公推陈早春赶写一篇。由于编辑工作早有安排，领导不准假，他只能利用业余时间写。为了给同事们争口气，他又犯了倔劲儿，竟然连续干了6个通宵，完成了一篇三万六千字的论文，题为《鲁迅思想及其内在发展——鲁迅改造"国民性"思想初探》，发表在《中国社会科学》杂志上。凭借此文，会议代表的名额争来了几个，他却在写完最后一个字时，晕倒在沙发上。

由此我了解到，陈早春的文化修养和学术功底是很深厚的。他是1964年毕业于武汉大学中文系的研究生，师从著名文学史家刘绶松。这倒没什么值得夸耀，难得的是他从小为自己打下了文化根基。

1934年，他出生在湖南隆回县的一个贫农家庭，小时家穷，交不起学费，上学时断时续。虽然很少听课，但考起试来，他总是不离全校的前三名。他酷爱读书，少年时代就背诵许多古文，成为村里的小秀才。谁家后生结婚，姑娘出嫁，老人做寿，新屋上梁，都少不了请这个十几岁的小孩子去写副对联表达庆贺。甚至代人哭丧，他也可以用《诗经》的四言体写成祭文。小学毕业那年，为升入初中，在考场上写作文，他竟然用四六体的骈体文完成，惹得判卷老师犯难。上中学以后，语文老师给他提出的要求，竟然是"改掉写文言文的毛病"！

陈早春参加编辑的《鲁迅全集》

这种文化功底，直追老一代学者，在他的同龄人中，是令人刮目相看的。

我记得80年代中期，人文社一批老领导退休，班子更新，陈早春做了总编辑。讨论分工时，对于谁来分管古典文学编辑室，大家都面有难色。因为这个部门专业性太强，内有一批学养深厚的资深专家，给他们当领导不容易。过去这个部门，是聂绀弩、屠岸、舒芜这样的大学者主管的。这时陈早春主动请缨，说：我来管吧。的确，后来在审稿与编辑讨论书稿中的专业问题时，大家发现这个"半路出家"的领导其实很内行。

他的散文也写得很漂亮。90年代，我们创办《中华散文》杂志，向他约稿，他接连提供几篇，写他的父亲、母亲，还有他的孙子，因为感情真挚，人物个性鲜明，篇篇皆受好评，社里员工争相传阅。后来编辑室要编选一本全国性的优秀散文选，有关编辑把其中一篇选入。有人质疑说，你们是不是拍马屁？但是我认为，内举不避亲，好文章不该被埋没。

老实说，我总觉得，以陈早春的才华和学术积累，如果不是选择了出版这一行，他一定是著名作家或学者。

二

我猜想，如果有什么会让陈早春自卑，那一定是他的湖南地方口音。

他一辈子没有学好普通话。口音之浓重，连我这个后来给他做过近5年社长助理的人，也不能对他的话句句听懂。

社里开会，如果是他讲话，大家难免交头接耳，对讲话内容连猜带蒙。

或许与口音带来的沟通困难有关，他的性格趋于沉静内敛，平时话语不多，在人前表现欲不强。

但是毕竟有慧眼识人者。

1981年，纪念鲁迅先生诞辰一百周年学术讨论会举办时，陈早春宣读了那篇他熬夜6天写出的论文。因为听不懂他的口音，会场上秩序有些乱。但是，坐在前排的唐弢先生听得很认真，而且他听懂了。会后，他对时任人文社总编辑的韦君宜说，你们这个陈早春不简单，是个人才。

这句话，韦君宜记住了。

很快，陈早春担任了现代文学编辑室主任，两年后当上出版社副总编，1986年韦君宜退休时，他做了总编辑，1987年，他成为社长，兼任党委书记和总编辑，成为出版社"三驾马车"唯一的执掌者。他担任此职超过10年，是该社历史上任职最久的一把手。

其实他是一介书生，自青年时代就立志向学，根本无意当官。任命他担任总编辑之前，他曾经5次向国家出版局领导请辞，推荐资历比他老得多的李曙光出任此职。然而出版局领导偏偏看中了他倔强的性格，认为他有胆有识、敢作敢当是一大优点，执意要他出来为出版社承担责任。他便只能从命。

说到他的倔强个性，那恐怕也是书生气的另一种表现。这样的例子，我在人文社耳闻目睹不少。社里很多熟悉他性格的老同志，直接开玩笑说他是一匹湖南的"倔驴子"。当时的国家出版局领导敢于起用他,还真是有些胸襟和魄力。

他有时说话很冲、很直,实在难免冒犯领导。果然,他后来有过多次"抗上"。

1986年他刚当总编辑时,中国作协书记处常务书记鲍昌来电话,指责人文社几位老同志支持丁玲创办《中国》杂志是在搞宗派主义。陈早春二话不说就硬顶回去,他说人民文学出版社不是中国作协的下属单位,不搞圈子,不立山头,不拉帮结派。他告诫鲍昌不要指手画脚,两家各走各的路,井水不犯河水。这件事,把当时的社长吓得不轻,赶快亲自到作协去作解释,赔小心,打圆场。但陈早春不以为意。

拿用人来说,在担任社长的时候,他至少两次改变了上级领导的决定。一次是某位从社里调离的领导,因为支持极左而丢掉了官职,部里准备安排他回人文社重操旧业,因陈社长和前任社长韦君宜一起抵制而最终无果。另一次是文化界某机构负责人在退休前夕,自己活动要到人文社任职,局里几乎要下批文,这时陈社长向熟悉情况的编辑们了解,得知此人在文坛上口碑非常不好,便找到局里,直言"人文社不是垃圾场!"从而严拒此人。

对于自己信任的业务干部,他也不惜以"抗上"来保护。80年代末那次政治风波发生后,各单位清理干部队伍。陈社长认为,人文社没有在政治上反对党和社会主义的人,有些人的行为不过是支持学生反对腐败,属于思想认识问题。但是上级不同意人文社的处理结论,认为人文社不讲原则,坚持要给两位中层干部以党纪政纪处分。陈社长据理力争,又是致函,又是电话,又是面谈,坚持用批评教育的方式解决两人的问题。后来出版局只能照准。很幸运或者说很不幸,我本人就是这两人之一。另一人，则是后来担任人文社副总编辑、曾经策划《白鹿原》出版的何启治。在陈社长看来，他保下我们两人，是做对了一件事，但这件事，我是从他后来写的回忆文章中得知的，他当时并不曾告诉我。

至于在编辑出版方面，他"抗上"的事情更多了。

大家可能知道，《金瓶梅》的出版早先一直是严控的，哪怕是节本也如此。1988年，国家出版局将《金瓶梅》节本的出版权授予山东的一家出版社，而不准人文社的版本重印。陈早春为此到局里去和一位领导辩论一场，指出人文社的《金瓶梅》（词话本）较之山东的《金瓶梅》（张竹坡评点本）的若干优胜之处，使得局里最后只好同意人文社继续出版此书。

当社长就要敢担当，陈早春是不怕承担责任的。90年代，《当代》发表邓贤写淞沪会战的文章，因涉及对冯玉祥的负面评价，被冯的女儿告到某中央领导那里，领导作了批示，说是要严查。这时陈社长面不改色，在社里开座谈会，他把相关的编辑都找来，说你们不用担心，我不会处理你们，只要你们帮助我想出一个可以对上面交代的理由就行了。这件事，当事人至今想起还非常感慨。

当然"抗上"也不可盲目，也要有理有利有节。

陈早春主政时期，人文社出版的长篇小说，最有影响力的当属《古船》和《白鹿原》两部。现在它们已经被当代文学研究界奉为经典之作，但是它们出版之初也都引起过争议。

张炜的《古船》刚在《当代》发表，报刊上就有人撰文批判，"据说还有更为严厉的，来自当时某些领导的口头而未见诸文字的批评"，总之是认为其政治倾向有问题。社里一时有些人心惶惶。《当代》编辑室负责人何启治此时坚持要出版单行本，他拍胸脯说，"我写保证书，出问题我个人负责。"但谁都知道，出版社犯政治错误，上级只会拿社长是问，编辑室一级是担不了责任的。所以陈社长必须设法使风波平息。他一方面大胆默许此书正常出版，另一方面与延安出身的理论家、文艺观点一向被主流理论界推崇的学者陈涌先生取得联系。他与陈涌过去曾一起编辑《鲁迅全集》，两人感情甚好，他将《古船》送给陈涌，请其撰文发声。陈写了一文，客观评价了作者的积极探索，肯定作品的思想和艺术价值，遂使反对之声收敛。

长篇小说《白鹿原》也是在刚刚出版时，就遭遇波折。上级机关一位司长打电话给陈早春，说是某领导人看了书，认为这本书"不仅是黄色的，而且是反动的"，要求立即停印停发，马上送样书到上级机关审查。陈早春不服气，他认为这种事情不能由一个领导说了算。于是他立即筹办专家座谈会，请学者们提供专业意见。同时他把样书送给陈涌。陈涌表达了支持此书出版的看法（后来写出长文《关于陈忠实的创作》，发表在1998年第3期《文学评论》上），说这部作品"整体思想倾向的正确是应该肯定的"，"深刻地反映解放前中国的现实的真实，是主要的"。而专家和学者们普遍认为，这是几十年来十分难得的一部小说，是对当代文学创作的重要贡献。陈早春把这些意见反映上去以后，上级机关有所松动，但是仍然不准重印此书。而此时正值第二届"人民文学"长篇小说奖开评，该如何对待《白鹿原》？应多数评委的要求，陈早春毅然支持将《白鹿原》列为第一名。这次评奖，我是评委之一，可以算是见证人。我知道陈社长做此事是需要一些胆魄的。有领导直接对他说，你这是"顶风上""对着干"。开颁奖会那天，因为得知《白鹿原》在获奖名单里，上级机关竟然没有一位领导出席，但陈早春并不理会，他会照开，奖照颁。当然，这件事后来双方还是达成了谅解，《白鹿原》经过"适当修订"重新出版。在第四届"茅盾文学奖"评奖中，评委陈涌对此书的热情推荐获得评委会支持，最终使它获得这项全国最高奖励，而且名列榜首。

对于担任社长的陈早春来说，除了当代文学是一个经常惹麻烦的领域之外，《新文学史料》杂志也不省心。主编牛汉是一条硬汉，坚持求真务实的办刊方针，务求刊物发表文章要最大限度地逼近历史本来面目，因而它自创刊以来发表过诸多纪实性和研究性文章，引起文坛强烈反响。由于特殊的历史原因，几十年来以冯雪峰和胡风为代表的作家群体受到不公正待遇，所以该刊组织过一些文章，细述当年旧案原委，目的在于澄清史实。然而文坛领导层有些人对此看不惯，说《新文学史料》被牛汉办成了雪峰派和胡风派的同仁刊物。韦君宜主政

《白鹿原》20年纪念版

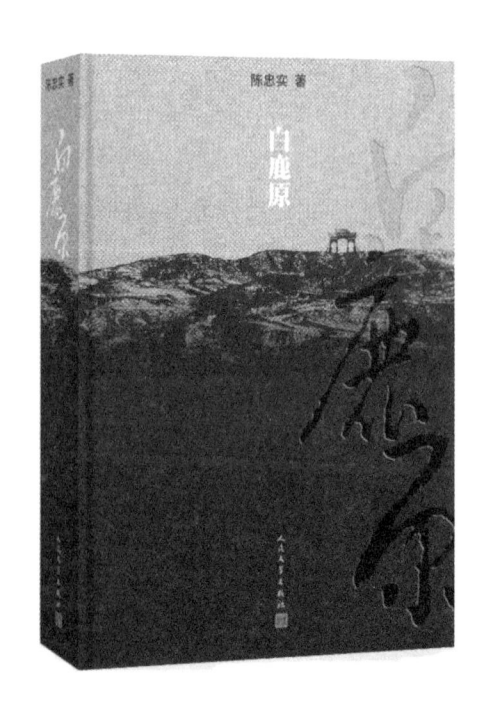

时就有此议论,以致韦老太曾商请牛汉,"咱们是不是可以停刊?"牛汉自然是不愿,顶住了。到了陈早春主政的1987年,同样的议论又从上级传来,意思是这个杂志应该换主编。正好此时,牛汉也到了该离休的时候。但陈早春认为,牛汉不能走,不过可以变通一下,用加强管理的方法解决问题。所谓加强管理,就是由他和牛汉两人担任双主编。他对牛汉说,你照样编你的刊,我只挂名不参与编务,出了问题我负责,"如有来自外面的压力,由我去扛。我光棍一条,没有什么羽毛需要特别珍惜的"。这样,牛汉又继续放手主持《新文学史料》编辑工作10年,直到1997年他年满74周岁为止。应该说,这份刊物由于坚持以史料为依据,用事实说话,一直享有盛誉,成为文学界首屈一指的资料丛刊,这确实有赖于陈早春以其倔强的性格鼎力支持。

三

作为出版社社长,陈早春可以算是书生型领导。

他的观念,其实还是计划经济下老派编辑出版家的思维,极为重视图书文化积累的意义,讲求出版物的社会效益和艺术质量,而不太重视出书赚钱。

但是时代变了。他主政人文社的时期,虽然出版社还没有转企改制,但是已经开始实行"事业单位企业管理",经营上渐渐显露压力,社内呼唤改革的声音也越来越强。在这种情况下,他必然被改革潮流推着走。

80年代末,工厂企业到处都在改变用人机制,以优胜劣汰的办法实行新的人员组合。于是陈早春也在社内实行"优化组合",成立了中文和外文两个综合编辑室,力主抓畅销书,为社里增加盈利创收。

就在这时,他起用我担任综合第一编辑室主任。

我在人文社可谓一路顺风,工作4年后担任了编辑室副主任,6年后就做了主任。其实我那时年轻气盛,有几分清高,几分狂妄,办事不谨慎,在人文社是个争议人物,提拔我时反对之声不小。但陈早春和当时我的主管领导李曙光总是考虑要用人所长,他们觉得我有事业心,能做事,还有一点经营头脑,所以力排众议对我加以提拔。如果说,我这大半辈子做编辑还比较成功,很大程度上是陈早春等人文社领导给我创造了机会。那个时期,我的每一点成绩,都与他们的支持有关。

我过去写文章不止一次提到,1989年3月我在中国大陆首先出版了台湾李敖先生的《独白下的传统》,这是李敖第一次正式对大陆出版社授权。但是当时李敖并不认识我,他是通过自己的代理人陈中雄慕名来人文社接洽的。陈中雄与陈早春交谈后,得知陈早春是一位鲁迅专家,将情况向李敖汇报。李敖大喜,因为他自己也是鲁迅崇拜者。这样两岸版权合作的纽带由于鲁迅而连接。李敖将自己一大批作品带给陈早春,表示说:"我的作品,你可以随便挑选出版。"因为那时出版社还不能向台湾作家支付外汇,李敖甚至大气地表示:"我不计较报酬,稿费可以不出大陆,由你们代我处理。"后来,陈早春把这些作品交给我安排,我出版了一个"李敖作品系列"共7本,引起一定社会反响。每一本都有不错的销量,《独白下的传统》总销量超过20万册。李敖很兴奋,此后他与我做了20多年的朋友,这缘分盖始于陈早春。

香港小说家梁凤仪，最初由新华社香港分社领导介绍给人文社，原本是基于政治方面的考虑，即在"97回归"之前，希望我们支持香港的爱国作家，同时也以文学作品帮助国人了解香港。陈早春将这个任务交给我，由我经手，于1992年出版了《醉红尘》等3种财经小说。新书出版后，的确得到空前的重视，中央电视台《新闻联播》罕见地做了报道，而我们举办新书发布会时，国务院港澳办主任鲁平，中国作协副主席陈荒煤、冯牧、王蒙都前来出席并讲话，对作者表示祝贺。但是，因为当时出版港台作品需要新闻出版署批准，在我们要继续推出后续作品时，署里扣住不批了，说是听到一些人有不同意见，认为财经小说不能算纯文学，这些书不该由人文社来出。我们对此颇为无奈。这时又是陈早春亲自找到署领导交涉，讲明原委和利害，使这套书得以顺利出版，最后连小说带散文共出版了20来种，形成作品系列。实事求是地说，这些书对于内地读者了解香港社会的现实人生，具有不可低估的认识价值，而且几乎每一本都是畅销书，也为出版社赢得了不少利润。当然，梁凤仪也因此而特别感念陈早春。20多年后，陈早春病重住院，适逢梁凤仪在北京参加"两会"，她特地抽时间赶往同仁医院探视，说了很多动情的话，称陈早春为"恩师"。

　　至于说到陈早春在人文社堪称大手笔的政绩，不能不提200种240卷的《世界文学名著文库》。担任社长以后，他访问过欧洲、美洲一些发达国家，发现各国都有世界文库一类的丛书，集中展示一个国家文学出版的系统性成果，而我国虽拥有几千年文明历史，却还没有这样一套书。他认为，人文社对此是责无旁贷的。于是从1993年起，他开始策划出版这套旨在汇总世界文学作品精华、反映世界文学最高成就的大型文库。外国部分，包括荷马史诗至第二次世界大战结束时期的作品；中国部分，从《诗经》一直选收到中华人民共和国成立前夕。这套书的规格之高、规模之大、权威性和代表性之强，堪比商务印书馆的《汉译世界学术名著丛书》。全部备有装帧设计雅致大气的精装本，突出彰显了人文社数十年来在文学出版方面无可匹敌的成就，它被林庚先生称为"一项任重而道远的工作"，更被余冠英先生盛赞为"中国出版事业的'三峡工程'"。

这套书给出版社带来的经济效益也可谓不俗。一直到今天，仍然可以多次整体重印。刚出版时，就引来了台湾光复书局的老板林春辉先生，他断然拍板，要购买其中100种的版权，在台湾出繁体字版。那时因为人文社还没有外汇账户，林先生要支付第一批定金，共8万5千美元，无法汇入。我记得，他是带着两个助手，拿着手提箱来给人文社送钱的。那天林老板到达，惊得陈早春一时手足无措，赶快打电话，叫我这个社长助理和财务处处长一起，到他办公室数钱。我是平生第一次见到满满一手提箱美元。要知道，这8万5千美金，大约相当于人民币70万元（当时美元兑人民币约为1:8.7），而人民文学出版社那个时期每年的利润总数，也不过才100多万元呀。

《世界文学名著文库》部分图书

当然话说回来，书生治理出版社，最头疼的还是改革。陈早春这位书生出版家，办事讲究中规中矩，严守传统。对于出版管理的商业化，他是多少有些顾忌的。90年代以后，不少兄弟出版社实行了编辑部绩效考核制度，人文社却迟迟没有走出这一步。编辑们创造了效益，不能得到应有的回报，难免议论纷纷，发些牢骚。但是念及人文社是大社老社，陈早春生怕改革荒腔走板，若不慎失手，难以收拾局面，所以他总是按兵不动，在等待中观望，强调稳定为主。他的性格沉静，明知别人对他"不思改革"有意见，他也不愠不火。作为他的助理，我曾不止一次向他反映群众呼声，他也不过多解释，每每以"社内情况复杂，你不了解"回应我。

不久，他终于走出了一步大棋，就是给人文社自建印刷厂。

起因是北京新华印刷厂要上马电脑印刷，为此淘汰了一大批铅印机器设备，这批机器只能按废铁价格处理。陈早春觉得机会来了，投资10万元，把全部废旧机器购买下来，在大兴县找到一家村办企业，与人文社合资办起了印刷厂。此事曾受到社里一些人质疑，说人文社的印刷厂为什么不迎头赶上时代，从电脑印刷起步，反而要使用落伍的设备建厂？有人直接评论说，"这不是与改革背道而驰吗？"这件事我也曾经同他探讨。他告诉我，人文社的重印书太多，光是《世界文学名著文库》240本书就全部都有现成的纸型，且不说其他若干丛书和单行本为数更多，这些书年年可以印制，纸型可以反复使用，比起重新用电脑排版印刷，可以节省不少费用。他对我说，"赚钱不易，省钱就是赚钱呀！"我无言以对，不能否认他有理。现在看来，这家印刷厂的确为出版社做了大约10年的贡献。每年印制几百本书，要讲省钱，倒真是省了一大笔开支。

不过，陈早春毕竟还是具有前瞻性眼光。1994年，就在他将《世界文学名著文库》繁体字版权转让给台湾光复书局的同时，他和林春辉先生商定，双方投资建立光文印刷服务有限公司，开展电脑激光照排业务。这对人文社出版印刷技术革新是一个历史性的进步。在当时整个中国内地出版界，也应算是领先的。这家排版厂至今犹存，对人文社后来的发展贡献不小。他们不仅为人文社制作图书，而且提供对外服务。我记得，1996年以后我到香港三联书店工作，因为当地出版界排校力量不足，还曾经与这家公司合作。他们为香港三联连排带校直至生成可供电脑印刷的胶片，总共制作超过200种图书，而香港三联向他们支付的港币，也算是外汇呢。

四

不能不说，陈早春社长对我有知遇之恩。

他多次对我讲过，"我是把你当作接班人培养的。你不能只做编辑，必须得到全方位的锻炼。"所以，我虽然主要工作在编辑部，但每当他有棘手问题需要找人解决时，他总会想到我，经常把我抽调出来。这时他就会对我说，你是我的救火队、消防员。

记得1991年底，社里群众对发行部管理混乱意见很大，他让我带领一个调查组，到发行部蹲点3个月，先摸清情况，再提出解决问题的方案。将问题处理完毕后，他提升我为社长助理。

1993年，人文社出版的6种梁凤仪财经小说被山西一家出版社非法授权给书商盗印，陈社长委托我去和这家出版社交涉，获得赔偿 30 多万元。他从这笔钱中拿出 1 万元作为我的奖金。那时我一个月工资只有 1 千元，在当时的人文社，这笔钱是有史以来发放的最大数额单项奖金。

1994 年，钱锺书小说《围城》又被四川文艺出版社以"汇校本"的形式侵权，印数达 10 万册之多。钱锺书先生委托人文社代表他维权。因为"汇校"人在上海，人文社决定在上海中级人民法院起诉。社里为此聘请了两位律师，并派一位主管版权的副总编辑一同前往上海。离他们动身大约还有一周时，陈社长忽然找到我，说："你也要去。"我说，"社里不是已有领导去了吗？"但是他说，"你办事，我放心。"我告诉他，我家住在位于东郊十里堡的一居室公寓里，每天早晚都要骑自行车到朝阳门小学送接小孩，无法出差。他明白我有改善住房的要求，立即说，我马上给你分一套两居室，你搬到朝阳门小学附近，让孩子可以自己上学，如何？我喜出望外，自然愉快地同意到上海去打官司。然而，这对他这位社长可是犯忌讳的事，要招惹群众意见的。好在我当时分房排名很靠前，他破例为我单独分房，并没有引起太大的风波。

2017 年 9 月，陈早春（左）和作者在一起。

当然，陈社长对我有这么多关照，我对他交代的工作，也总是尽心竭力完成，让他满意。

但是，也有两次我辜负了他的期望。而他以一向沉静的性格对待，并未怪罪我。

也是在1994年，人文社有一位主管发行的副社长退休。陈早春对我说，他要向新闻出版署推荐我接任。我因为迷恋编辑工作，觉得去管发行就脱离了编辑业务，于是婉拒。这时他苦口婆心地说服我，告诉我将来如果要在人文社接班，没有发行工作经验也是不方便的。而且做发行副社长，照样可以兼管一个编辑室，不算脱离编辑岗位。但我是一根筋，死活不同意离开编辑部，这使他深感失望，但还是尊重我的选择。

1996年，香港联合出版集团决定借调我赴港工作。陈早春找我谈话，希望我留下不走。他告诉我香港是个弹丸之地，做不成什么大事，没什么前途。但是我决心尝试一下新领域的新岗位，他也无奈。不久香港方面来人考察我，约定某天要先与社长谈话，然后再与我见面。那天一早，陈早春到我办公室来，坐在沙发上问，你究竟可不可以不

陈早春的散文随笔集《蔓草缀珠》

去?如果你同意不去,我就对他们说你坏话,让他们放弃借调你的念头;如果你真的想去,我就说你好话,帮你促成这件事。我听了非常感动,觉得他简直是把我当知心朋友。然而他也是书生气十足了。事已至此,我怎么还能改变主意?

于是,1996年底,我调离了人文社,再也没有回去。

如今回忆这些事,我浮想联翩,觉得自己对陈早春社长真是有所辜负,甚至不止如此,我对他还颇多冒犯呢。

印象比较深刻的至少有两次,我的失礼行为被他默默包容。

一次是我担任社长助理期间,陈社长想出版《金庸作品集》,要致函金庸约稿。他请我代笔写信。当时人文社有规定,凡是向港台海外作者写信,需要经过主管外事的副总编审定。我把写好三四页纸的信交给那位副总编,没想到被他用红色圆珠笔像改小学生作文那样改成了大花脸。我对此人的水平本来就不认同,对陈社长提拔他担任副总编不服气,现在他对我竟然如此不尊重,令我异常恼怒。我闯进社长办公室,"啪"地一下将这封信猛摔在沙发前的茶几上,对陈早春说,"看你提拔的人,干这样的好事!"一股脑儿把火气往他身上撒。他当时正忙着看稿,抬眼见我气哼哼的样子,一句话没说,只是平静地拿起信,一页一页细看。看完对我说,"我比对过了,他修改的确实不比你的原信高明。你不必理会他的修改,按你的原稿打印,我签字盖章。"见此情景,我顿时意识到自己失态,连忙对他说谢谢。

另一次是开社务会,我作为社长助理参加。会上讨论了一些人事问题。有人反映我所在的编辑室一位年轻编辑不遵守劳动纪律,心思不在工作上,还常说一些影响社内团结的怪话。陈社长批评我管理不严，并说对这样的编辑要处分，杀一儆百。我听了不以为然，觉得事情没有严重到这种程度，于是和陈社长争吵起来。我指责说，这样"不教而诛"，是滥用权力，说着说着便激动了，竟然当众拍了桌子，拂袖而去，弄得一屋子社领导面面相觑。然而，陈早春不但并未动怒，之后对我也未加深责，他只是找我谈心，告诉我要加强思想修养，克制感情冲动，磨炼自己的性格。

旧事重提，我感到陈社长的性格中有一种难得的宽厚和雅量，其涵养令我钦敬。

我想起2015年的一天，陈社长打电话来和我聊天，我们共忆往昔。他感慨地说："对于你，我一直觉得自己没有看错人，没有用错人。"又说，"你记不记得，当时你不止一次地顶撞过我，可我还是支持你。"我听了非常内疚和自责，对他解释说，我那时不懂得设身处地考虑问题，这就像不养儿不知父母恩一样，自己不做社领导，是感觉不到当出版社社长的工作压力和难处的。我说，"你当初总是批评我'少不更事''不当家不知柴米贵'，我不以为然，但是后来，我当了出版社领导以后，也常以这两句话对我单位里的中层干部讲呀。"他听了哈哈大笑。

我察觉到，自己离开人文社以后，性格有了很大的变化，不再那么莽撞了，也减少了偏激，而多了些冷静、内敛、宽厚和包容。这是否和陈早春当年对我的言传身教有关？我认为一定是。

2021年2月18日

永远的微笑
——记忆中的杨德炎先生

6年了,杨德炎先生那微笑的脸庞时常浮上我的脑际。

我经常和朋友谈论起他,与大家一起为他唏嘘感叹。

这位著名的出版家、商务印书馆的总经理,刚刚退休,就急急地走了。他是学者,但没有写下什么著作;他德语、英语俱佳,却没有留下什么译著;他做了一辈子编辑出版,却没有来得及总结自己的职业生涯。

众人都说,太可惜了。他为人作嫁一辈子,刚有机会为自己量体裁衣的时候,天妒良才,仁者不寿。

然而,他对出版的贡献是有目共睹的。像商务印书馆的前辈张元济、王云五一样,他的业绩将被记录在中国现代出版史上。更加令人怀念的是他的为人:敏锐精明而又温文尔雅、谦逊和蔼,彬彬有礼、亲切待人,永远不失外交官风度,脸上总是带着善意的微笑。

杨德炎先生

一

杨德炎比我年长 7 岁。但在辈分上，我们实际是属于两代人。他是"文革"前的老大学生，在出版业里入行很早，而且身居高位，可是我作为一个小字辈，总是把他当作良师益友。如果不是在正式场合，我不会称呼他"杨司长"或"杨总"，而是一直称他"老杨"。

我认识老杨是在1993年，那时我在人民文学出版社担任社长助理兼编辑室主任，负责中国当代文学和港台文学的编辑出版。我所联系的港台作家，经常有些出版方面的业务问题需要新闻出版署外事司解决。老杨是司长，为此我找过他几次。

在新闻出版署的办公室里，老杨算是很"洋派"的。他总是身着深色西服，还规规矩矩地打着颜色鲜艳的领带。这是他在欧洲做外交官时养成的习惯。但我觉得他不太像官员，而更像文人。他常常笑盈盈的，对人很热情，也很真诚，没有一点官架子，谈话幽默风趣，爱说笑话。因为曾经在国外生活，他眼界开阔，知识面很宽，听他谈话，哪怕是谈正事，也总能讲出一些相关的逸闻趣事，活跃谈话气氛；有时，还会感觉他见识不凡，处理问题的方法巧妙，善于变通。所以，我与他初次见面，便被他的性格吸引，觉得他是个亲切而有魅力的人。

后来我们熟悉了，经常在一起聊天。我于是知道他是一个非常务实的人，极其善于适应环境，也就是做什么像什么。这当然也是环境逼出来的。

"文革"期间，他刚刚被分配到商务印书馆工作，就跟着大批被下放劳动的"老九"一起，去了湖北咸宁的文化部"五七"干校。那时他 25 岁，是个外语专业毕业的大学生，根本谈不上什么工作经验和行政能力，但是干校让他当司务长，负责几百号人的伙食。那时正是生活用品短缺的时期，呼啦啦来了一大批城里的干部办干校，把当地的副食品供应搞得非常紧张。买菜是要抢的，否则干校人员就得天天啃萝卜干。老杨告诉我，他那时每天半夜起床，天不亮就赶到咸宁城的集市上，挤进人头涌动的人群，呼着喊着抢回一点新鲜蔬菜。这个文弱书生，原本好清静，爱面子，这时责任在肩，也便"奋不顾身"了，眼镜被挤掉了不止一次。他从不抽烟，但是那时买菜要讲"关系学"，关系好才好办事，于是他的口袋里总是装着"飞马"牌香烟，与人见面时给人递烟，为人点烟，往人家柜台上扔整包的香烟，这些事都没少做。为了和副食店搞好关系，他甚至到店里帮忙，张罗着帮人家卖菜。他因此也便总能得到一点回报，弄到一些紧俏的副食。他说，这就是放下身段，只有这样才可以把事情做好，这个道理他是从那时就懂得的。

其实去干校以前，他已经经受了一些锻炼。"文革"开始，他在上海外国语学院尚未毕业，因为无心在学校里打派仗，便自己联系到上海码头的海员俱乐部去实习。这样可以接触许多外国海员，便于练习外语的口语。在俱乐部里，餐厅和宾馆客房服务员他都干过，也都干得像模像样。

他告诉我，90 年代他当外事司司长时，有一次陪着一位新闻出版署领导出差到上海，入住锦江饭店。一天，酒店服务员来为他打扫房间、收拾床铺时，床单老半天铺不平，搞得手忙脚乱。他在旁边笑了，说你歇歇，我来试试。于是站在床尾，双手捉住床单的两个角，向空中一展,整个床单被平抛起来,再落下时,床单的四个角准确地落在床铺的四角。那服务员顿时惊呆了,想不到这位穿西服的官员竟有这种本事。老杨解释说,这是当年他在海员俱乐部学习的必修课。那服务员此后更对他客客气气,礼貌有加,视如前辈。他和署领导退房离开时,服务员赶过来,抢着为他提箱子,害得他赶快去把署领导的箱子提在自己手里。

对我讲完这些故事后,老杨总结说,他是做"waiter"(侍者)出身的。今天做出版,其实也是"waiter",为作者,为读者,也为自己的同事们服务。

1996年4月,老杨接任商务印书馆总经理,那时他51岁,年富力强,踌躇满志。那年夏天,我们在钓鱼台国宾馆一起参加一个宴会。我惊异地发现,他在语言方面是个天才。同桌十几个人,他只认识我一个,和那些陌生人打招呼,他发现人家有外地口音,就用方言与人家对话。上海话、四川话、湖南话、客家话,都能随口说来,惹得一桌子人都抢着和他说话,好像都很喜欢他。人民文学出版社副总编何启治是广东人,坐在他旁边,他就用广东话与何聊天。我问何启治,"老杨的广东话说得究竟怎样?"何说,"当然还是听得出是外地人,后学的。"我想,这恐怕是很高的评价了。后来我在香港生活了8年,广东话也只是"识听,不识讲"呢。

我直觉地感到,老杨这种语言天赋增强了他的人格魅力和交往能力。他因此而更加自信,更加活跃,在人群中更有人气,人缘也更好。

当然,对于执掌商务这样的出版机构来说,这语言天赋连雕虫小技都算不上。但是,就在钓鱼台会面的这一天,老杨对我讲到他对商务今后发展的一些设想，我感到他是有雄心的。商务是百年老店，品牌是金字招牌。老杨说，"我能做的，就是把金字招牌再擦亮一点。"那时整个出版界正在大力呼唤改革，老杨对我讲话也便充满激情，似是跃跃欲试。他说，百年老店有它的优良传统，但也有它的惰性，有些章程也要改一改，有些规矩也要重新立一立，才能像一个现代企业。比如，开会了，不来的不来，迟到的迟到，这样不行。他一上任，就要求开会前要签到，不到的和迟到的要点名批评；他自己腋下夹着公文包，一分钟不差，准时进入会场，谁也不等，摊开文件就讲话，讲完后夹着公文包就离开会场，让大家自己去讨论。他认为，当总经理要给自己树立一个讲求效率、雷厉风行的形象。

聊天中他给我讲起一件小事，说他到任后每天上班，7点半准时在自己家门前等商务的小车来接。有一天，7点35分，小车还没有到，他看看表，便叫了一辆出租，径直上班去了。这事把司机吓得不轻，从此不再迟到一分钟。

从这时，我就已经看出，这个"微笑服务"的总经理是有一点胆识和魄力的，他在商务一定有一番作为。

二

杨德炎在商务上任的时候，这家出版社已可以称得上是中国出版的航母。雄厚的积累，使得创新变得很难。在此之前，且不说历史上曾有过王云五出版《万有文库》的辉煌，就是新中国成立以后，商务仍然是工具书的王国、学术书的重镇。开辟新思路，做出新尝试，所谓"守正出新",对总经理是一个考验。

老杨首先想到的是如何维护金字招牌。以原有的《新华字典》《现代汉语词典》《牛津高阶英汉双解词典》为核心的语言工具书,需要不时地修订更新,否则就会失去读者和市场竞争力,而从 70 年代末期开始陆续出版的《汉译世界学术名著丛书》需要不断增加品种,扩大规模,日臻完善。老杨为此殚精竭虑,亲自联系作者,亲自组织修订,亲自协调编辑出版运作,忙前跑后,不辞辛劳,把自己完全作为一个服务性的 waiter。这确保了商务的精品工具书和学术名著年年重印,几十年影响力不衰。

作为一位有远见卓识的出版社领导,老杨的观念是很前卫的。他在欧洲任外交官,在出版署外事司任司长,与国外出版界多有接触,深知数字出版是一个潮流和趋势,在中国做出版也必须占领这个制高点。于是他到商务以后做的第一件大事,就是给全馆员工每人配备一台电脑。须知这是 1996 年,数字化办公对于中国绝大多数出版社,还遥不可及。但老杨认为,商务必须做这件事。因为早在 100 年前,第一台西方印刷机就是由商务印书馆引进的,走在时代前沿,原本是商务的传统,天经地义。接着老杨在商务成立了技术部,后来又将它发展成信息部,2002 年开始提出"四化二网"的信息化发展战略,也就是要实现办公自动化、管理网络化、资源数字化、商务电子化,建立外部互联网站和内部局域网站,从而将商务印书馆打造成一个在全国出版行业中居于领先地位的数字化业务与管理平台。从那时起,商务承担了许多国家级的大型数字出版项目,包括将文津阁《四库全书》数字化,建立"辞书语料库及编纂系统",和开发"工具书在线"网络平台，等等，这些瞩目的成就，均自老杨的创意开始。

老杨是实干家。他考虑到商务要发展品牌，不能受原有工具书和学术著作出版这两个板块的局限，而需要另辟蹊径，做些筚路蓝缕的工作。鉴于国内经济加速发展，经管类图书需求扩大，老杨决定在商务开辟第三个板块，出版150种经管图书。于是便有了以《蓝海战略》为首的哈佛经管图书系列，形成很大社会影响。他的这一举措，我曾经极力称赞。因为在我看来，一个出版社要扩大出版规模，绝对不能天上一脚地上一脚地打乱仗，必须在市场薄弱点找到一个突破口，然后全力攻之，迅速以图书板块形成影响力。老杨的做法很能说明问题，因此我在各地出版单位举办编辑学讲座时，常常作为例证。

老杨曾说过，他有两个心愿，一是要做世界上最畅销的书，二是要做世界上最大的书。令他欣慰的是，这两条在商务都实现了。《新华字典》现在创造了吉尼斯世界纪录，截至2015年7月，共发行5.67亿册，其畅销自是无与伦比，还被胡锦涛主席作为国礼赠送给美国耶鲁大学；而文津阁《四库全书》，本是国家图书馆的镇馆之宝，全书共36,304册，分装6,144个书函，陈列摆放在128个书架上。它是七部《四库全书》中保存最为完整并且至今仍是原架、原函、原书一体

商务印书馆的"文津厅"

存放保管的唯一一部。这部巨著在老杨的主持下，由商务印书馆影印出版。图书出版后，老杨特地在商务办公楼内开辟了一个"文津厅"，沿墙以雕花木制书柜对这部皇皇巨著加以展示，一眼看去，确是气势非凡。其实这套书不仅是世界上最大的，也是最重的，总重量达到两吨半呢。

在我看来，不仅《四库全书》显示了老杨作为出版家的魄力，《钱锺书手稿集》的出版更令人钦敬不已。钱先生一生读书过万卷，随读随记，写下了200多本笔记。其笔记除中文外，还使用了七种外文。这些笔记是钱先生治学的结晶，具有重大学术出版价值，然而，整理和出版这些笔记，可以想见的繁难，加之耗资巨大，使一般出版社不敢问津。对此，老杨果断拍板，拿到商务来出。于是历时十几年，投入众多人力物力，才将钱锺书手稿的《中文笔记》《容安馆札记》《外文笔记》三个部分出齐，总共72卷。这套书如果立在书架上，足足有三米多长。这对于弘扬中华文化无疑是一件可圈可点的大事，但老杨并没有挂在嘴边到处声张。我问到此事，他只是微微一笑，说"是的，我们在做"。倒是杨绛先生不止一次向我提起，说感谢商务，感谢杨德炎先生。

老杨还有一个特点，就是善于对外交往。他是外交官出身，国外

《钱锺书手稿集》（部分）

和港台的朋友众多，这在丰富商务的图书选题、促进对外合作方面，是明显的优势。经他的手，创办了《汉语世界》杂志，推动中国文化"走出去"，同时，又与英国牛津大学出版社、日本小学馆、德国贝塔斯曼出版集团、美国哈佛大学出版社等国际著名出版机构建立了密切联系，利用强强合作，使商务品牌建立国际影响。当然，他的对外合作也总是经过慎重选择，其中有他的个人标准。

有一件往事，很能说明他的性格。

2005年，有一次我到商务印书馆开会，散会后老杨对我说，你留下，我请你喝咖啡。于是带我到商务楼下的一间咖啡馆。

那时我刚刚从香港回京，担任三联书店的副总编。老杨端着咖啡，向我询问三联与香港TOM公司的合作情况。我做了简要介绍，告诉他，是三联前任总经理董秀玉和李嘉诚的助手、香港一位著名女强人洽谈了与TOM公司合资经营《三联生活周刊》的协议，但事后此协议没有得到上级主管部门的批准。老杨笑笑，对我说，其实这位女强人来北京先找到商务，和他商谈合作，然后才去的三联。老杨环顾四周，说当年就是在这间咖啡厅，那女强人和他就是坐在我们现在这张咖啡桌旁谈话的。他见那女强人说话滔滔不绝，边说边做手势，手上戴了几只材质不同的手镯，只要手一动，就会彼此碰触出"咔哒"的声响。女强人说话时很兴奋，总是说要和商务一起"赚钱"，同时一挥手，就"咔哒"一响。老杨坐在旁边，脑子大概已经走神，只是默默地数着那声响。谈话不过20多分钟，女强人说了多少个"赚钱"已经记不清了，反正那声响至少响了20多声。老杨对赚钱的兴趣似乎不及那女强人大，所以他们没有谈成什么。

听了这个故事，我觉得有趣。我知道商务的确不那么缺钱，没有招商引资的紧迫感。但是我对老杨说，此事仍可看出他和董秀玉以及香港商务印书馆老总陈万雄办事风格的不同。因为那时，不但董秀玉与 TOM 达成了合作意向，而且陈万雄也已经和 TOM 洽谈了融资，把香港商务的网上书店做得风生水起。老杨点头，说自己的确不及董、陈二人，他们都会利用别人的钱给出版社做经营，而自己不善此道。说这话时，他脸上的表情是真诚的，带着淳朴的微笑。

事后我想，虽然老杨老早就放下了知识分子的身段，极为擅长与人合作，但他本质上毕竟是书生。他那种书生的坚持，有时不免使他失去某种机会，但在另一些情况下，却也是必要的。

拿商务出版的《新华字典》来说，早在老杨主政的时代，印数已经达到 4 亿册。这本厚厚的字典，从 50 年代以来一直卖"一斤猪肉的价钱"，至今也不过 20 元一册。试想，在注重经济效益的时代，如果一本书涨价一元，商务将有多少收益？因而关于这本书是否可以涨价，商务领导班子曾多次开会研究，但是涨价的建议总是被否决。

原因就是老杨的一句话：我们不做奸商。

是的，在事业与商业的矛盾中，书生的坚持难道不值得称道吗？

三

话说回头。1996 年底，我奉调到香港三联书店工作。此后，我与老杨的接触不仅没有减少，反而更多了。

因为老杨常来香港，我也常回北京。特别是因为在香港，三联书店、中华书局和商务印书馆是最重要的三家中资出版机构，人称"三中商"，彼此关系紧密，亲如一家。这样每次老杨赴港，"三中商"的朋友总要聚一下，我们常在宴会上见面，有时我也会约他单独畅谈。

老杨对香港出版界的人头熟极了。他在署里做外事工作时，接待过数次港台出版代表团。现在香港中资出版界的领导人不说，就是出版界的前辈蓝真、李祖泽等也都是他的老朋友，所以一听说老杨来了，大家都想见见。聚会时，蓝真先生和老杨都喜欢讲旧日的故事，比如改革开放初期香港出版代表团到内地访问时的逸闻趣事，他们都曾是这些趣闻的当事人。我记得他们说到当时的文化部出版局设宴招待蓝真率领的香港代表团，摆上桌的一瓶茅台酒不够众人豪饮，港人不知内地外事接待有固定消费标准，一个劲儿地催促"拿茅台来"，急得主管会务的老杨团团转，想解释怕扫客人雅兴，不解释又无法搪塞，最后无奈打电话请示出版局领导陈翰伯，害得陈只好自掏腰包请众港客喝酒。如此等等，故事多多，众人听了一乐，颇觉开心。

我赴港后，老杨对我个人的情况也很关注。每次见面都要问我，是否适应香港环境，有没有困难？他觉得我到香港工作是个绝好的学习机会，总是勉励我多观察，多思考，多借鉴，将来把香港工作经验带回北京。我发现，他对港人和香港出版运作的了解，其实比我更多，所以我遇到问题，仍可向他请教。刚去香港那几年，遭逢亚洲金融风暴，市场萎缩，书业凋零，使得原本雄心勃勃的我有严重的受挫感，心情焦虑和压抑。在与他畅谈时，我愿意把自己工作上的困难和精神上的苦闷向他倾诉，这时他便以自己的人生经验给我一些启发和开导；对一些具体的人事矛盾，他也能根据自己对于港人性格的理解，帮我作出分析，每每令我受益匪浅。我猜想，此时他本人未必意识到，与我聊天中他随意提及的一些观点和看法，对我竟然是那么重要。

其实，哪怕是在一些生活细节上，我也常常得益于老杨的提醒和劝告。他深通西式礼仪，每每给我灌输一些基本知识。比如西服上衣和裤子的颜色、西服和领带的颜色应该如何搭配，吃西餐时哪些菜品要用刀切，哪些只用叉子和羹匙。他的意思是，得体地处理这些小事，可以显示人的修养。有一次我请他吃饭，穿了一件长袖衬衫，打着领带，因为天热，我把衬衫的袖子挽起两折到小臂上。老杨一看就笑了，说这打扮和你的身份不配，这是 boy（餐厅服务员）的装束，你做企业高管不能自贬身份。他告诉我，香港是个西化社会，在此工作，这些细节都要讲究，因为你不能阻止别人以貌取人。

1997 年，商务印书馆百年店庆，老杨曾分别到中国香港和德国法兰克福书展上举办庆典活动。我注意到他笑语欢颜，风度翩翩，在场面上非常活跃，一会儿用英语，一会儿用德语，一会儿用粤语，一会儿又用普通话，向与会者热情洋溢地介绍商务的百年成就。这时我就想，老杨真是很适合到香港工作，如果他能在香港做我的领导，该有多好！

大约两年以后，果然听到传闻，说香港联合出版集团的董事长即将退休，香港中联办拟调老杨前来接任。我听了不胜欣喜，觉得领导真是慧眼识人。见面时向老杨求证，他未置可否，只是微笑地说，这事听领导上安排吧。

最终此事一风吹了。原因是新闻出版署领导不放他走。后来我才知道，署领导对老杨的安排是早有远谋的。他早年做商务总经理陈原先生的助手，陈对他欣赏有加，欲重点培养，于是曾在 80 年代后期主动推荐他到欧洲当外交官，以开阔视野。此事得到署领导宋木文的支持。他在德国和瑞士工作四年之后，陈原写信给他，说："与其浪迹天涯，不如做张元济后人。"这一句话触动他的心弦，使他当即决定回国任职。现在，他刚刚在商务担当大任，怎么可能让他重赴"浪迹天涯"之旅？

说到这里，我想起自己在港期间，还和老杨发生过一次有趣的误会。

老杨自己虽然没有赴港工作，但是2001年他把北京商务印书馆一位青年业务骨干推荐到香港商务印书馆担任副总编。此人到港后，与我多有接触。我见其为单身男士，才貌俱佳，便动了给他介绍女朋友的念头。刚好有人托我给香港一位电视女主播介绍对象，我便想把两人撮合在一起。但是两人都腼腆，我几次约他们相见，都因为二人害怕尴尬而未成。于是我知道，他们需要一个特别的场合自然地相识。正巧此时老杨来港，我便对那男士说，我要请老杨吃饭，地点就在湾仔一家海鲜酒楼，请他作陪。然后我便带着那女主播一起去了。席间，老杨见我身边有一位漂亮女士，和我一起说说笑笑，不免诧异。他被蒙在鼓里，也完全没有注意到，那两位年轻男女已经在频频交换眼神。饭后我们一起出门，在电梯里，老杨附在我耳边笑说："看不出，你还是一个少妇杀手！"显然他误会了，把我当成了拈花惹草之辈。我知道他在生活上是极其严肃的，此事一定令他对我产生负面看法。但当时两个年轻男女在旁，我也不便解释什么。

两三个月后，这一对年轻男女闪电式宣布结婚，那男士写信给老杨，称他为"红娘"，老杨才恍然大悟，嗔怪我导演了一出好戏，居然让他当了道具！不过他也很高兴，说这次是在"无意之中成人之美"。

我想，他这一生，都是在做着成人之美的事，哪怕是无意的。

四

2008年，杨德炎卸任商务印书馆总经理。因为他还在担任中国出版工作者协会常务副主席，所以便转到"版协"来上班。版协的办公地点就在三联书店办公楼内，所以我们常能见面。甚至不用专门去找，在电梯里就能碰上。

2010年春节，三联和版协领导有过一次聚会。那天老杨来了，和我们谈笑，兴致依然很高，我完全没察觉到他有什么异样。

但是此后两个月，我没有再见到他，粗心的我也没有想过，为什么在电梯里碰不上了。接着就听到令人震惊的消息，老杨患了肝癌，在上海住了院。

偏巧这年4月，中国出版集团在上海召开数字出版大会，我前往参加。因牵挂老杨，我便利用会议间隙，和集团副总裁宋晓红一起，到医院去看望他。

这是一家部队医院，据说以做伽马刀手术著名，老杨住的病房，楼上有一个大牌子："伽马刀楼"，可见医院在这方面的专业性。老杨住一间单间病房，侧卧在床上与我们讲话，精神很好，脸上依旧带着招牌式的微笑。他把自己诊病治病的经过当作故事讲给我们听。

他说不久以前，他遇到北京一家大医院的一位医生朋友，那人对他说，你现在退下来，时间充裕了，应该做一次彻底的身体检查，对自己的健康情况心中有数。他听了觉得在理，就去了那家医院。他是有"蓝本"的领导干部，可以享受高干待遇，体检能住院，一项项精心地做。住了几天，例行项目和通常会增加的项目全部查过了，没查出什么问题。这时那位医生朋友说，你还不能完全放心，因为有些病，这样的体检还是查不出来。比如癌症，比较精确的仪器如CT、核磁共振等检查，也只能查出已经有了"占位病变"的肿瘤；对于更小的，甚至在细胞层面上的肿瘤，也是无能为力的。不过，朋友说，还有一种能够确诊更小肿瘤的检测方法，用通俗的话来说，就是"加大剂量"，以便将肿瘤放大显示。但是这种检查很贵，要一万多元，而且需要自费。老杨听了，说自费也没关系，查吧，查了让自己安心。

结果这一查，查出他肝部有一个极小的恶性肿瘤。老杨一下着了急。在北京求医，医生告诉他，这么小的癌症，做肝部切除手术不值得，用伽马刀切一下就行了。但是做伽马刀手术，哪里最有经验？有医生推荐，上海的这家部队医院是全国最早使用伽马刀技术的。

老杨是上海人，到上海诊治他很惬意。因为医治需要几个月时间，几个疗程，他决定在上海租一套房子，用以在疗程之间休养身体。我们见到他时，他刚刚做完一次伽马刀手术，正在医院休息，恢复体力，准备过些天就搬回租住的房子里。他听医生说，这病经过伽马刀手术治疗，就可以痊愈，此后不需要再做什么化疗之类，也不会留下后患。

我注意到，他脸色其实很不好，从鼻子往上，半个脸发黑。他本来就肤色黝黑，此时更显得脸部幽暗。但他的神态和说话的语气，表明他的自我感觉不错。他连说了几次自己运气好，幸亏做了"加大剂量"的检查，才能早发现，早治疗。所以，即使我当时已有不祥的预感，听了他的话，也变得颇有几分乐观。心想如果这样治疗能够根治病症，也算是祸中之福。

那天我们谈了一两个小时，并没有说很多宽慰老杨的话，因为他精神很放松，没有思想负担，不需要宽慰。我们只是祝愿他早日康复，相约北京再见。

回北京后，我一直相信老杨吉人天相，能够力胜病魔。万万想不到的是，仅两个月后，得到的竟是他去世的噩耗！在那个时刻，我像被打了一闷棍，脑子都蒙了，内心悲痛至极。回过神来，急忙打电话向商务的同事询问究竟。他们说，老杨在医院连续动过几次伽马刀手术，原本没有什么异常情况。但这一次，谁也没有料到，他术后在自己租来的房子里休息时，忽然发生肝昏迷。家人立即将他送回部队医院抢救，但医生说已经没救了，生命只有几十个小时。商务印书馆总经理于殿利等当天赶到上海，决定将他连夜送回北京协和医院。于是上海那部队医院派出救护车，呼啸着行驶 16 个小时，从下午 4 点一直开到第二天上午 8 点，中间打了两次强心针，总算把老杨送进协和医院抢救室。然而一切都无济于事了。抢救无效，老杨于当晚逝世。

我到了今天这个年龄，所经历的"忍看朋辈成新鬼"的事也不算少了。但没有一次亲朋的离去，令我受到如此震撼。这一切来得太意

杨德炎创办的商务涵芬楼书店

外了。很多朋友都议论，说老杨的肝癌是早期的早期，一个小到难以发现的肿瘤，怎么会在四个月内夺走人的生命！如果不做治疗，说不定至今他还会健康地和我们在一起！

对此，我也很长时间想不通。

两年以后，王蒙先生夫人崔瑞芳老师患结肠癌去世。未久，马来西亚作家戴小华来京，约我一同探望王老。

此时，老人还沉浸在悲痛之中。他对我们讲述了夫人临走前的情况，说最后的化疗是完全无效的，只能增加痛苦。

我说，那当初，你们没有考虑采用保守的方法延长生命吗？

王蒙说，你没有经历过这种事情，不懂人的心理。这就好比上战场，眼看着敌人拿着刺刀冲上来了，这时给你一把刺刀，就算你明知道拼不过，能不拼一拼吗？

我听了，似有所悟。

于是我想到，老杨的最后一搏，也是危急时刻的一场拼刺刀。他是微笑着应战的，怀着必胜的信念。因为原本他有完全的胜算。可不幸的是，意外发生了，天不佑人呀。

但是我想说，其实不仅在最后时刻，而且在整个一生中，老杨始终是乐观地迎接着各种挑战，一直在努力拼搏，为了商务，也为了中国的出版事业。他勇于追求，不懈奋斗，在事业和人生的舞台上，在一次次"拼刺刀"中，他是强者，更是面带微笑的胜者！

2016 年 5 月 6 日—10 日
原载《中国文化》2016 年第 2 期

二十年来常思君
——追忆"文学圣徒"高贤均

陶渊明曾作《挽歌》，诗中有云："亲戚或余悲，他人亦已歌。死去何所道，托体同山阿。"说的是人去世了，会逐渐被友人淡忘，本是常情常理。但是，老友高贤均去世至今已整整20年，我对他的怀念却有增无减，他的音容笑貌常在目前，以致我几次在梦中与他对话。

在当年的人民文学出版社，高贤均是我最亲密的伙伴。我们一同入职，一同成熟和成长。他担任当代文学第一编辑室主任时，我是第二编辑室主任。他当总编辑助理时，我是社长助理。在人们眼中，他和我是陈早春社长兼总编辑的左膀右臂，是社里培养的两个接班人，是天生一对，无法拆分。人们习惯地将我俩绑在一起，议论起来，基本是有高就有李，有李就有高。本来，我们应该是终生的"搭档"，但

高贤均在一次演讲中。

后来我被调往香港工作,他留在社里担任人文社副总编辑。

记得那是 2002 年 8 月 18 日。我在香港接到人文社一位同事打来的电话,告诉我高贤均刚刚走了。此时他已罹患肺癌两年,这消息并不突然,但我内心仍然深受打击和震撼,悲痛至极。那位同事知我与高贤均相知甚深,便问我,社里委托他起草高贤均的生平,在遗体告别时使用,"你看最终应该怎样评价他?"

我想,高贤均走得很年轻(55 岁),从事编辑工作只有 20 年,这样的编辑在老一代编辑心目中还只是年轻人。但是论成就,论贡献,他却早已超过了许多老一代人。我觉得对他必须高度评价,所以说:"你一定要写上,高贤均是中国改革开放以后出现的新一代卓有成就的出版家和编辑家。"这句话后来成了官方定论,登在报纸上,令我欣慰。然而不久以后,我听到陈忠实将高贤均评价为"文学圣徒",感到这是文学家从另一个角度做出的点睛之论,可以和我的说法互补。

1982 年,我们一起到人文社入职的大学毕业生中有四个男生,高贤均、夏锦乾(后任《学术月刊》总编辑)、张国星(后任《文学评论》杂志社副社长)和我,曾被同在朝内大街 166 号大院里上班的三联书店总经理沈昌文称为"四大金刚"。但在这四个人中,高贤均是最出众的。我们一同被送到校对科从学习图书校对开始进入编辑角色,从最初接触校样那一刻,我们就发现,高贤均对于编辑工作简直就像有特异功能一样。那时校对科实行评分制,逐月为每一位校对的"消灭错误率"(即查出排字或版式错误的百分比)打分。经过一段时间训练,我和夏锦乾马马虎虎可以打上 80 分,张国星则是把心思用在给作者挑毛病上,校对只满足于 60—70 分的成绩。只有高贤均,校样到他手里,好像错误会自动往出跳一样。他几乎每次得分都在95分以上,令我们刮目相看。我那时就觉得,文化界喜欢把善于治学的人叫作"读书的种子",其实当编辑也有天生的种子,高贤均就是一个"编辑的种子"。

高贤均特别适合当文学编辑,也是因为懂创作。他在大学时期就发表过剧本和小说,而且阅读涉猎极其广泛。中外文学作品,凡是在国内有一点影响的,他几乎没有没读过的。这对他判断文稿帮助极大。所以他审稿后给作者提修改意见,常令作者心服口服。这种能力使他短短几年在编辑部就有很高威信。至于创作,他写的确实不多,因为太忙,一年要看两三千万字书稿,平均一天七八万字,实在顾不上写。但他的中篇小说《七个大学生》在丁玲、牛汉主编的《中国》杂志发表以后,与我同在一个编辑室上班的文学评论家杨桂欣赞不绝口。他对我说,从这篇作品可以看出高贤均背后的文学积累,在你们"四大金刚"里,数高贤均最有才能。我说,我们四个人的才能不是各有侧重吗?怎么能一概而论?杨桂欣说,"你没发现吗?高贤均特别善于钻研,他现在是搞当代文学创作,没有进入其他领域,如果他搞别的,也一定成功。比如,他如果和你一样搞文艺理论,恐怕就会比你强。"

杨桂欣这样说,我是服气的,相信他看人很准。因为从一开始我就发现高贤均身手不凡。他1978年考进北京大学时是四川省的文科状元,当时他已经背过两本词典,即英汉词典、俄汉词典,上大学没上过一天外语课。他是"文革"前的老高中生,中学时代已经读完《鲁迅全集》。他的学识积累比我们都要早上很多年,他的文化修养着实让我们佩服。我的直觉是,他有条件成为一个很棒的作家或学者。

我很早就知道高贤均有一个作家梦。80年代中期，忽然有一天他说要写长篇小说，腹稿都打好了。但是，他却迟迟没有动笔。因为他的时间和才华都用在编辑上了，"为人作嫁"，乐在其中，乐此不疲。后来他作过自我分析，说如果把编辑工作丢在一边，自己埋头写作，他可以成为一个作家，但不会是很优秀的（这当然是自谦之语），但如果专心做编辑，他可以成为一个好编辑。他的结论是："与其当三流作家，不如当一流编辑。"这后来成了他给自己人生道路的定位。他很享受编辑工作，曾说，我这样给作者提提意见和建议，帮助他们提高作品质量，其实也很有成就感。

凡是与高贤均合作过的作者，对他的文学修养和编辑能力都不仅认可，而且佩服。远的不说，就拿我本人做例子吧。

我年轻的时候也喜欢写些东西，曾经尝试过各种创作。我不怕丢丑，写了作品，总是第一个拿给高贤均看。我曾参考自己大学同学的一段经历，写了中篇小说《望尽天涯路》，描述一个既自卑又自负的青年人的心理悲剧。那是我的第一篇小说，写的时候完全不知该如何落笔。高贤均看后，说情节很好，但是太平铺直叙了。他提了两条意见，一是要把结构打碎，把单线变为复线，把单向度时空变为交错时空；二是告诉我，整部作品中，缺少几个"弯"，就是可以调动读者情绪的转折性细节。"文似看山不喜平"，有几个小小的转折性细节，使读者有出乎意外的感觉，就不平了。我按照他的意见修改了一遍，后来作品发表在《当代》杂志上，竟然还引起《新华文摘》重视，给予全文转载。

后来我又写了一个短篇《七色光》。写的是一个经济拮据的青年知识分子家庭，买不起彩色电视机的故事。当时北京电视台天天播放的儿童节目名叫《七色光》，内容很好看，这青年家五六岁的儿子不愿看自己家的黑白电视，天天往邻居家跑看彩电，由此父子之间发生了心理上的对抗。高贤均看了以后，仍然是认为故事的立意没有问题，但是表达平庸。他对我说，你和我是一样的人，咱们的心理都太正常了。这样是写不出好小说的。你要把自己变成作品中的人物，他的性格中应该有一些怪异的因素，你就要把自己变得"怪"一点，要发一些奇想才行。他说，他自己写小说，也常常需要"克服"自己心理过于"正常"的毛病。对此我极受启发。后来这篇小说修改后，被台湾作家郭枫看重，拿去发表在台湾的《新地》杂志上。

至于高贤均在编辑出版中发现好作品和帮助作者修改书稿的故事，那就实在太多了。他是一个永远可以给我信心的人。我刚开始担任编辑室主任的时候，他曾经是编辑室副主任，遇到长篇小说、报告文学作品，凡是拿不准的，我一定会问他。

记得有过很多次，我和他一起同作者交流，只要有他在，我就以他的意见为主，因为他的意见总是更加专业，且更加系统。他曾经支持过很多别人并不看好的作品在人文社出版，这正是显示他的眼光和水准的地方。例如麦天枢、王先明广受赞誉的获奖长篇报告文学《昨天——中英鸦片战争纪实》。最初我交给一位曾经创作过报告文学的老编辑审读，没想到他提出完全否定的意见，主张退稿。这时我向高贤均求援，请他帮忙判断。结果高贤均却大声叫好，认定这是不可多得的佳作，令此稿起死回生。后来我还专门为这本书做了责任编辑，并为其作序热情推荐。实话说，我的底气，一半来自高贤均。

另一个例子是云南青年作家邓贤的获奖作品《大国之魂》，内容新颖而史料丰富，但因为作者没有写作经验，书稿结构很不成型，另外题材也稍有敏感。接手书稿的《当代》杂志内部争论很大，有人要用，有人要退，最后一直弄到社领导分出两种意见。后来社长找到高贤均和我，我们都写了肯定性的意见，同意这本书做一些修改后出版。我清楚记得高贤均当时读到邓贤作品时满脸兴奋的神态。他极为赞赏邓贤以微观和宏观相结合的视角，描述抗战时期滇缅战场的情景，认为此书是填补当代文学空白的力作，并预言此书会引起很大社会反响。出版后的事实证明，他的判断完全正确。

更有说服力的例子是藏族青年作家阿来的《尘埃落定》。这部后来好评如潮并获得"茅盾文学奖"的作品，它的投稿和出版之路却极其曲折。从1994年完稿以后，阿来四处投稿，却经历了多家出版社数次退稿。客气的答复是作者收到一封退稿信，那不客气的，就是书稿

《尘埃落定》

石沉大海无声无息。退稿的原因,想必是出版社对这位无名作者没有信心,不看好市场。直到4年后的1998年,人文社编辑脚印拿到了书稿,事情才有了转机。脚印喜欢这部作品,但是她需要得到领导的首肯,于是把稿子转给时任副总编辑的高贤均。高贤均当时正在患病休养中,但他很快看完稿子,情绪激动地打电话对脚印说,"我是真喜欢这部作品!我等了很多年,咱们四川终于等来了一个会写小说的作家!(高贤均和脚印都是四川人)这本书咱们出版,你一定要好好编。"于是一锤定音。《尘埃落定》以急件安排出版,除了获奖以外,还成了畅销书。

人文社是出好书的地方,但是好书要有人识,有人编,有人拍板。好书的背后,总有人默默奉献。高贤均是这家出版社当代长篇小说出版的重要参与者和决策者之一,堪称幕后英雄。80年代以后,一大批有影响力的当代文学优秀作品的编辑出版,从《大国之魂》《中国知青梦》《活动变人形》《纪实和虚构》《南渡记》,到《白鹿原》《尘埃落定》《历史的天空》《日出东方》《狂欢的季节》,一直到风靡全球的《哈利·波特》等,都与高贤均有关。有人对我说,高贤均就是在深夜审读《哈利·波特》校样的时候,吐出第一口血,从而被确诊为肺癌的。原本作为副总编,他根本不必去理会什么校样,但是他的责任心驱使他亲力亲为。在所有上述图书中,高贤均有时是责编,有时是审稿人,有时他参与出版策划,有时他是决策人。总之他作为幕后推手,时时显现出独到的眼光、魄力和胆识,以及丰富的编辑经验。

我以为,高贤均能有这样夺目的业绩,不仅基于他的文艺修养,而且基于他对出版事业的挚爱,和他对编辑工作一种燃烧的激情。

他去世以后大家怀念他,有很多同事和作者写了文章,发表在《当代》杂志上。我把那本杂志找来看,发现大家想起高贤均总会回忆起同一个场景:大家都记得他每天中午端着盒饭这个屋聊一会儿,那个屋聊一会儿,聊的都是看稿子的事。他这个人,日复一日看稿子总是那么兴奋,一有新发现马上跟别人分享。我至今都记得他给我讲的两个细节。

有一次高贤均看了阿城的《树王》,跑来告诉我说,阿城写树的细节是自己过去没有观察到的。作品描写的是巨大的树,写风从左边刮过来,树叶就从左边开始抖动,然后到中间再渐渐波及右边,树的抖动不是呼啦一下展开,而是有层次、有波浪的。高贤均说,阿诚的观察多么细,他原来没注意过,看了阿城的文章后才有意识地去看,果真如此。还有一次,高贤均读了《白鹿原》书稿,很兴奋地跟我说,你快去看看"黑娃吃糖"是怎么写的。作品中黑娃是个苦孩子,长到

《白鹿原》

十几岁从没有吃过糖,有人给他一块冰糖,他不知是什么东西,以为是石子。当他把冰糖放进嘴里时,愣住了,从来没想到世上还有这样神奇的滋味,从眼珠到整个身体顿时不会动了。这时作品对黑娃表情的描写简直是一绝,写他竟然浑身颤抖,继而哇哇大哭,吓得别人以为他的喉咙被卡住了,慌忙掐住他的腮帮,要帮他把糖向外抠。其实他那只是幸福的表现,他被那甜甜的味道震撼了。高贤均说,这个细节写得太精彩了,从这个细节就可以看出陈忠实的功力。

那时,每天中午我们和高贤均一起吃饭,总是听他讲这些。我觉得他真是激情满满,沉迷于书稿,沉迷于文学作品,全情投入,入戏很深。

关于高贤均以激情编书的故事,有两个很好的事例,我曾多次在高校和各大出版集团开设的编辑学课程中当作案例。

一是关于《白鹿原》,我要说说高贤均在这本书出版中的作用。《白鹿原》的书稿,是人文社副总编何启治早早约定的。他从70年代前期陈忠实刚刚写过一两个中短篇时开始,就发现了这位作者的创作潜能,建议作者写长篇。但陈忠实直到20年后才完成这部巨作。90年代初期的一天,陈忠实通知何启治,可以交稿了。正好此时,高贤均和《当代》编辑洪清波要到成都出差,何启治就说,请你们顺路去一趟西安,陈忠实有稿子,你们先看看。于是高、洪二人去西安见陈忠实。

我看到当时情景的有关记录是这样:陈忠实拿出的书稿是手稿(那时没有方便的打印条件),40万字的书稿很厚,他把稿子包了又包,裹了又裹,里面是牛皮纸,外面是塑料袋,打成一包,很郑重地交给高贤均和洪清波。然后他说，我这是把多年来的心血托付给你们了。高贤均当时要打开，陈忠实慌乱地说，你不要打开，你不离开这里不能看。我猜想，其实陈忠实是心里害怕，担心用6年时间写出的成果不被承认。（作者在这种时候很紧张，像接受考试一样，压力山大，这是正常心态。）要知道，陈忠实在家里6年闷头创作《白鹿原》，除了这本书稿以外，其他创作很少。他在此之前没有写过长篇，中短篇也没有太大的反响，所以他老婆不断讥笑他，说他还不如开养鸡场，养鸡还可以指望吃几个鸡蛋，而他这些年什么都没有得到。所以陈忠实曾经跟老婆说，这部作品不成功他就开养鸡场。他是把这辈子命运的宝，都押在这本书上了。

　　两人拿到稿子后，马上坐上了去成都的火车，一上火车就开始看稿，高贤均和洪清波轮着读，到了成都又一边开会一边利用会议间隙读。还没回北京，两人都把稿子读完了。工作如此神速，显示了编辑的激情和敬业。回到北京后，高贤均第一时间写了一封信给陈忠实，说这是一本在中国当代文学史上注定要留下一笔的大书，是他看过的中国当代长篇小说中最有分量的一本。陈忠实后来回忆说，高贤均拿到稿子只十天就让他收到信，这是他万万没有想到的。当时没有电子邮件，也没有快递，一封信就要走几天，而高贤均又要开会又要赶路，居然有这么高的效率！陈忠实也没想到高贤均的评价这么高。收到信后他欣喜若狂，猛地翻身从沙发上跳起来，对老婆说："我不用开养鸡场了！"这本书后来高贤均和洪清波做了责任编辑，获得了中国当代长篇小说的最高评价——茅盾文学奖。

　　另一个令人惊叹的故事，是徐贵祥的《历史的天空》的出版。这部稿子在到达人文社之前，也曾被两家出版社退了稿。作者徐贵祥写了一篇文章回忆此事，说他曾经想把稿子一把火烧了，从此不写了。就在他心里很矛盾的时候，他见到了人文社《当代》杂志的编辑，他提到了这部稿子，那位编辑说愿意拿回去看。过了几天，徐贵祥打电话问编辑，你觉得怎么样？编辑说："说不好，我一个人看怕判断不准，转给小说组编辑也看看吧。"于是稿子被转给人文社小说组另外一个编辑。这位编辑看完后，作者去电问，你觉得怎么样？那位编辑也说："拿不准，还是给领导看看吧。"这样稿子才到了高贤均手里。高贤均在一周后直接给徐贵祥打电话说，"请你来，我要跟你面谈。"

人文社副总编直接找他面谈，把徐贵祥吓了一跳，因为当时他还是没什么名气的作家。后来作者在回忆文章里描写了他到高贤均的办公室后的情景：高贤均高度评价这部书稿，他当着几个编辑和作者的面，"激情澎湃、神采飞扬，一会儿站起来，一会儿坐下去，双手舞动着讲了一个多小时"。这让他感到自己幸运地遇到知音了。

关于稿子涉及的国共关系的敏感话题，就是前面说到有些人拿不

《历史的天空》

准、有些出版社因此而退稿的那些内容，高贤均提出了一些具体修改意见，可以说是密授机宜。作者说，其实高贤均提的都是些非常巧妙的处理方法，四两拨千斤，操作起来一点儿也不困难，作者当即表示完全接受。最后高贤均做了总结，对作者说，你就照这个方法改，改完以后我给你做两个预测：第一，这本书可以获得"五个一工程奖"；第二，这本书参加"茅盾文学奖"评奖很有竞争力。后来的事实证明，这两个预测全都正确，这本书出版后一共获得四个大奖："解放军文艺奖""五个一工程奖""茅盾文学奖""人民文学奖"。试想一下，两个出版社退稿，本社也有一些编辑拿不准的书稿到高贤均手里变成这样，不是化腐朽为神奇吗？

"人民文学奖"评奖的时候，高贤均已是肺癌晚期，距他去世只有两三个月，但作为评委，他坚持从医院赶来开会，上台讲了二十分钟话，介绍《历史的天空》。后来作者提到这件事时非常感动，他说一想起高贤均就流眼泪，还说对高贤均他无以报答。此时人文社的编辑就跟他说，你要想报答高贤均，今后你有好稿子就都交给人文社吧。作者就承诺说："好。"我以为，这纯粹是高贤均以自己对文学事业和对作者的一片赤诚换来的。说他是"文学圣徒"，信然。

高贤均去世 20 年了。"不思量，自难忘"，我今天在这里追忆他，因为我感到他的名字是值得出版界同仁永远铭记的。他身上的那种执着、勤奋、充满激情的敬业精神，理应得到后来者的继承和发扬。

第四辑

梁启超与协和医院的"百年公案"

一

1924年冬,梁启超51岁。他莫名其妙地患了一种病,总是尿中带血,而病因不明。此病大约陪伴了他四五年时间,一直到他1929年去世始终未愈。起初,情况并不严重,且无痛苦,他不以为意。那时他不仅在清华讲学,而且在京城各大高校都有定期演讲,甚为忙碌,顾不上看病。加之夫人李蕙仙不久前因癌症复发去世,他悲痛不已,写下了文情并茂的《祭梁夫人文》,度过了一段难捱的时光,自然也没有心情去看病。过了一阵子,他忽然发现自己病情加重,因为考虑到夫人是患癌症去世的,他才开始担心自己亦有不测,感到需要去医院查一查了。可这时已是1926年的1月。

开始,他去的是东交民巷的德国医院。德国大夫在半个月时间里为他做了全面检查,排除了结石和结核,但由于医学检测设备不足,最终无法判断病原病因。出院后,他尝试使用中药,未见效果。他与

梁启超先生

列名"四大名医"的中医萧龙友有些来往，前往问诊，对方答复说，尿中带血，"这病不是急症"，"任其流二三十年，亦无所不可"，令他不免失望。因为怀疑自己患癌，他决定到协和医院做彻底检查。

协和是美国人在华开办的医院，拥有当时世界上最先进的医疗器械，已可以进行 X 光透视等检测。协和的医生借助器械，很快查明他的膀胱和尿道一切正常，便怀疑是肾的问题。对于究竟是哪一只肾脏作怪，医生做了一系列左右两肾的对比试验，先是验出两肾的排泄功能左强右弱，接着进一步化验，发现左肾排泄物"其清如水"，而右肾排泄物带血。于是医生认为尿血的原因在右肾上，与左肾无关。接受了 X 光透视之后，医生果然发现他的右肾有一个樱桃大的黑点。经多位专家诊断，一致认为那黑点是肿瘤，且是导致尿血症的病因。

在怀疑是癌的前提下，协和医院决定为梁启超做手术，切除右肾。3 月 16 日，梁启超被推上手术台。主刀医生是当时的协和医院院长、著名外科专家刘瑞恒，副手则是一位美国医生。刘瑞恒干净利落地切除了梁启超的右肾，就手术本身来说，不可谓不成功。但手术以后，血尿并未停止，虽然有时血量很少，肉眼看不出，但化验证明，病症未愈。协和医院再次检查，却查不出任何原因，只得名之为"无理由之出血症"。4 月 12 日，住院 35 天之后，梁启超出院回家了。

割去一肾，病状依旧，手术白做，而病人身体受损。在这个病案中，协和医院出现误诊，这是显而易见的。5 月 29 日，梁启超之弟梁启勋在《晨报》发表《病院笔记》一文，记述梁启超在协和医病的经过，文中难掩对医生的失望和不信任。因为梁启超是社会名流，此文引起轩然大波。众多文化名人关注此事，陈西滢、徐志摩等借此撰文抨击西医,引发了一场"中医西医"的是非之争。但无论如何,引起讨论的核心问题只是手术该不该做、右肾该不该切、医生的诊断靠不靠谱,尽管嬉笑怒骂中对西医的"科学精神"不无揶揄讽刺,但大抵谈论的是协和医生的医术精专与否的问题,而不是医德方面的问题。

然而时隔70年后,有两本书旧事重提,讲出了闻所未闻的荒诞故事:

一是美国哈佛大学教授、中国问题专家费正清的夫人费慰梅在《梁思成与林徽因》(中国文联出版社,1997年)中写道,40年后的1971年,梁启超的公子梁思成住进了协和医院。他从自己的医生那里得知了他父亲早逝的真相:

> 鉴于梁启超的知名度,协和医学院著名的外科教授刘博士被指定来做这肾切除手术。当时的情况不久以后由参加手术的两位实习医生秘密讲述出来。据他们说,在病人被推进手术后,值班护士就用碘在肚皮上标错了地方。刘博士就进行了手术(切除那健康的肾),而没有仔细核对一下挂在手术台旁边的X光片。这一悲惨的错误在手术之后立即就发现了,但是由于协和的名声攸关,被当"最高机密"保守起来。

无独有偶,几年以后,梁思成的续弦夫人林洙在《梁思成》(河北教育出版社,2001年)一书中也写到这件事:

> 梁启超因患肾病,多年来常尿血,经北京德国医院及协和医院诊断,一侧肾已坏死,应予切除。

在协和施行手术，执刀医师是院长刘瑞恒。但因他的判断有误，竟将健康的肾切去，而留下坏死的肾。对这一重大医疗事故协和医院严加保密。

在1970年梁思成住院时，才从他的主管医师处得知父亲真正的死因。

两人说法如出一辙。这场医疗公案被演绎为协和医院院长、外科教授刘瑞恒玩忽职守的故事；而协和医院为了隐瞒事实，也扮演了极不光彩的角色。这样一来，事情的性质完全变了。这个病例不再是一次难以避免的误诊，而变成了协和医生无德、不负责任、草菅人命的证据。往严重里说，果真如此，医生行为如同犯罪！

事实真相果真如此吗？

二

为了辨析费慰梅和林洙两人说法的真实性，我查阅了梁启超本人和亲友在这场手术前后写下的多篇文章，发现所谓"割去健康的肾，留下坏死的肾"的说法，与当事人、知情人的原始记录相矛盾：

梁启超之弟梁启勋（仲策）当时留下《病院笔记》和《病床日记》两文，分别发表于1926年的《晨报》和1929年的《大公报》上，可视为知情人的第一手记录：

《病床日记》中说：

（梁启超）入协和医院，由协和泌尿科诸医检验，谓右肾有黑点，血由右边出,即断定右肾为小便出血之原因。任公(指梁启超)向来笃信科学,其治学之道,无不以科学方法从事研究,故对西洋医学向极笃信,毅然一任协和处置。

及右肾割去后,小便出血之症并未见轻,稍用心即复发,不用心时便血亦稍减。

这里说得明白,诊断认为病在右肾,割去的也是右肾,并未割错,尿血不止是另一回事。

《病院笔记》里还记录了手术中协和医生力舒东和主刀医生刘瑞恒开的一句玩笑:

据力舒东之言,则当腰肾割出时,环视诸人皆愕然。力与刘作一谐语曰:"非把他人之肾割错乎?"刘曰:"分明从右肋剖开,取出者当然是右肾,焉得有错?"乃相视而笑。

这玩笑也证明了主刀医生刘瑞恒是明辨左右的。

梁思成在1929年其父去世后,曾作《梁任公得病逝世经过》,内中也提到1926年其父"入协和医院检查多日,认为右肾生瘤,遂于3月16日将右肾全部割去,然割后血仍不止"。至于梁启超本人,则在手术后发表的《我的病与协和医院》的声明中,也明确说自己的病"据那时的看法罪在右肾","右肾有毛病,大概无可疑,说是医生孟浪,我觉得冤枉"。

无论梁启超本人、其弟梁启勋，还是其子梁思成，当初都证明是梁的右肾被怀疑有病，而且正是这只被怀疑的右肾在手术中被切除了。并不存在费慰梅、林洙二人所说，"竟将健康的肾切去，而留下坏死的肾"。他们三位作为当事人和知情亲属、见证人，在手术后几个月或几年之内所做的记录，总比外国朋友或不知情的亲属70年后根据第二三手资料写下的回忆录来得可靠。当然，费慰梅也写到了她的资料来源，她说：

上海的张雷，梁启超的一个好朋友，和两位实习医生也很熟，把这些告诉了我，并且说："直到现在，这件事在中国还没有广为人知。但我并不怀疑其真实性，因为我从和刘博士比较熟识的其他人那里知道，他在那次手术以后就不再是那位充满自信的外科医生了。"

原来，费慰梅依靠的只是这样由传话而来的间接人证，而林洙无非是复制费慰梅的说辞。因为根据上面引述的梁思成在其父去世时的说法，他在1971年住进协和医院时，即使是有人告诉他当年主刀医生"割下健康的肾，留下坏死的肾"的荒诞故事，他也不会相信。梁思成当年是亲眼看到过其父右肋的手术刀口，也见到其父右肾肿瘤病理检查结果的人，所以这故事不应是他告诉林洙的。我在这里判断林洙复制费慰梅的说辞，当然也有证据。其一，林在费之后出书，她没有为费所讲述的故事添加一点新材料；其二，林、费二人的著作，竟然出现相同的差错，就是把梁启超1926年3月因尿血到协和就诊的时间，都错写成1928年的3月。林作为梁启超的儿媳，犯下这种低级错误简直匪夷所思。同时还需要说明，貌似知情的她们，把手术时间错误地推后了整整两年,这对社会舆论形成严重的误导。因为1928年3月,距离梁启超去世只有大约10个月的时间,于是人们很自然地把梁的去世和这场手术联系在一起。

当然,始作俑者是那两位编故事的实习生。他们作为手术参加者,传出如此闲话,实在令人诧异。分析来龙去脉,极有可能的是,他们误把手术进行时力舒东医生和刘瑞恒医生那句玩笑话("非把他人之肾割错乎?")当作事实传播了。

然而令我不解的是,费慰梅和林洙两位女士在著书时,为什么不去核对一下当年的原始资料?这些史料唾手可得,要弄清事实,实在不难。而以讹传讹,其害无穷,真不该是她们二位所做的事。

当然,最有分量的证据还是梁启超的病历档案。2006年8月10日,北京协和医院举办了一次病案展览。展览中出示的梁启超在协和医院就医的病案,使这桩与他有关的百年公案真相大白。

梁启超用英文所写的
《我的病与协和医院》第1页

病案记载，1926年3月8日，梁启超因患尿血症住进协和医院，经X光检查发现其右肾有一黑点，诊断为瘤，遂决定予以手术割除。手术后解剖切下之右肾，可见樱桃大小之黑色肿瘤，经化验排除癌症。提示这黑色肿瘤是良性瘤。

病案内并附梁启超本人声明，即上文提到的《我的病与协和医院》一文的英文稿。这是梁启超为了避免人们误解协和医院，特地放在病案里面的。(《健康时报》2006年8月28日)

根据病案可知，梁启超的右肾只是长了一个较小的良性肿瘤，并没有恶性肿瘤，它不是尿血的病因，也完全没有必要切除。协和医院对此施以手术，显然是基于对尿血原因的误判。但是，手术并没有将健康而无肿瘤的肾切下，反将有肿瘤的、"坏死的"的肾留在体内。费、林二人的说法，纯属无稽之谈。

三

由于费慰梅和林洙的特殊身份，她们以貌似见证人的姿态独家"揭秘"，其文章的影响力便非同一般。一时间，文化界广为流传梁启

刘瑞恒医生

超被"割错肾"的奇闻,甚至大家普遍接受了一个说法,即梁启超的早逝,是由这次手术导致。在互联网上,议论此事的文章铺天盖地,众口一词的议论,是把"割错肾"作为协和医院早年的一件不可告人的重大医疗事故。有的文章竟然危言耸听地使用"协和医生杀人"这样的标题,也有人发表感想,说"我心目中的一个偶像(指协和医院)从此倒下了"。

至于主刀医生协和医院院长刘瑞恒,自然成了众矢之的。不仅网络上对他颇多激愤之词,甚至有的研究性文章也会提及此事,断定他不仅医术不精,而且医德有缺,草率行医,罔顾人命,制造了重大医疗事故以后,逃避责任,拒不认错。

其实,在梁启超病案中,无论是协和医院还是刘瑞恒本人,都有太多的事情需要澄清。

首先,这只是一个误诊,并不属于医疗事故。之所以说是误诊,原因在于协和负责诊病的医生错把右肾上的黑点当作是尿血的原因,而且认定那黑点是恶性肿瘤,必须施以手术。事实证明尿血与那个黑点无关。但是在这样一种诊断下,主刀医生按照诊断要求,正常实施手术方案,顺利切除了右肾,这完全谈不上医疗事故。

其次,手术本身是非常成功的。梁启勋的《病院笔记》中说:

至于刘瑞恒,不能不谓为高明。割后绝不发热,且平复速而完好,虽则病人身体之强健,医生认为有异于常人,然亦良工也。

其三,当时西医刚刚引进中国,国人对西医的诊疗方法和分工缺乏认识，满脑子都还是中医"一体化"治疗的概念。中医诊病治病一人包办，哪位医生接诊，医好医坏，自然是他负全责。但是西医不然，各科医生各负其责，需要动手术的疾病，主治医生和主刀医生通常不会是一个人。在梁启超病案中，刘瑞恒并不负责尿血症的治疗。他作为协和医院的院长和外科教授，当时是国内外科医生中的第一把交椅、京城著名的"刘快刀"。他是被特地请来做手术的。费慰梅的书里说，"鉴于梁启超的知名度，协和医学院著名的外科教授刘博士被指定来做这肾切除手术"，梁启勋也谈到，刘瑞恒做这场手术，是应梁启超本人的要求"越俎而动"的。也即是说，刘瑞恒出任主刀医生，一是因为盛情难却，二是因为对梁启超格外重视。

再者，误诊的责任并不在刘瑞恒。他是外科专家，而梁启超的诊断，是由泌尿科和内科医生作出的。梁启超的好友伍庄在《梁任公先生行状》一文中说梁1926年"入北京协和医院养病数月，欧美医生凡五六人诊治之，断为肾坏，请施刀圭"。梁启勋的《病床日记》也提到，其兄入协和医院，是"经泌尿科诸医检验"，方得出诊断的。梁启超本人写给协和医院的声明中，则提到诊断他患有"无理由出血"的，是几位"内科医生"。这些都说明，刘瑞恒并未参与疾病的诊断，仅仅是被特邀动刀的外科专家。

然而，只因这一刀，刘瑞恒却被舆论塑造成了一场丑闻的主角。不仅手术被解释成重大事故，而且误诊也成了他的责任，污水全泼在他一人身上。舆论所指，他简直是玩忽职守，罪责难逃。但是站在客观的角度来看，刘瑞恒何其冤也。

上面所述已经表明，所谓刘瑞恒不辨左右"割错肾"的故事，肯定是子虚乌有了。然而,从另一个角度发问,这场手术是不是一个"错割肾"的故事呢?也即是说,梁启超的"割肾"是否可以避免?

其实这个问题是可以讨论的。

如果从"割肾"以后的疗效以及对于"樱桃大黑色肿块"的病理检验结果来看,"割肾"是无意义的,应该避免。然而在诊断的当时,当尿血不止而 X 光又在肾上发现异常黑点的情况下,就很难作出是否需要动手术的决策了。且不说那是 90 年前西医在中国刚刚建立之时,医疗设备还不完备,医务人员的诊断水平和临床经验还有待提高,就是在医学发达的今天,如果发现同样的病状,难道医生就可以断然决定不动手术,改由其他方法去治疗吗?须知,癌症凶险,防之宜慎,几乎每个医生和患者本人都会这样想。现在的医院里,如果谁生了肿瘤,在不能断定肿瘤是良是恶之时,保险起见,医生大多主张切除。我们每个人的周围,应该都不乏这样的事例,就是某人生肿瘤,医生决定切除,手术后发现被切下的是良性瘤子,患者甚至为此而窃喜,而庆幸。梁启超的肿瘤切除的决定,大抵也是基于这样的考虑才作出的。只不过,他的肿瘤是在右肾的内部,手术无法剖肾取瘤,只好将右肾整个摘除。

那么,作为主刀医生的刘瑞恒,是否可以在手术过程中避免割下没有癌变的肾脏呢?手术以后,在这一点上,他受到很多诟病。最有代表性的文章是著名文人陈西滢的《尽信医不如无医》,其中有这样一段话,谈论梁启超手术过程:

> 腹部剖开之后,医生们在左肾(按,应为右肾,下同)上并没有

发现肿物或任何毛病。你以为他们自己承认错误了吗？不然，他们也相信自己的推断万不会错的，虽然事实给了他们一个相反的证明。他们还是把左肾割下了！可是梁先生的尿血症并没有好。

这意思无非是说，刘瑞恒应该在看到肾脏没有异样之后立即终止手术，把病人切开的腹部缝合。一般没有医学经验的读者，读到陈西滢这一观点，都会以为言之成理，但这恰恰是似是而非的见解。学习西医出身的鲁迅知道事情不像文人揣度的那样简单。他为此事撰文，在为西医辩护的同时，讥讽陈西滢的文章是"对腰子不很有研究的文学家"在"仗义执言"（《马上日记》），因为陈的说法，实在是违背常识了。

我也不通医学，但是我就此事请教过肿瘤外科专家。他告诉我，"20世纪20年代，用X光诊断右肾肿物已经够先进了，手术后证实右肾确有肿瘤，这说明X光的诊断没有错误。因为肾脏的良性肿瘤（错构瘤、血管瘤）很少见，而且良性瘤不会导致血尿，所以这时医生自然会怀疑梁是生了恶性肿瘤。开刀时，打开腹腔，可能看到两个肾脏一样。因为大多数肾脏肿瘤生在肾脏内部，是没办法用肉眼看到的，手术全凭术前X光片指示该切哪个肾，肺癌手术也如此。"

于是我问，"假如你是主刀医生，遇到这种情况会如何处理？"

他回答说："回到当时的情况下，因为没有其他检测方法，根据术前患者尿血之临床症状＋X光片示右肾肿瘤，我是主刀医生也一定要切除右肾。"

所以说梁启超"丢腰子"，虽是源于误诊，但却带有某种必然性。

四

右肾切除手术之后，梁启超的尿血症未见好转，这是肯定的；但是若要说每况愈下，却也不符合事实。病情只是反反复复，时好时坏而已。梁自己认为，总体情况毕竟比手术前好些，"过去每天小便都有血，现在不过隔几天偶然一见"，"便血之多寡，辄视工作之劳逸而定"。休息得好，也便多日没有血尿。所以医生总是嘱其静养。然而梁讲学著书，没有一刻稍闲，实在静不下来。这样，从手术以后直至他去世前，约三年时间里，他是协和医院的常客，曾多次就医，治疗不同病症，包括继续治疗血尿，也包括医治痔疮、小便堵塞和肺部感染。

很多人根据手术后三年梁启超以57岁盛年而逝，便很自然地将他的死和"割肾"联系起来。最早发难的是好友伍庄，他在写给梁启超的《祭文》中说，"予不用爱克斯光镜，予知致君之命在于割肾。"至于今天的人们，在欣赏梁启超的超卓才华、叹息他的英年早逝之余，也难免想当然地认为，如果不是错割一肾，梁的一生或许不至于这样短吧。

但是梁启超的死，终究与尿血症无关，也与割去一肾无关。他不是患尿毒症或者肾功能衰竭等病症去世的。他留在体内的左肾，一直工作正常。梁启勋在《病院笔记》中，曾提到其兄右肾切除后，"幸而左肾之排泄功能，决无障碍"。所以尽管右肾被冤枉地割去，倒也"不必追悔矣"。这句话不仅证明了费慰梅、林洙所谓"割去健康的肾，留下坏死的肾"是虚妄之词，而且似乎也证明了梁启超的尿血症，可能与两个肾都无关。因为既然长有肿瘤且排泄功能有问题的右肾都不是尿血的原因，那么便无理由怀疑正常的左肾是尿血的原因了。

根据家属的记录，梁启超的死因是肺部感染。

梁思成的《梁任公得病逝世经过》一文记载，其父梁启超1928年秋开始患一种怪病，起初病情较为轻微，只是发烧，食欲不振，没有其他症状。先由日本医生诊治，未见效果，于1928年11月28日转到协和医院就医。协和医生为他拍了肺部X光片，发现左肋微肿，于是怀疑有肺痨。但是取痰化验，没有找到肺结核菌，却发现痰中有大量"末乃利"菌（Monelli）。之后医生又从梁肿胀的左肋取出脓血化验，同样发现此菌。医生做了实验，将梁的脓血注入小动物体内，结果看到小动物内脏溃烂出血。

协和的医生都没有治疗这种病症的经验，他们遍查医书，最后是在美国威斯康星州某医学杂志上，查到唯一一篇论文，讨论的病例与梁启超的病情相似。但该论文建议使用的药物，协和医生考虑病人体质过于虚弱，担心发生副作用，只能勉强试之。结果未能控制病情发展，梁启超于入院50多天后去世。

梁的好友伍庄的文章中也说，梁启超最后患病十分怪异："有瑞典医生谓其病甚奇，世界上患此病者曾有三人，二人死而一人生云。"

这些记录，都表明梁启超患的病，至少在当时，是绝难救治的。至于"末乃利"菌究竟为何物，在今天看来这种病菌引起的肺部感染应称为何种病症，因在网上搜寻无果，我便请教了胸科专家和微生物科专家。

可是胸科及微生物科专家均不知道"末乃利"这个细菌名称，自然也不知道由此细菌感染引起的疾病。微生物专家还专门查了细菌谱系，亦未发现此菌。专家告诉我，"可能是近一个世纪它已变异或不存在了，正如天花病毒当年肆虐世界数千年，后经全世界几十年种牛痘免疫，此病已被灭绝一样。"

如此说来，梁启超之死的病因，大概就没有人能说清楚了；但他的死肯定不是因为切去一个肾，倒是清楚的。

然而坊间不断有人在继续编着名人故事。费慰梅曾说，刘瑞恒"在那次手术以后就不再是那位充满自信的外科医生了"，意谓此人自惭形秽，从此变得灰溜溜。殊不知，就是在给梁启超做完手术之后，刘瑞恒当选中华医学会理事长。梁启超去世后，又有一个巧合被故事高手发现了。他们注意到刘瑞恒离开了协和，到南京国民政府卫生部（后改卫生署）担任次长。于是这次离职就被解释成，刘因为在梁启超之死上难辞其咎，故而辞去外科医生的职务，黯然出走，离开协和，目的是逃脱罪责。其实细心的读者都能看出，刘到南京上任，是升职，用今天的话来说，是"另有任用"。何况，他被调往卫生部的时间，并非在梁启超去世以后，而是在梁最后一次到协和就医之前，也就是 1928 年 11 月。而且后来一段时间，他即使在南京工作，仍然兼任北京协和医院的院长，直到 1934 年。

根据《刘瑞恒博士与中国医药及卫生事业》一书（台湾商务印书馆，1989 年）介绍，刘瑞恒作为中国第一个哈佛医学博士、中国现代西医外科的开创者，之所以不顾家人反对，毅然放弃自己的外科医学

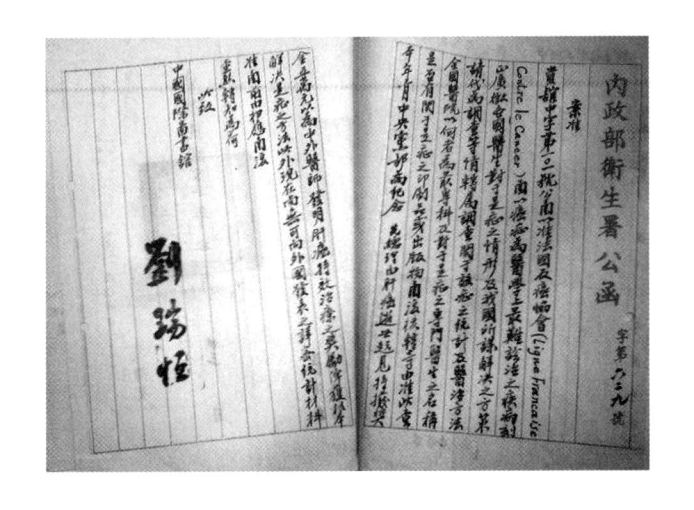

刘瑞恒签署的公函

专业而到卫生部任职，先任次长，后长期担任署长（抗战期间兼任军医署署长），是因为他认为在当时贫穷落后的中国，推动公共卫生建设是当务之急，此举更有利于救国救民。他在协和医学院教育学生，总是要求大家毕业后要为国家的公共事业效力，不要开私人诊所给自己挣钱。他有一句名言："不管私人事业如何赚钱，公众职务总是更为重要。"这一次调动，他是践行了自己的话。在所谓"公众职务"上，他推进和提高了医学教育及公共卫生建设，大至创办各类医学院校，组织各种医疗培训，小至在落后地区修建公厕、消灭蚊蝇，向一般民众普及基本卫生知识。因而他对中国现代医学卫生事业的发展是做出了重要贡献的，被誉为"中国公共卫生事业的奠基人"。

说到这里，读者可能已看清楚，有关梁启超与协和医院的"百年公案"，其实不过是一场有关名人私事的捕风捉影的集体炒作而已。

附记：我并非梁启超研究之学者，写作此文纯属偶然。原本是想写一点关于刘瑞恒的文字，谈谈这位医学大家的人生事业和贡献。因为此人是我家长辈——家母刘佩锦的伯父，我自幼便知他一些故事。谁知动笔前一查史料，竟发现多年来有关"割错肾"的故事一直在误导舆论，致使刘瑞恒的名誉极度受损。对我来说，这便成了一个绕不开的话题，不说清楚，一切都无从谈起。于是我才不避考证之繁难，写下此文，并非仅为某人翻案，更求还事实以本来面貌，纠正近百年来以讹传讹之误也。欢迎史学界、医学界方家教正。

2015年3月25日
原载香港《橙新闻》和深圳《晶报》

王世襄《明式家具珍赏》的版权公案

一

1985年8月，大型图册《明式家具珍赏》由香港三联书店出版，它的编著者、著名文物专家王世襄先生亲赴香港参加新书首发式，一时引起轰动。这是中国人有关明式家具的著作第一次呈现在世界面前，王世襄为此非常振奋和激动，他为本书编辑工作的主持者香港三联书店的总经理萧滋题词"从此言明式，不数碧眼胡"，显示出一种发自内心的自豪和愉悦，而他给责任编辑黄天的题词"先后奋战，共庆成功"，表明他对香港三联的编辑出版工作十分满意。

但是，作为本书的编著者，王世襄随后便发现，自己完全没有从

《明式家具珍赏》（图册）

本书的出版中获得应有的报酬。他最终得到的只是文物出版社转给他的100册样书，而稿费全无。对于香港三联书店（以下简称香港三联）与文物出版社（以下简称文物社）合作出版此书，他自然是知情的，但是，此书作者的报酬如何计算，从来没有人与他谈及。经了解，他得知此书在香港三联出版后很快再版，到1988年，就有包括台湾中文本以及英文本、法文本、德文本等9个版本问世，出版社显然盈利颇丰。然而香港三联支付给转让版权的文物社的全部报酬，不过是1400本画册的内文印页。于是王世襄觉得，文物社代表他所做的这场版权交易，是莫名其妙地将属于他的著作权贱卖给香港三联了。

王世襄自此开始走上维权之路。由于他知道文物社和香港三联的合作，是将他的学术专著《中国传统家具的黄金时期——明至清前期》拆作两种，即《明式家具珍赏》和《明式家具研究》，前者作为图册已经出版，而后者作为学术著作尚未出书。于是他要求收回《明式家具研究》的版权，为此和文物社发生了长期争执。但是他一直不想把问题公开化，始终隐忍着内心的委屈。

直到2002年，王世襄决定彻底解决这两本书的版权问题。他邀请了媒体记者，对其一吐胸中郁闷。当年7月3日，《中华读书报》以《王世襄与出版社的一起版权纠纷》为题刊登祝晓风的长文，把王世襄和香港三联及文物社的合作，作为"作者上当受骗的一个典型的例子"，将其来龙去脉完整呈现。此文顿时引起舆论界关注，国内几十家报刊争相转载，自然唤起读者对王世襄的无限同情，对两家出版社欺压、愚弄作者的强烈义愤。但是此文毕竟只代表当事人王世襄一方，尽管它在替王世襄伸冤这方面无可厚非，但是作者写作前并未征求过香港三联和文物两家出版社的意见,所以文中有些内容不够客观公正。很快,文物社就给《中华读书报》发去公函,对此文提出诸多质疑。为表示客观立场,这封公函也被刊登在当年 11 月 27 日的《中华读书报》上。自此,由《明式家具珍赏》出版引发的版权纠纷成了一场公案。

祝晓风的文章发表时,我正在香港三联主持出版工作。虽然文章所言 80 年代香港三联与文物社和王世襄的合作,我无缘参与其间,但因近年来的工作关系,我应该算是一个知情者。特别是 90 年代中期以后,王世襄与香港三联有关《明式家具研究》和《明式家具珍赏》两书后续合作以及最后终止合作,都是我直接经手的。所以我也可以算是这场公案的重要见证人。

当初,读到祝晓风的文章,看到王世襄对香港三联前总经理萧滋先生多有微词,其中引述王世襄致香港三联新任总经理的信这样说:

香港三联前总经理萧滋先生

大家都清楚：当时了解《明代家具珍赏》一书的国际行情，可以出多种文本及一文多本（如英文本就有五个）畅销全世界的是萧滋先生。瞒着作者，将他蒙在鼓里，和文物社搞非法交易，用1400本画册内文页换取作者所有的世界各种文版的版权，也是萧滋先生。大陆作者多年出不了书，对版权法又一无所知，因此有机可乘，只须略施小技，给点小恩小惠，便可使他俯首贴耳，感恩不尽，捞到大便宜；了解以上情况的也是萧滋先生。总之，萧先生的精心策划，掘了陷阱让人跳，实在不够朋友。尽管他为贵店捞到了便宜，但实在不光彩！他本人和贵店必将为此付出代价，至少是声誉上的代价！

这分明是说，萧滋为王世襄出书根本是一个阴谋，而香港三联也参与了坑蒙拐骗。王世襄对此气愤已极！

然而以我对事情经过的了解，我当时就感到萧滋先生被冤枉了。在这个事件中，王世襄确实受到了伤害，他的心情我能体谅，他有火气要撒我也能理解，但他对萧滋先生的评价基于他的主观揣测，就未必确切了。我曾想撰文替萧滋先生辩白，但又觉得还是请他自己出来澄清事实为好。但后来我和萧滋先生提起此事，没想到这位儒雅的老人只是付之一笑，说："是非功过，由后人评说吧。"

于是十几年过去，我也一直没有动笔，不想再谈此事了。谁想不久前，这件版权公案又成了媒体话题。先是王世襄关门弟子田家青在他的著作中公布了香港三联与文物社签订的"无奈的合约"，继而引起萧滋本人在《中华读书报》上发表了回忆性长文作为回应，再是王世襄著作出版时两位当事人潘耀明和黄天也分别就此事发表意见，特别是祝晓风新近撰文，重新审视自己当初叙述这场公案的文章，有反思之意。这些文章，令我读后五味杂陈，感触颇多。因而觉得，我也需要将自己了解的情况和看法补充进来，以此就教于读者。

二

的确，正像王世襄所估计的那样，萧滋作为老一代出版家，比其他人更了解明式家具一类图书的市场行情。1982年，萧滋和香港几位出版界同仁一同到北京组稿，在文物社提供的选题目录中，他一眼看中的就是王世襄的著作。据他自己解释，他是因为早年做外文图书进出口工作时，曾经注意到德国学者艾克用英文写的《中国花梨家具图考》(*Chinese Domestic Furniture*)在香港和欧美市场上都受到关注，表明中国家具已经开始进入收藏家的视野。他由此相信这种题材的书，在香港这个狭小市场上应该是有条件出版的。但是，王世襄当时交给文物社的著作，与艾克那一本不同，它不是关于明式家具的图册，而是一本以文字为主的大部头学术著作。萧滋担心此书以如此面貌出版会造成经济亏损，所以大胆建议，把这部著作一分为二，首先沿用艾克那本图册的思路，将著作中的图片抽出来编成一部以图为主的大型画册，待画册产生影响并盈利后，再集中力量打造一本高质量的学术著作，这样前一本画册的盈利还可以补贴后一本学术著作的亏损。萧滋的建议得到文物社和王世襄本人的认可，于是王世襄的著作便被拆分成《明式家具珍赏》和《明式家具研究》分两批出版。

做画册，需要专业水准的彩色照片，而王世襄当时提供的书中插图，基本达不到设计要求。这就要重新拍照。摄影需要专业设备，包括灯光、布景、器材，也需要专业摄影师，这些文物社都愿意提供，而画册的编辑、排版、设计和印制，香港三联方面有技术优势，可以承担。须知此时是 80 年代初期，中国内地的出版印刷水平十分落后，文物社还不具备条件独立制作设计、印制水平可以和国际接轨的画册。文物社与香港三联的合作，正是建立在两社各取所长的基础之上，于是才有了那份被田家青称为"无奈的合约"的出版合作协议。这协议的基本内容，是文物社和香港三联决定合作出版王世襄的明式家具"珍赏"和"研究"两部著作，同时文物社代表王世襄将两书的各种外文版权一并转让给香港三联。作为版权转让方，文物社在合作中的收益是得到香港三联无偿赠送两本书中文版内页的印制成品（"珍赏"1400 册，"研究"1600 册），以便他们在北京装上封面即可直接销售。

王世襄说，两社洽谈这一合作时他不在场，他的著作权就这样被

1985 年，王世襄在香港出席《明式家具珍赏》新书发布会。

"贱卖"掉了。按理说,不经过王世襄同意,文物社无权处理这两本书的版权事宜,但是当时中国还没有《著作权法》,出版社和作者对于版权的意识和概念都不那么清晰。作为文物社,甚至会理所当然地认为自己就是著作权人,因为书中的图片是他们组织拍摄的。特别是"珍赏"一书,虽然书前有王世襄写的有关明式家具的长篇概述,但它终究是画册,内容以图片为主。所以文物社当初并未意识到,"珍赏"作为"王世襄编著"的作品,所获得的收益中主要部分应当归属王世襄。所以最后他们只从自己装订成书的1400册《明式家具珍赏》中拿出100册作为王世襄的稿费。

王世襄当然觉得自己冤枉之极。著作是他的,图册编选的创意和构思也是他的,没有他哪有这本书?哪怕是图片的拍摄,他也出力甚多。他自藏的家具,多有损伤,拍照前需要请名工修复,维修费花去不少;此外他还要到处去访求经典家具实物,联系拍照,为此搭了人情,光是还人情请吃饭就用去几千元。可是,这一切所得的回报就是100本书吗?

然而对香港三联来说,他们以1400本画册的内文页换得《明式

王世襄在香港用英语介绍《明式家具珍赏》。

家具珍赏》在港台海外的出版权，也是心安理得的。首先，当时香港在回归之前，香港的出版社认同英国的著作权法，法律允许以"买断"的方式进行出版合作，而内地没有著作权法，对这种合作并无限制；其次，这种合作当时是香港三联与内地出版社合作的一个惯例，为的是利用香港三联的设计制作特长，出版和国际标准接轨的大型画册。出版后给内地出版社赠送内文印页，实际是版税的支付形式（不直接赠送成品书，是为了方便内地出版社按照内地的需求设计封面和版权页）。在这种情形下，内地出版社获得的版税（内文印页）理应包含了作者应得的报酬，出版社可以在这些印页装订成书、出版发行后与作者分享销售收入；其三，1400本画册的内文页并不是很低的版税标准。后来人们谈论此事，总是说香港三联以"区区1400册内文页"，就把文物社和王世襄打发了。但是如果算一算账，可以知道，这1400册内文页价值不低。《明式家具珍赏》第一版定价450元，总共印数3000册，香港三联几乎拿出一半免费交给文物社和王世襄作为报酬，其实是承担着很大的经济压力。80年代中期，香港的印刷业也还不够发达，彩色印刷费很高，画册所用的进口铜版纸也很贵。最保守的估计，仅纸张和彩印两项，就要占到总码洋的12%以上，投资超过16万元；而制版方面，萧滋说仅制版分色费用就用去14万元，加入成本中，三项合计约30万港元，这样3000册内文每册的成本达到了100港元。因为香港三联需要额外负担文物社1400册的纸张印刷成本，导致此书直接成本超高，还没有计入书盒、封面和印刷的费用，就已达到42%左右，高出一般画册平均成本率七八个百分点。在此情况下，拿出1400本画册的内文页（大约折合14万港元现金）作为版税，这在当时是一个蛮惊人的大数！须知，在1985年，一个大学教授的月工资也不过200—300元。所以，若说这本书版权被文物社"贱卖"给香港三联，完全不符合事实。行内人一望而知，香港三联在这种情况下甚至是难以盈利的，如果将间接成本考虑进去，恐怕是要亏损。想来萧滋当初之所以有信心出版此书，是把宝押在此书有重印机会，并且还可以出英文版上。但这也只是一种"押宝"，画册究竟有没有可能重印，英文版能不能得到市场认可，还有其他各种外文版权能否顺利转让，谁也不能预知，一切都只能试着来。至于后来这本书轰动畅销，中、英文版在数年内都重印几次，还售出了多种外文版权，帮助香港三联取得了不俗的盈利，那是一个大大超出预期的结果，最初谁都没想到。其实当时萧滋和香港三联更多的考虑，还是想在文化积累和传播上做些事情，将王世襄的文物研究成果介绍给港台海外读者，这是中国文化"走出去"的一项工作，赚不赚钱倒是次要的。

《明式家具研究》

如此说，王世襄认为，"萧先生精心策划，掘了陷阱让人跳，实在不够朋友"，话是说过头了。晚年的萧滋，为了此事一直非常伤感，也曾与我诉说心中郁闷。客观地说，香港三联以达到国际水准的图书制作形式，将王世襄两本著作推向国际市场，奠定了王世襄作为"明式家具学"创始学者的尊崇地位，使其赢得了全球文博界的高度赞誉，萧滋作为出版策划人和主持者，功不可没。《明式家具珍赏》和《明式家具研究》的责任编辑黄天在一次演讲中谈到，这两本书在香港出版，使香港获得先机，很快便成为明式家具的集散地：多少家具珍品由此出口海外；若干年后，又回流香港，甚至重返内地。明式家具热潮，从香港掀起；明式家具走向世界，从香港出发。他所讲的情况，大抵符合事实。然而这一切的背后推手，不正是萧滋先生吗？

三

1996年底，我奉命调动，到香港三联任职。一到任就听人介绍王世襄与香港三联的版权纠纷，因为此时《明式家具研究》一书的作者授权即将到期，需要联系王世襄，洽谈续约问题。

读者可能会问，当年那份令王世襄"无奈的合约"，不是两家出版社背着作者洽谈了两本书的合作吗？怎么"研究"一书又变成了作者授权？

前面已经提到，"珍赏"一书出版后，王世襄因未得到应有的报酬，认为香港三联和文物社的合作模式损害了他的权益，于是坚决要求收回"研究"一书的版权，不同意两社再按此模式合作出书。后来的情况是，文物社强调他们在此书稿中已有大量先期投入（主要是拍摄照片），必须得到补偿，为此王世襄和文物社经历了艰难的交涉，最后在北京市版权管理部门的调解下，由王世襄向文物社支付了1万5千元，换取文物社同意他将"研究"的书稿索回、与香港三联单独签订出版协议，并在香港出版时一次性使用文物社拍摄的照片的权利。

这份协议是1989年2月签订的，完全按照国际版权合作的惯例商定，由香港三联一次性向王世襄支付文字稿费和照片使用费共计港币6万元，另附英文翻译费5000美元，两项合计达10万港币。协议有效期8年。所以必须明确指出，王世襄对萧滋"设陷阱""捞便宜"的抱怨，其实是仅指"珍赏"而言，并不包括"研究"这本书。而他在这本书上对香港三联的意见，主要在于出版脱期，因为萧滋本来打算在1987年6月出版此书，但是香港三联一拖再拖，直到1989年8月方才见到新书。拖得这么久，使王世襄怀疑香港三联的诚意，他觉得该社只是想用"珍赏"画册赚钱，并不是真想出版可能亏损的"研究"一书，而对他来说，"研究"这本书才是他几十年心血所在，集中代表着他的学术成果。的确，正是这部《明式家具研究》，后来被海内外文物界人士盛赞为"明式家具的圣经"。

但是脱期出版并非萧滋的责任。承诺出版日期以后，萧滋很快就退休了。后面的一切他都无法控制。而三联这边，由于"研究"一书从内容到形式都比"珍赏"复杂，出版难度加大，反复地编辑、设计、修改耽误了许多时日，幸有从东京留学归来、在日本著名的书画出版社"二玄社"当过编辑的黄天先生亲自案头操刀，才保证了这本学术巨著的出版品质。时间拖延，也是无奈的事情，并非出版社对此不重视。

"研究"一书不仅制作艰难,而且市场反应也不像"珍赏"那样好。毕竟是一本定价 800 元的学术著作,销售只能是细水长流。首印 3000 册,到 1996 年底,七八年的时间,库房里还存有几百册。根据精确的历史记录,我们知道这部著作每年销售不超过 400 册。此时版权到期,如果续约 5 年,必然要加印一版,哪怕再印 3000 册,也会造成巨大销售压力。但不同意加印,我们相信这部著作就会从香港三联流失。考虑到这是三联倾力打造的品牌书,属于自己独家的标志性产品,不能轻言放弃,于是店里决定由我和王世襄沟通,商谈续约问题。

1997 年 2 月,我回北京出差,在北京三联书店董秀玉总经理的办公室,巧遇王世襄先生。这是我第一次与他见面。我告诉他,香港三

王世襄与作者商谈续约问题的信函

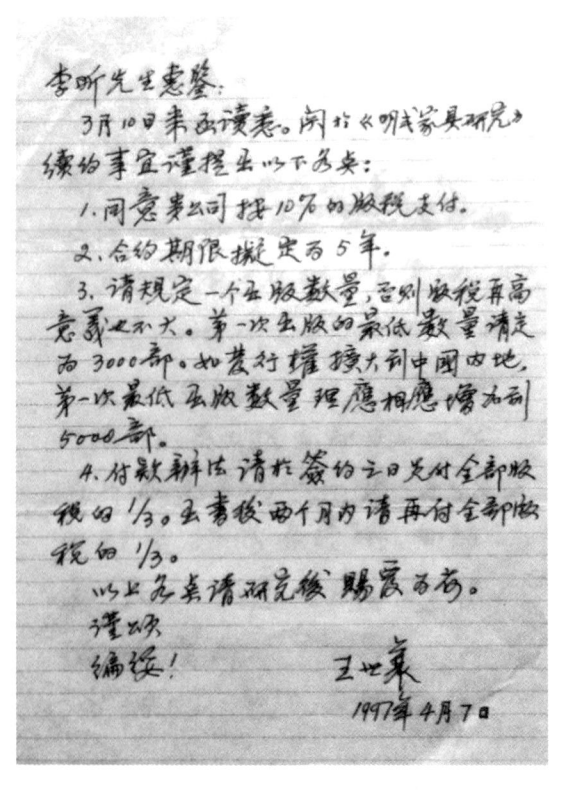

联希望继续出版"研究"一书,他似乎很高兴。

随后我们便在通信中商量续约条件。为此事,王世襄大约给我写过五六封信,每一封都用复写纸复写,自留底稿。我猜测他是要留下证据,以备发生版权纠纷。"珍赏"出版的事使他寒心,对香港三联误解颇深,时时设防,这可以理解。但因此洽谈条件就不顺利了。我们为了保证王世襄先生的利益,主动提出重印时按10%的版税付酬,老先生欣然接受,但是我们提出因为香港市场太小,很难消化库存,准备重印3000册,并考虑将其中一部分销售到内地,老先生却不同意,他表示,如果有一部分卖到内地,就一定要印5000册。我几番去信解释,一时双方僵持。最后老先生来信,说双方各退一步,按4000册印,一言为定。于是我们寄上合同,王世襄签了字。但香港三联发行人员听说此事,意见颇大,说过去8年总共都没有售完3000册,未来5年怎么可能销售4000册?新书变成旧书,销售只会一年比一年少。于是我们只得重新研究,压下合同暂未签字。谁知过了两个月,王世襄急了。又是对我们的诚信提出质疑,怀疑我们利用他先签字搞什么鬼,来信中把话说得极其难听。于是我对当时的香港三联总经理赵斌说,此事恐怕不能再耽误下去。赵斌觉得,事到如今,哪怕是苦果也要吞掉,所以同意就按4000册签约。我算了算,这笔版税总共约32万港元,若是书压在库里,是难免造成亏损的,但是想到王世襄对香港三联的一腔怨气,我们以为需要安抚老先生的情绪。赵斌说,"《明式家具珍赏》出版,王世襄没有从文物社拿到报酬,我们在《明式家具研究》上多给他一点,算是我们的心意。"

不过,王世襄大概不会领我们的情,这是在商言商的谈判,何况两本书的报酬原本就各不相干。但是，香港三联以这样的条件签下"研究"一书的续约协议，真的是在做亏损预算，当时就可以预见这盘棋没有胜算。这样做的结果，是到了2002年合约再次期满又要续约时，由于库存尚多，我们已经无法承诺再次重印此书。于是香港三联关于"研究"一书与王世襄的版权合作只能到此结束。

恰逢其时，王世襄也有意同时收回自己关于明式家具两本书的版权。2002年底，他委托了律师，分别与文物社和香港三联交涉，整个过程，我是直接参与者和当事人。在我看来，此时的王世襄，随着祝晓风在《中华读书报》上发表那篇为他伸冤的长文，胸中怨气已经散去，完全恢复了平和的心态。一方面，他把香港三联和文物社80年代关于"珍赏"和"研究"两本著作的"无奈的合约"交给关门弟子田家青保管，嘱咐田在将来适当的时机公布出来，作为一个历史的话题讨论，以为后人立此存照；另一方面，他决定将历史宿怨放在一边，向前看，向长远看，理性地面对现实的版权问题。《明式家具研究》版权到期，他转而交给北京三联出版，与我们商量，希望香港三联给予协助，成人之美。于是我索性将港版全部胶片无偿提供，让北京三联在此基础上方便地设计和印制。关于一直悬而未决的《明式家具珍赏》的版权问题，他和我们及文物社共同起草了一份协议，本着尊重历史的态度，他主动表示放弃对香港三联和文物社在本协议签署之前出版"珍赏"或授权他人出版"珍赏"行为的"任何版权诉讼请求权"，同时放弃对两社此前出版"珍赏"所获得利益的追索权。在此基础上，我们和文物社都确认，王世襄本人是"珍赏"一书唯一合法的著作权人，应依法享有著作权人的全部权益。于是，围绕"珍赏"的版权纠纷至此了结。"珍赏"一书此后由王世襄另行授权文物社制作出版。

这份协议于2003年3月24日签署，甲乙丙三方签字人分别是：王世襄，我和文物社苏士澍。在商谈协议时，王世襄所表现出的清醒、理智、宽容和大度，给我留下深刻印象。

时过境迁，这件版权公案已成为历史。但是我事后常常在思考，王世襄的版权问题我们不能处理得更好一些吗？

王世襄因为在香港三联出版"珍赏"和"研究"两书而名扬海外，从此被誉为一代宗师，这是一个不争的事实。但是，在"珍赏"一书的出版中他的利益受损，这也是不争的事实。

萧滋先生事后反思，也承认，"我们原来与内地合作出版的方式对一般画册是可行的。但像王世襄先生那样畅销的画册，作者是吃亏了。"

在我看来，关键不在画册是否畅销，而在于香港三联与内地出版社合作签订合同时，应当与作者协商，并在合同中明确保证作者的权益。

1985年"珍赏"出版时，担任香港三联副总编的潘耀明就此事撰文谈到，从法理上讲，香港三联是没有过失的。根据香港的著作权法，出版社从内地购买版权，并以大约价值14万港元的1400本画册内文页向内地出版社支付报酬，完全合法合理合惯例。王世襄没有得到报酬，不是香港三联的责任。

但是香港三联确实在"珍赏"出版后的多次重印和外文版权转让中获利，经济回报超出预期。相形之下，作为合作的另一方，王世襄显得更加吃亏。潘耀明曾检讨说，获利之后，"若能对作者采取一点补偿措施，比如说追加一笔稿费，可能老人家就不会有那么多怨气"。这话有道理。近些年我写编辑学论文，也多次谈到出版社要善待作者，强调出版社和作者的成功合作，一定要体现"双赢"，出版社只有对作者表达足够的善意和诚意，双方合作才能持久。当然补偿也可以有其他方式，例如萧滋就谈到，他曾经设想，用"珍赏"赚的钱，补贴出版一些王世襄著作中可能引起经济亏损的作品。可惜这些，香港三联的诸同仁当初都没有想到更没有做到。我本人曾主持香港三联编辑部工作长达 8 年，其间和王世襄先生打过多次交道，非常了解老人家的情绪和意见，但我居然也没有作这种思考，何其愚钝乃尔！如今，只能是留下遗憾了。

2018 年 3 月 16 日—20 日

沈昌文和他的《也无风雨也无晴》

提起改革开放后异军突起的三联书店，人们总是不由得想到三位杰出的出版家，他们是范用、沈昌文、董秀玉。尽管范用属于老一代，而沈、董只能算是中生代，但是人们习惯将他们三人并提。确实，对于打造三联这个"知识分子的精神家园"的出版品牌，对于中国当代出版业的发展，甚至对于当代社会的思想启蒙，他们三人各自所起到的作用都很显著，而论贡献也似乎难分伯仲。虽然，范用因为资历较高，他或许可以被看作沈、董二人的"师傅"，但是从根本上说，他们三人都继承了三联书店创办人邹韬奋先生开创的老三联传统。

三联书店的副总编辑郑勇是中文系出身，他曾形象地比喻范用、沈昌文、董秀玉三人和邹韬奋的关系，就像宋代文学史上以黄庭坚、陈师道、陈与义为首的"江西诗派"与唐朝大诗人杜甫的关系一样，是所谓"一祖三宗"。邹韬奋自然是三联的"祖"，而范用、沈昌文、董秀玉这"三宗"在不同时期都将传统发扬光大并形成了自己的出版理念和风格，分别成为能开风气、引潮流的新时代出版家。这个说法大抵不错。

话虽如此说，但若说到他们共事中的恩恩怨怨，还真不那么简单。

一

到今天为止，公开说到三人恩怨话题的，也只有沈公。

沈公的《也无风雨也无晴》，是对一些隐秘的初次披露。

这本书，和我的约稿也多少有些关系。

和范公、沈公、董女士相比，我生也晚。2005年春，我从香港三联归来，加盟北京三联之时，他们三位均已退休，但是此后多年，我在三联的编辑岗位上，却深切感觉到他们的影响无时不在。他们的精神已经融入三联人的骨髓和血液。

由于在香港受到蓝真、萧滋等老一代三联人的熏陶，我对三联人的历史比较关注，曾经花费不少精力研究香港的店史。回到北京后，我也非常希望前辈三联人能够把自己的出版理念、感悟和经验留给后人。我觉得，如果"老三联"们都能写写回忆录，讲讲自己经历的甘苦，同时又让读者分享他们的成功，是一件很值得做的事情。

正巧，从2008年以后，传记文学作家李晋西、何启治开始用录音整理口述文本的方式，为老一代作家和出版家编写了几本回忆录，分别是牛汉的《我仍在苦苦跋涉》，屠岸的《生正逢时》，还有曾彦修的《微觉此生未整人》，这些书都是他们事前与我约定，要在三联书店出版的。有了这个基础，我便考虑要把同类的图书做成一套。接下来向谁组稿？顺理成章地就想到了范公、沈公和董女士三人。那段时间，我曾不止一次向他们三位约稿，告诉他们，只要拿出几十个小时的时间接受访谈并且录音，不用自己动笔，书稿就可以大功告成。

范公当时身体已经不大好，而且他当时的心思，都放在整理400

位作者给他的大约1800封书信上面（这便是后来出版的《范用存牍》），顾不上口述录音这些事情。董秀玉女士觉得自己的年龄还没有到写回忆录的时候，也一再婉拒。这三人中，只有沈昌文先生表示可以写，但是他不需要别人来做访谈和录音。他认为，自己的书必须自己动笔。

沈公当时年届80，身体依然强健。他习惯身着马甲，背双肩背包，乘公交车每天来三联"打卡"。他说这里是他的永久通信地址，他是来取邮件的。大家进进出出常遇到他，见面有时寒暄两句，有时只是点个头，谁也不把他当作外来的客人。那时三联编辑部给他留有一个工位，配有电脑，他来了，就坐在工位上，一般是上网查资料，发现有好看的文章，就下载打印，然后复印多份，分送他的朋友。他很幽默，称打印机和复印机是"打小姐"和"复小姐"，他说自己每天都要与这两位小姐约会的。但是，我们从来没有看到过他在电脑上写文章，奇怪的是他这些年著作颇多，也不知他是在何时何地写成的。

2011年夏天，有一天沈公拿着"打小姐"印好的一大摞稿子找

沈昌文先生

我。我知道，这是他的回忆录完成了，非常兴奋地迎接他进屋。但是沈公开口便对我说："这本书我估计你出版不了，只是因为你约过稿，所以我还是拿给你先看。"

我接受了书稿，迫不及待地开始阅读，用了两三天时间，将它一口气读完。

这部书稿的题目，就是《也无风雨也无晴》。顾名思义，沈公认为自己的一生，虽非一帆风顺，却也是在波澜不惊或者是有惊无险中度过的。我看到，在这本书中，沈公从自己童年作为上海"棚户"里的"小赤佬"写起，写到他如何以校对的身份进入出版机构，如何经历了"文革"，如何参与创办《读书》，如何担任三联书店总经理，一直到退休后如何编《万象》杂志，如何出版《新世纪万有文库》，以及如何享受退休生活，等等，可以说是一本相当完整的个人生平记录。当然，和一般性的生活记录不同，沈公作为杰出的出版家，他的叙述可谓静水深流，表面上像谈闲话和聊天，讲的都是平淡故事，但其实词语含蓄，内里是"既有风雨又有晴"的。这本书不仅记录了作者"为了书籍的一生"业绩，也披露了诸多出版背后的隐情，包括一些尖锐的矛盾冲突，从而在展现三联人出版理念与文化情怀的同时，也透露出了诸多无奈。通过这本书，读者可以窥见沈公如何成为改革开放时代以后中国文化的重要推手，也可以洞察中国六十年来社会、文化、政治环境的变化。在这个意义上，这本书显然具有重要的史料价值和文化价值，非常值得推荐给出版界、文化界的广大读者。

然而，我读后仔细琢磨，也发现了一些问题。我开始有些明白，为什么沈公一开始就告诉我这本书我不能出版的原因了。

二

沈公毕竟是前任三联书店总经理,他知道哪些内容不适合在三联出。

首先,是这本书中一些题材和话题敏感。

沈公到了今天的年纪,写文章也到了"我手写我心"的境界,秉笔直书,无所忌讳。他大概是想把自己想说的话,都一股脑儿说清楚,所以也没有考虑出版的政策尺度。比如谈到"文革",谈到1989年的政治风波,他写的一些细节,是必须进行技术处理的。这些,也不知他是否愿意改动。

其次,是书中的回忆与史实或有偏差。

因为不是在写学术著作,沈公写此书是比较随意的,基本是随思而录。在文风上,他追求轻松的幽默感,在议论时喜欢自嘲和调侃,这种近于油滑的风格使他的文稿生动活泼有余而严谨精确不足。此外,他的记忆有时并不准确,但是他固执地坚持写到书中。对此,仅举一例可知。

在《也无风雨也无晴》中,沈公谈到他做了一个"大动作",即开辟香港和海外市场。具体做法是把他的副手、北京三联书店(即总店)副总经理董秀玉,派到香港三联书店(即分店)当总经理。他把这叫作北京三联"开疆拓土"。但事实上,香港三联书店尽管曾经使用"三联书店香港分店"的名义,但从未隶属于北京三联,从新中国成立以来,它在香港就归属新华社香港分社领导,和北京三联是不挂钩的。所谓总店分店之说不属实。所以董秀玉被派到香港,是京港两地上级领导协商的结果，沈公顶多算是一个推荐人，是完全做不了决定的。

对这事，我可以算是一个见证人。我本人1996年到2004年也在香港三联工作8年，此前，我是人民文学出版社编辑，并非北京三联"总店"的员工。我能够赴港工作，是新华社香港分社通过新闻出版署给我下的调令。当时，北京三联可能都不知此事。

但是沈公认定，此事由他主导。书稿里写道，1990年他因为在董女士赴港和回京的安排上和被称为蓝公的香港三联老领导蓝真先生有分歧，在一次宴会上被蓝公叱骂，以致当天他向蓝公敬酒被蓝拒饮，弄得很丢面子。其实完全是他记错了。因为董在香港的去留并不由他安排。

这件事还有后续故事，我曾亲眼目睹：2013年7月1日，北京三联为恢复生活书店品牌，召开新店成立大会，为此特地从香港请来了生活书店元老蓝公。当晚在宴会上，沈公再一次旧话重提，蓝公立即与他争辩，告诉他董来港和回京，都不是你能决定的，我们香港三联从来不是你的分店。两人你一言我一语，几乎短兵相接，我坐在两人中间，一会儿劝左边息怒，一会请右边消火，费尽力气，才算压下了

范用先生（罗雪村画）

两人的争吵。事后,沈公再次向蓝公敬酒,又再次遭到拒绝。

这可以说是顽固的记忆错误带来的内容失实,类似情况,书中恐怕还会有。

其三,才是最重要的问题。

我发现书中涉及范、沈、董他们那一代三联人的恩恩怨怨。对董秀玉女士,沈公所言不多,只是在1996年他被突然宣布退休时,对董的做法隐约略有微词,发了几句牢骚而已,最终还是将此事的责任归于范公。但是对于范公,他则是将两人的矛盾完全公开化。尽管沈公承认自己曾经是范公"多年的忠实信徒",他担任三联书店总经理也是范公大力举荐的结果,但是由于出版理念、行事风格乃至个人性格的不同,在沈公担任总经理而范公以退休之身继续担任三联编委会主任的几年中,他们在合作中有些争执。沈公是总经理,当然事情由他拍板,于是就有了一个对前领导范公是否尊重的问题。对于那些具体情形,两人各执一词,谁的意见正确,后人已经无法置喙,但是在这本书的后半部分,沈公几乎把他与范公的矛盾作为一条叙述线索,历数了范公与他"绝交"之后对他所做的一些绝情的事情。当然,沈公是从自己的角度,对那些有争议的历史旧事作出解释,主旨是要吐出心头苦水,倾诉自己的委屈。

其实对于这些三联往事,我过去也早有耳闻,老三联人讲八卦故事,难免会谈起范沈恩怨,但是舆论倾向,通常是接受范公的说法,对沈公多有批评指责。然而,这本书从沈公的立场叙述,完全是做了翻案文章。

对此我有些为难了。究竟能否接受出版?我内心一时深感矛盾。

想找沈公谈谈，又简直不知从何说起。

三

我和沈公认识得很早，但并不是很熟。

1982年，我大学毕业被分配到人民文学出版社当编辑，那时沈公还在人民出版社编辑《读书》杂志，"人民"和"文学"两社同在朝内大街166号，大家在同一个楼梯上上下下，真是低头不见抬头见。那时沈公和范公一起，几乎每月都搞"读书服务日"，虽然并不会邀请我们这些邻社的小青年，但是我们算是近水楼台先得月，常常去参加，聆听一些文化界名流学者的神侃，其中也常见沈公音容笑貌。但我们和他缺少近距离接触，在他看来，我们"文学"社新来的四个男大学生是"一伙"，他开玩笑，有时称我们是"四条汉子"，有时又叫我们"四大金刚"。我们对他这样的老编辑，基本是当作大神来仰望的。

后来三联书店搬走了，我见到沈公的机会也少了。我只记得90年代，为了我们共同认识的一位台湾作者，我找过他两次，无非是代他们互相传递问候和书信之类，见面谈话也不多。

更多的接触，还是2005年我回到北京三联任职之后。大多是三联举办活动，要请他出席讲话。作为前领导人，他对三联的感情很深，每次为我们"站台"，发言都热情洋溢，给我们诸多鼓励。

但是我和他谈不上私交。若是谈这部书稿中的问题，完全公事公办，还真难以启齿。然而事情非我出面处理不可。于是一周以后，我硬着头皮，约沈公到我办公室。

一进屋,沈公就盯着我的眼睛,一字一顿地问:"怎么样,你出不了吧。"

这一下,气氛倒立刻轻松了。我笑说,"真的,有点麻烦。"

接着我把自己在书稿中发现的三个方面的问题,都和他交换意见。沈公静静地听,一言不发。

我对他说,这部书稿如果要在三联出版,可能修改的幅度还比较大。政治上的敏感问题按惯例处理,这一点相信他容易理解,因为对任何中国内地的出版社来说,都有一个掌握政治标准的问题;关于记忆中的偏差,我们也可以尽可能地帮助他修改,只要他愿意改,这并不难解决;真正的难点在于如何处理他与范公的恩怨。因为范公对沈公的意见,只在三联内部特别是老同志之间讲过,并没有诉诸报刊和公开出版的文字。董秀玉女士也从未对此事谈论一点一滴。在此前提下,现在沈公这样写《也无风雨也无晴》,如果三联接受原样出版,一方面等于我们自己将老一代三联人的内部矛盾公开化,另一方面则意味着我们接受沈公对范公的观点。目前看来,这样做似乎不可取。

我向沈公解释,在这些历史旧案中,我们对谁是谁非并不作判断。我给他举了一个例子加以说明。

大约在 2006 年,杨振宁先生曾向我推荐台湾著名记者江才健写的《规范与对称之美:杨振宁传》,希望三联书店出版。我把书稿带回三联编辑部,大家阅读时发现,这本书用了很大篇幅谈论杨振宁和李政道在"宇称不守恒"理论上的发明权问题。我们早知道在这个问题上杨、李二人发生争论,甚至最终导致两人绝交,但我们当时并没有看到李政道公开谈论此事,而江才健所写《杨振宁传》,基本是站在杨振宁的立场上叙述，把"杨李之争"作了定性。我们认为，三联既不该主动介入到杨、李两人矛盾中，也不该把这个事关学术的争议在大众中公开化。所以我们婉言谢绝了杨振宁先生，没有接受这本书。

针对这个例子，我直截了当地对沈公说，《也无风雨也无晴》所涉及的情况，和"杨李之争"还有一点不同，就是杨振宁和李政道两人都还健在，双方有不同意见，今后还可以继续讨论。但是范公已经去世了，沈公的观点如果一锤定音，对于范公是否不公平？

沈公完全明白我的意思，但是他认为，对现有书稿做大幅度删改恐怕没有必要。

我说，我也没有要求他删改的意思。因为删改是要伤筋动骨的，想必沈公肯定不能接受。我说自己明白，沈公之所以写这本书，就是因为有些话不吐不快。甚至可以说，他就是为了说出这些我认为需要商榷处理的话，才写出这本书的。因为他心里知道，在他与范公的矛

大块文化出版的繁体字版
《也无风雨也无晴》（2012年）

388

盾中，三联人对范公的同情远远多于对他的理解，所以他才感到有必要把自己的委屈和盘托出。如果要求他删去这些内容，那他出版此书还有什么意义？

充分交流沟通之后，我建议沈公别在三联出版了。

沈公非常通情达理，听了我的意见，他不但没有一丝不快，反而一再说，你的说法有道理。他抱起书稿，拍一拍，对我说："这本书干脆不在大陆出版了，我到台湾去出。"

我说："那也不必。我只是觉得三联出版不合适。如果大陆有其他出版社愿意出版，我是乐观其成的。"

大约半年以后，台湾大块文化出版了这本书的繁体字版。沈公大度，特地签名送我一册。我拿着这本书，心里真有些难言之隐。

一方面，我觉得有些愧对沈公，他为三联辛苦奉献一辈子，对三联成为中国当代著名文化品牌贡献至伟，而他自己晚年要在三联出版一本回忆录却被我婉拒。特别是他有心里话要说，我没有给他机会。这实在令我惭愧。

另一方面，我曾经把自己的处理意见转告三联领导班子成员，大家都觉得此书我们不出为好。后来，台湾大块文化的版本问世后，内地读者看不到，但是香港市场有售，香港三联前辈蓝公和萧滋先生来内地访问，就专门带这本书给北京三联老同志联谊会，要大家传阅。老同志们的反应，自然是为范公鸣不平，对沈公多有谴责。

前面曾说到，2013年7月1日恢复生活书店独立建制那天，香港的蓝公和沈公发生激烈争吵，宴会结束以后，我见蓝公余怒未消，便送他回到酒店房间。我劝蓝公，为这点小事生气不值得，但蓝公说：

"我主要是因为沈昌文对范用不好才生气。你没看到吗，范用死了，他还写书骂范用。"

得知蓝公等人的看法后，我又暗自庆幸自己当初决定退稿。

四

说起范沈恩怨，原本没有什么重大原则分歧。

范公年长沈公7岁，论年龄他们可以属于同一代人，但从工作资历来看，范公其实是前辈。范公1938年15岁时即加入读书生活出版社，既是"老三联"，又是老革命，而沈公则是1951年才进入人民出版社当校对的，且不说没有革命资历，就是做出版这一行，也是从头学起。在范公眼里，沈公是十足的小字辈。

沈公的升迁得到范公的赏识和重用，这是不言而喻的。甚至，沈公本人也承认，在20世纪五六十年代的政治思想运动中，范公曾经不止一次关照他，甚至是保护他过关。在这个意义上，范公可以说是对他有恩。所以，范公在沈公出任三联总经理之后，对沈公能够延续他的思路、支持他的理念抱有较高的预期，也在情理之中。范公和很多老三联一样，是把全身心献给三联事业的。虽然1986年即办理退休，但是人退心不退。店里的事情，他还是要发表意见，还是想管一管。特别是最初的几年，他还有一个身份，是三联书店编委会主任。这时对三联的事务发表意见，也不能算是对现领导的工作横加干涉。

当然范公也有自己的缺点。曾经和他共事多年的人民出版社老领导张惠卿先生就曾经说过，"他身上总脱不掉过去地下党时期形成的某些习性,如我行我素,家长式的领导作风,喜欢独断独行,不习惯集体领导,等等,常被人认为不太好和他合作共事。"在沈公主持三联工作以后,范公办事的风格和做法,自然有令沈公为难之处。根据两人各自的回忆,矛盾最初爆发在一些并不重要的小事上面。例如对一些书稿中的政治敏感言论要不要删,范公胆大敢担当,而沈公因需要承担政治责任,比较谨慎,对此两人常有不同意见;又如范公懂美术,喜欢为图书装帧设计出谋划策,甚至亲自动手,而此时三联的美术编辑室负责人宁成春东渡日本深造,店里缺少独当一面的美术设计师,范公便亲力亲为,接替了宁成春的工作,他按照自己对图书的理解确定书装设计,有时不免和其他美术设计人员发生一些矛盾,需要沈公出面"抹平"。沈公感到麻烦,对此有怨言,意欲阻止范公干涉,范公自然生气。再如范公约稿,注重书稿的思想文化价值,不太计较经济利益得失,但是沈公担任总经理以后,时代变了,出版社开始建立一种"事业单位企业管理"的新模式,需要完成创利任务了,于是沈公退还了一些范公策划组织的书稿。范公当然也是不悦,但是终归能理解,包括沈公退了范公极为看好的萧乾著作《未带地图的旅人》,范公也没有更多议论,只说"现在三联有困难,不要紧,暂时不出版,也没关系"。这些小小的意见分歧在今天看来,实在不算什么。想必是沈公当时迫于经营压力,忙着为白手起家的三联寻找创新选题、开辟图书市场,办事免不了风风火火,带着急躁情绪,有些话说得没轻重,或者不得体,让范公听了不舒服、恼火。当然他们并没有面对面地争吵,对于沈公的所说所做,范公有些只是听到别人传话。这中间很可能存在误会,原本是可以解释清楚的。直到1988年,他们两人都没有到闹僵的程度。这一年，范公曾有一个长达半小时左右的录音，集中表达他对沈公的意见，其中用语也都是比较温和和克制的。他录音的主要目的，其实是想让沈公就一些很具体的编辑出版问题对他作出解释，承认自己工作存在的一些问题和不足。这篇后来被称为范公《遗言》的录音，范公要求三联编委会人员"传听"，沈公自然是听者之一，但是他听后似乎没有做出足够积极的反应，于是一切都无法挽回，范公与他绝交了。

至于绝交以后，范公便不再顾及情面。在《也无风雨也无晴》中，沈公记录了1989年他策划的《戴尼提》一书在三联出版后被范公痛批，以及1996年他退休后范公向上级领导和朋友发信对他进行责骂，等等。如此，在意气用事之下，两人的情感纽带被打上了死结，交恶直到生命最后一刻。这些，令我们后辈三联人感到非常痛心和遗憾。

据沈公说，他最初曾试图对范公作些解释，但是范公不接受，不理睬。但在我看来，恐怕还是态度不够诚恳，解释未能到位。

海豚出版社出版的简体字版
《也无风雨也无晴》（2014年）

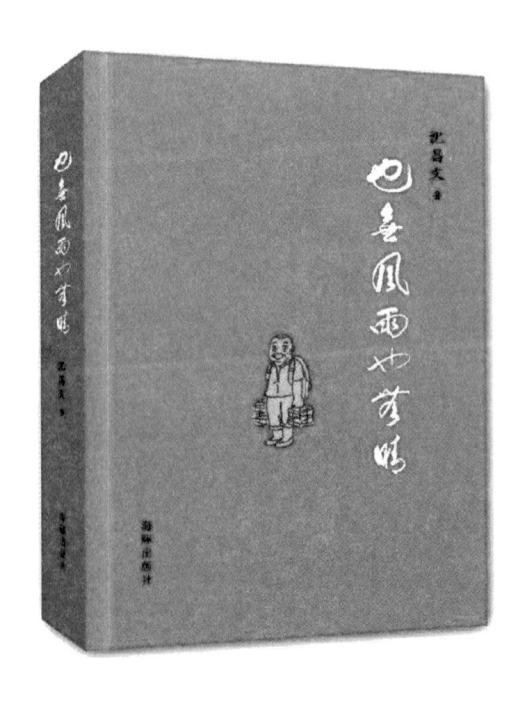

今年1月10日，沈公在睡梦中离世，享年90岁。文化界深表哀痛，手机、电脑上悼念之文刷屏。追思之余，大家不禁想起长期未解的范沈恩怨。沈公将在天堂里会晤范公，那时他们将如何相处？

沈公去世的第二天，我在微信朋友圈里偶然看到有人转发来自上海三联老前辈吉少甫先生的女儿吉晓蓉的留言：

沈叔：到天堂与范叔和好吧！你俩都是出色的出版人，为书籍贡献了自己的一生。

我看后心头一热，涌起一片感动。

是的，我也祝他们在天堂里重修旧好。

2021年1月13日—16日

告诉你一个真实的李敖
——我怎样写《李敖登陆记》

我做了一辈子的编辑,主要是为他人作嫁衣,自己写文章很少,主要是因为工作忙,没有时间。2014年7月我退休以后,闲下来了才开始写了两本书。编辑是个有故事的职业。我几十年和文人学者打交道,编辑他们的著作,每一本书背后,都有故事。我写的文章,大体和这些故事有关。从周有光、杨振宁、傅高义写起,又写了马识途、杨绛、韦君宜、吴敬琏等。这些人与我都有交往,但是都不及我和李敖的交往那么多。可是我一直没敢写李敖,因为李敖比较难写。对于他,争议太大,弄不好成了蹚浑水,自己也会担负很多骂名。

后来因为在杂志开专栏,编辑要求提供一些"有料"的稿件,而且催稿很急。我于是决定写一个系列的短小文章,总题目叫作《我所认识的李敖先生》,只写我和李敖的交往,不去碰那些争议的是是非非。但是文章在刊物上发表后,有一次碰到深圳报业集团出版社社长胡洪侠,他告诉我这篇稿子还可以写得更丰富一些,出一本书。这是我万万没有想到的。在他的鼓励下,我把文章扩充,变为上中下三篇,上下两篇还是写我和李敖的交往,中间加入了一个中篇,内容专门回应那些是是非非。事后我觉得这样安排也有必要,否则读者很难理解,为什么那么多人说李敖不好,而你一直这么推崇李敖,长期和他保持合作。加入了这部分后,这方面问题基本谈清楚了,同时作品也不再局限于我个人和李敖先生的实际接触，对于读者认识李敖先生，提供了更多信息。

我很感谢出版社对这本书的重视。编辑们想从这本书开始，策划一套短小精悍的人文学者传记。在编排设计方面，出版社是下了功夫的，设计的用心，用料的讲究，一切都超出我的预期。我这个编辑见过的图书恐怕不能算少，这本书在当前国内出版物中，可以当之无愧地说装帧设计是相当精致的。其实它也没有使用什么特殊材料，不像有些书的设计为了追求做最美的书，穿金戴银，弄得奢华无比。这本书的设计只是追求雅致，结果效果非常好，使人看起来很舒服。我原先对这家出版社缺乏认识，因为这一套书出手不凡，令我对它刮目相看。

2013年6月，
李敖在台北金兰大厦的书房。

一、我和李敖的交往

到 2017 年,我和李敖先生建立联系已经 28 年。作为编辑,我一共给他编过十来本书,有过很多愉快的合作,但是也常常争争吵吵,中间有不少恩恩怨怨的往事。总的来说,我的感觉是,和李敖合作,如果双方不了解,很难,他不是一个容易打交道的人,有时你会觉得他太多计较;但是一旦双方了解了,合作很容易,你又会觉得他是一个非常大气、非常通达的人。

我为李敖出书,自 1989 年始。当时我在人民文学出版社,出版的是《独白下的传统》《北京法源寺》《李敖自传与回忆》等 7 本著作。这是李敖著作首次通过正式授权在中国大陆出版,也是首次引起巨大反响。不过在那个时期,我并没有见过他,只是和他电话联系,或者通过他委托的代理人签订著作出版合同。他的书一出版就非常畅销,《独白下的传统》发行了 20 万册,其他几种也一般都在 3 万—4 万册。其实在今天看来,当时我是可以出版更多李敖作品的。但是没有做到,有两个原因:一是 1996 年我去香港工作,人文社和李敖的联系中断了;二是我在人文社时,中国的出版界还很强调分工管理,受题材分工的限制,挑选李敖作品还是以文学性强的作品为主。那时我们没有把他那些时论性杂文归入文学,所以既没有选择学术性很强的著作,也没有出版他那些政论。今天看来,这样缩手缩脚,有一点作茧自缚,是留下了遗憾的。若干年后中国友谊出版公司把李敖作品接过去,出了 40 本一套的大全集,确实很有气魄。

1996 年,我被调到香港三联书店工作后,继续和李敖联系,又在香港出版过《独白下的传统》和《传统下的独白》，还有两本李敖语录。为什么没有多出几本？因为香港市场太小，只有600万人口，很难独立支持一个单独的版本。如果同样的书有台湾版、大陆版，就没有必要再做香港版了。我曾经尝试把李敖的书卖到台湾去，但我们在台湾的销售代理商不接受，说他们不敢卖李敖的书，怕找麻烦。于是我只能放弃为李敖出书。

但这个时期我和李敖的联系并没有间断，有时会打电话问候他。2003年我去台北参加书展，还去拜访他。那天他很兴奋，饶有兴味地和我一起畅想如何在台北投资创办一间香港三联书店的台北分店，由他来管理和经营。当然，香港三联是中资企业，台湾方面不允许中资登岛，此议很难付诸实施。而且，香港中资企业的投资管理很严格，我对此的发言权很小，所以对于李敖的畅想，只能是听听而已。

2005年，我到北京三联任职，此时又有机会和李敖合作了，便和他商量出版一套十几本的李敖作品系列。因为三联的惯例是不出全集和选集，只是按作品系列的形式出版一些大作家、大学者的单行本作品（就像钱穆、黄仁宇、曹聚仁、徐铸成作品系列一样），我们觉得李敖也可以紧随其后。李敖当时在大陆有大全集出版，但是不影响再

2013年，作者在李敖书房中聊天。

出版一套精选集。李敖当时通过代理人陈又亮给我送来一纸箱作品，大概有四五十本，都是台湾版。我放到三联一个编辑室里，请他们研究。那编辑室主任很想做，积极性很高，但是他们手中选题很多，一时顾不上，拖了半年左右没有回话。等到编辑室主任开出了一套大约十五六本的《李敖作品系列》书单，准备和陈又亮商量签合同的时候，我忽然接到了李敖的电话。他在电话中抱怨我们没有诚意，不是真心想出版他的著作，最难听的一句话是说我们"占着茅坑不拉屎"。我知道他对我们有了误解，但任我怎么解释都无济于事。他要求我立刻把他的一箱书送回给陈又亮。这样三联就失去了一次和李敖进行合作的机会。这对我们当然是很遗憾的，但由此我也更加认识了李敖的性格。

2009年，李敖的公子李戡到北京大学读书，带来了他的著作《李戡戡乱记》，三联同意出版，李敖很兴奋，为了给儿子保驾护航，他写了长篇推荐序置于李戡的书前。当时这本书要按规定送审，出版问题有些复杂，李敖因为不肯接受专家修改意见，差一点儿和我打官司。但是到最后矛盾化解，我们和好如初。通过这本书，我有了和李敖、李戡父子两人合作的经历。

其实，李敖的父亲李鼎彝也写过一本《中国文学史》，我曾经想过是不是可以出版，如果可以，我就成了和他一家三代作者合作了，那也可以说是一段佳话。三联过去也有为一家两代、三代作者出书的情况。比如吴宓和女儿吴学昭，陈寅恪和女儿陈美延，邓广铭和女儿邓小南，再如曹聚仁和儿子曹景行、女儿曹雷，还有曹景行的女婿郑宸。但是毕竟李鼎彝的《中国文学史》在今天看来有一点过时，所以这件事到今天没有做成。

2013年，李敖曾提出希望我们出版他的新作《大江大海骗了你》。我考虑这本书是专门和龙应台辩论的，龙应台的《大江大海：1949》按大陆政策不能出版，那么李敖的书出版就成了无的放矢。我向他解释此事，他对我显然有几分失望，但也并没有苛责我。后来，我们又讨论过在三联恢复生活书店时，出版李敖的大全集。不过，因为李敖的大陆版权当时都没有到期，而我很快就退休了，所以最终他的大全集没有机会在我工作的出版社里出版。

2014年7月我退休了。我给他打了一个电话，告诉他我不能亲手出版他的著作了。但是我仍可以把他的著作介绍给别人出版。此后我的确帮助他在大陆做了一些联络版权的工作，为此和他的联系比以前更加密切，还经常在电话中聊天。为了写《李敖登陆记》，我曾就其中一些问题向他请教。这本小书写好后，也曾转请他过目，请他指谬。他对这本书的内容大体认可，并没有提出什么商榷意见，只是说，"这是你为我说好话的书，我不便表态。"于是我便斗胆把它拿来公开出版。

《李敖登陆记》

二、争议中的李敖

关于李敖的争议，大抵来自以下几个方面：

1. 吹牛

谁都知道李敖比较喜欢说大话。我在这本书里解释说，有时，说大话只是他营销自己的一种策略，比如他为《独白下的传统》做的广告，说五百年来写白话文的前三名是李敖，李敖，李敖。这个方法奏效，图书出版第一天，就脱销了，马上重印，和这个广告有关。

我在书里面解释，李敖口出狂言的原因：

从李敖的角度考虑，他的张狂有合乎逻辑的成分。当年他从台湾国民党控制的舆论环境下突出重围，没有这股子狂劲儿是做不到的。他的狂，也曾经是被欣赏、被仰慕的。影星胡因梦嫁给他，爱的就是他的特立独行。但是后来，他屡屡被当局打压和排斥，人被关，书被禁，舆论被封杀，他渐渐落到自己不说狠话，别人便不理不睬的境地。他必须发表些振聋发聩的言论，才能引起社会关注。久而久之，以狂傲不羁的态度做惊人之语成了他的语言风格。

社会对他，确有不公正。有一次他曾经对我说过，台湾一位知名文化人，编排了一个在台湾最有影响力的人物排行榜，是一份两百人的名单，这里面居然没有李敖！文化界对他的忽视使他无法容忍，他不甘于被埋没，总要设法使自己浮现出来。所以他的吹牛，某种意义上只是一种保持自己社会影响力的手段。

这是说他的不得已，为了对社会打压作出回应，他有时需要说一些大话。

当然，他的吹牛说大话，有时只是一种玩笑。李敖是个好开玩笑的人，你不能把他的话句句当真。

比如他说：

我生平有两大遗憾：一是，我无法找到像李敖这样精彩的人做我的朋友；二是，我无法坐在台下听李敖精彩的演说。

当我要找我崇拜的人的时候，我就照镜子。

这种大话，与其说是吹牛，不如说是一种幽默。表达的无非是一种自我欣赏的态度。自我欣赏并不是缺点，只要他以事实为依据。李敖的才华、智慧和胆略，的确值得众人欣赏，他怕别人没有注意到，所以要用玩笑的口吻自己吆喝一下，让人听了忍俊不禁。我觉得，说说这样的大话，倒是显示了李敖性格的可爱。

再举一例。2013年我带着三联的两个年轻编辑去家里看他，他问人家，去没去过台北故宫博物院？两人说昨天去过了。李敖就说，那你们明天可以打道回府了。因为台湾一共两件国宝，一件是故宫，另一件就是我。你们现在都看到了，可以回家了。

根据这样的话，能说李敖狂妄吗？这就是一个玩笑，表露他的顽童性格。

再比如，我重新组建生活书店，他说可以把他的大全集80卷都交给我出版。他怎么向我推销自己呢？他说，中国现代作家学者，100年以后有几个人能留下来？鲁迅算一个，胡适算一个，我算半个。你出版我的书，100年以后还是站得住的，出别人的书，就难说了。

我的理解，他说这样的话，也是为了推销自己，让你对他的著作引起重视而已。他心里并不认为他就是鲁迅、胡适后面排第三名的学者。

所以说，对于李敖吹牛的大话，需要听懂背后的意思。

2. 花花公子

李敖给人这个印象，主要是因为他的性观念很开放，但这不意味着他的生活很放荡。他的确喜欢女人，家里到处贴裸体画。他的著作也常常用裸体画做插图。他喜欢谈女人，喜欢讲自己和女人的故事，有时甚至讲得很细致，给人感觉是他在生活上非常不严肃，是个花花公子。其实，他只是隐私观和一般人不一样，在这方面，别人往往讳莫如深，很多话题不敢谈不愿谈，但是李敖"无事不可对人言"，把一般人当作隐私的东西大事张扬还满不在乎。他其实是做人做得更加透明一点。他和真正的花花公子是不同的：

他和女人的交往，都是因为谈恋爱。他交了多个女友，都是在他年轻、单身的时候。他交的女友，都是单身女孩，交往的目的也是为了结婚。有的女朋友和他分手，是因为他坐牢或者在政治上太危险。他一般不会和有夫之妇谈恋爱。同时，他在婚姻中并没有婚外恋。他和王小屯结婚已经24年，在这期间没有听说他再交另外的女友。

他对于别人作为有妇之夫还搞婚外恋其实是不以为然的。从他批判彭明敏作为大学教授乱搞女学生，就可以知道他对这件事的态度。

所以大致上可以说，李敖好色而不淫。

3. 伪善斗士

网上流传最广的是一个胡编的段子，说：

记者采访李敖，把他和王朔作比较："你们很像，都爱骂人。"

李敖鄙夷地说："他能和我比吗？他骂的都是什么人，我骂的都是能让我坐牢的人。"

有人把这话说给王朔听，王朔冷冷一笑说："我敢骂能让他坐牢的人，他敢骂能让我坐牢的人吗？"

这个段子我求证过，李敖从没有就王朔发过言，他根本不知道王朔是谁。编这个段子的目的，是想告诉读者，李敖是"伪善"的：他作为自由主义知识分子，失去客观立场，只敢痛骂国民党，却不敢批评中共。

以我的了解，李敖确实不像龙应台那样批评中共，而且，他还公开说，要敢于看到"共产党的正面"。但这里有几点需要说明：

首先，他不是看不到我们大陆的一些社会问题，但这些问题不是他关注的焦点。他关注更多的是台湾问题和两岸关系问题，所以对大陆社会问题发言较少，但是他对于我们两岸政策中存在的问题批评其实不少，有时也蛮尖锐的。

其次，在李敖看来，台湾的国民党和民进党都是成天攻击中共的，他不愿意参加这些人的大合唱。他强调独立思考，从来就不是一个与国民党、民进党随声附和的人。

再次，李敖年轻时受到严侨老师的影响，向往共产主义，倾向革命。他对新中国一直是有深厚感情的。他现在80多岁，和我们国内80岁左右的许多老人一样，当年都有过激情燃烧的岁月，是曾经怀抱革命理想的一代。他们自青年时代就对新中国有很多价值认同，许多理念一生坚持。

正是基于以上理由，我认为李敖的政治态度，不是伪善，而是一种真实的表达。他骂国民党多，批评共产党少，并不是敢不敢的问题，而是愿不愿的问题。那是他的主动选择。

但是，有人看到这一点，就编派李敖的故事。以他的名义发表文章，肉麻吹捧领导人，或者假借他的名义骂自己想骂的人，说一些自己想说而不敢说的话。于是，关于李敖，假文章满天飞，到了令一般读者真伪莫辨的程度。李敖的形象和声誉也因此而大为受损。许多人看了这些假文章便义愤填膺地谴责李敖，其实他们完全不了解真实的李敖。据我所知，李敖从来不写有关大陆的"捧"和"骂"的文章。他对中共领导人的认识，包括对毛泽东和当前领导人的认识，都是很客观的。

4. 背叛朋友，侵吞朋友财产

这个罪名对于李敖的杀伤力最大。指的是导致李敖第二次坐牢的一场官司（1980年），老朋友萧孟能控告他背信侵吞财产。萧孟能到南美去，准备移民，把自己的两套房产和一些字画交给李敖代为保管。结果他三个月就回来了，发现李敖扣留了他的财产不予归还，就告上法庭。

其实李敖是为萧孟能的结发妻子朱婉坚打抱不平。李敖和萧孟能、朱婉坚三个人曾经一起同甘共苦创办文星书店，有多年患难之交。现在萧孟能要移民，是因为另有新欢，借此甩掉结发妻子朱婉坚，准备卷包而走。李敖觉得这样对朱婉坚太不公平，他认为萧孟能的财产至少应该留一部分给朱婉坚。萧孟能留下的财产，有字画和房产。字画，原本就是给李敖抵债的，不能再算是萧的财产；两套房产，李敖想转移给朱婉坚。可是当时有一套房子，按揭只交了一半。李敖当时正在和胡因梦谈恋爱，就和胡商量，先把这套房产转移到胡因梦名下，以胡的名义把房款付清，然后再转给朱婉坚。这时萧孟能回来了，要拿回这个房子，李敖说，我已经替你还清了一半房款，你要拿回去，钱要还给我。但萧不肯，就告了李敖。

最后李敖被判刑6个月。原本这个官司李敖是不可能输掉的。输掉的原因就在于国民党借机打压李敖。这时（1980年）正是台湾解严之前社会动荡时期，党外要求民主的运动风起云涌。此时李敖也申请到一本牌照，出版《千秋评论》杂志。国民党害怕李敖为民运呼风唤雨，于是封杀他。当然李敖输掉官司，和胡因梦作了伪证有关。胡因梦迫于国民党的压力（不让她演戏），帮助萧孟能作了伪证，说李敖要把萧的房子给她。这件事导致李敖和胡因梦离婚。

后来李敖出狱后，为了报复萧孟能，接连三次状告萧孟能，为此萧两次坐牢，第三次宣判之前，他逃离台湾，成了通缉犯，从此没敢再回台湾。2004年死于上海。

这场官司，台湾高等法院1988年曾经撤销原判，给李敖平反。国民党《中央日报》也发了报道。从此真相大白，大家都知道李敖是被冤枉的。

可是 2012 年，台湾历史学家许倬云在大陆出版的一本回忆录又提到李敖背信侵吞朋友财产。李敖又和许打了一场官司。法院判决许赔偿李敖 200 万台币并公开道歉。事后我问过李敖先生，这个官司最后是什么结果？李敖告诉我，是许倬云后来向他寻求私下和解，支付给他的赔偿款远远高于 200 万台币。

关于这件事，大陆的许多读者至今不明真相。原因是受到某些采访萧孟能的文章的影响。萧孟能为了躲避官司，晚年流亡大陆，对采访者讲了些一面之词。采访者写文章，不做调查核实，公然发表诬陷李敖的文字，是极不严肃的行为。李敖原本也可以像起诉许倬云一样，在大陆追究传播不实之词的文章作者和出版社的责任，但是他没有这样做，因为他是非常高傲的人，不想失掉自己的身份。对他来说，挑战只能面对强者。许倬云是他的老师辈人物，李敖当然不能容忍其胡说。但是内地的那些无名作者，他实在没有放在眼里，觉得和他们打官司，打赢了也没有意思，因为他们不配作为自己的对手。

三、我看李敖

1. 关于李敖的学问和著作

李敖是文化学者、学问家、作家，更是思想家。

他读书很多，自己说他的同龄人（80 岁）没有人比他读书更多。他至少读过 1 万多本，也许有 2 万本。他读书很快，一方面博闻强记，一方面有很好的读书方法，所以读书效率比一般人要高。你听他谈话，那样旁征博引，材料是哪里来的？当然是图书。由此你不能不佩服，他读过的书还能记得牢。

他也是一个"写家",大约写过 200 种著作。我们平时说一个人著作等身,那是夸张的形容,极言某人著作多而已。但李敖的著作以尺做量度,确是不止于"等身"的。他身高 172 厘米,著作多于 200 本,每一本超过一厘米,总高度在两米以上。2015 年他 80 岁出版 80 卷全集,摆起来够一个书柜。现在他又有 5 卷要追加进去。此外,他编辑的书还有很多,当年在"文星"时期,他主持一套文库的编辑,其中有《胡适选集》16 卷以及《胡适语萃》(均与《胡适文存》不重复)、《傅斯年选集》10 卷、《蔡元培选集》6 卷、《蒋廷黻选集》6 卷、《左舜生选集》6 卷、《吴敬恒选集》9 卷等等。他后来还编过《千秋评论丛书》43 卷,《万岁评论丛书》40 卷。所以李敖其实还是一个编辑家,这是一般读者都不知道的。

李敖的学问,主要集中在中国近现代史研究方面(也包括台湾研究),最重要的著作有《孙中山研究》《蒋介石研究》《蒋经国研究》《胡适研究》和《国民党研究》《民进党研究》等。这中间很多是大部头、多卷本,都是有分量有系统的学术著作。他对中国近现代史研究贡献很大,特别是在台湾所谓"戡乱戒严"的漫长时期,在大陆受

2005 年 9 月,李敖在复旦大学受到师生欢迎。

"左"倾思潮禁锢、学术史料缺乏、研究思想封闭的年代,李敖的这些研究不仅对台湾而且对大陆都是开风气和独辟蹊径的,可谓异军突起、振聋发聩,其中许多观点启发了一代甚至两代中国学者。

他更多的文章是时政类的,针对当前现实发言,用评论、随笔(或者叫杂文)的方式来写,直抒胸臆,有感而发,嬉笑怒骂皆成文章,以社会批判的论述为主,时而锋芒毕现,常常入木三分。这方面他有一点儿像鲁迅。所以有些学者把他称为杂文作家。

在文学创作方面,他的确也写过像《北京法源寺》《第73烈士》《上山·上山·爱》等小说,这些作品带着学者著述的鲜明印记,可以说自成风格,独具价值。但是我以为,杂文、随笔更能代表他在文学上的风格特色。

虽然李敖对中国历史文化有非常深刻的洞见,但他不像钱穆、余英时、许倬云等以写中国文化研究的专著为主,他的兴趣在当前时政方面,他的关注点在现实当中,即使他谈历史,着眼点也在今天。他研究孙中山、蒋介石、蒋经国、胡适,用意也都在针对现实问题。本质上,他是一个很激进的社会革命者,内心中要促进社会改造和进步的愿望十分强烈。所以他写文章,总要表达对当前现实的批判性观点。他的文章有很强的战斗性,常常是檄文,旗帜鲜明地亮出自己的立场和态度。所以如果作整体评价,与其说李敖是学问家,不如说他是思想家。他的著作总能给人思想智慧,启人心智,发人深省。实事求是地说,他可以称得上引领社会思考的一代启蒙思想家。在台湾,他不属于任何党派(虽然他是一个坚定的"统派"),不能被归之于任何阵营,他也不愿意代表任何人发声。他总是单枪匹马,孤军奋战,左右冲突如入无人之境。但他的影响力很少有人可以匹敌，这种力量来源于思想。

此外，他的白话文的确写得漂亮，让人读了有痛快淋漓的感觉。他的《独白下的传统》的序言《快看独白下的传统》，可以算是他的白话文的代表作。所以我出版《李敖登陆记》时，把这篇文章作为附录。

2.关于李敖的性格和为人，也有很多鲜明的特点。

首先是特立独行，无所畏惧。

试想，当年在当局高压之下，李敖被长期封杀，有90多本书被先后查禁，但是他被禁了还出，屡禁屡出，这是需要胆量的。因为每出一本书其实都冒着坐牢的风险。（当年在国民党以"戒严"名义狂捕滥杀的时期，抨击时政的文章是会触犯《惩治叛乱条例》第七条的，这一条条文明确规定："以文字、图书、演说，为有利于叛徒之宣传者，处七年以上有期徒刑。"）除此之外，他其实也有被暗杀的风险。当时国民党制造过暗杀不同政见者的案件，这是世人皆知的，而李敖家里就曾被安装过窃听器，以至于多年以后，他在家中生活，腰里还挂着三件宝贝：相机、军刀和高压电枪，时时想到需要防身。直到今天，他反"台独"，也还是有人威胁他，两次给他寄恐吓邮件。先是寄来一包鲜血，再是寄来子弹。然而他的对策却是公开到电视上向对方喊话，请人家寄炸弹来！对方于是不敢回应。

当然，说他特立独行、独往独来，不屑与任何党派为伍，还常常因为骂人、说话不留情面得罪了一些人，并不等于说他很受孤立。他在台湾的朋友很多，国民党、民进党里都有他的老友，李敖和他们争论归争论，情谊归情谊。正是因为这样，有些人和他虽政见不同，仍能保持来往；有些人曾经被他骂过，心里却也并不计较。我所认识的许多港台文化人和他的私人关系都很好。尽管他们和我谈论李敖，也很坦率地表示对李性格或言论的某些不敢苟同，但是心底里对李敖都有很深的敬意。

其次是机敏、聪明过人，同时幽默风趣，反应快，脑子特别好。

比如，我对他说，我在大陆不出版你的《大江大海骗了你》，是因为龙应台的《大江大海：1949》没有出版，你的书批判龙应台，总需要有靶子呀。他马上说，你认识杜林吗？你读过杜林的书吗？那你们为什么要出版恩格斯的《反杜林论》？

再比如，我问他，许倬云说你出卖朋友，你告他诽谤，让他赔偿200万，为什么大陆有人说同样的话，你不告他们？他回答："猫是抓老鼠的，不抓蟑螂。"

这种机智，非常人所有。

在与他的接触中，我发现他是一个达观的人，快乐的人，活跃的人，爱开玩笑，老顽童性格。和他一起聊天是很开心的事情，总是笑声不断。他的性格很可爱，这是他拥有很多朋友的重要原因。

其三是豪侠仗义、乐于助人，自称善霸。

"善霸"是李敖自创的一个词，与恶霸相对。行善到了霸道的地步。他身上有一点中国传统文人的江湖义气：一方面敢爱敢恨，嫉恶如仇；一方面知恩图报，打抱不平。

比如他看到自己的老师、台大教授殷海光脸色不好，就强迫性地逼着殷海光去医院看病，霸道得不容分说，让老师跟着他走，做检查，一查就查出胃癌。后来给老师治病，他全部买单。

关于他打抱不平，不能不提苏荣泉被害的事。苏这个人我认识，他跟随李敖多年，是李的小兄弟之一，90年代做过李敖出版社社长、李敖的版权代理人，几次来北京找过我。他后来离开李敖自己去做信贷生意。这种生意有时要和黑社会打交道，他觉得自己不安全，就去上保险，分别在8家保险公司上了巨额保险。结果，他后来真的因为发生商业纠纷，在泰国旅游时被枪杀。他的家属向保险公司索赔，8家保险公司建立攻守同盟，理也不理，信都不回。家属无奈，只得向李敖求助。李敖念及苏荣泉过去对自己的情谊，出面和8家保险公司交涉，采用各个击破的办法，一共索回赔偿款2亿3000万台币（相当于人民币5000多万）。

再如大企业家辜振甫，他是跨越政商两界的知名人物，后来做过台湾的海基会董事长，"汪辜会谈"的辜就是他。他本是台湾巨富，却偏偏亏待了他的大舅子一家人。辜振甫夫人严倬云的哥哥严侨是李敖的中学老师，严侨50年代因为涉嫌"通共"被国民党抓进监狱，严侨的夫人向辜振甫求助，竟被拒之门外，于是她只能去给外国人当保姆。李敖对此事看不过，就找茬儿和辜打官司。他买了辜的公司股票，发现辜的公司有违规操作，于是向辜振甫和公司股东致函，扬言要法庭相见。辜振甫自知理亏，想要息事宁人，于是给了李敖一笔赔偿金，李敖则在第一时间将拿到的钱给了严师母。

再比如萧孟能的官司。前面说过，就是因为李敖要为萧的原配夫人朱婉坚打抱不平，弄得自己受诬陷，坐了6个月的牢。出狱后，他反过来告了萧孟能。这显示出李敖有仇必报、绝不宽恕的性格。但是他的报仇其实也有限度，是讲分寸的。这仍然反映出他有情有义的一面。对萧孟能，他并没有赶尽杀绝，只是要萧孟能和他一样，也坐满6个月的牢房，就算扯平。但是告了两次，法院虽然都判萧坐牢，但是判得较轻，加起来两次只坐牢5个月零20天，所以李敖又告第三次。这时他在法庭上遇到萧，还说，"只要你再坐10天，将来你死了，我就买一个金棺材送给你。"但是萧没有选择再次坐牢赎罪，而是径自出走，为了逃避10天的牢狱，竟然流亡在外，客死他乡。这个结果，也不是李敖所期望的。

说是绝不宽恕，也有一个例外，那就是对胡因梦在萧孟能案中作伪证，他曾表示可以原谅，因为能体会胡因梦在当时所遭受的压力。他对胡因梦也没有"恩断义绝"，还在她50大寿时送去50朵玫瑰。胡因梦60岁生日时，他还要再送60朵玫瑰，可惜那时胡因梦来了大陆，他找不到人，于是在微博里感叹，因为"云深不知处"，玫瑰送不出。这也是他有情有义的故事。

最后我还是要说，关于李敖，我的《李敖登陆记》的介绍只是挂一漏万的。一方面是限于文章的题旨和行文的结构，很多问题我不能展开写；另一方面应该承认，我对李敖的了解也还是比较粗浅的。我对他的研究很不够。其实在我看来，无论从人格、思想、学问、才华和贡献这几个方面中哪个角度，李敖都是值得研究、值得立传的人物。国内文化界熟悉李敖思想和学术的学者作家不少，相信将来一定会有与李敖的成就和地位相称的研究著作和人物传记出版。

2016 年 11 月

后记

李昕

这本书,是我人物随笔的自选集。我虽然很早就是中国作家协会会员,早在20世纪80年代就曾经尝试写过小说、报告文学和文学评论,但我实在算不上作家。我做了一辈子编辑,2014年退休以后才专心开始写作,写的一律是非虚构作品,大多带有回忆性。这是因为,编辑工作的经历给我带来了很多难忘的故事,这些真人真事不仅对我,而且对文化界乃至大众读者,都值得玩味、体会和思考。为此我写了几十篇文章,还写了一本回忆录《一生一事》。

这本书,和《一生一事》对我来说,面对的素材是一致的,但是切入的角度不同,写法也便不同。《一生一事》是写我自己的走过的道路,重在写自己,写我是怎样在给作者编书、为作者服务中获得自身的进步和成长,是一本整体性的专著,而这本散文随笔集,重在写他人,写我联系的学者、作家和出版人,写他们的独特故事和性格风采,某种意义上算是人物特写的结集。文章形式上两本书并不相同,在编选此书时,我也注意尽量避免被人认为是"炒冷饭",但因题材上不免有交叉,对于一些最重要的人物故事难以割舍,所以仍然可能有少量重复,这是我需要向读者道歉的。

我把这些散文随笔分为四辑,前三辑分别关于学者、作家和出版人。虽然都属于人物特写,但是我的文章,和报刊媒体记者写的文章不同。因为每篇文章所写的故事都有我本人的参与。而且,所写的对象大多是名家大师,我对他们的观察和思考,是在我与他们合作中得到的:材料多是第一手的,或是带有我的个人视角,或是涉及一些有趣味且有意义的事情。这些故事连同我的思考留给读者,或许本身已经具备了一定的史料价值。第四辑的几篇文章,主要不是写人而是写事,每篇都涉及一些笔墨官司,或是有争议的人物及事件。在已有的意见纷争基础上,我把自己的一家之见贡献出来,希望对读者了解这些文坛人物和是是非非有所帮助。

早在20世纪90年代中期,有人请我为一本人物传记写序言,我在此文中提出一个观点,就是人物传记应该为人格而立,不为所谓的"成功"而立。就是说,看起来成功的人士,有些或许不值得立传。这个观点,我坚持了几十年,在我做编辑时,成为我选择出版传记和回忆录的一个取稿标准。现在,我自己写这类回忆文章,虽并非人物传记,却也必然要遵循这一条。我接触的文化人成百上千,写哪些人,我有自己的选择。不够熟悉的不能写,但足够熟悉的也未必写。我希望自己的文章有一点与众不同,特别是在写人的思想和性格方面。那些已经被别人写得太多,而我很难写出新意的人,我便放弃。而那些虽然熟悉但是难以把握其思想性格的人,我也不敢轻易动笔写。还有一种,就是虽有个人成就,但是在人格上有缺陷或者缺乏魅力的,我也不写。我记得老作家王鼎钧先生在美国一次作家聚会上勉励青年传记作家:"做值得写的人,写值得做的人。"我以此语自勉,虽然自己或许不能成为"值得写的人",但是我所写的,的确大多是"值得做的人"。这些人在人格上自有其魅力,令我们和后世的读者景仰和推崇。

在本书中,我所写的周有光、马识途、韦君宜、钱学森、钱锺书、杨绛、曾彦修、屠岸、王鼎钧、蓝真、萧滋、邵燕祥、杜高、吴敬琏、傅高义、刘振强、王蒙、关愚谦、陈早春、刘再复、韩启德、杨德炎、高贤均、田家青等先生,莫不如此。他们清一色是知名文化人,在社会上、在文化界有影响力。我的短小文章并不可能给他们立传,我往往只能写他们几件事、甚至一两件事,但我作为这些事的亲历者和见证人,从中发现了他们的品格和精神境界,很"值得写"。所以说,我写的不过是文化人故事,但我希望读者从我的文章中不仅能看到故事,而且能够见出他们的人格力量,他们的价值理念,以及他们的个性光彩。尽管,我知道书中所写的人,有的社会舆论或有争议,但我以为这恰恰是普通读者对于他们缺乏了解所致。例如杨振宁先生和李敖先生,他们本来都是"大写的人",应受到我们的社会和民众尊敬,然而时下有些并不真正了解他们的人,却对他们颇多妄言。因为我对杨振宁先生和李敖先生有着诸多亲身观察和直接感知,便会在文章中写下自己的一得之见。这些年来,我甚至连续写过多篇文章,为他们受到的不公正评价辨诬。但考虑到各类文章篇幅的均衡,这本自选集里只能适当选收一两篇相关文章。

感谢阎纲先生热情作序推荐本书。阎先生对我亦师亦友,他是我从事编辑以后最早结识的作家之一。1980年代之前,他在中国作协,是我国唯一的专职文艺评论家。他的文艺评论富有激情，一向被认为是"评论的诗"。这次他在年届90高龄之时，以充满深情的语言对我的作品赞赏有加，令我感动和惭愧。还要特别感谢王蒙先生专门为本书写了推荐语，他对我作品的肯定和认可，使我对自己从事文学写作增强了信心。更要感谢上海三联书店总编辑黄韬慨然接受本书的出版。这是我在该社出版的第五本书，其中至少有三本，是黄韬先生亲自担任责编。可以说，京沪港三联这个大家庭，大家一向互爱互助，使我受益甚多，但在其中，是黄韬先生给了我最多的支持，令我格外难忘。最后还要感谢青豆书坊总编辑苏元、编辑王小柠和龚寒。他们不但对这本书进行了精心的策划，而且为提升书的出版品质多方设法。他们在编辑方面给过我很多良好的建议，并为本书增加了作品音频和采访视频，使我的散文随笔第一次变成了有声读物，令我惊喜和欣慰。

  希望读者喜爱这本书。

2024 年 7 月 18 日于北京

青豆读享 阅读服务

帮你读好一本书

《翻书忆往正思君》阅读服务：

- **全本畅听**　全书朗读音频，带你沉浸感受往昔名家风度。

- **作者光临**　李昕专访，讲述为何青年时代就选定一辈子做书。

- **配套资料**　全书所写人物背景介绍，助你深入理解那些人和事。

- **编辑讲书**　责任编辑与你分享做书的感悟和幕后故事。

- **大家书单**　影响李昕一生的十本好书，值得收藏。

- **拓展阅读**　李昕口述历史视频，解读40年出版文化思潮变迁。

- ……

每一本书，都是一个小宇宙。

扫码使用配套阅读服务